D0916680

QUELQUES ADIEUX

ŒUVRES DE MARIE LABERGE

Juillet, roman, Boréal, 1989

THÉÂTRE

Chez VLB

C'était avant la guerre à l'Anse-à-Gilles, 1981

Ils étaient venus pour..., 1981

Avec l'hiver qui s'en vient, 1982

Deux tangos pour toute une vie, 1985

L'Homme gris, suivi de *Eva et Evelyne,* 1986

Le Night Cap Bar, 1987

Oublier, 1987

Le Banc, 1989

Aux Éditions du Boréal

Le Faucon, 1991

Pierre ou la Consolation, 1992

Aurélie, ma sœur, 1992

Jocelyne Trudelle trouvée morte dans ses larmes, 1992

Marie Laberge

QUELQUES ADIEUX

roman

Boréal

Cet ouvrage a été publié avec l'appui du Programme de subvention globale du Conseil des Arts du Canada.

Conception graphique : Gianni Caccia

Diffusion au Canada : Dimedia

Données de catalogage avant impression (Canada)

Laberge, Marie, 1950-

Quelques adieux : roman

ISBN 2-89052-507-4

I. Titre.

PS8573.A1688Q44   1992   C843'.54   C92-097087-7
PS9573.A1688Q44
PQ3919.2.L32Q44   1992

À mes sœurs Lise, Michèle, Francine, Claire et Louise, mes merveilleuses, indispensables sœurs.

Ce soir quelque chose dans l'air a passé
qui fait pencher la tête ;
on voudrait prier pour les prisonniers
dont la vie s'arrête.
Et on pense à la vie arrêtée...

À la vie qui ne bouge plus vers la mort
et d'où l'avenir est absent ;
où il faut être inutilement fort
et triste, inutilement.

Où tous les jours piétinent sur place
où toutes les nuits tombent dans l'abîme,
et où la conscience de l'enfance intime
à ce point s'efface,

qu'on a le cœur trop vieux pour penser un enfant.
Ce n'est pas tant que la vie soit hostile ;
mais on lui ment,
enfermé dans le bloc d'un sort immobile.

RAINER MARIA RILKE

PREMIÈRE PARTIE

1972

Chapitre un

LE DÉSIR

Et je me demande si la foudroyante attirance que nous avons subie, de tous les malentendus, de tous les pièges de la vie, n'est pas l'un des plus cruels. À cause de lui, après que j'en fus sortie, j'ai gardé pour longtemps, peut-être pour toujours, de l'effroi envers ce que l'on appelle l'amour.

GABRIELLE ROY

François n'avait jamais été infidèle. Ça ne s'était, comme on dit, pas trouvé. Ni cherché d'ailleurs. Une sorte de réflexe. Une manière, sa manière de vivre, sans qu'il ait jamais ressenti l'envie ou le besoin d'y penser, d'élaborer une théorie complexe pour se justifier.

Maintenant, torturé par cette nouveauté qu'était le désir extra-conjugal, il avait furieusement envie de bâtir des théories. Ce vieux mécanisme d'universitaire surgissait bien tard et bien faiblement. Mais même une thèse brillante ne semblait pas être en mesure de freiner l'impulsion sauvage.

Comme tout néophyte, François avouait ne pas savoir négocier avec le désir. Il était tombé comme un balourd dès le premier assaut. Et pourtant, il devait en convenir, l'assaut n'en avait pas été un. L'assaut n'avait eu, pour prendre ce nom, qu'à se présenter. Qu'à être. L'assaut s'était placé dans un rayon de soleil, le seul, l'unique de toute cette salle de cours, l'assaut s'était assis avec un air d'ennui indélébile, avait fermé les yeux au désordre, au tapage, au méli-mélo constant des premiers cours et sa tête s'était orientée lentement, tel un aimant vers le nord de la boussole, vers la fenêtre et le soleil, pour n'en plus bouger.

Si on lui avait demandé avant ce matin-là ce qui donne de la vie à un visage, ce qui l'anime le plus sûrement, le « personnalise », François aurait vaillamment répondu : le regard. Et maintenant, debout, sidéré, sa liste d'étudiants pendante à la main, il voyait bien qu'il aurait eu zéro. Qu'il n'avait jamais rien su d'un visage, rien su du verbe animer avant ce matin-là, avant ce visage-là. Il se voyait forcé de repenser ses certitudes de réévaluer chaque mot, chaque concept à la lumière de cette découverte foudroyante. Oui, la terre tournait bel et bien autour du soleil et, depuis cinq minutes, François s'était mis en orbite autour d'un visage fermé et fermement animé du désir d'être ailleurs.

— Ça va bien, monsieur ? Passé des bonnes vacances ?

Yves Leroux, immuable comme un premier de classe, aussi noir que son nom ne l'indique pas, est là, devant lui, comme une réclame de pâte à dents. Sa bonne volonté fait presque mal.

— Oui, oui, très bonnes. Et toi ?

Ravi, Yves Leroux raconte, s'enfonce dans le détail, en met, en rajoute, manque de s'embourber devant l'œil fuyant de son prof préféré, se reprend, étale son plan de carrière.

— ... et je me demandais si, dans ces conditions-là, vous ne pourriez pas, vous, être mon directeur de thèse.

— Excuse-moi, Yves, mais t'as pas déjà fait ce cours-là ?

Le poisson, là, devant lui ouvre la bouche une fois, deux fois. À la troisième, François s'aperçoit qu'il gaffe. L'autre aspire bruyamment et, avant qu'il ne s'enfonce dans une explication laborieuse, François se reprend.

— Voyons, excuse-moi ! C'est au trimestre d'hiver que t'as commencé. Le trac des premiers cours comme tu vois.

Sourire béat, satisfaction garantie : ça baigne dans l'huile. Maintenant :

— Écoute, Yves (quand on se souvient d'un nom, aussi bien l'utiliser), passe donc à mon bureau qu'on discute tranquillement de ton projet. Je pense que ce matin, c'est pas vraiment le moment.

— Oui, oui, certain. Pas de problème, monsieur.

Heureux, Leroux rejoint le peloton. Il est vite remplacé par un autre, puis une autre qui veulent tous savoir quel cours ils sont venus entendre, si c'est la bonne salle (ah, la valse des salles de cours du début de session !), le bon pavillon, la bonne université. François n'a plus que le temps de glisser des coups d'œil anxieux vers le rayon de soleil qui n'a pas encore bougé.

Enfin, ça se calme peu à peu, le cours commence. Pour la première fois depuis des années, François trouve ses petites blagues d'introduction assez fades, pour ne pas dire carrément plates. Bien sûr, les étudiants rient de bon cœur, en tout cas avec bonne volonté, mais elle, elle n'a pas seulement levé les yeux. Le doute s'insinue, il se sent perdu, pris en faute, accusé d'un manque d'originalité profond avec sa petite mise en place faussement humoristique, son petit ton gaga de on-va-bien-s'amuser-ensemble et cette affreuse prétention qu'avec lui, ça ne sera pas tout à fait pareil, « un peu mieux » étant grassement sous-entendu. Il s'entend embrayer péniblement :

— Bon, écoutez, je ne vous vendrai pas une balayeuse, c'est un cours, on a énormément de matière et au moins autant d'enthousiasme à ce que je vois (épais !). On devrait en venir à bout avec quatre examens et trois travaux longs plus un oral. (Murmure attendu : non mais pourquoi je dis ça ?) Comme vous voyez, je suis du genre relax. Pour ceux qui aiment mieux acheter leurs crédits, c'est faisable. C'est pas trop cher, passez donc me voir à mon bureau (coup d'œil égrillard : triple épais !).

Dépité, défait, il renonce et se replie sur l'appel. La feuille est froissée, presque humide dans sa main. Il est tellement déçu de lui-même, qu'il s'accorde de ne plus faire d'effort, de laisser tomber pour ce cours-ci, de faire des étincelles au prochain cours seulement.

Si elle revient.

Il prend son stylo et commence : Aubin ?... Bérubé ?

Ce n'est qu'à Morissette qu'elle bouge. Frémit serait plus juste d'ailleurs. Une sorte de « ouais » est émis. Pour le regard, tu repasseras. Morissette : il se serait attendu à quelque chose de beaucoup plus poétique, de plus suave, de moins... moins comme tout le monde.

Il sourit soudain, frappé par le fait qu'il ne connaît rien d'elle et que son nom, seulement son nom ne lui convient déjà pas. Rassuré, franchement rasséréné, il lève la tête, heureux, et se lance dans la présentation de contenu de cours la plus passionnée qu'il ait jamais faite.

Ce n'est qu'après le cours, une fois toutes les questions posées et répondues, une fois la salle vidée, ce n'est qu'en ramassant ses papiers que François s'aperçoit qu'il ne l'a pas vue sortir. Un étrange soulagement l'assaille. Pour la deuxième fois ce matin-là, il a l'impression d'avoir échappé à l'impôt, à une réparation d'auto coûteuse, à l'effondrement du toit, enfin, à quelque chose de trop cher pour ses moyens.

Mais en sortant, il s'avoue tout de même que son prénom lui convient parfaitement.

Dans le corridor, chacun de ses pas semble enfoncer le prénom dans sa tête, jusqu'à ce qu'il résonne en cadence : Anne, Anne, Anne, Anne...

* * *

Anne aurait donné cher pour être ailleurs. Plus cher encore pour savoir où. Deux jours et, déjà, l'université lui pesait. Elle voyait l'enfilade terne de cours qui se préparait, l'assommante vie étudiante, les travaux toujours faits à la dernière minute, elle

savait même la note qu'elle obtiendrait ! Mon dieu,
elle avait cent ans ! Elle se sentait enchaînée, con-
damnée. Elle triturait jusqu'au bord de l'éclatement
le verre de plastique qui contenait un liquide pâle et
nauséeux qui pouvait passer pour de la soupe, mais
certainement pas pour du café. En tentant de
prendre une gorgée, elle fut soulevée de haine pour
une institution assez mesquine pour refuser à ses
étudiants du vrai café. Au moins la première
semaine. Elle remit le verre brutalement sur la table,
éclaboussant ses feuilles encore blanches.

— Ben oui, mais fais attention !

Hélène est déjà debout.

— Excuse.

— Qu'est-ce qu'il y a ? Y est pas bon ?

Un vague haussement d'épaules. Hélène
s'active, sauve ses plans de cours, ceux d'Anne, un
bloc-notes. Plus elle en fait, plus Anne demeure
immobile.

— As-tu des kleenex ? Laisse faire, j'en ai.

Un plongeon dans l'immense sac d'école-
sacoche dernière mode, tellement pratique parce
qu'il contient une bibliothèque plus une cuisine.
Une activité du diable pour sauver une table déjà
imbibée jusqu'à l'os de tous les cafés rejetés du
monde.

Hélène se rassoit, une montagne de kleenex
beiges et dégoûtants entre elle et Anne. Elle amorce
un mouvement pour aller les jeter, mais sa conscience d'esclave exploitée se réveille. Elle allume
une cigarette pour freiner son envie, considère
Anne.

— Ouais... t'as pas l'air en forme.

Soupir remarquable. Hélène tire sur sa cigarette, exaspérée.

— Lâche-le si tu l'aimes pas ! Moi, ça fait trois que je lâche. Je sais pas du tout ce que je vais prendre à la place, par exemple. « Littérature anglaise du XIXe », c'était comment ?

Regard morne d'Anne.

Tout sauf une réponse.

— Es-tu allée ? C'était comment ?

La bouche s'ouvre à peine : « Ordinaire. »

— Ah ouais ? Bien je pourrais peut-être le prendre. Attends une minute que je regarde mon horaire. Ça, c'était hier matin ? C'est ça ? Ben oui, je pourrais ! J'ai fait sauter Plamondon. Je t'avais dit ce qu'il demandait ? Deux travaux longs, un exposé plus un examen. J'ai rien que ça à faire, d'abord ! Lui, y va trouver que sa classe a baissé le prochain cours : on est au moins quinze à lâcher. As-tu le syllabus ? C'est qui qui donne ça ? Ah oui, François Bélanger. Il est correct lui, je pense. Comment ça se fait que je ne m'étais pas inscrite à son cours, donc ?

La capacité de s'auto-enthousiasmer n'était pas la seule qualité d'Hélène Théberge, mais c'était une de celles qui permettait à Anne de partager un appartement avec elle sans trop souffrir, les questions et les réponses étant son cauchemar personnel. C'était même la principale cause de sa présence à l'université. Sa mère avait la terrible habitude d'attendre une réponse lorsqu'elle posait une question. Et sa mère était patiente. L'université permettait à Anne d'habiter « presque seule » avec subsides parentaux eu égard aux études, seule activité digne d'hommages sonnants et trébuchants dans la famille Morissette.

« Partir en nowhere » aurait nettement mieux convenu à Anne, mais c'était là la sorte d'activité non subventionnée par l'État familial.

Hélène finit d'inscrire le numéro du cours sur la feuille verte.

— Vraiment, je suis bien contente que tu m'en aies parlé. Je sais pas comment ça se fait que j'avais pas remarqué ce cours-là.

Anne sourit. Hélène n'en demandait pas tant. Encouragée, elle revient à la charge.

— Il est comment, Bélanger ?

— Grand.

— Ah oui ? Tant que ça ? Mais son cours, je veux dire, c'est-tu le fun ?

Trop tard. Anne est déjà ailleurs. Hélène comprend qu'elle a juste à aller voir toute seule, comme une grande fille qu'elle est. Elle considère rêveusement le tas de kleenex en pensant que Anne est tout à fait le type de fille avec qui elle peut apprendre beaucoup. Surtout en ce qui concerne l'autonomie, vertu très développée chez Anne et désirée avec frénésie par Hélène. Un vrai chien perdu, pense-t-elle, un bâtard qui se cherche une mère, une famille, un trou. Un petit chien flagorneur qui est prêt à lécher la main de n'importe qui. Sitôt sifflé, sitôt rendu. Pitoyable ! Hélène n'a pas d'autre mot pour décrire son affreuse disposition à la sociabilité.

Anne est debout tout à coup.

— Tu t'en vas ? Où ?

— Prendre un vrai café.

Branle-bas général. Hélène ploie déjà sous son sac d'école-sacoche, les kleenex prennent le chemin de la poubelle. Anne est déjà à trois tables d'elle. Hélène attrape les feuillets, les formulaires...

— Attends-moi, Anne, je vais faire un bout avec toi.

Hélène se précipite, accroche tout le monde, bouscule une chaise dans un affreux bruit de métal vibrant. Anne est déjà dehors, souveraine d'indépendance, son billet d'autobus dans la main, sans même l'avoir cherché, comme s'il sortait des coutures de ses gants. Hélène cahotante, éparpillée, fouille désespérément son sac et finit par payer le plein tarif, renonçant à trouver le moindre billet dans sa confusion. Essoufflée, rouge et épuisée, elle s'écroule à côté d'Anne qui pense à autre chose. Mais le seul fait d'être près d'elle, l'accompagnant, remplit Hélène d'une fierté inexplicable.

* * *

François aurait aimé être une autre sorte d'homme, la sorte qu'il ne pouvait, en aucune manière, être. De la fenêtre de son bureau, il regarde l'automne plier les arbres et les piétons, d'un même mouvement large. Trois jours qu'il pleut. Octobre, l'enthousiasme des étudiants fléchit, le sien est presque à zéro. Dieu merci, le cauchemar des premiers cours est passé. Dieu merci surtout, Anne Morissette ne l'émeut plus. Dieu merci, c'est une fille détestable. Aucune raison d'être inquiet, elle l'irrite et lui déplaît souverainement. François se sent follement invulnérable depuis qu'il ressent sa nouvelle hostilité. Ravi, il avait été ravi de l'entendre parler contre une merveille comme *Jane Eyre*. Et il avait défendu Charlotte Brontë comme il l'aurait fait de sa femme (quoique Élisabeth puisse se passer aisément de ses services). Traiter *Jane Eyre* de roman mineur ! Dire de Charlotte Brontë qu'elle avait moins de talent que sa sœur Emily !

Pendant trente minutes, il s'en souvient, la classe avait été passionnée par le débat et avait suivi l'échange entre le prof et cette Anne Morissette si éprise d'Emily Brontë. Ils avaient argumenté, ratiociné, s'étaient affrontés dans une joute passionnante et il ne savait plus qui avait gagné. Il se souvient avoir servi des arguments féministes et elle, dans son ardeur, l'avait traité d'opportuniste intellectuel qui utilisait le féminisme sans en comprendre le centième, lui avait presque crié que la vraie féministe était celle qui prônait la passion effrénée, la véritable, la pure, celle qui obéissait à l'être profond et non aux diktats sociaux de l'époque.

Il était fou ! Debout dans son bureau, seul, deux jours après le débat, il sait très bien qu'il est profondément d'accord avec elle. Lui aussi préfère Emily Brontë. Pourquoi s'est-il senti obligé de la contredire, de discuter ? Il n'en sait rien. Cette fille l'emplit de rage. Son intelligence l'agresse, le heurte. Qu'elle ose penser comme lui d'une auteure et cela suffit à faire glisser son jugement, à l'ébranler, à semer le doute. Il sourit : il ne peut quand même pas cesser d'aimer Emily Brontë juste parce qu'elle l'aime ! Mais envisager de donner son cours sur Emily en servant ses arguments à elle à une classe qui se pourlèche les babines de sa reddition, c'est un peu trop fort pour son goût. Il a envie de la piéger.

Envie de la forcer. Envie de la mettre à l'épreuve, de lui montrer. D'agir sur elle. En mal, en bien, peu lui importe. Il voudrait faire sa marque. Qu'elle ne sorte pas indemne, lisse de leur rencontre. Qu'elle soit, comme lui, touchée en quelque lieu vivant.

François n'apprécie pas beaucoup qu'on le trouble. Il est abattu, angoissé. Cet automne pluvieux lui rentre dans les os et l'imprègne d'une étrange mélancolie. Le campus a l'air d'un camp de concentration avec ses arbres tordus par le vent et ses piétons affolés, fermés sur eux-mêmes.

Et puis, elle est là. Facile à distinguer : c'est la seule qui laisse la pluie la frapper de plein fouet. La seule à marcher droit. La seule à conserver son rythme, malgré le sale temps. Elle prend *son* temps. Celui qui lui convient.

Elle est là. En bas, sur le trottoir, trois étages sous lui. Ignorante de lui, de ses yeux, de la pluie, du vent. Ignorante de tout ce qui n'est pas elle, de tout ce qui ne l'habite pas. Elle est là et Emily Brontë gagne du terrain. Il a toujours aimé Emily Brontë.

— Mademoiselle Morissette !

Elle lève les yeux vers lui : Seigneur ! qu'il l'ennuie !

— Puisque vous éprouvez une telle passion pour Emily Brontë (petit rire dans la salle : il a ses supporters), peut-être pourriez-vous en faire profiter vos collègues et nous présenter un petit exposé, disons... pour le 20 novembre ?

Elle ne bronche pas, impassible. Son regard a quelque chose de dégoûté. Il se sent presque obligé de descendre encore d'un cran vers l'abjection et il ajoute en comptable mesquin :

— Évidemment, vous seriez dispensée du travail sur les sœurs Brontë.

Elle hoche légèrement la tête et il y devine un « oui, oui, mon cochon, je te vois venir » plutôt que l'acquiescement poli d'une étudiante ravie. Sa tactique lui semble maintenant veule : c'est si facile de se défiler, se soustraire au jugement, quand on a le pouvoir. Mais sa victoire a un arrière-goût de mépris et il n'est plus sûr d'avoir gagné.

Il s'entête, comme un enfant buté, irresponsable. Et il sait qu'il recevra des étudiants des travaux qui seront l'exact thermomètre de sa popularité : il y aura ceux qui, par complaisance, pour le maximum de points, vont se ranger à son avis sans même chercher pourquoi, ceux qui vont étayer, fouiller, prouver l'exactitude de son point de vue parce qu'ils y adhèrent totalement et ceux qui, discrètement mais fermement, vont lui dire qu'il déraille, soit pour le remettre à sa place, soit par conviction personnelle.

Et elle, il ne lira pas sa prose et c'est tant mieux. Il donne la parole à Leroux qui a la main levée depuis dix ans.

— Monsieur, je voudrais savoir si...

Elle sort ! En plein cours, lâchement, pendant la question de Leroux. La débâcle ! Il écoute Leroux, mal bien sûr, répond tout croche, fouille ses notes furieusement. Qu'elle aille au diable ! Il va pouvoir parler de Thackeray en paix, sans être constamment contredit par cette furie. Qu'elle aille au diable, oui !

Et le cours s'étire, long, pâle, fade comme un carême respecté.

À la pause, Hélène Théberge disparaît à son tour.

François se trouve de plus en plus ennuyant. S'il osait, il sortirait lui aussi. Il se laisserait placoter tout seul de la bonne Amélia et de la vilaine Rébecca. Au moins elle n'est pas là pour m'entendre, se surprend-il à penser. Elle ! Elle est devenue elle !

Pour la première fois, il se demande s'il n'est pas en train de se faire accroire qu'il a de l'opposition dans sa classe, alors qu'il se débat bêtement pour n'être pas amoureux.

* * *

Assise toute seule au restaurant de la Jonction, Anne savourait le plaisir d'être l'unique cliente. À dix heures et demie, le restaurant était désert. La serveuse nettoyait son comptoir en chantonnant, comme d'habitude. C'était le genre de calme qu'appréciait Anne Morissette. Depuis le premier jour, elle avait en horreur le niveau zéro du De Koninck où, quelle que soit la direction où on posait les yeux, quelque chose pendouillait, dépassait, faisait obstacle à l'harmonie.

Anne aimait l'ordre. Elle aimait les tables du restaurant de la Jonction, un peu coincées, un peu trop étroites près de la fenêtre et les petits bancs comme des boutons de chemise posés devant le comptoir interminable et zigzaguant. La serveuse la connaissait et allait jusqu'à réchauffer trois fois son café.

Oui, Anne était bien. Elle retrouvait son calme à la seule vue de la perspective intacte de l'allée, de la pile de journaux au bout, dans le coin tabagie et du comptoir à cosmétiques. Elle rangeait minutieusement ses croûtes en forme de carré, reformant dans son assiette la toast disparue en son centre. Par bonheur, elle arrivait à ne penser à rien.

De temps en temps, elle regardait un passant lutter contre le vent et perdre la partie devant un parapluie retourné, disloqué. Anne souriait : quelle idée de traîner un parapluie dans une ville comme Québec ! Penser qu'il puisse y pleuvoir sans vent, c'est comme s'imaginer qu'on puisse traverser la ville sans grimper une côte.

La huit (oui, elle disait *la* huit, *une* autobus, *la* autobus, comme tout le monde, sauf sa mère !) se rangeait contre le trottoir.

Échevelée, le poncho déployé, soulevé par le vent, le pantalon « patte d'éléphant » claquant contre les mollets, maniant désespérément un parapluie obstinément fermé, Hélène est là, sur le trottoir d'en face, comme une Mary Poppins sans sortilège. Renonçant brusquement à faire usage de son parapluie, elle décide évidemment de traverser au moment précis où la lumière devient rouge. Échapper à la mort par écrasement semble une pratique courante pour Hélène et c'est indemne qu'elle entre à la Jonction. Son arrivée dans la petite place fait l'effet d'une musique trop forte, discordante. Anne ferme les yeux : ça y est, le restaurant est plein !

Un parfum de catastrophe s'assoit en face d'elle.

— Veux-tu bien me dire, toi... voyons... (son sac accroche la patte de la table déjà coincée dans le parapluie) maudit parapluie ! (qui, sous l'injure,

26

s'ouvre enfin). Bon, ça y est ! Aide-moi pas, han ?
(Deux trois coups distribués au hasard.) Bon...

Hélène émerge enfin de son poncho, sourit
poliment à la serveuse.

— Ah... euh... un café, c'est tout. (Un regard
d'envie au déjeuner inachevé d'Anne). Tu manges
pas tes croûtes ? Je peux ? J'ai pas assez d'argent...

L'assiette de croûtes transite en glissant. Le
silence s'installe, le temps qu'Hélène honore les
restes d'Anne. Puis, devant son café, toute ragaillar-
die par les différentes batailles déjà livrées depuis
son réveil, Hélène Théberge attaque.

— Pourquoi tu lui as pas dit ?

Anne, de toute évidence, n'est pas partie pour
se confier. Elle gratte une tache incrustée dans
l'arborite de la table.

— Franchement, t'es drôle, toi... t'avais rien
qu'à le dire, il aurait compris. Je le trouve assez fin.
Pourquoi tu lui as pas dit ?

Pour Hélène, répéter une question n'a rien
d'humiliant. Anne la regarde, déprimée à l'avance.

— Dit quoi ?

— Que ton travail était fait, c't'affaire !

— Y est pas fait.

— Quoi ? Tu me l'as montré. Qu'est-ce que tu
m'as montré, d'abord, si c'est pas ça ? Un travail de
vingt-cinq pages sur Emily Brontë. Viens pas, toi...
j'étais assez jalouse. Je suis même pas capable de
pondre deux pages quand je connais le sujet. Je
bloque ben raide. Toi, t'écris vingt-cinq pages d'une
claque, presque en bâillant. Ça m'énerve assez !

Un murmure indistinct : « Je l'ai jeté. »

Hélène est presque debout, suffoquée.

— Quoi ?

— T'as compris...

— T'as pas jeté ça ? Es-tu folle toi ? Donne-moi-
le. Je vais te l'acheter si tu veux. Aye, fais pas ça. Tu
l'as pas jeté ? C'est pas vrai ? T'as pas fait ça ? Un
travail de vingt-cinq pages !

— C'était pas bon.

— Ben voyons donc ! C'était mieux que n'importe quoi que je pourrais inventer. Y me resterait
juste à le recopier en faisant un peu de fautes, avec
des barbos. Tu l'as pas jeté ? Si tu le prends pas,
vas-tu vouloir me le donner ? Anne ? Vas-tu vouloir ?

— Bon arrête, reviens-en !

Beaucoup, beaucoup trop dure sa phrase, elle
le sait, Anne. Trop raide pour Hélène, trop violente,
trop cassante. Hélène qui a manqué son cours préféré pour voir si elle avait besoin de quelque chose.
Hélène qui étire les manches de son chandail
comme si elles n'étaient pas trop longues déjà. Très
silencieuse, très honteuse Hélène qui est là, con-
damnée qui attend humblement sa grâce. Que c'est
choquant les gens incapables de se défendre ! Que
c'est exaspérant l'être humain fragile qui accepte de
l'être. Comment sauver une noyée consentante ?
Anne hausse les épaules.

— Tu peux m'envoyer chier aussi !

Vraisemblablement, ça n'arrange rien. Hélène
s'enfonce un peu plus sur sa chaise, les yeux obstinément baissés. Elle a ce petit geste confus de
remuer son café, alors qu'il n'en reste qu'un cerne
sur la tasse. Cela fait si mal à Anne qu'elle saisit la
main d'Hélène.

— Je t'en prie, excuse-moi, je t'en prie, fais-toi pas de peine avec ça. Je me suis énervée. Hélène... t'es pas fâchée ?

Qu'elle ait seulement eu la possibilité de se fâcher, le droit de lui en vouloir est déjà énorme pour Hélène. Elle regarde Anne, éperdue de reconnaissance ; cette fois, c'est au saint-bernard qu'elle ressemble. Et pataude comme un saint-bernard, elle fonce droit sur l'écuelle.

— Tu l'avais pas jeté ?

— Non voyons. Tu sais bien.

Hélène est muette. Elle aimerait mieux se faire clouer le bec plutôt que de reposer la question fatale.

— J'ai envie de faire le travail sur Anne Brontë à la place.

— Ah oui ? (Hélène avait presque oublié le nom de la troisième sœur.) Ça t'intéresse ?

— Non. C'est pour le faire chier.

— T'es pas sérieuse ? Il t'enrage tant que ça ?

— L'as-tu entendu ? « Puisque vous éprouvez une telle passion ! » Si y pense qu'il va rire de moi bien longtemps.

— Mais c'est à cause de la discussion que vous avez eue à l'autre cours, tu t'en souviens ?

Comme si elle pouvait l'oublier ! Elle s'était laissé emporter, elle avait débattu son point de vue sauvagement, avec toute son énergie, pour le plaisir bête de l'affronter, le provoquer, pour lui signifier ce qu'elle pensait de lui et de ses idées dépassées. Comme si ça pouvait donner quelque chose ! Anne n'avait pas envie de revenir sur ces événements-là. Elle était gênée de son comportement. Et en plus, honteuse d'avoir perdu la face... si elle l'avait perdue ! En tout cas, elle avait décidé de ne plus y penser, de ne pas revenir là-dessus. Elle avait d'ailleurs fait son travail pour en finir avec cette histoire des sœurs Brontë. Et maintenant, lui, en petit coq, voulait remettre ça, reprendre le débat, avec son cynisme et son air de pas y toucher :

— Je le trouve fendant, c'est tout.

— Ah oui ? Jamais j'aurais dit ça. Moi, je le trouve intéressant, drôle. Il me donne le goût de lire, de discuter. C'est un maudit bon prof, tu peux pas dire.

— Qu'est-ce que t'as lu depuis le début des cours ?

— Ben... j'ai acheté Jane Austen, Thackeray, et je vais acheter George, là, euh...

— Les as-tu lus ?

— Pas encore. Laisse-moi le temps. Je viens de les acheter.

— Y te donne vraiment le goût de lire !

— Mais tu me connais, je suis pas vite, moi. Je suis pas une bol. Mais je l'aime. Il est pas pire à regarder à part de ça. Au moins, il donne pas ses cours en cravate.

— Si c'est tout ce que ça te prend.

— Tu sais bien que non !... Pourquoi tu lui en veux, toi ?

— Moi ? Je lui en veux pas !

— Ah bon... je pensais... Vas-tu faire l'exposé, finalement ? Je suis sûre que tu peux lui expliquer que ton travail est déjà fait. Ça a l'air qu'y est ben open.

— Si tu penses ! Je lui demanderai rien certain !

— Mais...

— Ah je le sais pas... je verrai.

Fidèle à son habitude, Anne clôt la discussion en changeant de position. Elle est déjà debout quand Hélène s'aperçoit que le départ est amorcé. Dépitée de ne pas parvenir à en savoir plus long, elle plonge sous la table à la recherche de ses nombreux effets. Quand elle se relève, la face toute rouge, Anne est debout, impeccable, même pas froissée.

— Ton café est payé. Viens-tu en ville avec moi ? Il pleut plus.

Mollement, pour la forme, Hélène hésite : « Faudrait bien que je commence à travailler... »

— Je vais te refiler mon travail sur Emily. Tu auras juste à changer un ou deux paragraphes. Il est assez primaire qu'il s'en rendra même pas compte.

Hélène est tellement contente qu'elle bâillonne sa conscience et laisse traîtreusement passer ce « primaire » qui est loin d'être honnête à son avis. Mais... comme elle-même n'est pas pour le moment un modèle d'intégrité, elle opte pour la satisfaction immédiate d'accompagner Anne.

* * *

Les samedis matins d'automne sur le chemin Gomin avaient le don de calmer les angoisses de François. En ratissant les feuilles humides, il avait l'impression que la terre sentait bon de reconnaissance. Un soleil de juillet faisait le beau dans l'air piquant de novembre. François raclait lentement, voluptueusement presque, désirant faire durer son plaisir. Des enfants piaillaient pas très loin. Un chien jappait pour tester l'écho tout neuf de l'automne avancé. François ordonnait méticuleusement les tas, de grosseur identique. L'odeur forte d'humus le confortait dans son sentiment d'être encore humain, pas trop civilisé, périssable en quelque sorte. Il redoutait beaucoup d'être un homme qui se confond à ses habitudes et qui se dilue doucement dans les obligations qu'il s'est créées. Depuis quelque temps une sorte de révolte (il n'avait pas d'autre mot) l'habitait. Une tendance à tout remettre en question, à discuter ce qui, deux mois plus tôt, se serait appelé l'irréfutable. Il considérait sa vie et l'inquiétude s'éveillait. Quelque chose de vague, une sorte d'insatisfaction latente et imprécise le rendait soudain furieux, puis, tout aussi brusquement, déprimé, assailli par un profond sentiment de l'inutile.

La futilité était une notion qui exigeait beaucoup de son temps. Un sentiment terrifiant de précarité le tenait éveillé une bonne partie de la nuit. Et même maintenant, en formant un sixième tas, il se sentait proche de Sisyphe et il avait du mal à ne pas se dire qu'il deviendrait aussi léger, aussi dépassé et plus inutile encore que ces feuilles.

Lui qui s'était toujours cru à l'abri, bien tassé dans son œuf conjugal et professionnel ne comprenait pas pourquoi tout à coup il en ressentait les parois et l'étroitesse. Un peu comme un tic que quelqu'un d'autre nous fait remarquer et qu'on observe alors de façon obsessive. Le discours devient accessoire et on ne retient plus rien d'autre que le nombre de répétitions du mouvement. Sa vie ressemblait à un tic. Un geste vidé de son sens, qui revient automatiquement. Il se dit que *La Belle au bois dormant* ne devait pas être un conte pour enfants, et que certains sommeils exigeaient l'amour sinon la passion pour prendre fin. Que serait-il advenu si le prince, une fois le baiser exorciseur donné, s'était enfui ? Qu'arrive-t-il lorsqu'on est éveillé, mais laissé seul, absolument seul ?

François avait peur de se laisser entraîner par son imagination. Depuis longtemps, il l'avait reléguée à la littérature qui lui fournissait amplement de champs tout en préservant sa tranquillité. Il pouvait divaguer, rêver, bousculer la vie : la littérature lui avait toujours donné les émotions et l'intensité qu'il désirait.

Il ne comprenait pas cette fêlure dans son monde si bien organisé. D'où venait la cassure ? Il avait l'impression atroce de se faire du mal.

Quelqu'un dans le voisinage a mis le feu aux feuilles. Une odeur lourde de temps révolu lui étreint le cœur. Quelque chose est fini qui ne reviendra plus. L'odeur le remplit d'une tristesse indicible, son dos lui fait mal, sa gorge s'étrangle. Quelque chose est fini qui ne reviendra plus. Le front appuyé sur ses mains qui tiennent le râteau, François ferme les yeux et essaie de cerner ce qui est fini, mais le parfum est puissant et l'enveloppe d'une nostalgie qui ne cherche pas à se nommer. Quelque chose est fini et c'est tout et cela suffit amplement. Quelque chose est fini qui sent l'automne, qui sent l'air froid et la fumée opaque et capiteuse des feuilles qui brûlent. Quelque chose est fini qui ne reviendra plus. Un souvenir, un souvenir brumeux dans l'air piquant de l'automne, comme l'écho d'un cri venu d'une vie antérieure. Un souvenir, non, quelque chose qui s'achève dans la mélancolie de l'instant, quelque chose qui se termine, qui s'en va pour toujours, sans regarder en arrière. Comme si souvent. Comme à chaque instant.

Si une cloche d'église ne s'était pas mise à sonner au loin, François n'aurait probablement pas sangloté comme ça, sans aucune raison, debout contre son râteau.

* * *

Il est à remplir son huitième sac de feuilles quand Élisabeth arrive. Enveloppée dans un de ses vieux chandails, elle plisse les yeux à cause du soleil.

— Les Langlois ont appelé. Ils nous invitent à souper. Ça te tente ?

— Je sais pas... toi ?

— Tu les brûles pas ?

— Ah... c'est pas permis tu sais.

— Ça ne t'a jamais beaucoup dérangé. Les voisins se privent pas, eux autres.

— Dans le fond, ça ne me tentait pas.

Elle s'approche de lui, plante le nez dans son épaule. La force qui se dégage d'Élisabeth l'apaise. Cet équilibre d'esprit et de cœur, de rire et d'amour. Élisabeth ! Il la serre dans ses bras comme s'il venait d'échapper à une catastrophe. Elle rit :

— Tu sens bon. Tu sens l'automne. Pas besoin de faire brûler nos feuilles, tu sens déjà.

— Tu vois bien.

Elle se dégage. Les yeux d'Élisabeth sont d'un bleu foncé tirant sur le marine. Il se demande encore comment il a réussi à intéresser une telle femme. Ses cheveux courts, bouclés, s'agitent dans tous les sens. Il les repousse pensivement, dégage sa joue droite. Elle sourit.

— T'as l'air bien épuisé ! Veux-tu que je t'aide ?

— Non, j'ai presque fini. J'aime ça, je prends mon temps.

— Mangerais-tu une sandwich ?

— Avec des cornichons, comme au restaurant ?

— Qu'est-ce que tu penses ? Je sais vivre !

Il la prend contre lui, la serre assez pour sentir son corps à travers le lainage. Il la tient de si près, si fortement qu'ils pourraient en perdre l'équilibre.

— Élisabeth.

— Mm... mmm ?

— Je t'aime.

— Comme ça ? En plein samedi midi ?

— Je suis pas gêné, han ?

Elle rit. L'embrasse. Il la regarde rentrer avec son petit air décidé. À la dernière minute, elle se retourne.

— Les Langlois ?

— Moi, ça serait oui.

— Moi aussi.

François saisit les sacs et les empile en bordure du terrain. Il finit son travail en sifflant, soulagé, dégagé du poids qui l'assaillait.

Il sifflote une vieille chanson qu'il n'a pas écoutée depuis longtemps et sourit en se souvenant des paroles d'Aragon : « Suffit-il donc que tu paraisses » et il sait soudain qu'Élisabeth est son Elsa et qu'il est un homme heureux.

* * *

L'atmosphère était tendue chez les Langlois. Mireille, qui d'ordinaire était vive, avait des gestes brusques, saccadés et les assiettes s'empilaient avec des sons aigus. Jacques Langlois buvait allègrement, dissertait avec beaucoup d'esprit mais frôlait la méchanceté. Les ondes passaient entre ces deux-là comme des éclairs.

Élisabeth se sentait délicieusement hors contexte ; elle avait passé une bonne partie de l'après-midi au lit avec François et elle avait une nette tendance à l'indulgence. Détendue, souriante, elle observait Mireille qui luttait nerveusement avec la salade de fruits et les biscuits fins.

— Tu t'occupes de servir le dessert, chéri, pendant que je fais le café ?

— Oui, oui.

Le chéri pousse le bol qui lui nuit pour atteindre la bouteille et continue sa conversation avec François :

— Tu ne viendras pas me dire qu'au prix qu'il est payé, il ne peut pas donner ses trois heures de cours par semaine.

— C'est pas une question de salaire, Jacques, c'est une question de temps. C'est normal qu'avec une tâche administrative comme la sienne...

— Mon œil ! Ce gars-là n'avait rien à faire et il donnait déjà ses crédits ! C'est un placoteux qui baisait toutes ses étudiantes.

Mireille est là, le cheveu en bataille, la bouche encore plus petite que d'habitude :

— Ça ne te regarde pas, ça. Tu n'as pas servi le dessert ?

— On n'a pas fini de boire notre vin.

— Tu veux dire que tu n'as pas encore vu le fond de la bouteille.

Imperturbable, Jacques se retourne vers François.

— Et je ne suis pas sûr qu'il en ait pas mis une enceinte.

— Des histoires, ça, Jacques. Si tu n'as pas de preuve, je ne vois pas comment tu peux le condamner.

— Il est jaloux !

Mireille jette la salade à grands coups de cuillère dans ses petits saladiers de porcelaine, qui tremblent sous l'impact. Elle sert tout le monde avec la même générosité, sans leur demander leur avis. Elle continue avec une énergie farouche :

— Pas vrai, mon grand ? T'aimerais bien ça être le seul à courir dans ton clapier. La concurrence lui fait peur.

— Mireille ! Détourne pas la conversation, s'il vous plaît. On ne parlait pas de tes angoisses.

— Non. On parlait de la « sainte Université ». De l'institution sacrée et intouchable. On n'a le droit de parler que de ça, ici. Du personnel de l'université, des cours à l'université, des politiques et des changements de l'université. T'es pas tannée, toi, des fois, Élisabeth ?

— Ah... on arrive à en sortir de temps en temps.

Mireille se sent trahie.

— On sait bien, toi, c'est pas pareil, tu travailles. T'as des sujets de conversation intéressants. C'est pas comme moi. Depuis que j'ai deux enfants, on dirait que j'ai perdu mon bac, que mon quotient intellectuel a descendu en dessous du seuil de la pauvreté.

— *Est* descendu... Franchement, Mireille, tu vas pas nous servir ton discours sur la femme au foyer opprimée.

— Tu nous sers bien celui de l'universitaire incompétent. Chacun sa marotte.

— Ah pardon : je n'ai pas dit que Tessier est un incompétent. Un maudit coureur qui s'arrange toujours pour en faire moins que les autres, ça oui par exemple.

— Tu admettras qu'il n'est pas le seul dans la boîte.

François essaie d'alléger la conversation, mais Mireille est hors d'elle.

— Non, il est pas le seul !

Elle pose brutalement un bol de salade de fruits devant Jacques. Un peu de jus gicle et atteint sa chemise. Il recule brusquement, furieux :

— Batinse, Mireille ! Fais donc attention.

Elle lui tend sa serviette.

— C'est pas grave. C'est moi qui la lave. Et il n'y a pas d'étudiante ici pour penser que tu ne sais pas manger. Du café, Élisabeth ? François ?

Jacques tire sa serviette sur la table, éloigne la salade de fruits, allume une cigarette et soupire en regardant ses invités avec un air dépassé.

Les tasses circulent poliment, le sucre, le lait, merci, merci. Les cuillères tournent le liquide avec un son aigu qui amplifie le silence tendu. Élisabeth se sent obligée d'animer la conversation. Elle choisit les enfants, se croyant en terrain neutre.

— Finalement, Rémi s'est habitué à sa nouvelle école ?

Mireille est de glace.

— Ah oui, il est comme son père, il a le tour de se faire beaucoup d'amis. Très sociable !

Le père en question, délaissant son café, ouvre une nouvelle bouteille. Mireille ne perd pas un de ses gestes.

— Ça, il faut dire que je suis du genre jovial. D'habitude, quand on me laisse une chance, j'arrive à être drôle.

— Avec beaucoup de vin, quand il ne s'endort pas, il est presque drôle, oui.

L'effort d'Élisabeth conduit au duel sans qu'elle puisse intervenir. Jacques a déjà sauté sur l'occasion, comme s'il en manquait :

— J'en connais qui s'endorment sans même réussir à être drôles. François, un peu de vin ?

— Non merci, Jacques, je pense qu'on devrait penser à partir.

Élisabeth est immédiatement convaincue.

— Oui, c'est vrai, François a travaillé toute la journée. Il ne reste plus une feuille sur le terrain.

Mireille saute sur le sujet, comme si le départ imminent des invités la galvanisait.

— Oui, Jacques devait le faire aussi. Il a été retenu par un étudiant. On ne peut pas l'accuser de paresse aujourd'hui, en tout cas : un samedi.

Jacques glousse :

— Ni d'incompétence, certain !

— Comment est-ce qu'il s'appelait déjà ? Claude Béliveau ! Ah oui, c'est ça, Claude Béliveau. L'as-tu dans tes cours, toi, François ? Il a l'air d'un moyen zélé ! Ça doit être un premier de classe certain !

François est mal à l'aise. Jacques rigole doucement, les yeux dans son verre de vin.

— Oui ma petite fille, c'est un moyen zélé. Claude Béliveau va mériter son bac haut la main.

— Moi, j'ai eu mon bac en étudiant, pas en tétant mes professeurs ni en leur contant ma vie. Ni bien sûr en couchant avec, comme certaines...

— Tu en as quand même marié un.

— Si j'avais su, j'aurais peut-être juste couché avec, comme ça a l'air de se faire maintenant.

— Ah Mireille, t'es plate ! Arrête de délirer tout le temps sur les mêmes détails.

— Moi, je délire ? Moi, je suis plate ? C'est ça, quand on commence à te dire tes quatre vérités, on délire et on est plate.

— Mireille, ma jolie, t'es pas polie. On a des invités qui n'ont pas payé pour une scène de ménage. Garde-la pour moi tantôt, et fais ta grande fille devant le monde, O.K. ?

La serviette de table de Mireille n'est plus qu'un mince rouleau. Elle le regarde avec tant de haine que le moment reste en suspension dans les airs. Élisabeth, prise de compassion, réagit la première.

— Écoute, Mireille, c'était délicieux, mais il faut vraiment qu'on y aille.

Cette fois-là, ça marche. Ils réussissent à atteindre l'entrée. Enfin, les manteaux, les cordialités, la tape dans le dos, la porte fermée et l'air glacé du soir qui fait un bien, un bien énorme. Élisabeth soupire.

— Et Claude Béliveau, c'est...

— ... une étudiante, bien sûr.

— Pauvre Mireille !

Élisabeth se blottit contre François et ils marchent en silence jusqu'à leur maison dans les rues endormies de Sillery.

* * *

Le 20 novembre, François l'a attendu bêtement, se demandant ce que Anne Morissette ferait de sa proposition. Elle ne s'était pas présentée à son bureau pour réclamer une remise de peine. Elle n'intervenait plus jamais au cours. Souvent, François s'était senti à deux doigts non seulement de s'excuser, mais aussi de s'expliquer. Il trouvait son attitude malhonnête et ça le gênait.

Tous les étudiants sont là, évidemment. Hélène Théberge, qui semble bien être l'ombre d'Anne, la couve littéralement des yeux.

Anne est là. Impassible sur la tribune. Elle attend que le silence se fasse. Elle ne le réclamera certainement pas, se dit François en souriant. Il éprouve une certaine admiration pour la jeune fille. Elle a les yeux brillants et elle fixe le fond de la salle, comme au bord de l'ennui. Lui n'en peut plus de trac. Il ne s'attendait pas à pouvoir la fixer, la dévisager comme ça, gratuitement, sans que ce soit déplacé.

Il n'avait jamais si bien pu apprécier sa minceur ; il la pensait très grande, elle est seulement grande, les épaules solides, les seins petits, des hanches fines de garçon, une taille longue, à peine marquée et des jambes cachées dans des jeans. Malgré un air de solidité, de force (qui lui vient en partie du menton), une intense vulnérabilité émane d'elle. On dirait qu'elle lutte continuellement entre sa force et sa fragilité. Même ses cheveux hésitent entre le blond et le brun, entre friser ou pas. Est-ce cette hésitation qui anime autant son visage ? On la dirait profondément habitée, intensément vivante,

41

vibrante, comme si toute la jeunesse possible s'était réfugiée en elle. Il y a en Anne Morissette une densité qu'il n'a jamais perçue, jamais reconnue en aucun étudiant. Tous ses gestes, la moindre respiration, le moindre frémissement témoignent de la vie dans sa plus forte acuité. Et pourtant, elle n'est pas expansive. Qu'est-ce que ce serait, pense François, un ouragan, une tornade.

Elle se penche, semble se ramasser intérieurement, lève la tête et plante ses yeux avec détermination dans ceux de François. Le silence est immédiat. François se sent lâche devant tant d'audace.

— « Emily Brontë est unique, seule, solitaire et rare. C'est une flamme, un brasier même. La lumière qu'elle a jetée sur la littérature ne peut être évaluée à sa juste valeur, parce qu'elle nous éblouit encore. Les lois du roman, telles qu'appliquées vaillamment, scolairement dirais-je, par ses sœurs, sont impitoyablement rejetées et réinventées par Emily. Emily Brontë a soumis le roman à ses lois, à son désir, à sa passion. Et c'est tant mieux, parce qu'ainsi, elle domine... »

François baisse les yeux. Elle a gagné ! Elle l'a bien eu ! L'introduction que Anne Morissette est en train de lire est un obscur article qu'il a rédigé, il y a peut-être dix ans, à la gloire d'Emily Brontë, pour une revue disparue depuis. Il l'écoute, ravi de sa victoire, ravi de son assurance et ravi de l'entendre. Il a tellement envie de rire qu'il se demande s'il ne devra pas sortir. Elle le remarque et, pour la première fois depuis qu'elle est entrée dans cette classe, elle sourit, et il peut voir le rire courir sous la peau de son visage, emplir ses yeux, soulever ses sourcils. Quand, dans un punch final bien amené, elle dévoile le nom de l'auteur de sa citation, ils rient tellement tous les trois (parce que Hélène Théberge est de la partie, bien sûr) que les autres étudiants ont l'impression d'être victimes d'un coup monté.

* * *

— Anne !

C'est la première fois qu'il l'appelle par son prénom. Elle s'arrête net. C'est Hélène Théberge qui se retourne. Plus tard, pas mal plus tard, et plus lentement, Anne le regarde.

— Je peux vous parler une minute ?

Hélène est inquiète, s'agite, regarde Anne, regarde François, petit fox-terrier hésitant entre deux gibiers et qui les perd tous deux. Anne est très calme.

— Je te rejoins chez nous, Hélène.

Le « chez nous » est bien placé. Hélène en ressent immédiatement de la sécurité. Elle part en faisant l'insouciante. Mais elle se retourne deux fois.

Anne est là, devant lui, ne semblant rien attendre. Juste là. Il se sent idiot. Aussi ridicule avec son « vous » que paralysé par le « tu ». Il cherche une phrase qui n'exigerait pas de prénom et, ne sachant comment l'interpeller, il opte pour le « je ».

— Je prendrais un café. On peut peut-être y aller ensemble ?

— On peut, oui.

Elle rit ! Elle se moque ! Il est sûr, certain, qu'elle saisit son malaise, qu'elle le devine, en profite bassement, le juge stupide, ridicule. Il regrette, maintenant. Il se sent puni.

— Pardon ?

Elle a parlé, il n'écoutait pas, il se désolait et elle lui disait quelque chose. Buse, il est une buse.

— J'ai dit du café, oui, mais pas celui des machines du zéro.

— On peut monter à mon bureau. Il y en a du meilleur au département.

Elle le suit sans dire un mot. Il se sent empêtré. Comme si sa légèreté, son insouciance à elle, mettait en relief sa lourdeur, sa balourdise pleine d'intentions.

Dans le bureau, elle ne s'assoit pas. Elle s'appuie au bord de la fenêtre, observe tout ouvertement, sans faire semblant que ça ne l'intéresse pas. Le bureau est net, mais les murs débordent de livres, papiers, dossiers. Elle fait le tour, calmement, en prenant tout son temps. Gêné, François se sent personnellement examiné.

— Je vais chercher le café, je reviens. Du lait et du sucre ?

— Du lait, pas de sucre, dit-elle sans même se retourner.

À son retour, elle est penchée sur le bureau et examine une minuscule gravure accrochée près de la fenêtre. Une gravure d'une grande délicatesse qui représente un arbre qui lutte. Il a l'air solide, fort, indestructible, mais il penche, se brise, se casse en un lieu secret, invisible pour l'œil. Le vent fait le reste.

— Qui a fait ça ?

— Inconnu ! Ça date probablement du XVIᵉ siècle. Je l'avais vue à Florence. C'était désespérément cher, inabordable. Quelqu'un me l'a offerte.

Le visage d'Élisabeth ce jour-là ! Sa joie, son plaisir fondu au sien. Cette extravagance, cette folie faite pour lui dire qu'elle l'aime, qu'elle le veut heureux. La gravure témoignait d'Élisabeth plus fortement qu'aucune photographie n'eût pu le faire. Anne s'en éloigne.

— C'est beau.

Elle prend son café, recule, s'appuie encore à la fenêtre. L'éclat d'Anne Morissette éclabousse tout le bureau. Elle ne dit rien. Elle attend, patiente comme le temps. François se décide à parler :

— Je voulais, euh... je pense que je vous dois des excuses.

Elle le regarde, c'est tout. Si de l'aide survient, ça ne sera pas de là.

— Je n'ai pas pu résister, bêtement je l'avoue, à discuter d'Emily Brontë avec vous, pour essayer de... de réveiller le cours, de le secouer un peu. C'est une des rares fois où il s'est passé quelque chose, où tout le monde a arrêté de somnoler. Moi y compris, ajoute-t-il en souriant.

— Je n'étais pas obligée de discuter. Vous n'êtes pas obligé de vous excuser.

— Non, non, je sais, mais quand même... aller jusqu'à professer le contraire de mon opinion pour activer un cours, je trouve ça assez... assez navrant.

Lui-même se trouve assez navrant, planté là avec ses excuses et son café refroidi. Elle a pitié, peut-être.

— Je ne sais pas, moi j'ai trouvé ça drôle.

— Ah oui ? Vous ne pouviez quand même pas savoir à ce moment-là que je préférais Emily à sa sœur ? Oui ?

Elle hausse les épaules. Il ne le saura pas. Ça ne l'intéresse plus, elle n'a envie ni d'excuses, ni de discuter le passé, ni de le remettre en question.

— Vous travaillez ici ?

— Comment ? (Il attendait encore une réponse à sa question. Cette fille si posée lui donne toujours l'impression pénible d'être en retard, de lambiner.) Ah... non. Seulement pour recevoir les étudiants. Non... j'ai mon bureau chez moi, à la maison.

— Vos livres sont là ?

— Oui, ici c'est surtout des ouvrages de références, des dictionnaires. Vous aimez les livres ? Vous lisez beaucoup ?

Répondre ne l'intéresse pas non plus, on dirait.

— Outre la citation, l'exposé était très bon, vous avez « A ».

Aucune importance pour elle, de toute évidence. Elle le regarde pensivement.

— Vous donnez « Littérature américaine » au deuxième semestre.

— Oui. J'ai bien peur que vous ne soyez obligée de le prendre. C'est un cours obligatoire dans le programme.

— Je l'aurais pris de toute façon.

Il a envie de lui demander quels sont ses auteurs préférés et n'ose pas. Il sait bien que sa déclaration n'est pas un hommage à ses qualités de professeur, mais à la littérature américaine.

— Aimez-vous Salinger ?

Cette fois, c'est important. Elle le regarde et semble attendre beaucoup de sa réponse. Dans ses yeux, dans sa façon de soutenir sa question, il sait qu'elle lui donne quelque chose qui est une réponse.

— Oui, Anne, oui, j'aime Salinger.

— Vous souvenez-vous dans *Oncle déglingué au Connecticut,* quand Éloïse dit qu'elle a épousé son mari seulement parce qu'il prétendait être fou de Jane Austen, et que finalement, il ne l'avait jamais lue, il ne savait même pas qui c'était, Jane Austen ?

— Oui. Et dans *Pour Esmé, avec amour et abjection,* quand le soldat écrit la phrase sur l'enfer... la phrase de Dostoïevski...

— Oui, l'enfer c'est d'être incapable d'aimer ou quelque chose comme ça...

Et là, tous les deux, à moitié debout, à moitié assis, elle au bord de la fenêtre, lui au bord du bureau, là seulement, à travers Salinger, à travers la littérature, ils se sont parlé avec cette impression rare de se reconnaître.

— Tiens, tiens ! Est-ce que l'invincible et l'incorruptible François Bélanger serait en train de découvrir les charmes des petites étudiantes ?

Jacques Langlois bloque entièrement l'entrée de son bureau. François allait partir. Il se sent capable d'étrangler Langlois : il y a des moments où sa vulgarité le choque tellement. Pour la millième fois, François résiste. Pour la millième fois, une extension est accordée à la vieille amitié.

— T'as besoin de quelque chose ? Dépêche, je suis pressé.

— Un rendez-vous secret ?

— Oui. Avec Claude Béliveau.

— Ah oui ? Si je peux te rendre service, ça ne vaut pas le détour. C'est loin d'être une première de classe. Appliquée mais sans envergure, le genre pas dégourdie.

— Il y a quinze ans, j'avais l'âge pour ce genre de tuyau-là. J'ai pas envie d'écouter tes grossièretés aujourd'hui, Jacques.

— Bon, excuse-moi. C'est pas vraiment exact, d'ailleurs.

— Ça ne me regarde pas. Et ça ne m'intéresse pas.

— O.K., O.K., euh... je voulais m'excuser pour samedi soir. Vraiment, je pense que j'étais dans le genre infect.

Il s'installe, fume. François trépigne près de la porte.

— Bon, O.K., c'est pas grave. C'est surtout à Mireille que tu dois des excuses à mon avis.

— Ouais, justement, euh... Mireille est un peu nerveuse ces temps-ci, et euh... elle accroche sur des riens. Je... j'ai l'impression qu'elle couve quelque chose, une dépression peut-être, je sais pas.

— Occupe-toi d'elle un peu, ça va peut-être améliorer sa santé. Franchement, Jacques, tu te conduis comme un enfant gâté.

— Oh écoute, Mireille m'a fait assez de reproches en fin de semaine, viens pas en rajouter !

— Qu'est-ce que tu veux, d'abord ?

— Mireille veut me laisser.

Bon. Coupé dans son élan, François se résigne. Il ferme la porte, s'assoit devant Jacques qui a soudainement foulé dans son fauteuil. Un enfant ! Vraiment, un enfant piteux et abandonné. François éprouve tout à coup une immense compassion pour Mireille.

— C'est sérieux ?

— Je pense, oui. Elle a fait des appels pour trouver un appartement. Elle veut se remettre à

travailler. Elle ne prendrait même pas les enfants !
Te rends-tu compte ? Elle aurait le cœur de laisser
les enfants.

— *Ses* enfants, oui.

— Ah, je le sais, ce sont mes enfants aussi, et ça
serait mon tour de m'en occuper, et problablement
que comme ça je courrais moins les étudiantes qui
ont presque l'âge de Rémi : je le sais ! Mais je ne
trouve pas ça juste. Elle ne me laisse aucune chance
de m'amender !

— Ça fait combien d'années que Mireille te
donne des chances ? Dix ? Onze ?

— Seize ans qu'on est mariés. Mais ça ne fait
pas seize ans que je couraille.

— Non. Je suppose que ça fait quinze.

— Tu ne me donnes pas de chances toi non
plus.

— Écoute Jacques, Mireille pose la bonne question, tu peux lui accorder ça. Qu'est-ce que tu veux ?
Être marié et père de deux enfants, ou bien être
célibataire et père de deux enfants ?

— Mireille n'a jamais dit ça ! Si seulement elle
avait abordé le problème comme ça !

— Qu'est-ce que tu aurais répondu ?

— Marié, évidemment ! C'est pas moi qui veux
partir, moi je suis bien avec Mireille.

— Oui, mais avec tes deux, trois petites aventures par trimestre. Quand je dis marié, je veux dire
fidèle.

— Mais qu'est-ce que ça peut faire ? Ça ne
change rien pour Mireille. C'est ma femme, c'est
elle que j'aime, elle le sait bien. Les étudiantes, ça
ne compte pas. C'est comme ça, sans lendemain.

— Mais Mireille, elle, ne pense pas ça.

— Elle se sent menacée, c'est ça qu'elle a. Elle est jalouse.

— Et alors ? C'est pas son droit ? Tu voudrais tout, Jacques. Et Mireille ne veut pas tout te donner. Toi, qu'est-ce que tu donnes ?

— Ah, je peux bien promettre, mais si je sais déjà que je ne résisterai pas, que je vais la tromper quand même, qu'est-ce que ça donne ?

— Je pense que Mireille ne marcherait pas ce coup-là.

— Je ne veux pas qu'elle parte.

— Arrange-toi pour la garder.

— Tu comprends pas ? Tu ne comprends rien à ce que je ressens ? Pour toi, il y a juste une façon d'être marié, juste une façon d'aimer !

— Non, c'est pas vrai Jacques. Mais je me demande si tu aimes quelqu'un présentement, à part toi-même.

— Sacrement ! C'est Mireille que j'aime. Et elle le sait très bien.

— Écoute-toi ! Tu parles encore comme si Mireille faisait un caprice, juste pour te faire sacrer. Mireille est une adulte, elle a le droit de choisir sa vie. T'es pas tout seul.

— C'est ça, prends pour elle ! Je pensais que t'étais mon ami.

— Je le suis. Si tu penses que c'est facile de te dire ça. Mais il faut bien que quelqu'un te le dise.

— Tu ne pourrais pas lui parler ? Lui demander de me laisser une chance ?

— Jacques... c'est toi son mari. Demande-lui toi-même.

— Non, elle ne voudra pas. Si c'est toi, ça va peut-être marcher.

— Non.

— Tu veux pas ?

— Non. Je pense que c'est le temps que tu te tiennes debout et que tu discutes tout seul avec ta femme. Tes étudiantes, Jacques, c'est de la frime. C'est ta manière de te rassurer. As-tu dit à Mireille que tu te vantais plus que tu agissais ?

— Je ne me suis jamais vanté !

— Ah non ? Je ne te crois pas. Arrête de jouer au matamore, Jacques, c'est ta famille qui est en cause. Mets ton orgueil dans ta poche et parle sérieusement à Mireille.

— Elle ne veut rien entendre.

— Peut-être parce que tu ne lui as pas encore vraiment parlé.

— Tu peux pas savoir, tu ne la connais pas, toi.

— Non, mais je te connais ! Viens-t'en ! Comme tu m'as mis en retard, tu me donnes un lift.

Le trajet se fait en silence. Devant chez lui, François essaie quand même une dernière fois.

— Je crois que tu as plus besoin de Mireille que tu ne pensais et qu'elle a peut-être moins besoin de toi que tu t'imagines. Si tu ne rétablis pas l'équilibre, tu vas la perdre Jacques.

Jacques, buté, ne répond même pas. Un enfant ! François ferme la porte. Jacques démarre dans un bruit de pneus rageur. En le regardant s'éloigner, François se demande si, sans Mireille, il va encore avoir envie de rencontrer Jacques.

* * *

Élisabeth s'est fait une « heure du thé ». Quelquefois, dans un accès de style très anglais, elle fait du thé, sort l'argenterie des grands-parents, dispose sandwiches et biscuits sur la fine porcelaine, fait une flambée dans le foyer et s'installe royalement.

Quand François entre, elle est vautrée dans le sofa, les orteils retroussés de plaisir. Il se sert du thé.

— Salut, Élisabeth II !

Elle le pousse du pied pour le faire tomber.

— T'es rentré avec Jacques ? J'ai reconnu son départ viril.

— Y plastronnait pas fort. Mireille s'en va.

— Oui, je sais, elle me l'a dit.

Elle se pousse un peu, lui fait de la place.

— C'est pas de la frime, son affaire ? Pour l'inquiéter un peu, lui faire peur ?

— François, franchement ! Ça fait seize ans qu'elle l'endure, si tu penses qu'elle a envie de l'inquiéter.

— En tout cas, il l'est !

— Il a pas fini. Elle est sérieuse, tu sais. Elle ne prend pas les enfants non plus. Et elle fait bien.

— Tu trouves ? C'est peut-être une bonne tactique, mais c'est quand même pas terrible pour eux autres. Y me semble que tu as assez vu de monde démoli par leurs parents pour admettre ça. Tu passes ton temps à me dire que tous les jours tu travailles avec des familles en guerre.

— Ah, je te vois venir : garder la famille ensemble, préserver les enfants, finir de les élever, ça, c'est la tâche de Mireille ! Et Jacques, lui, il a juste à rapporter assez d'argent à la maison en même temps que ses gonorrhées.

— T'es pas sérieuse ?

— Penses-tu que je l'inventerais ? Mireille ne m'a pas téléphoné, elle est venue à l'hôpital pour ça, et elle est passée me voir après. Elle a quarante ans, François, c'est une belle femme, elle n'est pas obligée d'endurer ça, de se sentir laide et d'avoir honte en plus.

— J'en reviens pas ! Je n'y aurais même pas pensé.

— Ses étudiantes ont vingt ans : c'est bien évident que Jacques n'est pas le seul homme dans leur vie.

— Je pensais qu'il en inventait.

— Il invente pas tant que ça. Ça lui est même arrivé de tomber amoureux.

— Comment tu sais ça, toi ?

— Qui l'a consolé tu penses ? Qui lui a enlevé sa bouteille de gin des mains aux petites heures, tu penses ? Qui l'a bercé, han ? Devine...

— Mireille.

— Ouais. Maman Mireille. Qui se fait dire que, elle, elle est tellement compréhensive par un grand bébé bavant d'alcool.

— Tu l'aimes pas tellement.

— Franchement, non. Qu'il trompe sa femme en adulte, ça serait une chose, mais qu'il trompe sa mère par procuration, comme un adolescent révolté, moi je le prends pas. Je trouve ça insultant pour Mireille. Elle n'a aucune place encore là-dedans, elle est juste le symbole maternel, et la mère de ses enfants.

— Si elle savait tout ça, elle aurait peut-être dû réfléchir avant d'avoir un deuxième enfant.

— Pourquoi tu penses qu'ils l'ont eu ?

— Vas-y, t'as l'air d'avoir creusé le problème.

— Pour attacher l'autre. Jacques voulait être sûr que Mireille reste, Mireille voulait que Jacques l'aime : ils ont fait un enfant. Pour cimenter leur union. Comme on cimente les balançoires dans la cour pour éviter qu'elles tressautent quand les enfants y vont trop fort.

— Et Mireille s'est réveillée parce qu'elle a attrapé la gonorrhée ?

— C'est pas rien, tu sais. Jacques ne lui a même pas dit : il lui a écrit.

— On peut dire qu'il fait rien pour s'aider, lui.

— On peut dire.

— Comme ça, tu penses que c'est définitif, sans appel ?

— J'espère, c'est tout. Mireille est pas mal tannée, mais elle est encore bien sensible au chantage de son grand garçon.

— Laisse-moi te dire qu'elle est mieux d'être blindée, parce qu'il va lui faire son grand numéro.

Élisabeth soupire : « Elle ne résistera pas. »

François l'attire contre lui en riant. Elle ferme les yeux, pousse son front dans son épaule.

— Toi, tu résisterais, han ?

Pour toute réponse, elle grogne, montre les dents. Il rit.

— Je ne sais pas si Mireille dispose d'une bête sauvage au fond d'elle-même.

Elle ouvre un œil, soupire. François conclut :

— Oui, je sais, le seul tigre du coin est ici.

Il l'étreint, en reconnaissant qu'il est un homme favorisé. Étrangement, les problèmes conjugaux de Jacques, au lieu de l'accabler exaltent chez lui une sorte de satisfaction insolente qui, même discrète, a un parfum de triomphe. Troublé, heureux, il caresse Élisabeth comme s'il la découvrait. Fouetté par un désir de possession qui ne l'a pourtant jamais habité, il la contemple un instant, puis l'embrasse farouchement.

Ils font l'amour sur le divan devenu soudain moins confortable, avec une ardeur qui ressemble presque à de la violence. En prenant ses seins dans ses mains, il les presse fortement, jusqu'à faire gémir Élisabeth, qui le regarde, étonnée. Mais déjà les mains saisissent son ventre, fouillent les vêtements, écartent, arrivent à sa peau dans une débauche de tissus et les yeux bleus se voilent de plaisir. Le désordre amoureux gagne Élisabeth, l'inspire, la pousse hors des vieux sentiers conjugaux. La nouveauté et l'âpreté du désir de François trouvent en elle leur écho parfait.

Plus tard, beaucoup plus tard, il neigeait. La première neige, la si belle, celle qui fait encore plaisir. Ils se sont emmitouflés et, enveloppés de lainage et des relents chauds de l'amour, avec cette espèce de faiblesse aux genoux, comme s'ils avaient bu, ils ont marché jusqu'au Quartier latin en passant par les petites rues. La neige, même neuve, même légère, assourdissait la ville et le bruit des voitures. Un calme intense régnait ; seuls les flocons s'affolaient comme s'ils se disputaient la priorité de tomber.

Serrés l'un contre l'autre, silencieux, ils goûtaient l'instant, appréciaient ce bonheur, malgré ce qu'il annonçait de froid et de noirceur. L'hiver à ses débuts ressemble toujours à une fête attendue. Ce n'est qu'après qu'on se demande ce qu'on pouvait bien tant attendre.

Les joues picotantes, les cils mouillés, ils ont soupé au Café d'Europe, comme à l'époque où ils se sont connus et qu'ils en avaient si peu les moyens. Ce soir-là, ils ne parlèrent plus de Mireille et de Jacques.

Ce n'est que plus tard, ce n'est qu'au début de la nuit que l'image d'Anne Morissette revint à François. C'est surtout parce qu'il avait cherché soudainement une phrase de Salinger.

* * *

L'alerte avait été chaude. Mais avec Noël qui approchait, les réunions de famille obligatoires, les enfants et les serments de Jacques, Mireille s'inclina et renonça à ses projets. Évidemment, pour Mireille, cela eut des allures de victoire et ne fut pas une sombre et triste reddition.

Mais quand même... renoncer à ses espoirs d'émancipation même fous, même illusoires, était difficile pour Mireille. Elle avait réellement considéré la possibilité de partir, de travailler et de vivre pour elle. Le germe était semé. Même vite arraché, il en restait quelque chose. Comme un fantasme de liberté... Et Jacques, prudent, inquiet, dérouté et plein de bonne volonté, hésitait, allant d'un pied sur l'autre sans faire un pas. La menace l'avait paralysé. Il avait maintenant peur de Mireille, de ses moindres réactions. Calmé, pour ne pas dire anesthésié, il se promenait à l'université en aveugle, distribuant ses cours, ses notes, ses commentaires sans aucun humour ni plaisir. Les temps arides de la contrition sévissaient.

François l'observait sans vraiment y croire. Il souriait devant la vertu soudaine de Jacques. Quelquefois, pour vérifier, il commentait devant lui un sourire, une paire de jambes, ou même une poitrine étudiante plutôt avenante. Rien. Jacques levait un sourcil et, sans humour, avec une belle inconscience, signalait une obligation, un devoir, une commission dictée par Mireille. L'effet était immédiat : une courbe plaisante remémorait invariablement une contrainte, un devoir familial. Pavlov en aurait pâli d'envie. Le réflexe s'était acquis à une rapidité foudroyante.

Le trimestre s'achevait, les corrections s'empilaient et François n'avait pas vraiment le loisir de s'inquiéter pour Jacques. Il se disait que sa nature profonde ressurgirait bien, que la vertu ne se payerait pas toujours au prix d'une telle léthargie. En attendant, il s'offrait le luxe de se payer la gueule de son ami en lui signalant toutes les beautés qui sillonnaient les corridors du De Koninck. La seule personne qu'il ne désigna jamais à l'attention de Jacques fut Anne Morissette.

Et la seule personne que remarqua Jacques Langlois fut Anne Morissette.

Il n'en parla pas tout de suite, inquiet de sentir son vieux démon le reprendre. Il n'en parlait pas et cela augmentait, concentrait son désir.

Le jour où Jacques se permit une petite allusion dans son style lourdement descriptif, François eut un haut-le-corps. Il rappela si sèchement à Jacques ses difficultés conjugales antérieures que celui-ci perdit tout appétit pour les distractions étudiantes, fussent-elles avec Anne Morissette. Il trouva le rappel à l'ordre un peu amer. Comme il était centré sur lui-même et sur ses problèmes, il ne se posa aucune question sur les causes d'une telle brusquerie chez son ami. Il fut seulement froissé.

François, par contre, se trouva très inquiet de sa réaction et il eut l'honnêteté de s'avouer que le couple Mireille-Jacques ne méritait pas tant d'ardeur coercitive. Il ne croyait pas tellement à leur raccord. Mais l'idée que Jacques pouvait seulement songer à approcher Anne, la toucher, la culbuter dans un coin (l'idée apparaissait d'ailleurs de plus en plus sordide à mesure qu'il la creusait) l'écœurait dangereusement.

Il se dit que : ou son ami Jacques provoquait chez lui des dégoûts inattendus, ou Anne Morissette suscitait chez lui des goûts tout aussi inattendus. Bouleversé, il se rendait compte que, tout comme le désir de liberté de Mireille, le désir qu'il ressentait pour Anne Morissette était bien là, semé et germé, pratiquement prêt à cueillir et fort difficile à oublier.

François était chaviré. Après le départ brutal et bruyant de Jacques, pendant que ses idées faisaient laborieusement leur chemin, il fixait obstinément la gravure au-dessus de son bureau. Elle prenait des proportions énormes, gigantesques. Il regardait l'arbre secoué par d'invisibles forces et il se surprit à trouver la vie exaltante et injuste. Il résistait. Il savait profondément que jamais, quels que soient ses sentiments, il ne toucherait Anne Morissette. Il savait aussi qu'il était heureux d'être aussi fortement habité par le désir. C'était nouveau, exaltant, comme si ses poumons s'étaient enfin défripés et qu'il prenait sa première vraie pleine bouffée d'air. Il respirait soudainement à sa mesure. Il vivait à sa mesure. Il s'accomplissait entièrement, à la seule idée qu'Anne existait et que lui vivait dans le même monde qu'elle, à la même époque, miraculeusement sauvé du désastre de l'anonymat circonstanciel.

À force de fixer la gravure, François voyait l'arbre bouger, s'agiter pour vrai.

La pensée d'Élisabeth ne vint pas se mettre en contradiction avec ses découvertes. Élisabeth appartenait à un autre monde, à l'univers distinct de son passé, au François aux poumons fripés.

Non, Anne Morissette faisait jaillir de lui une force terrible, une jeunesse presque inaltérable, une conscience aiguë, sensible et une urgence qui n'appartenaient, en aucune manière, à l'autre François.

Cette distinction lui apparut clairement. Il n'eut aucun besoin de la solliciter, de l'organiser péniblement. Et ce n'était pas un argument, c'était une évidence.

Un instinct sûr lui dictait que rien n'était plus important pour lui que de s'éveiller enfin et vivre ce qui l'habitait. Qu'Anne Morissette lui était aussi essentielle que l'air qu'il respirait. Il se rendit compte que depuis plus d'un mois maintenant, il vivait de ce sentiment, de ce désir sans le savoir. Et il crut, ce jour-là, que rien de tout cela n'était sexuel. Qu'il ne souhaitait d'elle que sa présence, cette façon magnifique qu'elle avait d'être là totalement et d'occuper le présent sans laisser un coin blanc sur la page.

Il revint péniblement à ses corrections, se demandant s'il ne devait pas s'excuser auprès de Jacques pour sa brusquerie. Il avait envie de sortir du bureau, de risquer de la rencontrer. Ouvrir la porte lui semblait un geste terriblement neuf, audacieux. Il rit tout seul. Il avait les doigts glacés et une sourde inquiétude le prenait : s'il ne la voyait plus jamais autrement qu'à son cours, et s'il ne pouvait plus jamais lui parler, rire avec elle, l'atteindre encore une fois. Encore une seule fois.

La pensée devenait si intolérable, si déchirante qu'il fut debout sans s'être levé, dans le corridor sans avoir marché. Penché sur la fontaine, il buvait de l'eau en essayant de se calmer, de raisonner l'irrationnel, de contrôler la panique totale qui l'habitait. Rien à faire. À l'idée du jamais plus, son corps entier se crispait, suffoquait, comme aspiré par en dedans, pompé par son cœur, engouffré par lui et il ne se résumait plus qu'à ce muscle habituellement si discret.

Il revint à son bureau comme un convalescent. Ébranlé plus qu'ébloui, il se rassit et tenta d'achever la phrase de félicitation amorcée sur la copie de Leroux. Il se dit que Leroux était à l'abri des remous du cœur et qu'il méritait, pour compenser cette carence, une phrase bien sentie, bien chaleureuse.

Il aborda le travail suivant. Une exaltation le gagnait, reconnaissant malgré quelques hiatus, le style, la fougue, la passion. En un instant, la présence obsédante d'Anne Morissette vint éclairer le bureau. Elle lui parlait, le touchait, le regardait, le chicanait, le traitait de tous les noms, lui expliquait enfin de quoi était faite non pas la littérature, cet ersatz de vie, mais la vie quand elle est rie et pleurée, arrachée et sucée, absorbée et profondément sentie, ressentie, vécue sans être réduite, ramenée à nos pauvres balbutiements d'êtres veules et impuissants. Elle lui tendait son aveu vibrant du fond de ses mots et il sentait qu'elle lui déclarait son désir et forçait son assentiment et son aveu à lui. Elle était là, elle était venue le chercher. Il en ressentit une reconnaissance terrible.

Sa lecture terminée, il arriva à la page couverture qu'il plaçait toujours à la fin du travail pour préserver son impartialité.

Là, sur la première page, trônait le nom d'Hélène Théberge.

Une rage brutale l'envahit devant la profanation de la déclaration d'amour la plus véhémente qu'il eût jamais lue. Qui avait eu cette idée atroce ? Qui pouvait permettre cela ? Comment oser emprunter de tels mots, de tels baisers presque ? Dévasté, un doute le traversa : cela pouvait-il être seulement le fruit de son imagination, de son désir insensé ? Non, c'était impossible, il avait reconnu l'aveu. Il en était sûr.

De son stylo rouge, qui s'enfonça et lacéra la page, il barra furieusement le nom, d'un seul trait. Il écrivit en lettres énormes, aussi énormes que la blessure qu'il ressentait, le nom d'Anne. Seulement Anne.

Et c'était comme un cri rouge, désespéré, sur la page.

Puis, épuisé, il rentra chez lui à pied.

* * *

Hélène glissa une main inconsciente et ferme dans le sac de biscuits. Il était si léger qu'il adhéra à sa main, n'ayant plus rien d'autre à contenir, et l'autre main dut venir à la rescousse. Le dernier biscuit ! Hélène était passée au travers du sac et n'avait écrit qu'une page et demie, et encore, si on calculait les ratures, il y en avait pour une page à double interligne avec des paragraphes espacés !

Découragée, elle s'accorda le droit de se lever, d'aller à la cuisine passer au moins un quart d'heure à remplir sa tasse, lavée minutieusement pendant dix minutes. Elle était crevée. La seule idée d'avoir à s'exprimer sur les sœurs Brontë la rendait malade. Elle n'avait *rien* à dire sur les sœurs Brontë ! Elle les trouvait niaiseuses, dépassées et elle voulait s'en aller chez sa mère.

À deux doigts de pleurer, elle se promena dans l'appartement en désordre. La cuisine était un bordel de vaisselle sale, le salon, minuscule, contenait plus qu'il ne pouvait de journaux, cendriers, tasses, vêtements. Sa chambre... bon, la porte était fermée au moins et elle s'était promis de faire le ménage avant de partir. Seule la chambre d'Anne échappait au désastre. Quoique, depuis qu'Hélène y avait installé son chantier Brontë, une certaine perturbation gagnait l'espace à partir de la table de travail, hier si lisse, si nette.

Hélène était convaincue qu'elle n'avait qu'un talent : celui de la confusion, qu'elle soit physique ou intellectuelle. Elle n'avait aucune concentration : tout lui venait à l'esprit, tout, sauf une idée sur les sœurs Brontë.

Depuis que le travail était revenu d'un geste sec et silencieux devant Anne, Hélène cherchait déses-

pérément ce qu'elle pourrait bien dire qui excuse-
rait sa fraude. Elle était tellement gênée, tellement
honteuse que ce sentiment l'empêchait d'aller de
l'avant et d'écrire la moindre chose sensée sur les
sœurs Brontë. Elle devait pourtant avoir une opinion ! Mais, dès qu'elle essayait de se concentrer,
elle n'entendait plus que la phrase de François
Bélanger : « J'attends encore votre travail jusqu'au
22 décembre, mademoiselle Théberge. » Et c'était si
terrible, si affreux de l'avoir déçu, de lui avoir montré qu'elle trichait, prenait des raccourcis, qu'elle
doutait de tout maintenant, et surtout d'elle-même.
Et on était le 23 !

Pourtant, elle avait lu *Jane Eyre* et *Les Hauts de
Hurlevent*. Mais rien ! Elle avait même choisi les
bouts qu'elle citerait pour étayer son idée. Il ne
manquait que l'idée.

La tentation était forte ce matin-là de tout laisser tomber et d'aller prendre son autobus pour
Rivière-du-Loup où sa mère l'attendait pour faire le
sapin de Noël.

Hélène retourna s'asseoir à la table et relut la
dernière phrase de son brouillon. « Car il est certain
que dans ces circonstances, avec ce qui venait d'arriver, Heathcliff ne serait certainement pas bien vu
des autres membres de sa famille qui... »

Zéro ! Un gros zéro ! C'était lourd et embourbé
comme elle. Pourquoi Anne n'était-elle pas là,
aussi ? Qu'est-ce qu'elle faisait ? Où était-elle encore
passée ?

Cela soulageait beaucoup Hélène de pouvoir
gueuler contre Anne. Elle n'était pas rentrée de la
nuit. Et Hélène l'avait attendue longtemps. Enfin,

pas vraiment puisqu'elle avait fini *Jane Eyre* à quatre
heures du matin. Elle tentait d'ailleurs de mettre sur
le dos de l'inquiétude le fait que *Jane Eyre* ne lui
laissait pas des souvenirs impérissables. Elle aurait
tellement aimé sortir fêter la fin des cours, la fin de
la session, elle aussi. Anne avait dû séduire un des
gars du cours et passer la nuit chez lui. Ça lui arrivait
souvent. Hélène enviait beaucoup sa liberté et son
audace. Elle, elle se trouvait presque débile légère
avec des expériences sexuelles qui se comptabili-
saient totalement sur une partie de sa main gauche.
Ça lui semblait une si grosse affaire à elle, aller coucher avec quelqu'un. Les trois fois que cela lui était
arrivé, elle s'était contrainte à dire oui, de peur
d'avoir trop niaisé le gars, de lui avoir laissé
entendre qu'elle irait et de faire la peureuse qui se
défilait. Elle n'avait jamais eu *vraiment* envie d'y
aller. Quand un désir sincère la prenait, le gars ne la
voyait jamais, à croire qu'elle devenait automatiquement transparente.

Anne, elle, avait presque une baguette magique ; elle regardait le gars et, dix minutes plus tard,
il était à ses pieds. Il semblait à Hélène qu'Anne
n'avait jamais connu d'échecs. Ni amoureux, ni
scolaires, ni d'aucune sorte. Elle n'était pas jalouse,
elle s'estimait nulle, en dessous de tout et la phrase
qui pendait lamentablement sur sa feuille le confirmait. Elle soupira, reprit la phrase en entier pour
bien se punir, et bloqua. Comment pouvait-elle dis-
courir sur la passion alors que ce mot-là, dans sa
réalité profonde, lui était totalement étranger ?
Pourquoi lui demander cela ? Elle ne savait rien,
rien, rien de la passion, rien de l'attirance, elle ne
savait que désirer des hommes qui ne voulaient pas

d'elle ! Elle n'aimait pas passionnément. Elle aimait son petit frère de six ans qui était chez elle et l'attendait avec un cadeau. Elle s'ennuyait de lui et voulait jouer avec lui, l'emmener dehors glisser et l'entendre lui raconter des aventures inventées de toutes pièces, avec son petit défaut de langue sur les « s ». Elle voulait le prendre dans ses bras et le bercer et se bercer en même temps et mettre son nez dans ses joues trop rondes, trop douces. Au bord des larmes, Hélène s'aperçut qu'elle divaguait encore, qu'elle s'éloignait de plus en plus du XIXe siècle anglais. Il fallait pourtant faire ce travail.

Elle eut la tentation d'aller voir au restaurant de la Jonction si Anne n'était pas là, tranquille, à siroter son café. Puis, se disant que Anne en avait assez fait sur les sœurs Brontë, elle décida de se vider le cœur. Elle arracha la page et commença en avouant sa totale ignorance de la passion. Les mots couraient, se bousculaient ; là-dessus, elle en avait long à dire.

* * *

Les mains dans les poches, le nez au vent, Anne Morissette marchait dans cette matinée grêle de décembre comme quelqu'un qui n'a rien à faire. Elle remontait la rue de Bernières à la hauteur de la Citadelle. Il faisait froid, mais elle aimait ça. Elle aurait dû aller dans l'autre sens, vers la côte de la Fabrique, chez Simons' ou Renfrew pour acheter ses cadeaux de Noël en retard, mais cela ne l'inspirait pas. Les « aurait dû » avaient mauvaise réputation chez elle. Elle avait même le don de toujours faire le contraire. Comme maintenant.

L'appartement de Gaétan Durand était si petit ! Une pièce coincée, grise, remplie d'objets. Et lui, rempli de bons sentiments, de désirs, d'intentions lourdes. Quand elle l'avait entendu parler d'un long déjeuner pris au lit, langoureusement, elle s'était précipitée sur ses vêtements, avait même refusé le jus d'orange en se sentant atrocement coupable d'ingratitude, et vite, s'était enfuie de cette chambre surchauffée.

Dehors, les pieds dans la neige dure, elle eut l'impression d'avoir échappé de justesse à un filet. Et elle prit la direction du parc Jeanne d'Arc sans même réfléchir.

Après les draps étriqués et fripés de Gaétan Durand, les lignes nettes des Plaines la ravissaient. Le gris des arbres, la neige, pas encore épaisse, saupoudrée partout également, formant des cercles respectueux autour des troncs d'arbre où l'herbe jaune et raide se dressait, le fleuve qu'on devinait derrière la courbe parfaite du parc, le ciel d'un bleu de Grèce, tout cela affermissait sa conviction d'être libre. Elle aspirait l'air sec comme si c'était un don qui lui était fait.

Personne sur les Plaines, personne dans le parc Jeanne d'Arc, pas même un chien pour sa tournée de santé. Un 23 décembre, tout le monde est occupé. Les bosquets ne portaient que des touffes de neige en guise de fleurs. Les anciennes splendeurs florales du parc étaient givrées. Pas une trace au centre du carré enneigé. Seul le pourtour était piétiné. Anne s'engagea fermement en plein centre, vers la statue, pour l'unique plaisir d'inscrire les premiers pas dans la neige. Le parc Jeanne d'Arc est conçu en rectangle, généreusement fleuri l'été, et un trottoir permet aux admirateurs d'en faire le tour. Au centre, piquée dans le rectangle d'herbe, la statue de Jeanne d'Arc tournée vers le fleuve, vers Lévis.

D'un élan, Anne piétine tout l'espace central, en courant. Elle tourne en rond autour de la statue, puis, essoufflée, laissant une fumée blanche sortir de sa bouche, elle s'appuie sur la statue et regarde l'horizon du point de vue de Jeanne d'Arc.

Elle pense à Gaétan Durand, à son amour moite, à son désir insupportable de continuité et elle se sent mesquine. C'est plus fort qu'elle : quand un homme se met à l'aimer, à vouloir pour elle, à l'idolâtrer, cela lui pèse, l'arrête, tue le moindre désir. Trop, toujours trop d'attentes, de projets, comme si la vie n'avait aucun mouvement en elle-même et qu'il fallait toujours prévoir, organiser, planifier. Quand un homme l'enfermait dans un amour plein d'ambition, Anne Morissette s'enfuyait immédiatement, suffoquée.

La veille, Gaétan Durand lui était apparu drôle, plein d'élan et de surprises. Cette nuit, il s'était mis à avouer un désir vieux de quelques mois, un amour qu'il exaltait après chaque étreinte et elle, plus la nuit avançait, plus elle ressentait de contrainte. Avoir cédé à son impulsion, elle serait partie à quatre heures du matin, à son premier balbutiement de je t'aime. Elle avait résisté pour la seule raison qu'il s'était endormi et donc tu. Mais devant l'épreuve du petit déjeuner causerie où les liens, elle le sentait, seraient péniblement tissés, elle avait craqué.

Dommage... il faisait bien l'amour.

Le froid du socle lui glaçait le dos, mais elle demeurait là, immobile, prise autant par l'envie de bouger que par celle de résister. Une lutte inutile à finir entre le socle et elle. Le froid ne coûtant rien à la pierre, la lutte lui semble tout à coup bien injuste, bien futile. Elle avance dans la neige et continue vers la tour Martello, vers le fleuve. Il est presque gris, là, en bas. Au moins, il permet au regard de se perdre, à l'idée de s'évader. Elle préfère le fleuve de cette rive. De Lévis, elle avait toujours l'impression de regarder ce qui était enviable. De Québec, elle regarde le paysage, le trouve beau et c'est tout. Anne n'en demande pas plus.

Le souvenir de Gaétan achève de se disloquer, le temps de marcher jusqu'à la Grande Allée. Plus vite elle peut oublier, mieux c'est. Surtout quelqu'un qui lui fait sentir aussi fortement sa différence. Devant Gaétan, elle se sent infirme et cruelle. Comme si son système émotionnel était mal ajusté, anormal. Comme si elle n'avait jamais rien à donner, elle, juste à prendre, à saisir ce qui lui convient et partir. Ce n'est pas qu'elle soit égoïste, plaide-t-elle, c'est que les sentiments trop sucrés l'écœurent.

Tant pis, tant pis, tant pis chantonnent ses pas.

Elle est glacée. Rue Cartier, elle décide de continuer jusqu'à la Jonction pour déjeuner et se réchauffer.

Seule devant son café, ses œufs (c'est Noël, après tout !), ses toasts, Anne se sent presque soûle de plaisir. Neuve, elle avalerait le monde avec son déjeuner.

Beaucoup de choses à observer aujourd'hui : le boulevard Saint-Cyrille grouille de monde, les bras remplis de paquets. La tabagie de la Jonction ne désemplit pas : le trafic du samedi joint à l'excitation de Noël fournit un spectacle remarquable. Le restaurant est plein, le ton élevé et joyeux. Tout le monde se plaint du froid, ravi d'avoir à décrier quelque chose. On entend des airs de Noël que personne n'écoute.

Anne est assise près de la fenêtre. Un engourdissement heureux la prend. Elle sait qu'après son déjeuner elle va aller rattraper les heures de sommeil perdues avant de se décider enfin à aller faire ses courses. Elle pense au bain chaud qu'elle va prendre et s'appuie voluptueusement au dossier de sa chaise. Dehors, près de son épaule droite, une dame excédée relève un enfant affalé sur le trottoir qui, bouche grande ouverte, doit hurler de dépit. Il refuse d'avancer, fait le mou, retombe, gros paquet d'habit de neige désarticulé. La femme a un regard de détresse, fait quelques pas fermes, se retourne : l'enfant connaît le truc et ne bronche pas ; il a jeté ses mitaines dans la sloche en bas du trottoir. On sent l'exaspération gagner les épaules de la femme : elle charge tout à coup, ramasse mitaines, enfant et paquets et part, débordée, victorieuse vers la rue des Érables. Anne se sent libre, libre et délicieusement à l'abri.

Puis, elle aperçoit, qui traverse la rue, tête haute, Jacques Langlois son professeur de sémantique. Elle revient à son déjeuner, de peur qu'il ne la voie et ne se sente obligé de lui faire la conversation. En risquant un œil, elle le voit entrer à la Jonction. Il ramasse *Le Soleil*, *Le Devoir*, balaie le restaurant de son œil assuré... Anne plonge dans sa sacoche, farfouillant, taponnant dans le vide. Elle demeure comme ça plus longtemps que nécessaire, laissant à sa sécurité une bonne marge, puis relève précautionneusement la tête. Rien. Il doit être loin. Ce prof qui commence toutes ses explications par un prétentieux « comprenez-moi bien » l'horripile. « Comprenez-moi bien » ! Quelle idée, quelle manière de s'exprimer ! Comme si on était compris dans la vie, comme si être compris était le but ultime de toute existence. Tout le monde veut toujours être tellement compris qu'il n'y a plus que des incompris qui s'expliquent mutuellement leurs déceptions sans se comprendre. Et puis... Jacques Langlois a une façon de parler qui lui rappelle son oncle Édouard : le fait de s'exprimer l'emplit de satisfaction, quel que soit le propos. Emmerder tout le monde sous un flot de paroles, garder le crachoir pendant des heures semble être l'objectif majeur de ces deux hommes. Et il faut écouter tout cela, en hochant la tête de temps en temps, comme si ça pouvait nous intéresser.

C'est un jeu qu'Anne a en horreur. D'ailleurs, elle ne cache pas son ennui aux cours de Langlois. Elle est ravie de ne pas le revoir au deuxième semestre. Il n'est même pas capable de lui apprendre quelque chose ! En plus, cette façon qu'il a de regarder les filles, comme si elles le trouvaient beau ou seulement séduisant. Vraiment, l'oncle Édouard tout craché qui, au jour de l'An, s'abreuvait de « p'tits becs » en faisant celui qui en était encore à sa première tournée de souhaits. Devant les deux hommes, Anne éprouvait à la fois l'envie de fuir et un sentiment de mépris révoltant.

Rassurée depuis le départ de Langlois, sa tasse de café fraîchement remplie, Anne se réinstalle confortablement et laisse son esprit divaguer. Mais ses pensées sont moins libres, moins confuses maintenant. Elle a le sentiment exaspérant de guetter, d'attendre quelqu'un. Elle se rajuste, essaie de s'intéresser à une voiture qui sort péniblement d'un stationnement trop étroit, mais son regard fuit, scrute le trottoir, l'entrée de la Jonction. Elle est moins bien, elle n'a plus faim mais elle conserve comme un appétit.

Avant même de nommer son attente, Anne la reconnaît et, découragée, achève son café. Elle n'aura plus de plaisir, elle le sait, c'est gâché maintenant, flétri, la paix s'est enfuie.

Maintenant qu'elle a vu Langlois, la possibilité de voir « l'autre » existe. Son imagination n'est pas du genre à s'embarrasser des lois de la probabilité.

Elle se déteste ! Elle se tuerait ! Quelle étudiante modèle, vraiment ! Elle a beau se traiter de tous les noms, se renier, le désir ne baisse pas la tête, ne s'avoue ni vaincu, ni ébranlé.

Depuis longtemps, Anne sait qu'elle désire François Bélanger. Depuis ce temps, d'ailleurs, elle est en brouille avec elle-même. Depuis la fameuse discussion sur Emily Brontë, depuis ce jour horrible où, comme une idiote, elle s'est mise à défendre un roman comme si c'était important. Quand elle se voit partir pour ce genre d'aventure, Anne changerait ni plus ni moins de corps. Elle s'abandonnerait avec dédain, sans regret, au bord du trottoir, comme un exemplaire falsifié d'elle-même. Elle déteste cette effrénée tapie en elle, cette exaltée qui prend feu, monopolise son espace vital, réclame tout, risque avec démesure ce que elle, Anne, a mis tant de temps à construire : sa neutralité, gage de sa liberté.

Elle admet franchement désirer François, le vouloir, en concevoir des fantasmes éprouvants et elle attend, une fois cette mise au point faite, que le désir s'efface, disparaisse devant son inébranlable refus d'y céder. Elle s'estime honnête, fair-play. D'accord, elle veut François Bélanger, mais l'intensité de son désir signifie la démesure et Anne connaît bien les risques. Ils sont trop élevés pour elle. Elle ne saurait dire comment ni pourquoi, elle sait peu de choses, mais elle sait ça. Ce n'est pas la crainte de décevoir, d'échouer ou de se faire dire non, c'est la crainte d'aimer et de s'y perdre. Désirer François Bélanger va peut-être la tenir longtemps, l'agacer, l'exaspérer, mais cela ne la détruira pas. Accéder à son désir risquerait de le faire. Anne est bien déterminée à évincer François Bélanger, durement et définitivement. Comprendre pourquoi c'est lui qu'elle désire ne l'intéresse pas. Et si le désir persiste, qu'il aille au diable, et elle avec !

Les dents serrées, excédée, Anne monte l'escalier de l'appartement. En rentrant, le soleil cru magnifie le désordre et la saleté du salon. Trouvant enfin un sujet digne de l'exaspération qu'elle ressent, Anne claque la porte, bien décidée à s'accorder le plaisir d'une scène pour oublier sa déception.

Le visage ravi, Hélène lui tend des feuillets aussi barbouillés qu'elle. Elle trépigne de plaisir.

— J'ai fini ! Je viens de finir ! Je l'ai, j'ai trouvé quoi dire. Veux-tu lire ?

Comment, comment avoir le cœur de briser un tel élan ? Vaincue sur toute la ligne, Anne laisse tomber son manteau et sa colère. Elle prend les feuilles.

— C'est quoi ?

— Ben ! Le travail de Bélanger, qu'est-ce que tu penses ! Les sœurs Brontë, là...

Les feuilles s'immobilisent. Anne se retourne.

— Aye, as-tu vu le salon, toi ? C'est dégoûtant ! Comment ça se fait que tu trouves toujours le tour de faire un bordel, donc ? Tu ne peux pas ramasser de temps en temps, laver une tasse, vider des cendriers, je sais pas, moi.

— Mais... j'allais le faire, là. Laisse-moi le temps. Je viens de finir mon semestre moi, j'étais pas en vacances.

— O.K., laisse faire, je vais ramasser, et après je lirai ton travail.

— J'aimerais mieux tu-suite, il faut que je le dactylographie après. Lis-le, je vais faire le ménage.

— Le bain est propre ?

— Euh... je vais aller voir. Pourquoi ?

— Pour te noyer, grosse nouille !

Les taches de rousseur d'Hélène s'épanouissent dans un sourire soulagé. Elle court faire couler le bain, en demandant des nouvelles de la nuit d'Anne.

Anne range le salon, sans se presser, en se disant qu'elle aime bien cet appartement, malgré le fouillis, malgré ses décorations naïves et sa pauvreté évidente. Elle accroche son manteau, rassure Hélène sur les sentiments de Gaétan Durand, se déshabille et s'enfouit dans l'eau chaude comme dans l'oubli.

Assise sur le siège des toilettes, anxieuse, excitée, Hélène la fixe. Tendue, elle a croisé les mains sur ses genoux. Elle est si touchante que Anne se sent brutale tout à coup. Elle secoue les feuilles.

— Y en a ! Tu t'es forcée !

Immédiat, le sourire d'Hélène témoigne de sa satisfaction.

— Hélène, regarde-moi pas lire... Fais tes bagages, quelque chose.

Hélène est debout, confuse, et triture les bouteilles de la tablette. Finalement, à bout de nerfs, elle sort et Anne l'entend accompagner le *Minuit, chrétiens* de la radio en brassant la vaisselle.

Hélène en était aux ustensiles : le pire, le tournant désagréable de la vaisselle. Anne est là, enveloppée dans le rose de sa robe de chambre, les cheveux qui frisent à cause de l'humidité. Hélène la regarde, le linge à vaisselle en suspens, la bouche presque ouverte. Elle ne dit même pas : pis ?

Anne murmure : « Il n'aura jamais lu un aussi beau travail. » Puis elle se met à pleurer doucement, en serrant Hélène dans ses bras. Hélène ne fait que répéter, gagnée par les sanglots : « Ah oui ? Oui ? Ah oui ? » comme un hoquet interminable. Et elle se sent soudain consolée de tant d'angoisses et d'incertitudes.

Il est près de quatre heures quand Hélène termine de dactylographier son travail. L'appartement, bien rangé, a sombré dans la torpeur de fin d'après-midi, il fait presque noir. Anne s'est endormie, roulée en boule sur le sofa. Elle respire doucement, imperceptiblement, les pieds lovés un dans l'autre, comme deux tourterelles frileuses.

Sur la pointe des pieds, Hélène fait ses bagages. Elle veut prendre l'autobus de six heures. Attendre à demain, le 24, veut dire se faire bousculer, piétiner par la foule de voyageurs et arriver en retard. Elle se hâte, contente, satisfaite d'elle-même. Anne s'étire au moment précis où elle dépose sa valise à la porte.

— T'as fini ? T'es prête ?

Hélène explique la cohue, les Fêtes, son petit frère, le temps qu'il fait, sa mère qui, que...

— Tu pars quand, toi ?

— Demain. Je reste à Lévis, moi, c'est pas loin. Et demain sera bien assez vite si je veux toffer les Fêtes.

L'éternel détachement d'Anne sonne fêlé on dirait. Hélène allume une lampe pour faire quelque chose. Elle connaît Anne depuis longtemps et sait très bien que les questions d'ordre familial sont bannies dans leurs relations. Elle a envie de la couver tout à coup, de la protéger. Anne le sent et se cabre, farouche. Cela donne à leur conversation un ton contraint, malaisé. Et cela gâte leurs adieux.

Ce n'est qu'une fois dans l'escalier, à la dernière minute, à la dernière marche, qu'Hélène négocie avec Anne la livraison de son travail. Plaidant tout : retard, famille, autobus, Noël, elle crie l'adresse de Bélanger, en affirmant qu'elle n'a qu'à glisser l'enveloppe dans la boîte (« C'est entendu comme ça ! »), sans sonner, sans le voir, rien, promis, juré, s'il vous plaît, je t'en prie, t'en prie, t'en supplie.

Et, ayant arraché le consentement d'Anne, elle s'échappe vers ses vacances, vers Rivière-du-Loup et sa famille.

* * *

Pour mal faire, Anne a trouvé tout de suite les cadeaux pour sa mère et sa sœur. Désœuvrée, elle se retrouve disponible pour aller porter le fameux travail. Il n'est que sept heures et demie. Elle prend le temps d'emballer ses cadeaux, avec des soins énormes, puis se fait chauffer une soupe. Elle voudrait y aller tellement tard qu'il n'y ait plus aucun risque de rencontrer qui que ce soit. Mais bien sûr, il faut quand même que la copie arrive au plus tard le 23.

Elle tourne dans l'appartement à la recherche d'une tâche quelconque. Elle prend un livre, fait semblant de lire, les yeux fixés sur le cadran. Huit heures et vingt. Elle ouvre la télévision : un film sur le Noël glacé d'enfants pauvres, tourné en 1930 et qui doit faire pleurer les familles bien nanties, s'achève dans des mélopées de violons à faire vomir.

Anne décide d'aller à pied, lentement. De toute manière, il neige, la promenade est agréable. Elle prend sur Fraser jusqu'au bout, à la rue Bougainville. Là, elle descend sur le boulevard Saint-Cyrille et continue jusqu'à Marguerite-Bourgeois qu'elle prend pour ne pas rater une seule adresse sur le chemin Gomin.

Elle marche en épiant l'intérieur des maisons, son vice préféré. Les lumières sont allumées, beaucoup d'arbres scintillent. Les maisons semblent chaudes, accueillantes, débordantes d'activité.

Elle essaie d'oublier où elle va, elle essaie de se faire un scénario mental à partir des bribes de vie arrachées aux fenêtres qu'elle croise sur son chemin. Mais cela ne fonctionne pas et, résignée, elle continue d'un bon pas sans plus rien voir du paysage.

La maison est grande, plutôt belle. Un genre anglais en vieilles pierres. La voiture est là, dans l'allée. Il y a de la lumière. Personne, elle ne voit personne. À la porte, une sorte de couronne de pin avec une grosse boucle rouge. Sobriété, chic. Un petit claquement sec répond à son geste sur la boîte qui avale l'enveloppe. Voilà. Fini. Plus de raison de s'attarder. Personne à la fenêtre ou dans l'allée, ou qui sort brusquement de la maison. Personne nulle part. Même ses pas dans l'entrée seront bientôt recouverts.

De la rue, Anne se retourne. Elle voit un peu le sapin briller dans le salon, au fond. Elle met son bonnet de laine qu'elle avait gardé dans sa poche à l'aller, d'un geste rageur, calé jusqu'aux yeux, de la façon la moins jolie possible sur ses cheveux déjà trempés.

Et, déprimée au-delà de l'exprimable, elle descend boulevard Saint-Cyrille prendre son autobus.

* * *

Cloîtré dans son bureau depuis cinq jours, François n'avait pas senti l'approche de Noël. Il se soumettait sans rouspéter au fardeau des corrections qui lui indiquaient seulement la fin mouvementée du semestre. Il circulait en aveugle de la cuisine au bureau, trimbalant avec lui des tasses de café aussi nombreuses que corsées. Les deux cours qu'il donnait à l'automne exigeaient toujours plus de corrections que ceux de l'hiver. La formule, le thème, quelque chose l'empêchait de limiter le travail. À chaque fois, le 22 ou 23 décembre, il regrettait son zèle tout en corrigeant inlassablement.

Les notes du premier cours furent prêtes le 21 décembre. « Littérature anglaise du XIXe siècle » traînait encore. Le 22, aux petites heures, quand Élisabeth rentra légèrement vacillante de son party de bureau de Noël, il achevait. Totalement désinhibée par ses abus éthyliques, elle fit pas mal de bruit et quelques invites à peine discrètes. En riant, François l'avait suivie, épuisé plus qu'excité. Le lendemain, très tôt, il s'était remis au travail, bien décidé à en finir pour midi. Élisabeth, elle, se payait une grasse matinée.

Puis, en compilant les notes, il avait dû mettre en attente celles de trois étudiants retardataires dont Hélène Théberge qui, terrorisée, l'avait appelé la veille en balbutiant excuse sur excuse et en implorant un dernier, dernier délai. Il avait encore sur son bureau le travail qu'Anne Morissette avait abandonné sur son pupitre le jour où il l'y avait jeté. Il l'avait récupéré, sachant très bien que l'oubli était volontaire et résolu. Anne Morissette ne toucherait certainement pas à ce travail. Elle fit celle que cela ne concernait pas et sortit ce jour-là la tête un peu plus haute lui sembla-t-il.

Peu importe, le travail était là parmi les non-réclamés qu'il n'arrivait jamais à jeter : ce respect qu'il avait pour les choses écrites s'étendait jusqu'aux essais bredouillants de ses élèves.

À une heure, il émergea, triomphant. Son visage avait quelque chose de similaire à celui d'Hélène au sortir de son travail sur les sœurs Brontë. Il trouva Élisabeth en train de confectionner un dessert aussi compliqué que succulent et réservé, depuis toujours, aux festivités de Noël. L'odeur du sirop de fraises le ramena en un instant au 23 décembre : c'était presque plus fort que celle du sapin. Élisabeth trempait délicatement des doigts de dame dans le sirop.

— Fini ? T'es en vacances ?

— Oui. Je vais porter mes notes, et c'est parti.

— Enfin. Me semble que, d'une année à l'autre, c'est de plus en plus long.

En se préparant un sandwich, il approuva, songeur. Même maintenant, la porte du bureau fermée, il n'arrivait pas à se libérer vraiment de la pensée de ses étudiants. Ça lui prendrait le rituel trois jours d'adaptation aux vacances. Il sourit et parla du partage des tâches. Le sapin qui dégelait doucement à la cave faisait partie de ses attributions. Il aimait cela de toute façon. Monter l'arbre, le décorer lui permettait toujours de faire le pont entre le bureau et Noël. Il y avait aussi le cadeau d'Élisabeth qui attendait au magasin. Et les courses au Délicatesse Cartier où ce serait plein de monde excité et de boîtes empilées. Noël un lundi compliquait les choses. Et le vin, et les fleurs et tant, tant de choses pour une seule nuit de célébrations. Mais d'abord, porter ses notes à l'université et en finir avec le semestre.

— Il fait quoi ?

— Froid. On gèle.

Ce n'est qu'une fois sur Cartier qu'il se l'avoue : il aurait aimé voir Anne Morissette avant qu'elle ne parte en vacances. Juste pour lui dire au revoir et joyeux Noël. Il s'aperçoit qu'il la cherche dans la cohue de chez Délicatesse Cartier, sur le trottoir, à la

Régie, chez le fleuriste. Tout le monde est dans la rue Cartier, pourquoi pas elle ? Il a déjà salué trois étudiants, c'est donc une éventualité plausible.

Puis, brusquement, en tournant sur Fraser, il la voit, les cheveux au vent, la démarche vive. Il s'élance, au risque d'abîmer ses fleurs, se dépêche, bouscule deux personnes qui sortent de chez Bardou et enfile sur Fraser pour voir une inconnue monter dans une voiture et se traiter d'halluciné minable, même pas capable de faire la différence entre Anne Morissette et n'importe quelle blonde qui tire sur le brun.

La journée s'épaississait dans le gris et le bleu lorsqu'il rentra, épuisé. Une odeur chaude de cuisine l'envahit. Élisabeth est au téléphone à donner une recette compliquée. Il dépose son fardeau et se souvient, avec un effroyable pincement au cœur, que le cadeau d'Élisabeth l'attend toujours. Il ressent son oubli aussi fortement qu'une trahison. Il l'embrasse, elle le questionne des yeux, il murmure : « Je reviens dans une demi-heure » et ressort vite, en ignorant ses signes muets.

Ce n'est que vers huit heures, une fois le sapin décoré, qu'il éprouve enfin une certaine paix, une sorte de renoncement à voir Anne Morissette. Assis dans la cuisine, occupé à hacher finement un oignon pendant qu'Élisabeth chantonne en remuant une sombre mixture, il sent que l'impossibilité de la rencontrer devient une évidence qui le met, du coup, à l'abri de l'attente. Il pousse un énorme soupir. Élisabeth sursaute.

— Fatigué ?

— Non... oui, je sais pas. Les oignons, peut-être.

Il la regarde, si belle, si pleine, si vivante et se sent honteux. Il se lève pour aller chercher sa saveur particulière, là, dans le cou. À ce contact, l'emprise d'Anne se desserre ; il prolonge son baiser, la serre contre lui et Noël arrive enfin.

Apaisé, il regarde la neige qui s'est mise à tomber. Un Noël, un vrai.

Élisabeth met sa préparation au froid et déclare les activités suspendues pour la journée.

Ce n'est qu'en sortant chercher les journaux du samedi, restés dans la voiture, que François trouve le travail d'Hélène Théberge. Dans la neige de l'allée, les pas sont presque effacés. Comment sait-il aussi sûrement, sans doute possible, que ce sont ceux d'Anne ?

Vaincu, débouté, il rentre, taraudé par le désir d'Anne, livré, soumis comme à un vieux mal si connu qu'il en est presque aimé.

Chapitre deux

LE REFUS

— Ne pouvez-vous traiter un esprit
malade, arracher à la mémoire un
chagrin enraciné, effacer les soucis écrits
dans le cerveau, et grâce à quelque
antidote de doux oubli, soulager la
poitrine oppressée du poids périlleux
qui pèse sur le cœur ?
— Il faut ici que le malade soit son
propre médecin.

SHAKESPEARE
King Lear

Le deuxième semestre et l'année 1973 s'amor-
cèrent avec les bonnes intentions coutumières. François se présenta à l'université raidi dans sa décision
de ramener ses rapports avec ses étudiants à des
proportions plus acceptables. Ce qui signifiait de
cesser de rêver à une étudiante. Le résultat fut que
tous les étudiants le trouvèrent distant et plutôt sec.

Hélène Théberge, rassérénée par son séjour
dans sa famille et un « A » retentissant pour son
dernier travail, se promettait pour sa part d'élever sa

moyenne, de finir ses travaux à temps et, pourquoi pas, de connaître enfin la passion. Agée de vingt et un ans bientôt, elle trouvait que le temps était venu de cesser de rêver et d'inspirer quelque noble sentiment.

Anne Morissette, elle, n'avait pas à sonner l'hallali de son désir : une sombre détermination, la rendant encore plus inaccessible, l'habitait.

Contrairement à François, Anne ne se voulait pas froide. Cela ne procédait pas d'une volonté personnelle : elle l'était. Depuis toujours, cette froideur et ce détachement l'abritaient des pires dangers comme une couche de cellophane protectrice. Anne n'avait jamais « décidé » de se protéger ainsi. C'était comme ça. Cela s'était fait sans son assentiment, mais avec son concours. Sa survivance avait été à ce prix : elle ne le reniait pas, elle n'y attachait pas d'importance non plus.

Les gens qui n'ont pas beaucoup été aimés ont quelquefois cet air lointain, presque suffisant et dédaigneux qui les rend étrangers aux rapports humains courants. Personne, jamais, n'aurait osé prendre Anne dans ses bras, ou faire une blague en la poussant.

Et tous, sans exception, craignaient son jugement. Anne ne profitait pas de son avantage pour la simple raison qu'elle ne le percevait pas.

Vivre à sa mesure était sa seule ambition. Et sa mesure était grande. François Bélanger était rayé de ses attentes tout simplement parce que, pour Anne, il représentait la démesure. Et cela signifiait quelque chose d'incontrôlable, de dangereux.

Elle s'en éloignait comme d'un être vénéneux. Mais le poison la tentait. Ses efforts étaient héroïques.

François, qui ne s'était jamais intéressé au monde de ses jeunes étudiantes, était profondément dérouté. Il souhaitait une franche et agréable amitié. Il croyait que cela était possible, dans la mesure où « chacun y mettrait du sien ». Le « sien » en question étant évidemment de vider leurs rencontres du désir. Comme une chaudière de son eau.

En attendant, la franche amitié s'éloignait à vue d'œil, se frigorifiait sur place, semblait même n'avoir jamais eu à se vider de son désir.

François rêvait encore à de longues conversations passionnantes sur des auteurs américains. Il s'imaginait pouvoir contrôler la sympathie, l'orienter, l'axer sur l'univers intellectuel et abandonner, parce que cela ne lui convenait pas, l'univers physique. Il préférait travestir son attirance, jusqu'à ce qu'elle devienne une réalité acceptable pour lui, non dommageable. Mais les dommages, il les subissait quand même.

L'amertume qu'il ressentait à s'éloigner d'Anne, il se mit peu à peu à la distiller dans une exigence professorale. Il devint sévère. Mais pas avec mesure, avec l'objectif sain d'améliorer le travail étudiant. Non, seulement avec la triste satisfaction de libérer son énergie, de se débarrasser d'une hargne irrépressible. Son sentiment, d'ailleurs, était que les étudiants se laissaient de plus en plus aller, manquaient de rigueur, de discipline et surtout qu'ils se contentaient de l'à peu près. Il se complaisait à dénigrer l'inertie étudiante. Il assomma ses étudiants de travaux et, plus le semestre avançait, plus il prenait plaisir à les coincer, leur démontrant ainsi leur faible envergure intellectuelle, les titillant, les provoquant sans arrêt.

Jacques Langlois, alarmé par le ton vindicatif de son ami, avait tenté de ramener à de plus justes proportions son indignation. Il lui signifia que la frustration qu'il ressentait auprès des étudiants n'était peut-être pas si justifiée qu'il le croyait.

François sortit le chapelet d'exemples qu'il conservait jalousement en tête pour ce genre de débat. Jacques eut beau plaider, argumenter, les étudiants étaient des cancres que les professeurs encourageaient par leur laxisme. Suivit un procès en règle sur les mœurs relâchées de certains profs qui profitaient bassement de leur position privilégiée pour abuser, eh oui, le mot était pesé, abuser tristement des étudiantes. Le monde était noir, nul n'était exempt d'erreur et les valeurs morales étaient dans le coma.

Attaqué aussi fermement, Jacques se tut, quoique sa fidélité conjugale fût, depuis la menace de Mireille, exemplaire. Il préféra en discuter plus tard avec Élisabeth.

Un dîner chez des amis communs lui en fournit l'occasion. De façon assez maladroite, il l'entraîna dans un coin alors qu'elle s'amusait follement. Du rire plein les yeux, elle lui demanda ce qui n'allait pas. Il fut tout décontenancé et se trouva stupidement alarmiste.

— Oh, rien, euh... je me demandais comment allait François ces temps-ci.

— François ? (Elle étire le cou vers le côté opposé du salon.) Mais il est là, demande-lui.

— Non, je voudrais savoir ce que, toi, tu penses. Comment tu le trouves.

— Mon pauvre Jacques, tu le vois plus que moi !

Il travaille tellement ce semestre-ci, on dirait qu'il donne de nouveaux cours.

— Bon, justement ! Moi aussi je trouve qu'il travaille trop, qu'il s'en fait pour rien, il va se surmener. Je te jure, personne n'exige une telle somme de travail de sa part.

Élisabeth le regarde sans comprendre où il veut en venir. Elle conclut, philosophe :

— Écoute, peut-être qu'il en a besoin, lui.

— Ça ne t'inquiète pas ? Tu n'as pas envie de le décourager un peu ?

— Mais Jacques, ça ne me regarde pas ! S'il ne m'en parle pas, c'est qu'il n'en a pas envie, c'est tout. Je serais furieuse de le voir se mêler de mon travail ou de l'ardeur que j'y mets. T'es bien mère poule tout à coup.

— Je le trouve cerné, c'est un ami et puis il ne m'écoute pas. Alors, je me suis dit...

— ... que sa femme s'en occuperait comme une bonne mère.

— Non voyons, j'ai jamais dit ça !

Élisabeth sourit, lui tapote gentiment la main avant de partir : « Rien ne t'empêche d'être une bonne mère, toi. Ne te gêne pas pour moi. »

Ses ressources amicales étant épuisées, Jacques préféra laisser tomber et prendre la place du spectateur impuissant. Le spectacle, d'ailleurs, valait le coup d'œil.

Contre toute attente, les diatribes de François et son attitude exigeante, pour ne pas dire intransigeante, fouettèrent les étudiants. Ils se mirent à travailler d'arrache-pied, à fouiller, chercher, étudier, lire des romans non obligatoires, bref, à s'appliquer.

Sa nouvelle façon d'enseigner, enfin, sa nouvelle approche, exaltait François. Ses cours, de plus en plus féroces, de plus en plus énergiques, canalisaient toute son énergie. Il ne pensait qu'à ça. Il analysait, mettait en relief, dénichait des articles rares, des positions critiques controversées, des correspondances d'auteurs introuvables et servait ses trouvailles à des étudiants aussi captivés que s'il s'agissait d'un roman policier.

Ce qui, au début, était de pure mauvaise foi, de pur retranchement injuste et stratégique, devint, grâce à ses talents de communicateur et à l'adhésion des étudiants, sa planche de salut. Il attendait ses cours avec impatience, les préparait amoureusement, longuement et les livrait avec passion. Les étudiants provoqués, émoustillés, tentés se jetaient dans la littérature comme dans un loisir.

L'équilibre, le fragile équilibre se trouva rétabli. François Bélanger, sentant venir la fin de sa hantise, se laissa emporter par son ardeur professorale avec un plaisir et un contentement total. Rassuré sur lui-même, fier d'avoir surmonté ses démons, il se sentait la force d'évincer n'importe quel ennemi, fût-il au cœur de lui-même. Il avait l'impression, pour la deuxième fois de sa vie, d'avoir trouvé sa voie, la seule et unique qui lui convienne et de s'y dévouer et de se dépenser ardemment pour en être digne. La littérature régnait. La littérature était sa passion. Anne Morissette devenait pour lui le ricochet de cette passion, un éblouissement fugitif, comme provoqué par l'éclat du soleil réfléchi par l'eau. Mais François savait maintenant que la source de l'éblouissement était le soleil et non l'effet de miroitement de l'eau. Ce qu'il devait saisir était la littérature et non son reflet, si éclatant soit-il.

Cette découverte, cette assurance ne lui vint que plus tard. Et cela lui permit d'affronter l'extravagante séduction qu'exerçait Anne Morissette sur lui. Et de la remettre mentalement à sa place. Et de n'en être pas victime.

Anne Morissette, d'ailleurs, se tenait bien tranquille, assise dans son coin, l'œil ailleurs et l'esprit probablement plus loin encore. Près d'elle, Hélène Théberge buvait ses paroles, bouche ouverte, sourcils froncés tentant vainement de capter et de transcrire fiévreusement son discours. Il la voyait quasiment transpirer d'attention, de concentration. À côté d'elle, Leroux suivait tout aussi éperdument son discours. La classe entière avait les yeux levés sur lui, l'attention s'y lisant de façon évidente.

L'immunité d'Anne l'agaçait bien un peu, mais il était trop pris, trop épris de son propos et de ses effets sur la classe pour s'en contrarier vraiment. Il tenait à capter l'attention de tout le monde, à élever le niveau de son cours, à transmettre sa passion, la leur offrir comme ce qu'il possédait de meilleur. Exalté, il se sentait proche de son but et ne permettait pas à Anne, même si elle avait été le déclencheur de son entreprise, de l'en éloigner ou de l'en distraire. Il brillait, le sentait et, animé par l'admiration qu'il provoquait, devenait de plus en plus brillant, auréolé du plaisir qu'il partageait sans calculer.

Immunisée, Anne aurait bien voulu l'être. Elle supportait patiemment l'assaut de charme de François sur ses étudiants. Elle n'y était ni insensible, ni sourde. Seulement, elle avait le réflexe d'observer plutôt que celui de participer. Son regard autopsiait l'attitude pédagogique de François autant que lui autopsiait les auteurs. Au début, elle avait tenté de le trouver ridicule, presque pédant, mais cela avait été sans compter sur le charisme qui accompagnait la démonstration. Elle se rabattit donc sur une absence mentale, quand elle ne pouvait se permettre l'absence tout court. Les exigences pédagogiques de François firent qu'elle ne pouvait plus risquer de sécher le cours sans le couler. Et Anne avait quand même son orgueil. Et en mettant sa présence sur le dos large de l'orgueil, elle put assister aux prestations de plus en plus éblouissantes de François Bélanger.

Au début, elle réussissait à regarder fréquemment sa montre, à penser à autre chose, à barbouiller son cahier de notes. Puis, peu à peu, elle s'aperçut que François la choquait : cette façon qu'il avait de se donner, de s'exciter, se passionner lui semblait exagérée, presque scandaleuse d'impudeur.

Mais cela la fascinait aussi. Quelquefois, elle se surprenait à fixer ses mains. Elle en avait les dents serrées de désir. L'idée qu'une de ces mains puisse la toucher en quelque endroit de son corps la faisait vaciller, le souffle court. Il portait toujours des pantalons de velours côtelé qui lui allaient très bien : ses hanches étaient minces, les jambes longues, les fesses encore hautes (encore, se disait-elle méchamment, mais pas pour longtemps). Elle détestait ces profs qui portaient leur âge et leur dédain pour les activités physiques sur leurs fesses larges et molles. Non, François Bélanger avait vraiment « encore » ce qu'elle appelait, pour l'avilir et ramener les choses à leur niveau grossier, « un beau cul ». Pourquoi, gémissait-elle intérieurement, pourquoi n'a-t-il pas de ventre, un pneu, quelque chose de mou, de veule dans la mâchoire ? Elle aurait voulu poser sa bouche sur ces fesses odieuses et les mordre voluptueusement.

Habituellement, arrivée à cette étape dans ses rêveries, elle se ressaisissait, avec un petit haussement d'épaules et un mépris certain pour sa fâcheuse tendance hystérique.

* * *

Puis, bien sûr, il aborda Salinger. C'était en février. Un février glacé, sec, venteux, qui couvrait les fenêtres de frimas blanc, coupant ainsi toute évasion. Un février violent, éprouvant, qui forçait les étudiants à s'habiller comme au pôle Nord et les condamnait à crever dans les salles de cours surchauffées. Mais, à la salle 1273, aucun assoupissement en vue : d'une voix chaude, émue, d'une façon lente, presque avec délicatesse, François Bélanger parle de la force et de la fragilité de J. D. Salinger. Il ressuscite l'enfance, ses blessures, ses espoirs insensés, et parle de la pureté indicible, de l'absolu contenu en chaque enfant ; et il parle de la lutte sauvage que la société mène à cette pureté. Les étudiants, si proches encore de cette enfance reniée, écoutent en ayant l'impression qu'on leur rend un droit d'être et de souffrir qui leur fut longtemps refusé, sous prétexte d'innocence. À travers Salinger, ils récupèrent leur droit à l'émotion extrême, au sentiment si peu disparu qu'être adulte exige un renoncement à un certain absolu, une sorte de passage affreux par la brûlure des compromissions.

Anne écoute, enveloppée dans un chandail rose en laine mousseuse qui lui donne un teint transparent. Les yeux brillants, les bras croisés sur son plaisir, son attention est si intense que François la perçoit presque penchée en avant. Pourquoi, pourquoi a-t-il fallu qu'en abordant la nouvelle *Pour Esmé, avec amour et abjection,* il la regarde avec tant de douceur, presque tendrement, et que dans un geste inconscient, accidentel, il retire ses lunettes pour quelque obscure poussière, sans cesser de la regarder pour autant ?

Tout bascula. Nu, il était nu soudain devant elle, et fragile et vulnérable. Elle aurait crié d'émotion, elle aurait posé ses mains sur ces yeux si pâles, si démunis, presque ternes soudain et pleuré, pleuré sans fin ni raison. Pourquoi faisait-il cela ? C'était insupportable ! Elle en éprouvait un sentiment d'intimité physique presque déplacé, impudique. Elle baissa les yeux, plus troublée que s'il l'avait embrassée. Elle n'écoutait plus. Elle qui n'implorait jamais aurait voulu le supplier de cesser, d'arrêter, de la laisser tranquille. Elle fit, sans le savoir elle-même, un petit paquet ordonné de ses livres et de ses notes. Elle était prête à partir, prête à voir le cours s'achever. Il durait depuis trente-cinq minutes.

En remettant ses lunettes, François tenta de regarder ailleurs. L'insoutenable jeunesse d'Anne, son regard, ce qui y brillait, l'avaient forcé à faire le seul mouvement de retraite possible : retirer ses lunettes pour que cesse l'impossible émotion qu'il ressentait à la regarder. Du coup, elle devint un nuage rose approximatif, un mouvement plus qu'un contour, une chaleur plus qu'un regard et il put continuer à bredouiller ce qu'il avait amorcé. Sans perdre complètement la face. En remettant ses verres, son regard glissa sur Hélène Théberge, y prit une assurance libératrice et, poursuivant son travelling, il s'arrêta sur Jocelyn Sauvé. Cela allait mieux. L'alerte avait été chaude. Il ne regarda plus dans la direction d'Anne de tout le cours. Anne ne le sut pas, ayant elle-même les yeux résolument fixés sur son pupitre.

Après la pause, elle ne revint pas.

Dégoûtée d'elle-même, de ses passions mal placées, elle prit l'autobus avec la ferme intention de s'oublier un peu. Elle se pesait à elle-même depuis quelque temps, elle avait envie de se pousser à bout, de s'infliger une surdose d'événements ; une envie de danser jusqu'à tomber épuisée, en loques, ou de se mener jusqu'à sa limite extrême d'une manière ou d'une autre pour exploser enfin et cesser d'être en attente pour être, seulement et entièrement. Animée d'aussi bonnes intentions, elle descendit de l'autobus, côte de la Fabrique. Elle entra dans une librairie, acheta un livre et en vola deux autres. L'émotion ne fut pas très grande, elle en arrivait à s'habituer à voler. Elle alla au Château, essaya mille vêtements sans rien trouver à son goût et sortit, déprimée. Elle pensa se faire raser la tête.

En explorant son portefeuille, elle décida qu'elle pouvait brûler un vingt-cinq dollars pour une once de pot. Ce qu'elle fit immédiatement. Elle reprit l'autobus pour descendre au coin Cartier/boulevard Saint-Cyrille. Là, elle s'offrit une lasagne du Délicatesse, luxe des luxes, et rentra chez elle avec toutes ses acquisitions. Rue Fraser, il n'y avait personne et Hélène aurait des cours jusqu'à six heures. Anne mit la lasagne au four et entreprit de rouler des joints fin et serré. Elle aimait les joints proprement roulés, extra-fins et elle avait le tour de les rouler égaux : son sens de l'ordre était toujours excité par la mari. Elle en fuma un, puis deux, méthodiquement. Puis elle passa à travers toute la lasagne. Elle s'assoupit légèrement pour se réveiller vers cinq heures. Les joints, bien en ligne, attendaient. Elle se remit à fumer systématiquement et écouta trente-trois fois au moins le dernier Genesis en se disant qu'elle était bien mais que cela ne levait pas fort. C'est dans cet état d'esprit qu'Hélène Théberge la trouva. Excitée, elle lui raconta tout le reste du cours sur Salinger. Écœurée, Anne se leva au beau milieu du discours d'Hélène et alla se faire couler un bain. Interdite, Hélène qui ne fumait du pot que pour la parade de la Saint-Jean-Baptiste, lui demanda si elle allait bien.

Réponse : néant. Hélène, qui connaissait un peu cette sorte de silence et qui redoutait une scène, retraita vers la cuisine pour se faire des toasts.

Une heure plus tard, Anne allumait son xième joint et, plus muette que jamais, se brossait les cheveux par pur plaisir. Elle ouvrit la bouche pour laisser filtrer un : « Sors-tu ? »

— Hein ? À soir ? Un mardi ? Il fait tellement froid, il y aura personne en ville. Où tu irais ?

— N'importe où.

— Ah ouais...

Hélène est plutôt fraîche.

— Écoute... moi je pense que je vais rester ici ce soir. Si tu voulais me passer tes livres de Salinger, j'aimerais ça commencer les nouvelles.

Anne la regarde, impassible, se lève, va dans sa chambre, revient avec tous ses Salinger et les jette par terre, aux pieds d'Hélène :

— Si tu ne les prends pas tout de suite, je les déchire, et je les jette.

— Voyons, Anne, énerve-toi pas de même !

Anne saisit le premier livre, déchire la couverture immédiatement et attaque les autres. Hélène l'arrête.

— O.K., O.K., laisse faire, je les prends !

Un coup de pied dans les livres et Anne claque la porte de sa chambre. Quand elle en ressort, habillée pour sortir, Hélène a fini de coller les couvertures au scotch tape. Anne ramasse le reste des joints, les met dans sa sacoche et sort sans dire un mot.

Effectivement, à la Cour, il n'y a presque personne : trop tôt, trop froid. Anne regrette son achat et se dit qu'elle aurait dû investir dans l'acide : au moins, elle flyerait un peu plus. Elle regarde les clients, plus distante que jamais. Pas un seul gars n'ose l'aborder, certain de se faire rembarrer par la jeune beauté glacée et assez gelée, merci, qui trône au coin du bar.

Au bout de quelques verres, Anne fait les démarches nécessaires et, vers minuit, sort du bar au bras d'un gars de vingt ans qui n'en revient pas lui-même.

Le jeune homme ne dispose évidemment pas d'un appartement et c'est sur la rue Fraser qu'ils aboutissent. Anne, partie pour la gloire au moins, le traîne dans sa chambre en hurlant un « chut ! » capable de réveiller les voisins d'en face. En riant, elle se laisse tomber sur le lit et roule jusqu'au gars, assis pudiquement au bord du matelas. Elle l'embrasse assez pour le mettre à l'aise, mais malgré sa bonne volonté évidente, il s'accroche dans la fermeture éclair des jeans d'Anne. Elle le repousse sèchement, se déshabille elle-même et se plante devant lui, toute pudeur envolée depuis quelques heures déjà.

Effarouché, gêné, balbutiant, le gars ne sait littéralement pas par quel bout la prendre. Après quelques tentatives gauches, Anne se relève et lui dit sans même chuchoter : « Bon, écoute, on niaisera pas avec ça, je vais te montrer. »

Et Hélène Théberge, qui est loin de dormir, entend de l'autre côté du mur l'apprentissage très fantaisiste du jeune homme et les murmures d'Anne qui, de plus en plus loin dans la nuit, témoignent de ses qualités pédagogiques. L'élève étant jeune et doué, ce n'est qu'à l'aube que le silence vient enfin s'écraser sur le lit d'Hélène qui, les sens exacerbés, s'endort enfin, la gorge serrée.

Quelques heures plus tard, elle sort de l'appartement, préférant aller dormir au cours de Langlois plutôt que d'entendre Anne jouir encore une seule fois.

Le corps brûlant, l'œil vague, les cheveux mêlés, Anne titube vers son bain après avoir résolument fermé la porte sur son talentueux amant. Il est midi, elle est vannée, vidée, le corps meurtri, envahie d'une lassitude langoureuse, ayant enfin atteint le degré zéro tant espéré. Aucune pensée ne vient traverser son esprit totalement apaisé. Elle savonne ce corps fidèle qui l'extrait si efficacement de l'angoisse. Sans même s'essuyer, elle retombe dans ses draps froissés et s'endort profondément, béatement.

Vers cinq heures, quand elle se décide peureusement à rentrer, c'est Hélène qui a la mine défraîchie de celle qui fait une vie de débauche. Anne l'accueille avec une soupe maison, du poulet et ses excuses. Elle a l'œil vif, le sourire facile et l'humeur revivifiée : aucune trace de ses excès. Hélène, épuisée, se laisse gâter.

Et devant l'humeur au beau fixe d'Anne, elle ose demander ce qu'elle ignore. Anne rit en l'entendant balbutier de confusion et lui explique gentiment, longuement et dans la faible mesure du possible, de quoi est fait son plaisir sexuel. Pour Anne, baiser est une activité légère et limpide. Elle connaît parfaitement ses désirs et ne recule plus, avec des restes de culpabilité judéo-chrétienne, quand il s'agit de les satisfaire. Le résumé qu'elle fait à Hélène est l'apologie du principe du plaisir dénué d'inhibition, seule morale franchement acceptable. Assez fière d'elle, consciente de l'admiration qu'elle suscite, Anne continue, se laisse emporter, et étale la philosophie épicurienne qu'elle essaie de faire sienne. Hélène est tout ébaubie :

— Alors, tu coucherais avec n'importe qui ?

— Si j'en ai envie, certainement.

— Même si tu risques de faire du tort à une autre, de briser un ménage ?

— Je te jure.

— Moi, j'aurais des remords.

— Tu serais bien folle !

— Mais c'est de même pareil.

— Sauf si tu refuses d'en avoir.

— T'en as jamais ? Même un peu ?

Anne hausse les épaules : « Je pense que non. » Hélène est toute rouge tout à coup, au bord de la confidence, gênée.

— Anne... j'ai envie de te dire un secret.

Anne la regarde : quelle poire quand même, cette Hélène, avec ses bons yeux tout mouillés, sa bonne volonté et ses secrets. Anne saisit une couette brune qui pend, mélancolique, sur l'épaule d'Hélène et joue avec, question de l'encourager un peu.

— Je pense que je suis amoureuse. Mais, pour moi, c'est impossible.

— Ah oui ? Pourquoi ?

— Il est marié. Pas mal plus vieux que moi.

— C'est tout ? C'est pas grave si il t'aime, lui.

— Ah bien... c'est ça, justement, je ne sais pas du tout si il m'aime. Je penserais plutôt que non, d'ailleurs.

— Bref, toi t'es en amour et tu sais rien de lui.

— Ouais. C'est niaiseux, han ?

Aucun intérêt pense Anne. Et elle commence à desservir.

— C'est quelqu'un que tu connais, un prof..., continue Hélène.

Ça y est ! Anne reçoit le coup dans le dos, écrase les assiettes dans l'évier, et une affreuse douleur l'envahit. Ah, elle se trouvait libérée, exemplaire, elle s'appréciait, se congratulait personnellement pour sa merveilleuse liberté, son sens inouï de l'exaltation amoureuse ! La leçon l'atteint de plein fouet, la transperce : tout le monde en est au même point qu'elle, à baver d'admiration et à se voir dans les bras sensibles et virils de François Bélanger. Toutes les filles imaginent les mêmes ébats pendant qu'il donne son cours et recueillent les mêmes preuves d'intérêt chaque fois qu'elles posent une question. Humiliée, Anne se sent aussi idiote et banale que le jour où elle s'était aperçue qu'elle partageait avec des millions d'autres filles un amour illimité, et jusque-là secret, pour Paul McCartney.

Salie, avilie, elle n'écoute plus l'aveu d'Hélène, elle n'essaie même pas de sauver la face, elle s'est laissé emporter vulgairement par son imagination, elle s'est crue unique, elle s'est laissé bouleverser par ce Bélanger qui agace comme ça, avec la même générosité qu'un Langlois, toutes ses naïves petites étudiantes. Agrippée au bord de l'évier, blanche de dégoût, Anne ne s'épargne aucune vérité. Des bribes de la conversation d'Hélène, encouragée par son silence qu'elle suppose intéressé, lui parviennent de loin.

— ... Je sais très bien que je ne suis pas la première. Ça ne me gêne pas, tu comprends, de savoir que d'autres sont passées là avant moi...

Et comment qu'elle comprend ! Gênée ? Humiliée, méprisée, se sentant aussi déchue que si elle s'était prostituée, Anne ne comprend pas comment elle a pu s'aveugler ainsi, s'écarter d'une évidence aussi criante, se leurrer au point de se croire aimée, désirée. L'orgueil la tient debout alors qu'au fond d'elle-même, la blessure s'agrandit, se tord, prend son élan. Qui a abusé d'elle, sinon elle-même ? Qui a alimenté son désir, ses espoirs ? Pas lui, elle ne peut pas dire cela, l'affront vient d'elle et d'elle seule. Elle est remarquablement semblable aux autres, suivant fidèlement, bassement, les phases étudiantes de l'admiration, puis de l'attirance et enfin, pompeusement, ce qu'elle a osé nommer — non ! elle ne l'a pas fait, elle le sait, mais elle enfonce le couteau jusqu'à la garde, pour bien se punir —, ce qu'elle a nommé, comme Hélène et les autres qu'elle a tant méprisées, l'*amour*.

Le coup est bas et inattendu. Le silence est immense. On dirait qu'il dure depuis des heures. Hélène attend. Quoi ? Y avait-il une question ? Faut-il en plus se prononcer, s'avouer, se nier et se renier, se traîner dans la boue ? Que peut-on attendre encore d'elle puisqu'elle n'est plus qu'une large honte anonyme ? Qu'elle se répande sur le plancher ?

Hélène répète : « Tu peux le dire tu sais, si tu me trouves trop naïve. Moi aussi je me trouve tarte. Mais qu'est-ce que je peux faire, si c'est ça que je sens ? Il faut bien que je l'accepte. »

Se haïr. C'est la seule solution envisagée par Anne. Se haïr férocement, définitivement et sans appel. Mais Hélène est si neuve encore. Anne s'approche, la prend par le cou, pour se cacher plus que pour la consoler.

— Non, je ne te trouve pas tarte.

— Tu irais, toi, avec lui ?

— Non !

Le mot a claqué comme une gifle, rejetant Anne loin d'Hélène, la relevant, l'agitant. Elle essaie d'atténuer : « Tu vas te faire mal, te blesser, ça ne t'apportera rien. »

— Mais tu disais tantôt que pour l'instant que ça dure...

Belle épaisse, oui ! Anne hoche la tête fermement : « Tu pourrais attendre plus, pas mal plus qu'un instant. Tu pourrais attendre malgré toi, et te retrouver blessée, cassée. Fais-le pas, Hélène. »

Hélène la regarde, presque soulagée on dirait.

— Tu penses ? Tu crois ça, toi, les autres histoires qu'on raconte sur lui ?

Anne hausse les épaules, contrariée, fâchée. Elle voudrait tellement pouvoir penser dix minutes ! Toute seule, en paix, se reconstruire, se refaire. Réfléchir, reprendre à zéro, découdre l'imposture, voir où elle s'est abusée, comment. Hélène insiste, exaspérante avec ses espoirs déçus : « C'est toi-même qui m'as raconté ça ! »

Ah oui ? Belle logique ! Un goût amer dans la bouche, un goût de fer. Anne s'est mordu l'intérieur de la joue impitoyablement. Elle se verse un verre d'eau. Hélène, Hélène qui n'a jamais tant parlé, tant pris de place, continue à n'en plus finir.

— ... Tu m'avais dit que Solange Paquet, Claude Béliveau et Marie-Andrée Turgeon, c'était sûr... tu ne t'en souviens pas ?

— Ben oui, mais c'était avec Langlois !

— Ben oui, c'est ça, c'est bien ce que je dis !

Anne se retourne, cherche, s'affole.

— Attends un peu, là, de *qui* tu parles ? De Jacques Langlois ?

Devant l'air défait d'Hélène, Anne comprend. Un éclair, une fulgurance inouïe la traverse : pas lui, ce n'était pas lui, pas lui, l'intouchable, le seul, l'unique ! Elle est tellement secouée, tellement déroutée, qu'elle s'assoit. Elle sent qu'elle doit dire quelque chose et vite, sous peine d'être découverte.

— Excuse-moi, oui, oui, Langlois, tu es amoureuse de lui, de Jacques Langlois, c'est ça ? Ma pauvre Hélène, ma pauvre, va pas avec lui, je t'en supplie, fais pas ça.

— Mais de qui tu pensais que je parlais, donc ?

— Je sais pas, je sais pas du tout. Je n'avais pas réalisé quand t'avais dit Langlois. Je sais vraiment pas pourquoi, je ne le replaçais même pas, je n'arrivais pas à imaginer sa face. Imagine, tu disais Langlois, et je cherchais de qui tu parlais.

— T'es drôle, toi...

Soulagée, sauvée, Anne allait s'envoler elle en était certaine, absolument sûre. Il fallait s'occuper d'Hélène.

— Hélène, je suis convaincue que Langlois ne te vient pas à la cheville. Il profite de tout le monde ce gars-là.

Découragée, Hélène sanglote : « Ça ne me fait rien, moi, pour une fois que ça serait quelqu'un, même indigne, quelqu'un qui me ferait quelque chose, qui me plairait. »

Anne la prend, la serre dans ses bras, essaie de la consoler avec l'impression atroce d'être la seule survivante d'une catastrophe qui dispense sa compassion aux parents des victimes. Sa chance insolente lui pèse presque, la gêne. Magnanime, elle propose : « Si tu veux, on va sortir ensemble en fin de semaine. Il y a sûrement quelqu'un de ton âge qui va te faire quelque chose, te plaire au moins. »

— Mais moi, j'ai besoin d'aimer le gars.

— Tu penses ? (Anne rit doucement.) C'est pas

obligatoire, tu sais. Le gars d'hier, penses-tu que je l'aimais ?

— Non. Mais il t'allait peut-être pas à la cheville lui non plus...

Touché ! Anne part à rire.

— Peut-être ! Je le sais pas, je le connais pas. Un à un, Hélène : tu as raison, et moi aussi. Arrête de pleurer, Langlois fait de la bedaine, t'as pas remarqué ?

— Non. Es-tu sérieuse ?

— Je te jure. On va vérifier, tu vas voir. Tu voudrais pas d'un gars qui fait de la bedaine, quand même ?

Hélène sourit, marche pour la forme : « Ben non ! Une belle fille comme moi ! »

Anne l'observe attentivement, puis la prend subitement par les épaules. Elle l'entraîne dans sa chambre, sort ses barrettes, le séchoir, deux peignes et tout son maquillage, puis l'amène dans la salle de bain. Deux heures plus tard, Hélène se regarde, ravie.

— Je ne pourrai jamais faire ça toute seule.

— Voyons donc ! Il faut juste que tu brosses sans arrêt pendant que les cheveux sèchent.

— C'est long. (Elle se regarde, sourit.) Mais ça vaut la peine.

Réconciliée avec elle-même, Hélène s'examine : ses cheveux sont plus brillants, plus vivants, ils se soulèvent, bougent, dansent à chaque battement de cil, on dirait qu'ils sont touchés par la grâce qui habite Anne.

— Tu devrais les couper un peu, ça montrerait ton cou.

— Tu penses ?

Hélène n'ose pas toucher, comme si tout risquait de s'effondrer. Anne soulève ses cheveux : c'est vrai, son cou est beau et long, elle ne le savait pas.

— Anne... la prochaine fois qu'on va sortir, vas-tu vouloir me le faire ?

— Je vais te le montrer, tu penses !

— Mais j'aime ça quand c'est toi qui le fais : j'ai l'impression d'être importante, c'est niaiseux, han ?

Anne la regarde dans le miroir : comment les êtres humains aussi humains qu'Hélène pourraient-ils ne pas être importants ? Elle caresse doucement son cou, Hélène se laisse faire, un peu raide tellement elle craint de faire quelque chose qui cesse la caresse. Un petit chien assoiffé de tendresse, un cou pas assez caressé, une Hélène pas assez aimée. Comment a-t-on pu oublier de la toucher, de l'aimer ? Anne sait bien qu'on l'a beaucoup touchée, elle, et peu aimée. Mais elle a le sentiment d'une certaine justice : elle ne donne rien, elle est incapable de s'offrir ainsi, découverte, à nu, c'est normal qu'on ne l'aime pas. Mais Hélène... qui souffre sans vergogne, s'offre, se donne avant même qu'on ait tourné les yeux vers elle, qui ose demander de l'amour et qui l'attend, prête à tout céder, prête à comprendre même qu'on ne l'aime pas. Hélène n'est pas de la même eau qu'elle. Aujourd'hui, devant le miroir, Anne sent combien la différence semble être en sa faveur, à cause d'un éclat peut-être, mais elle se sait infiniment plus démunie, plus infirme qu'Hélène avec cette paralysie du cœur qui la fait s'enfuir dès qu'il semble vouloir sortir de ses glaces. Hélène a fermé les yeux. Anne, qui déteste les liens, les attaches, tout ce qui pèse et tire, Anne la si froide, la si sauvage se penche doucement et frotte son nez dans le creux du cou d'Hélène. Et lui murmure qu'elle est belle. Sans ouvrir les yeux, Hélène sourit et fait un petit non de la tête, imperceptible. Puis, elle prend la tête d'Anne, l'approche et lui dit doucement : « Mais c'est pas grave. »

Et c'est vrai, pour ce soir. Hélène sait très bien qu'être belle, c'est mieux, mais que ce n'est pas tout. D'habitude, le savoir ne suffit pas. Mais là, c'est comme devenu acceptable. Et Hélène devine combien quelque chose est difficile, ardu, impossible pour la très intelligente Anne. Elle pressent qu'il y a en Anne quelque chose d'aussi étranger à sa compréhension que l'éventualité d'une nuit comme celle de la veille est impensable pour elle. Quelque chose là-dedans lui est inaccessible. Et, comme tous ceux qui possèdent la grâce de l'humilité, Hélène accepte que ce soit incompréhensible pour elle et possible pour Anne ; et la différence ainsi admise la rapproche d'Anne au lieu de l'en éloigner.

— Tu sais, dans le fond, Jacques Langlois c'est pas dangereux d'être pâmée dessus. Je pense que ça me fait peur, moi, l'amour.

Anne rit, la bouscule. Hélène, avoir peur de l'amour ! Cela lui semble très comique, très ridicule tout à coup. Et, portée par sa bonne humeur, elle dit en s'étirant sur son lit : « T'as peur de baiser, tu n'as pas peur d'aimer. » Et moi, achève-t-elle dans sa tête, j'ai peur d'aimer mais pas de baiser. J'ai choisi le prof imbaisable et elle, le prof pas aimable. Elle rit pour elle-même, ravie au fond que François ne lui appartienne qu'à elle ; même si elle le déteste et le désire en même temps. Hélène réfléchit à sa dure réalité.

— J'ai peut-être été attirée par Langlois en pensant qu'il me mettrait à l'aise.

— Langlois ? Il te mettrait sans te voir, tu veux dire ! Je suis sûre qu'à l'aise ou pas, il profiterait de toi. Et après, il te dirait une petite phrase cute pour te rassurer et avoir la paix.

— Franchement !

Hélène est choquée. Anne se demande pourquoi les filles comme Hélène ont toujours le tour d'aller vers des hommes qui ne leur conviennent absolument pas. Des hommes qui vont les blesser. Puis, bien vite, elle s'aperçoit qu'elle-même ne peut pas se poser en exemple pour le moment. Elle roule sur son lit, enlève ses bas, ses jeans, les tire à bout de bras, envers et contre toutes ses habitudes. Elle est soulagée, légère, heureuse à s'en confesser.

Déçue, Hélène sent la conversation s'achever.

— Tu te couches ? Déjà ?

— Je pense que j'ai du sommeil à rattraper.

Elle retire son chandail qui va rejoindre les jeans par terre. Hélène regarde les petits seins ronds qui tremblent à peine. La peau est lisse, on dirait qu'elle respire de bien-être, de liberté. Hélène a presque envie de la toucher pour attraper le virus de l'aisance physique. La petite culotte vient d'atterrir au pied du lit. Anne se brosse les dents en se promenant, petit animal heureux : rien, rien dans son corps ne la gêne, ne l'inquiète. Hélène ne pourrait même pas se regarder avec autant de désinvolture dans un miroir. Seule, bien sûr.

Anne s'enfouit dans ses draps, roule une fois ou deux sur elle-même pour ressentir plus fort la volupté d'être fourbue et couchée.

— Tu fermes les lumières, O.K. ?

Hélène, qui pèse deux tonnes tout à coup, se lève, éteint avec un dernier regard sur cet oiseau si blond qui respire déjà profondément, le nez en l'air sur l'oreiller.

Elle se couche en se demandant si, dans le fond, les filles comme elle ne devraient pas seulement lire des romans. Ou rêver à des imbéciles comme Langlois. Elle s'endort aussitôt, épuisée par la nuit précédente qui, bien que par procuration, fut vécue de façon exténuante.

* * *

François s'éveilla tout d'un coup, suffoqué, presque assis dans son lit. Une fois sa respiration et son cœur calmés, il se souvint de qui il était, dans quel lit et quelle ville. Et il sut aussi qu'il ne se rendormirait pas. Il se leva sans bruit et sortit de la chambre où Élisabeth, avec un murmure confus, se retournait dans son sommeil.

Dans le salon, la terreur qui l'habitait laissa un peu de place à ses raisonnements. Depuis quelque temps, la nuit était devenue très menaçante pour François. Sitôt endormi, des rêves éprouvants l'assaillaient, le taraudaient et il se réveillait souvent, hagard, épuisé et terrorisé. Une angoisse sourde le pliait en deux : l'impression horrible d'être en train de se noyer et de ne pas avoir l'énergie de se débattre, les bras plus lourds que du plomb, les jambes paralysées et même la voix soudain étouffée, muette.

Il s'assit dans un fauteuil, près de la fenêtre. Les vitres étaient blanches de gel ; dehors, le froid semblait cassant. Un désert de neige hachuré par les silhouettes grêles des arbres. Mon dieu, il aurait voulu pleurer, s'avouer vaincu, abandonner. Il avait peur maintenant, de plus en plus. Comme si l'ennemi était en lui et qu'en le détruisant, il y passerait immanquablement. Il se leva, incapable de penser, d'organiser le tumulte qui l'habitait. Il alla ouvrir le réfrigérateur par pure impuissance, comme pour s'interroger. La lumière fade l'éclaboussa. Il n'avait envie de rien de comestible.

Réveiller Élisabeth ? Pour lui dire quoi ? Qu'il rêvait, qu'il avait peur, qu'il la souhaitait pour bercer son sommeil, comme sa mère faisait quand, tout petit, d'atroces démons le visitaient déjà ? Sa mère était morte depuis longtemps déjà. Enfin, depuis assez longtemps pour qu'il ne l'appelle plus.

Il errait dans la maison muette et pensa soudain que sa mère n'y était jamais venue. Elle était morte l'année précédant l'achat de la maison. Il se sentit terriblement orphelin. Il se dit qu'elle était vraiment morte maintenant, cette petite femme volubile aux yeux inquiets qui vérifiaient toujours quelque chose. Lui avait-il déjà dit qu'il la savait inquiète ? Lui avait-il déjà parlé seulement ? Non, il ne se souvenait de rien de tel. Elle était morte toute seule, à l'hôpital, pendant que lui et ses frères étaient allés manger. Même son père, parti chercher un sandwich, l'avait ratée. Elle était morte poliment, en secret, fidèle à elle-même, ses mains usées bien rangées sur le bord du drap plié. Sans rien dire, sans les attendre, profitant sans doute de leur absence à tous pour leur épargner l'effort de se confronter à l'intolérable, pour leur éviter de se sentir obligés de parler, ou pire, de la réconforter. Elle était morte sans rien demander à personne, sans faire d'histoire, comme si souvent dans sa vie, alors qu'elle avait réalisé des exploits en ayant l'air de n'être pas là ou d'en être si peu responsable.

Elle les avait tenus tous ensemble et, après sa mort, la famille s'était disloquée, comme si tout ce qui les empêchait de se disperser ne tenait qu'à elle.

François savait ce que ses frères devenaient, mais ne les voyait jamais. Il supposait que s'ils avaient besoin de lui, ils le retrouveraient. Comme si la seule manifestation fraternelle tenait dans le besoin. De toute façon, lui n'aurait pas su quoi leur dire. Il imaginait que voir ses frères serait aussi pénible que les visites de plus en plus espacées qu'il faisait à son père. Rangé dans une « place de vieux », celui-ci n'en finissait plus de dégringoler les années à rebours et de baver, gâteux, et de s'accrocher à lui en l'appelant par d'autres noms, en lui parlant comme à de vieux fantômes disparus depuis longtemps. Cette indigence, cette déshonorante vieillesse blessait profondément François. Quand, poussé par une culpabilité vicieuse, il allait voir son père, il en revenait démoli, pétri de honte et de remords. Il souhaitait furieusement sa mort et se sentait égoïste et vil de ce désir. Le vieux, en effet, s'amusait plutôt bien dans une inconscience béate : il triturait continuellement des bouts de plastique coloré avec des ficelles et des fils de fer. Il pouvait faire cela durant des heures, concentrant toute son attention sur ses précieuses constructions. Le seul éclair d'intérêt qui traversait son regard délavé était celui qui brillait à la vue du cadeau apporté par François : toujours des formes de plastique coloré pour enfant, toujours applaudies comme une nouveauté. Sitôt le cadeau ouvert, François pouvait disparaître ou souffrir en silence à regarder son père raboudiner avec ferveur ses jouets, lui ne s'en souciait plus. Plus rien n'existait pour le vieux, sauf quelques colères aussi subites que brèves qui faisaient sourire le personnel infirmier qui bêtifiait et l'agaçait en ramassant les dégâts de son père avec une patience inaltérable. François s'enfuyait toujours de ce qu'ils appelaient « un foyer » au bord de la nausée, après s'être fait traiter de tous les noms par un père aussi soudainement déchaîné que calmé.

Et il n'arrivait plus à se rappeler son père avant ; avant la vieillesse, avant la dégradation, avant la mort de sa mère. Rien. Il ne se rappelait que d'un homme, vu de dos, sa boîte à lunch dans une main, sa casquette de chauffeur d'autobus sur la tête, qui s'éloignait doucement. Et cette vision aurait pu être celle du Bonhomme Sept Heures. François se demandait tristement si on pouvait vraiment ne glaner que ce souvenir et se sentir un enfant normal. La pauvreté affective de son enfance l'effrayait toujours, non parce qu'il la ressentait avec angoisse, mais parce qu'il la mesurait aux multiples souvenirs d'Élisabeth.

Lui ne se souvenait pas très bien de toutes ces années semblables, passées dans un appartement gris. Il voyait clairement la marche du perron où il s'assoyait toujours, le ciment gris craqué de l'allée, la clôture de fer à droite et la barrière bien close : cela résumait son enfance. Il se voyait immanquablement assis sur cette marche, à se bercer en imaginant des histoires ou en observant des fourmis qui traversaient le petit trottoir. Il avait l'impression de n'avoir jamais franchi la barrière, de s'être à peine levé de cette marche. Sa mère n'avait jamais à le chercher, contrairement à ses frères ; il demeurait là, immobile, pensif, à se poser d'insondables questions.

Sa mère l'appelait son « petit curé », certaine qu'une telle tranquillité augurait une sagesse sacerdotale au moins. Elle avait même dû rêver à la sainteté au fond d'elle-même. Plus tard, quand il alla à l'école — sans avoir pour autant l'impression de bouger de sa marche — et apprit à lire, un monde nouveau, parfait, à la mesure de son imagination, s'ouvrit devant lui. Désormais, il avait toujours un livre avec lui sur sa marche et lisait, lisait sans pouvoir s'arrêter, fasciné, ébloui, tellement excité par tout ce qu'il découvrait qu'il n'en arrivait plus à dormir le soir. Ses jambes tressautaient d'elles-mêmes dans son lit, sans arrêt, son esprit enfiévré continuait inlassablement l'histoire commencée, cherchant, trouvant mille fins possibles, mille aventures supplémentaires à ses héros. Toute sa vitalité était investie dans la lecture au mépris évident des jeux et des courses. Ses frères le ridiculisaient, mais les jours de pluie, ils venaient s'asseoir en haut des marches et le laissaient raconter toutes sortes d'histoires qui les impressionnaient plus qu'ils ne voulaient l'admettre. Et lui, aussi fier que ses héros, se sentait devenu un peu plus grand.

Le petit dernier s'était finalement distingué et était devenu professeur de littérature. Ce qui ne signifiait pas rien pour le fils d'un chauffeur d'autobus.

François s'est finalement assis sur la dernière marche de l'escalier. Il était bien superflu de faire ainsi le tour de la maison, puisqu'il savait au fond de lui-même que c'est là qu'il aboutirait. Peu à peu, le calme lui revient, la terreur se desserre et il commence à se demander ce qui peut bien le troubler de la sorte. Mais devant cette angoisse, il y a comme un mur, une sorte d'impasse, un fantôme qui refuse de se nommer. Et François craint beaucoup trop pour son précaire équilibre pour tenter de sonder le mystère. Il préfère presque cet état d'anxiété à une découverte horrible qui pourrait faire éclater quelque chose, tout bousculer. Une prudence extrême l'habite et il essaie même de cacher ses insomnies à Élisabeth de peur d'avoir à répondre à ses questions qui pourraient débusquer ce qui le terrorise. Une paix, même temporaire, même payée de cette angoisse, lui semble mille fois préférable à un état de fait désastreux qu'il faudrait affronter et combattre. Maintenant qu'il a surmonté avec énergie et succès le démon d'Anne, François ne se sent plus la force de s'attaquer à quelque autre esprit troublant et de tenter de l'anéantir. La coexistence pacifique et silencieuse lui semble préférable. Il ne se sent la force de rien d'autre.

Épuisé, il se lève et remonte lentement vers la chambre espérant trouver, maintenant qu'il a sacrifié un deux heures au monstre sans nom, un sommeil lourd et profond.

Il se dit que, si ça continue comme cela, il va tomber malade. Dès le matin, il se tire du lit vaseux, gommé, plus exténué par ces nuits violentes que par des nuits blanches.

Élisabeth remue un peu, vient respirer contre son épaule. Cette inconsciente caresse le calme enfin et l'endort.

* * *

—Je pense que je vais aller voir mon père samedi.

Le café d'Élisabeth stoppe soudain, en plein milieu de sa trajectoire. Elle fronce les sourcils.

— Déjà ?

— Comment, déjà ?

Prudente, Élisabeth se risque : « Il me semble que tu viens d'y aller. »

— Ça fait plus qu'un mois.

— Ah bon... d'habitude c'est plus long avant que tu y retournes.

— Je ne suis pas sûr que mes frères y aillent jamais. Peut-être que je suis sa seule visite.

Élisabeth repousse son assiette avec sa toast à moitié grugée.

— Mais tu sais qu'il ne s'en souvient pas. Pour lui, ta dernière visite peut s'être passée il y a dix ans ou dix jours.

— On ne sait pas, Élisabeth. Peut-être qu'il y a des moments où il s'en souvient.

Élisabeth sourit, l'embrasse : « Fais ce que tu penses être le mieux, c'est ton père après tout. » Elle va s'habiller. Les conversations le matin sont toujours brèves. Mais Élisabeth se demande quand même d'où vient cette inquiétude chez François.

— François, tu veux que je te laisse à l'université ? On gèle !

—Non merci, je vais marcher quand même.

—J'espère que la voiture va partir : j'ai une réunion. Bonne journée.

Baiser à moitié étouffé dans le foulard. Les clés, les bottes, la porte claque. François s'habille en se demandant effectivement ce qui lui prend d'aller voir son père si rapidement. Il met cela sur le compte de l'angoisse qui l'étreint si souvent maintenant.

Le froid est humide. Un vent glacial coupe la respiration. Arrivé au niveau de Myrand, François a les sourcils tout givrés et il regrette de ne pas avoir accepté l'offre d'Élisabeth. Ou bien il se quête un lift pour le retour ou bien il prend un taxi.

Essoufflé, les joues couvertes de larmes gelées, la bouche paralysée, les lunettes blanches de givre, il arrive au De Koninck au moment où il ne sentait plus ses orteils.

Tout le monde est d'humeur massacrante au département. Les secrétaires travaillent au ralenti comme si le froid les avait imprégnées. Fuyant la conversation sur la température, il vide son casier et part à la recherche d'un café et d'un journal.

En tournant dans le corridor, il aperçoit Anne Morissette près de la machine à café. En fait, elle est de dos et bien loin, mais il est sûr que c'est elle, ne serait-ce qu'au rose de son chandail qui lui rappelle le cours sur Salinger. Il a l'impression soudain que cela fait des mois qu'il ne l'a pas vue. Il se sent beaucoup plus détaché qu'avant. Il s'approche en vérifiant à mesure si sa carapace fonctionne. Le cœur reste à sa place, pas une vibration, pas une inquiétude. Ravi, il s'avance, fier de sa victoire sur lui-même.

Il est presque arrivé lorsqu'elle se retourne. À cause du mouvement brusque, ses cheveux lui tombent dans les yeux ; elle les dégage en donnant un petit coup sec de la tête, mouvement fréquent chez elle. Sa bouche est pleine, sérieuse, un peu rouge. Elle a les joues de quelqu'un qui est resté trop longtemps dehors, les yeux pétillants. Très objectif, François constate qu'elle a du charme ou quelque chose d'approchant. Elle le regarde sans gêne, avec un brin d'intérêt on dirait. François parle, parce que le silence convient trop bien à Anne Morissette.

— Tiens ! Vous êtes venue vous réchauffer, vous aussi ?

Et paf ! En plein dans la banalité de la température. Elle sourit.

— Maintenant que je sais où est le bon café.

— Vous avez raison : ne le laissez pas aux profs. Ils sont déjà bien assez gâtés.

Il s'affaire, dépose l'argent, ajuste le café. Anne le trouve bien occupé. Un temps. Il émerge enfin, son café en main, le remuant interminablement.

— Vous venez au cours cet après-midi ?

Anne a presque envie de hausser les épaules : « Évidemment. »

— J'ai l'impression que vous en avez manqué quelques-uns, non ?

Suffoquée, elle le regarde. L'insulte ! Il ne remarque même pas quand elle est là. Incrédule, elle cherche une réponse dans ses yeux. François perçoit que quelque chose cloche.

— Je me trompe peut-être... j'ai tellement d'étudiants.

Là, il se trouve menteur. Il sait quand même très bien qui est Anne Morissette. Nul besoin de la noyer comme cela, à deux mains, dans la mer estudiantine. Le mal est fait, elle recule un peu, une certaine froideur dans son regard, l'éclat s'enfuit, comme si elle avait éteint une lumière. Ou peut-être, lui-même ? Elle va partir, il en est sûr. Elle va lui tourner le dos et partir sans rien dire d'autre. C'est à lui de parler s'il veut la retenir. À lui d'aller la chercher. Mais elle lui semble tout à coup si froide, si anonyme, comme s'il ne l'avait jamais rencontrée. Il s'affole, il bredouille, il cherche bêtement, fiévreusement et ne fait que murmurer d'une manière à peine audible, sans même s'en rendre compte, comme si ce qu'il pensait était prononcé sans sa volonté.

— Anne... Anne... Anne...

Ça y est, elle le regarde. Bouleversée. Le regard exigeant qui cherche une réponse, dans une telle attitude d'attente qu'il se demande ce qu'il a bien pu dire. Elle le regarde et il se sent fouillé, saisi, happé par ce regard, par cette intensité. Et il a peur. Il ne veut pas de cela. Il ne veut pas d'elle comme cela. Il veut que cela cesse. Il sait que si elle le regarde encore une seconde comme cela, il va la prendre là, en plein corridor, en pleine université et il va la serrer dans ses bras et pleurer indéfiniment et sangloter et hurler qu'elle ne peut plus partir, qu'elle ne peut plus ne plus le regarder. Et il va la boire, la goûter et il va mettre ses mains sauvagement, là, sous le chandail rose qui se soulève à petits coups invitants. Une onde de désir le traverse, il oscille, perdu dans son regard, le geste en suspens, le souffle précipité. Il cille. Prend une respiration profonde, s'extrait d'elle, de sa bouleversante fascination. Les murs du De Koninck se précisent, son regard s'aplatit au sol où ses bottes font un drôle de dessin comme si elles n'étaient pas à lui. Ses oreilles bourdonnent. Il cherche désespérément ce qu'il peut dire. Ce qu'il doit dire. Il hoche la tête doucement, dépassé, ne comprenant pas pourquoi toute l'électricité du monde se réfugie en cette femme. Il balbutie, tout bas :

— Excusez-moi.

Et il s'enfuit. Sans même lever les yeux.

Excusez-moi ! A-t-elle bien entendu ? La bouche sèche, étourdie, Anne sent le besoin d'une révision. Voyons, que s'est-il passé ? S'est-il passé quelque chose, oui ou non ? Elle devrait bien le savoir, elle était là, non ? Elle ne sait pas. Elle ne sait rien. Elle est là, figée, pantelante, à revoir sa bouche, sa bouche et seulement sa bouche. La lèvre inférieure grande, un peu bombée et si précisément dessinée, la lèvre supérieure un peu plus sévère, mais plus ourlée aussi et la petite ride à droite qui amorce une parenthèse inachevée sur la gauche. Elle veut cette bouche-là, sur la sienne, sur son cou, ses seins, son ventre. Elle la veut avec toute sa sévérité et sa gourmandise mêlées. Elle veut l'ouvrir avec la sienne, la prendre, la fouiller et se laisser envahir par elle.

Un baiser. Un seul. Après, elle partirait, elle abandonnerait. Elle le jure. Un baiser, maintenant. Il lui semble que si elle pouvait l'embrasser, le charme se romprait et un danger mille fois plus grave serait évité. Il devrait l'embrasser, faire cesser cette escalade du désir qui déstabilise tout, rend tout périlleux et désaxe ce qui aurait pu être, se dit-elle, qu'une simple histoire de sexe. Il est parti, il a dit excusez-moi. Elle ne sait rien de ce qui s'est passé, s'il a dit autre chose, si elle a dit quelque chose de déplacé ; elle a oublié de paraître, d'être là, elle a seulement regardé et désiré sa bouche. Elle espère follement qu'il ne s'en est pas aperçu et qu'il ne s'est pas excusé pour elle. Elle a un souvenir confus d'une vague commune, mais ne pourrait rien jurer, rien dire. Elle est là, debout par miracle, à agoniser pour un baiser impossible, mais qui se donne à chaque fois qu'elle le regarde. Je pense qu'il ne veut pas se dit-elle en souriant.

— Viens-tu ? Qu'est-ce que tu fais, donc ? Le cours est commencé.

Hélène, la brave et fidèle, la tire de là, lui redonne vie, la traîne au cours si ennuyant qu'elle peut enfin s'affaisser sur la table et reprendre indéfiniment le film de l'instant précédent avec la bouche de François Bélanger dans un gros plan obsédant.

* * *

Dès qu'il eut tourné les talons, François se trouva pris dans un tourbillon d'activités. Mille choses l'attendaient sur son bureau, des appels à faire, des vérifications importantes pour son prochain cours, une rencontre essentielle avec un collègue, bref, il réussit à appliquer la thérapeutique habituelle du labeur. Inconscient de l'énergie aveugle qu'il mettait à occulter son désir, il ne s'en dépensait pas moins. Finalement, il se calma et l'épisode de la matinée disparut jusque dans son souvenir. Mais la tension fut dure et c'est crevé qu'il se présenta à son cours.

118

La vue du chandail rose à sa place habituelle lui rappela vaguement quelque chose, mais il n'arrivait pas à le préciser. Au moment où la matinée surgit dans sa mémoire, Émile Beaudoin lui posa une question sur son travail et il mit une telle concentration à répondre qu'il en vint à oublier et le souvenir s'estompa jusqu'à n'être plus qu'un léger agacement au bord de la mémoire, cette chose à laquelle il fallait penser et qui fuyait dès qu'il essayait de s'y arrêter.

Il commença son cours et y trouva encore l'amnésie tant cherchée. Grâce à sa concentration, il s'enfouissait entièrement dans son sujet, il creusait, questionnait, se dépensait, et il émergeait de ses trois heures de cours, à la fois exténué et libéré.

Anne n'avait pas levé les yeux une seule fois de son cahier de notes. Pour une fois, elle avait essayé de *tout* noter, articles inclus, de recopier fidèlement le discours du prof, pour échapper au prof en question. Ce fut assez efficace, vu l'ardeur que mettait François à enseigner. Elle considéra les pages noircies et se trouva satisfaite d'elle-même. Pas un instant, toutes ces paroles ne lui avaient semblé personnalisées. Elle avait fait office d'enregistreuse avec une technique splendide. Hélène en bavait d'envie : elle qui se laissait toujours dépasser par le débit de François et qui, en plus, cédait régulièrement au plaisir de l'écouter sans rien noter. Elle fit photocopier immédiatement les notes d'Anne. Celle-ci n'aurait pas pu répéter un seul mot de ce qu'elle avait écrit, tellement son écoute avait été mécanique.

En s'emmitouflant, Hélène fit remarquer à Anne que François la vouvoyait alors qu'il tutoyait tout le monde, enfin, tous les autres étudiants.

119

— Tu penses ?

— Je ne pense pas, je le sais. Je l'ai remarqué je te dis. Pas toi ?

Anne hausse les épaules, désireuse de garder son ravissement pour elle. Elle jette négligemment un : « Il est drôle, lui... »

— Je me demande si je vais avoir un « A » pour mon travail sur Carson McCullers...

Mais Hélène ne poursuit pas : le froid les tait toutes deux. Les dents serrées, elles attendent l'autobus et n'ouvrent la bouche qu'une fois rentrées rue Fraser. Hélène conclut leur périple avec un : « Eh, que j'haïs l'hiver ! » hurlé avec conviction. Anne se laisse tomber sur le vieux divan du salon : « Je suis morte ! » et, fermant les yeux, elle essaie encore une fois de voir clair dans cet étrange et désirable personnage qu'est François Bélanger.

Le téléphone la tire de sa torpeur. Louis Tremblay, le brillant performeur de sa « nuit de pot » comme elle l'appelle, a déjà trouvé le tour de la rejoindre. Elle placote un peu et parle évasivement d'un possible passage à la Houblonnière. Hélène, qui n'a pas raté un mot de la conversation, la regarde raccrocher.

— Vas-tu y aller ?

— Je sais pas... il fait pas mal froid. Si il avait une auto, je dis pas.

— Ça a pas l'air de t'achaler trop, trop... C'est le gars de l'autre soir, ça ?

— Oui, oui.

— Pis ?

— Pis quoi ? Y m'a pas demandée en mariage, tu sais.

— Ah, je le sais bien. Laisse faire !

Et elle se rabat sur sa soupe Lipton qui bout sur le feu. Anne rapplique.

— As-tu peur que je le ramène ici ? Ça te tannerait ?

Parce que, à bien y penser, elle ne détesterait pas ça, une petite nuit bousculante. Et puis, Louis est sympathique, pas collant. Bref, le candidat idéal pour le genre de soirée qu'elle privilégierait. Hélène avale d'un coup, déjà sur les nerfs.

— Non, non. On a bien le droit de baiser sans se demander la permission.

Le « on » excluant définitivement la personne qui parle, Hélène mange sa soupe énergiquement, furieuse de sa réaction : dans le fond, Anne a bien le droit de baiser, elle, si elle en a le « guts ». Mais rien n'empêche qu'Hélène trouve ça pénible et pour l'ego, et pour sa nuit.

— De toute façon, c'est pas sûr et puis je ne serai pas soûle ce coup-là, je vais faire attention de ne pas te réveiller.

Pas sûr, mon œil ! pense Hélène à voir le regard soudain brillant d'Anne. Elle verse le reste de la soupe dans son bol, met deux autres tranches de pain dans le toaster et sort le beurre de peanut. Autant manger, puisque ça, elle peut le faire toute seule.

Et effectivement, cette nuit-là, Anne fut plus silencieuse. Mais c'était presque pire pour Hélène qui en venait à exagérer ce qu'elle percevait par bribes. Le moindre murmure devenait précieux et, les oreilles aux aguets, elle ne trouva pas plus vite le sommeil. Dans le fond, elle préférait qu'Anne fasse tout son bruit, comme ça, elle suivait mieux et cessait de s'imaginer des choses. Mais c'est le genre d'aveux qui se font bien mal. Pour Hélène en tout cas. Exaspérée, elle alluma la dernière cigarette de son paquet. Elle entendit une plainte sourde, puis une autre plus forte, suivie d'un « chut » lui sembla-t-il. En soupirant, elle éteignit sa cigarette et se mit à se caresser doucement, remplie de compassion pour elle-même et sa misère sexuelle. Elle était certaine que sa plainte à elle ne serait pas entendue de l'autre côté du mur.

Le lendemain matin, elle put enfin voir le phénomène Louis. Il passait dans le salon pendant qu'elle faisait le café. Timide, il était timide. Incroyable, se dit Hélène, un gars aussi timide avec Anne. Grand, maigre, brun, la bouche jeune et presque boudeuse tant elle était généreuse, il n'était même pas très beau. Cela la mit à l'aise. Anne le prit par les épaules, le força à entrer dans la cuisine et en riant le présenta à Hélène en disant qu'elle était sûre qu'il prendrait un café, mais qu'il se tuerait plutôt que de l'avouer. Il faillit s'étouffer de gêne.

Hélène le prit immédiatement sous son aile protectrice. Elle lui offrit son café, s'affaira pour lui laisser le temps de se mettre à l'aise et ne posa aucune question. Anne picochait, pérorait, riait, sautillante de bien-être. Elle emplissait littéralement la cuisine de son aisance et de sa blondeur presque veloutée. Louis la regardait quelquefois et souriait bêtement, encore ébloui de sa chance.

Mon dieu, le pauvre, qu'il est amoureux ! se dit Hélène. Et elle sut tout aussi immédiatement que cela lui ferait bien du tort auprès d'Anne. Elle se leva et alla s'habiller pour cesser de voir Louis s'enfoncer dans son admiration. Quand elle revint, il était déjà parti. Et Anne, roucoulante, annonçait qu'elle allait se recoucher, qu'il faisait trop froid pour sortir.

« Trop froid ! » C'est ce que se répétait Hélène en marchant vers l'arrêt d'autobus. Il ne faisait pas froid, peut-être, hier soir ? Et, surprise de sa mauvaise foi, elle comprit qu'elle était bêtement jalouse. Elle voulait un homme elle aussi, même si elle avait peur. Elle demeura debout, frigorifiée, dans l'autobus bondé. Elle regarda tout le monde dans l'espoir fou de rencontrer l'âme sœur ou, au pire, l'âme tout court. Il n'y avait même pas âme qui vive. Tout était désespérément morne et semblait congelé dans une humeur rébarbative.

À l'université, le professeur ne se présenta pas au cours. « Son auto n'a pas dû partir et il ne s'est pas payé un taxi », se dit Hélène poursuivie par sa mauvaise humeur.

À la bibliothèque, en faisant semblant de travailler, elle regarda tout le monde passer et trouva soudain la vie définitivement plate. Découragée, elle finit par s'endormir dans son isoloir, la tête sur ses feuilles. La chaleur la réveilla : elle avait bavé un peu sur sa feuille. Elle se leva et décida d'aller « aux machines ». C'était bondé. Elle vit Gaétan Durand lever la tête, regarder dans sa direction avec intérêt puis replonger dans son *Journal de Québec*. « On sait bien, se dit Hélène, Anne n'est pas là. C'est moins intéressant de me parler. »

Parce qu'il y avait cela aussi : elle avait souvent la sale impression qu'avec Anne, on lui parlait plus souvent, avec plus d'intérêt, et elle, innocente, allait jusqu'à croire qu'elle les intéressait. « Pauvre cruche ! » et elle se priva de sucre dans son café avec la ferme intention de commencer, ce matin-là, son vingt-sixième régime de l'année.

* * *

Le calendrier scolaire se resserrait, les travaux s'empilaient et passaient de la table des étudiants aux bureaux des professeurs. Pâques arrivait, promettant son répit désiré et attendu. Tout le monde à l'université avait l'air déprimé, proche de l'anémie chronique, les énergies ayant été grugées par l'hiver.

Puis, avec le mois de mars, d'un coup, le printemps arriva. Un changement de climat radical, surprenant. Le soleil réussit tout à coup à attaquer les bancs de neige. Et plus rien ne sembla grave ou irrémédiable. Même François commençait à se détendre, à dormir un peu mieux, à sentir l'angoisse relâcher son emprise, lui permettre de respirer. La marche de chez lui à l'université redevenue agréable, il la faisait volontiers, envahi d'une allégresse inexplicable.

Le 26 mars, jour de ses trente-neuf ans, le soleil était d'une générosité exemplaire. François entendait presque la neige fondre en craquant. L'air était rempli de nouvelles odeurs, le vent doux, presque chaud comme en été, et les corneilles se chargeaient d'avertir tout le monde que le printemps était installé pour de bon.

François arriva à son bureau détendu et de très bonne humeur : après tout, il n'avait pas encore quarante ans et c'était important pour lui.

— Alors, comment on se sent à trente-neuf ans ?

Jacques se tient dans l'entrée de son bureau, comme un vendeur d'assurances déterminé. François ne peut s'empêcher de rire en entendant l'expression répétée depuis vingt ans.

— Tu devrais le savoir, tu es déjà passé par là.

Comme si c'était une invitation, Jacques entre, serre la main de François en lui souhaitant une bonne fête.

— De toute façon, je pense qu'on se voit en fin de semaine à ce sujet-là ?

— Oui, je sais qu'Élisabeth organise un souper samedi... t'as réussi à te faire inviter ?

— Ah bien, tu sais, en tant que précieux confrère de travail.

Jacques tripote les stylos de François, les crayons, il replace le téléphone nerveusement et se met à se promener dans le bureau comme quelqu'un qui n'aurait pas besoin de beaucoup d'encouragements pour se confier. Avant qu'il ne lise tous les titres de la bibliothèque, François fait une tentative d'ouverture.

— Ça n'a pas l'air de te faire trop, trop plaisir.

— Ah c'est pas ça... as-tu entendu la dernière de Mireille ?

Ah bon ! Voilà le problème ! François regrette de n'avoir pas eu le temps d'aller se chercher un café avant de recevoir les bons vœux de Jacques. Tant pis, il s'installe pour un long siège.

— Non ?

— Imagine-toi donc qu'elle veut se remettre à travailler quand même !

Défait, il est défait, insulté, rageur, il n'en revient pas. De toute évidence, pense François, la libération de la femme a du chemin à faire chez les Langlois.

— Quand même que quoi ?

— Quand même que j'ai tenu parole, que je suis un mari fidèle. Pas une seule histoire depuis le début du semestre.

Il s'assoit, ou plutôt, s'écrase dans le fauteuil.

— Mais elle ne veut pas partir ? Juste travailler ?

— Et alors ? J'ai fait ce que j'avais promis, non ? J'ai tenu mes engagements ? C'est pas mêlant, j'ai l'impression de me faire avoir, moi, dans cette histoire-là.

— Franchement, Jacques, t'exagères un peu, tu ne trouves pas ? Mireille a le droit d'avoir envie de travailler sans que tu te sentes abandonné. Elle a une vie, elle aussi. Arrive en ville, on est en 73.

— Toi on sait bien, ta femme a toujours travaillé. Mais vous avez pas d'enfants vous autres, c'est pas pareil.

— Jacques, arrête de te servir des enfants pour faire pression sur Mireille. Je te trouve déloyal avec les enfants. Il y a des femmes qui travaillent même si elles ont des enfants. D'ailleurs, c'est pas dit qu'on n'en aura pas, parce qu'Élisabeth a l'air d'y ten...

— ... toi ? À ton âge ?

— J'ai trente-neuf ans aujourd'hui. T'as l'air d'oublier qu'Élisabeth en a trente-trois, pas cinquante.

— C'est vrai, il y a une grosse différence d'âge entre vous deux.

— Six ans ! On fera pas un scandale avec ça, non ? Et essaye pas de changer le sujet de conversation : Mireille a parfaitement le droit de travailler.

— Ah, je lui enlève pas son droit. Elle est libre de faire ce qu'elle veut.

— Et toi aussi... c'est ça qu'il y a en dessous ?

— Pourquoi pas ? Ça se joue à deux ces petits jeux-là.

— Sauf que ce n'est pas un jeu pour Mireille.

— Qu'est-ce que t'en sais ? Mireille a l'impression de mieux me tenir avec ses menaces et moi je pense qu'elle s'en sert.

— T'as rien compris ? Ça t'a rien appris ce qui est arrivé à Noël ?

— De quoi tu parles, là ?

— Mireille ne veut pas d'un esclave, elle veut vivre. Tu ne penses même pas qu'elle peut vouloir travailler juste pour elle-même, pour pouvoir se sentir moins enfermée dans son mariage. Tu vois tout le temps tout comme un chantage personnel.

— Je pense que tu la perçois beaucoup plus raisonnable qu'elle ne l'est.

— Maudit, Jacques, réveille ! C'est pas une tarte, ta femme. Arrête de la traiter comme tes enfants.

— Y a des fois où je me demande si c'est pas ce que je devrais faire.

— Y a des fois, moi, où je me demande si je ne devrais pas te dire ce que je pense de ton attitude.

— T'as pourtant pas l'air de te priver. Envoye, continue.

— Si t'as arrêté d'avoir des aventures juste pour que Mireille reste et non pas parce que tu voulais changer, parce que Mireille est la femme que tu veux, alors cesse d'être fidèle, et arrête d'avoir peur que ta femme fasse ce que toi, tu as envie de faire. Fais donc à ta tête !

— De quoi tu parles ?

— Laisse Mireille si tu ne l'aimes pas. C'est un service à vous rendre à tous les deux.

Jacques est debout, glacé.

— Je pense que c'est toi qui n'as rien compris. As-tu déjà eu une aventure ?

— Euh... ça n'a rien à voir, mais... non.

— Alors de quoi tu parles, tu penses ? Tu ne sais même pas de quoi il s'agit. Tu parles de mes aventures comme si c'était des liaisons.

— Bon d'accord. Mettons, mettons que je ne sais pas de quoi je parle. Mais tu devrais laisser Mireille travailler sans te sentir menacé.

— Pour qu'elle laisse la maison après ? Jamais !

— Mais pourquoi est-ce qu'elle ferait ça ?

— Parce qu'elle va se trouver bien à travailler, elle va vouloir sortir toute seule, elle va avoir pris l'habitude de faire garder les enfants.

— Jacques...

— Quoi ?

— T'es jaloux.

— Ah ben, c'est le boutte !

— Penses-y, tu vas voir, ça a du bon sens mon affaire.

— Et après ? Même si c'était vrai ? Qu'est-ce que ça change ?

— Rien, ça a l'air. Tu veux Mireille pour toi tout seul, sauf que ce n'est pas un jouet, c'est une personne. Laisse-moi te dire que tu fais fils unique en maudit !

— Ah, commence pas avec tes arguments bas et déloyaux.

François rit : « Je vais t'en faire, des arguments

bas ! Réfléchis avant d'interdire quelque chose à Mireille. »

— Il est trop tard, de toute façon.

— Trop tard ?

— Elle s'est trouvé un emploi à mi-temps.

— Et t'avais déjà servi toutes tes interdictions ?

— Ouais ! J'ai de l'autorité, han ? (Jacques sourit, dépité quand même.) Je pensais que tu serais de mon bord...

— T'es niaiseux. Tu vas voir, Mireille va être plus heureuse, et toi aussi. Pourquoi tu m'en parles juste maintenant si c'est fait ?

— D'abord, ça s'est fait vite et puis, deuxièmement, t'étais pas parlable ces derniers temps.

— Ben voyons... j'étais un peu préoccupé peut-être mais parlable quand même.

— Qu'est-ce que t'avais ?

François hausse les épaules, mal à l'aise.

— Je sais pas... un sentiment de mal faire mon travail, d'aller nulle part, d'être en dehors de la réalité. Y a mon père aussi...

— Toi là, quand tu vas apprendre à être moins exigeant... Comment il va ton père ?

— Pareil, comme toujours. Ça ne change pas, c'est moi qui change. Je m'en fais.

— Ah, je ne voudrais pas voir mon père dans cet état-là. Je pense que je ne pourrais même pas aller le voir, ça me ferait trop de peine.

François sourit, reconnaissant bien l'incroyable facilité de Jacques Langlois à louvoyer avec ce qui ne lui convient pas. Il constate que rien, jamais, ne semble pouvoir l'ébranler ou le faire vieillir. Mais quelquefois, il lui envie son insouciance d'enfant gâté et son aptitude à s'en sortir.

— En tout cas, continue Jacques, si ça peut te rassurer sur ta compétence, ton cours sur la littérature américaine est un vrai hit : j'en entends parler presque chaque semaine.

— Et t'es pas jaloux ?

— Non. Tu vois bien que t'étais dans les patates. Tu vieillis mal, Frank.

— Appelle-moi pas de même, j'ai l'impression d'avoir vingt ans.

— T'aimerais pas ça ?

— Non. J'ai l'âge que j'ai, je recommencerais pas.

— T'es bien chanceux. Moi, des fois, ça me tenterait de retourner en arrière. Je déteste vieillir.

— Faut dire que t'es pas mal plus vieux que moi aussi. Patience, ça va peut-être me venir.

— Fais pas ton frais, Frank Bélanger. Bon, je vas aller faire semblant de corriger un peu.

En ouvrant la porte, il se cogne presque à la main d'Hélène Théberge qui, saisie, la laisse dans les airs.

— Tiens ! Des étudiantes pour venir te souhaiter bonne fête, François, profites-en, c'est pas à moi que ça arriverait.

Et il sort. François est déjà debout. Hélène est au bord du bureau, son travail en main, elle hésite.

— Ah... bonne fête monsieur Bélanger. Je ne savais pas ça, mais je vais vous donner un bec, au moins.

Et elle lui fait la bise avec sa bonne volonté coutumière. François rit, la remercie. Hélène se retourne déjà et dit à Anne qu'elle a entraînée avec elle et qui semble être à Tombouctou :

— Anne ! C'est la fête à monsieur Bélanger.

Anne, de mauvaise grâce, sourit et s'exécute.

L'impression que ça dure des heures. Le temps suspendu, près de sa bouche, sur la joue droite qui sent l'after-shave de qualité. Pas trop, un peu. Elle ferme les yeux, ça tourne, ça vire, ça dérive. La déroute totale, le corps proche, tellement proche. Respirer, penser à respirer. Elle entrouvre la bouche pour faire passer un peu d'air. Elle passe de l'autre côté du visage, sans s'éloigner, la bouche entrouverte survolant de près la sienne, le baiser retombe sur l'autre joue, près, un peu trop près de la commissure des lèvres, elle sent son souffle, elle sent sa bouche frémir, sa bouche à lui. Il faut cesser. Maintenant. Elle est sûre qu'il faut en finir, arrêter, se retirer, s'éloigner du corps. Est-ce que c'est lui ? Est-ce que c'est elle ? Elle se retrouve devant lui, sur ses pieds — comme si l'instant d'avant, elle était soulevée —, avec la présence d'esprit de dire le rituel bonne fête.

Puis, incapable de se retenir, elle le regarde. Il la fixe. Triste, il est triste ! Peiné, on dirait. Oh mon dieu, encore une erreur, encore ce qu'il ne fallait pas faire, encore pour rien. Pourquoi insister, vouloir ? Cet homme est un gouffre. Il va la tuer. Elle le sait bien à se tenir devant lui, éperdue de désir et perdue tout court.

— Quel âge vous avez ?

Hélène, la brave, pose la question plate avec allégresse, comme si ça se demandait. Mais cela a le bon effet de briser le silence. Il rit.

— Pas mal vieux : trente-neuf ans.

— Ah ! j'aurais jamais dit ça ! Han, Anne, y fait pas ça ?

Y ? Comme s'il était devenu une chose ! Anne le voudrait bien pourtant : une chose embarrassante.

— Non.

C'est sec et définitif et cela sonne la fin de l'entretien. Hélène, toujours aussi brouillonne, sort en parlant du temps, oublie un livre sur le bureau, revient, s'excuse, encore bonne fête pendant que Anne, secouée, tape du pied dans le corridor. Enfin, Hélène la rejoint.

— Franchement, c'est-tu Langlois qui te fait cet effet-là ? Aller embrasser Bélanger !

C'est méchant, elle le sait, mais tant pis, il faut bien que quelqu'un paie. Hélène est demeurée souriante :

— Langlois ? Penses-tu ! C'est fini, ça. Y fait de la bedaine, t'avais bien raison.

— Ah oui ?

— Oui. Mais toi, t'aurais pu te forcer, t'avais l'air de vouloir le tuer. Il est fin Bélanger, je vois pas pourquoi on ne lui souhaiterait pas bonne fête. Je suis sûre que ça lui a fait de la peine que t'hésites tant à l'embrasser.

— Ben non, voyons, il s'en est probablement pas aperçu. Et à part de ça, on demande pas l'âge.

— Ah non ? Tu penses ? C'est bien que trop vrai. Mais ça l'a fait rire. Il est pas si vieux, han ?

— Non, pas si vieux.

Pas assez, pense Anne. Mais trop pour qu'il voie une fille comme elle. Échec total, voilà le résultat. Tant pis, ça lui apprendra, pense-t-elle, sans vraiment savoir ce qu'elle doit tant apprendre.

* * *

Est-ce que tout peut ressurgir dans un seul baiser ? Et encore, un baiser d'anniversaire, en amis, sur la joue ? La proximité d'Anne, sa bouche un peu gonflée, près, si près de la sienne, le souffle, le souffle frais, désirable d'Anne et sa peau, cette peau lumineuse, frémissante de jeunesse... Anne... comme un ours qui se réveille d'un long hiver, la mémoire et le désir reviennent à François. Un bonne fête contraint, un peu raide même et cette certitude déchirante de ne pas pouvoir l'atteindre, de l'avoir perdue à jamais sans même l'avoir saisie, l'envahit.

François se sent terriblement énervé. Incapable de faire autre chose qu'arpenter son bureau sans arrêt. Un souvenir ancien lui revient en regardant la gravure de Florence : il a déjà marché comme cela dans son bureau, il a déjà fait cela. Il sourit en se souvenant qu'il a été ou a cru être amoureux au premier semestre déjà, et que, le printemps aidant, cela lui revient. Il se dit qu'il est décidément un être prévisible qui n'a même pas le bon goût de changer de cible.

Il se secoue, parvient à dissiper le goût triste qui lui est resté dans la gorge, sorte de désir lancinant de pleurer, gémir. Vraiment, il ne se comprend plus. Pour se changer les idées, pour retrouver l'élan du matin, il sort, marche jusqu'au centre d'achats et va directement au magasin de jouets acheter des pièces de plastique pour son père.

Dès qu'il tient la boîte dans sa main, le sentiment réconfortant d'être un bon fils, un homme honnête et fiable le rassure. Il ne peut expliquer pourquoi, mais toute sa culpabilité, sa tristesse et même, miraculeusement, le désir d'Anne disparaissent dans ce seul geste. Il respire à fond l'air ensoleillé sur le chemin du retour. Il est dans la bonne voie, il va enfin se sentir mieux, il en est sûr.

Et c'est un homme plus détendu, plus rieur, que retrouve Élisabeth ce soir-là. Les anniversaires sont importants entre eux deux et Élisabeth a décidé qu'elle l'invitait à manger au Rabelais, pour sortir, changer un peu. L'hiver a été dur, elle le sait sans pouvoir préciser en quoi c'était si difficile, si angoissant pour François. Mais ce soir, par elle ne sait quel miracle, il est là, revenu à lui-même on dirait, débarrassé de cette chape d'angoisse qui le tenait dernièrement, moins soucieux et amoureux. Elle se sent briller sous son regard, s'anime, heureuse, se détend et se dit tout à coup que c'est presque son anniversaire à elle.

Il y a bien un soupçon d'inquiétude en François : le désir subitement réveillé le trouble. Il peut en partie en accuser le printemps, mais enfin... il n'ignore pas qu'il a été plutôt absent cet hiver, plutôt défaillant sexuellement. Il ne comprenait pas lui-même ces périodes fluctuantes où il pouvait passer d'un désir insatiable à un désintérêt total et, aurait-on dit, irrévocable. Mais rien ne semble irrévocable et, ayant parlé de cela plusieurs fois avec Élisabeth sans jamais trouver de raison ou de cause à ses états d'âme et de corps, il lui confie que son père l'a beaucoup inquiété, qu'il s'est senti responsable et coupable tout l'hiver. À mesure qu'il parle avec elle, il se sent envahi d'amour pour Élisabeth. Il ne comprend même plus comment il a pu la négliger, la tenir presque à l'écart. Il ne comprend même plus comment il a pu cesser quelquefois de faire l'amour. Pour se punir, sans doute, pense-t-il.

Et lorsque, discret, mais ferme, le souvenir de la bouche d'Anne l'effleure quand il embrasse Élisabeth passionnément, il écarte bien vite cette pensée en l'entraînant dans leur chambre. Mais avant de se laisser couler dans le plaisir, il se dit que c'est payer bien peu cher son retour à l'activité amoureuse et que, quoique assez peu digne, ce fantasme est moins dégradant qu'une page centrale de *Playboy*. Le truc s'avère efficace, mais il ne peut s'empêcher de le trouver un peu fallacieux.

Ce n'est que plus tard, beaucoup plus tard dans la nuit, que François, tenu réveillé par son « truc » s'avoue bien candidement qu'admettre le désir d'Anne lui permet d'accéder à Élisabeth et que cela est bel et bien une manière de la tromper. En respirant doucement les cheveux d'Élisabeth, il sait de manière brutale, qu'elle est son amour et son amie et que Anne Morissette, quoique présente momentanément, ne pèse pas lourd dans cette balance conjugale. Il est certain que sa hantise féroce d'Anne n'est qu'un accrochage fantaisiste qui l'a dérouté parce qu'il est moralement trop rigide.

Il sourit doucement en serrant contre lui Élisabeth : s'il avait la franchise et l'inconstance d'un Jacques Langlois, Anne Morissette serait depuis longtemps un souvenir inoffensif presque oublié. Son austère fidélité l'avait entraîné à se faire une montagne avec un rien. Il aurait dû l'embrasser tout court et en finir avec elle le jour où l'envie lui en avait pris. Il aurait probablement fait une ou deux allusions piquantes sur la jeunesse malcommode et tout aurait été dit. Au lieu de quoi, incapable de prendre position, de décider courageusement et franchement, il avait laissé le désir prendre des proportions maladives. Sa réflexion l'amenait à se dire qu'en fait, l'infidélité était sans doute plus grande et plus grave lorsqu'elle demeurait mentale. Il s'endormit en se jurant de ne pas révéler ses découvertes à Jacques qui en ferait rapidement son profit.

Le lendemain, il se sentait si léger, si insouciant, si libéré d'Anne Morissette, qu'il mit Élisabeth en retard en la ramenant résolument vers le lit, alors qu'elle s'habillait. Cet esprit frivole convenait très bien à Élisabeth qui retrouvait là une ancienne saveur du début de leur mariage où, pour pouvoir faire l'amour au réveil les jours de semaine, il mettait en secret la sonnerie du cadran une demi-heure avant l'heure habituelle.

Élisabeth n'avait pas envie de s'interroger sur les raisons de la nouvelle ardeur de son mari. Elle avait envie d'en profiter. Et c'est ce qu'elle fit.

Les yeux brillants, les joues en feu, elle arriva au bureau une demi-heure en retard. Pile.

* * *

Louis Tremblay semblait être tombé en disgrâce. D'un coup, sans rien expliquer, Anne l'avait répudié et c'est avec de nouvelles conquêtes, plus diversifiées qu'elle célébrait, avec faste trouvait Hélène, le printemps.

Mais Louis ne s'en remettait pas. Il venait hanter le trottoir de la rue Fraser, en espérant que sa vue allait rafraîchir la mémoire d'Anne. Anne le trouvait de plus en plus embarrassant et de moins en moins intéressant.

— Tu ne peux quand même pas le traiter de même ! C'est pas un chien ! insistait Hélène, le cœur brisé.

Mais Anne n'écoutait pas. Anne était redevenue dure, lointaine et pas mal gelée. C'est de plus en plus tôt qu'elle sortait ses joints méticuleusement roulés et une langueur indifférente la tenait éloignée de tout risque de compassion. Cool. Elle était cool. Et elle remerciait le ciel ou whatever de lui accorder cette rémission de la conscience qui équivalait à une rémission de la souffrance. Elle fit ses travaux dans une brume légère, avec une désinvolture constante. Hélène, qui se tuait à l'ouvrage, se sentait de plus en plus épaisse et idiote. Elle ne fumait pas de pot, ne buvait pas, engraissait rien qu'à regarder une carotte et elle peinait des heures sur un travail pour l'obtention d'un triste « C », alors que Anne, du haut de ses vapeurs célestes, allait se décrocher un « A ». Injuste, tout était injuste, y compris son célibat forcé et le veuvage, tout aussi forcé, de Louis Tremblay.

Un soir particulièrement cruel, où la révolte la tenait plus durement, Hélène alla même jusqu'à parler contre Anne. Il faut dire qu'elle était à la Houblonnière, qu'elle avait bu trois bières — ce qui signifiait qu'elle était carrément soûle —, qu'elle venait d'obtenir son deuxième « B » de la semaine, qu'Anne tenait sa cour à quelques pieds d'elle et qu'elle parlait avec Louis Tremblay qui, pâle de jalousie, avait l'air à la fois boudeur et désespéré.

Comment, après une discussion où elle avait

chargé Anne de presque tous les torts, elle se trouva à l'appartement en compagnie de Louis, Hélène ne pouvait absolument pas le dire. Certaine d'être là uniquement pour le consoler, elle essayait vaillamment de mener son entreprise à bonne fin. Elle ne fut pas surprise de l'avoir dans ses bras, puisqu'elle le consolait. Mais là où cela devint plus étonnant, c'est quand elle s'aperçut que les bras en question étaient fermes et les yeux du candidat au suicide, absolument secs. Louis était carrément en train de l'embrasser quand elle se dit qu'elle devait peut-être lui spécifier qu'elle n'était pas Anne. Puis, troublée, ou quelque chose comme ça, elle oublia d'apporter cette précision. Louis ne sembla pas y attacher trop d'importance.

Ce fut une nuit houleuse, mouvementée et à peu près insatisfaisante. Le lendemain, penaude, rongée par le remords, elle avoua tout à Anne qui se contenta d'en rire longtemps et de lui dire : « Toi qui baisais jamais, profites-en, il est fin et il est bon. »

Et voilà ! Une fois sa conclusion prononcée, Anne n'en parla plus. En fait, pensait Hélène, cela l'arrange... et moi aussi. Encouragée, elle se remit à ses travaux pendant qu'Anne, l'œil vague, fumait son joint. Mais si Louis oublia son chagrin cette nuit-là, ce ne fut pas pour en faire bénéficier Hélène bien longtemps. Avec une cruauté digne de sa jeunesse, il la snoba littéralement à chacune de leurs rencontres ultérieures, comme s'il ne s'était jamais rien passé entre eux. Ce qu'il ne pouvait se résoudre à imposer à Anne, qui le méritait amplement et s'en serait d'ailleurs bien moquée, il n'hésita pas à en faire profiter Hélène qui, elle, s'en trouva très blessée.

Pour Louis, appliquer le « traitement Anne » à Hélène, la trouvant collante, pesante et trop pleine de bonne volonté, lui permit de se défaire d'Anne. Si Hélène avait su d'avance quel serait le type de consolation que souhaitait Louis, peut-être aurait-elle hésité à la lui fournir.

Mais Hélène ne savait pas, ne savait jamais rien et elle se dit qu'elle devait être au monde pour avoir un cœur et le regretter éternellement.

* * *

Puis, le 13 avril, alors que les plaques de neige grise et sale semblaient décidées à disparaître, le père de François mourut. Bêtement. On le trouva mort dans son lit, étouffé avec un petit carré de plastique rouge qu'il avait mis dans sa bouche. Tout semblait s'être passé très vite, à l'insu de tout le monde. Son voisin de lit somnolait, le personnel était très pris par un dégât quelconque et, dieu sait pourquoi, monsieur Bélanger n'avait pas sonné. On assura à tous que l'incident était regrettable, que personne n'avait tort et que le pauvre n'avait probablement pas souffert ou enfin, très peu.

Terrassé, François éprouvait un amer ressentiment. Alors que tout allait bien, alors que la vie prenait sa vraie forme, alors que l'angoisse s'éteignait avec l'hiver, son père était mort avec un de ses cadeaux coincé dans la gorge, comme étouffé par procuration.

François s'occupa de tout parce que ses frères n'en avaient ni le temps, ni les moyens. Ils se présentèrent tout de même le matin des funérailles avec leurs femmes, dont François n'avait aucun souvenir et dont il n'aurait su dire laquelle allait avec lequel. Dieu merci, ils les présentèrent. Arlette allait avec Lucien et Julie avec Yvon. Le contraire eût aussi bien pu être plausible. Raides dans leurs complets du dimanche, étrangers comme des païens au Jugement dernier, ses frères n'eurent ni une larme, ni un regret, ni un mot. Ils avaient l'air d'une famille formée par hasard, en vitesse, en ramassant les premiers venus qui passaient sur le trottoir. En assistant aux funérailles de son père, François avait l'atroce impression d'être disloqué, brisé ; il sentait cet adieu comme une dernière amarre qui, usée à la limite, cédait. Plus rien ne le retenait plus à rien, maintenant. Aucun lien, aucun passé, aucun souvenir. Cette liberté l'oppressait, le terrorisait. Au cimetière, un vent aigre soufflait et devant le trou où disparaissait cet inconnu qui aurait peut-être pu lui apprendre qui il était, François se mit à trembler. Rien, il n'était rien. On l'abandonnait sans pudeur, sans regret, sans se soucier de lui avoir donné ou non quelque chose. On abandonnait à lui-même quelqu'un qui n'avait pas de souvenir, pas de mémoire. Un sanglot s'accrocha dans sa gorge et y resta coincé dans un atroce serrement, comme un morceau de plastique rouge. Personne ne pouvait plus l'aider. Déserté, délaissé, des phrases obsédantes tournaient dans sa tête : rien ne servait à rien, aucun amour n'avait jamais existé. Comment peut-on être un arbre si on n'a pas de racines ? Comment être un homme sans enfance ?

Les inconnus qui lui servaient de frères allèrent

manger chez lui après le simulacre de cérémonie au cimetière. Silencieux, sombre, François les écoutait faire leurs efforts de conversation. Les femmes s'en tiraient bien, Élisabeth la première. Les deux frères, mal à l'aise, déplacés, cherchaient un souvenir à partager avec François. En vain. Il ne leur venait que le récit passionnant de leurs exploits communs. François, comme un exilé, comme un adopté, ne cadrait dans aucun. En se rabattant sur le souvenir de leur mère, les deux frères finirent par s'entretenir d'une certaine enfance dont, encore une fois, François ne faisait pas partie.

C'est au café, alors que l'ambiance semblait se réchauffer, que François ne put s'empêcher de dire : « Maintenant, pensez-vous que vous allez venir à mes funérailles ? Pensez-vous que je devrais venir aux vôtres ? »

Les cuillères restèrent en suspens. Le saisissement fut total. Personne, dans cette si bonne société, ne s'attendait à cela. Élisabeth, inquiète, fixa François sans rien dire. C'est Estelle — ou Julie — enfin, la blonde, qui, gênée, s'exclama : « Ah bien, reçus comme on est là, on va venir certain », puis acheva dans un petit rire au curieux son de hoquet : « ... bien voyons, c'est pour rire, han ? » et, délaissée de tous, elle remit sa tasse sur la table avec des gestes si précipités qu'un peu de liquide aspergea sa robe off-white et grise. Cela aida. Un petit branle-bas pour réparer les dégâts et déjà quelqu'un avait trouvé le tour de parler d'autre chose.

Debout, tournant le dos à la table, François regardait dehors le jardin presque débarrassé de la neige. Un intense regret, une envie folle que tout

soit encore possible, que la vie ne soit pas si mesquine, si étroite, l'oppressait. Qu'avait-il fait ? Qui
était-il, que lui restait-il ? Il lui semblait que plus rien
ne pouvait altérer le vide qu'il ressentait. Que la
déroute était amorcée, que le cataclysme était en
marche. Quelque chose s'était brisé et il ne savait
pas si ce n'était pas lui. Un vieil homme gâteux que
personne ne visite de plein gré était mort et la vie
semblait devenue dangereuse. Un vieil homme, un
déserteur de carrière, un père ignorant de tout y
compris de ses enfants était mort et cela suffisait à le
tuer, lui, qui se croyait au-dessus de tout, un vieil
homme mort, un jouet d'enfant en travers de sa
gorge, un vieil homme ignorant qui est ignoré de
tous. Pourquoi ressentait-il une telle douleur, un tel
désespoir ? Qu'avait-il tant perdu lui qui n'avait
jamais eu de famille, de lien ? Ils allaient tous mourir, tous aussi seuls que ce vieil homme, et peut-être
aussi gâteux et peut-être aussi profondément inutiles. Est-ce que les gens, les milliers de gens qui
étaient montés dans son autobus pourraient, eux, se
souvenir du visage de son père ? Avait-il eu assez
de présence dans son métier pour imprimer la
mémoire de quelqu'un ? Et être ainsi regretté un
tant soit peu. Son père avait glissé sur la vie sans y
prendre pied et François avait déjà à son passif une
enfance lisse, sans aucune aspérité où le souvenir
pourrait s'attacher. Il se sentait abandonné à lui-
même, si affreusement responsable qu'il en eut
peur. Lui aussi pouvait mourir lisse et sans mémoire,
oublié parce qu'inexistant. N'ayant vécu ou parlé
qu'à travers les mots des autres. En silence, quoi.
Comme cette ombre enterrée de fraîche date et

oubliée de longue date. Quelque chose est fini qui ne reviendra plus...

Le soleil se couchait, immuable, indifférent aux humeurs humaines, profondément sûr de sa continuité. La fin du jour, la fin d'un jour, puis, la fin d'une vie. Aussi simple qu'un coucher de soleil. Se coucher pour toujours. N'être plus et n'avoir jamais été. Ne pas être. On pouvait se coucher dans sa vie comme dans une tombe. Et fermer les yeux et fermer le couvercle. Et n'avoir plus peur, et n'avoir plus de vie. L'absence, cette mort en raccourci, cette feinte faite à la vie, l'absence était la petite mort de tout vivant désireux d'échapper à la vie. Et il était vivant. Et son père était mort. Depuis toujours. Et l'amour n'aurait servi à rien. Et l'amour était étranger à cet homme, à cette famille. Et François savait bien qu'il était incapable d'amour, incapable de tant de courage, de tant de folie, et s'il pleurait là, le front contre la vitre fraîche du salon, c'était parce que cette chose terrible le serrait à la gorge, cette chose qui ressemble à l'enfance morte à travers un père mort, à l'enfance ignorée, trahie, oubliée avant d'être. Cette chose terrible qu'est l'enfance qui a grandi dans la solitude la plus absolue, sans aucun regard aimant. Pourquoi, pourquoi l'avait-on laissé seul, si seul, sans même un écho de lui-même ?

Le printemps virait au bleu dehors dans la pénombre et les gens s'en allaient, là, derrière son dos. Il le savait. Il ne dirait pas bonjour ou au revoir. Il ne connaissait pas ces gens-là, ces personnages de cirque aux cravates voyantes qui parlaient de lui comme d'une poupée ancienne aux couleurs fanées. Il ne dirait pas adieu à ces faux frères et n'irait jamais à leurs funérailles.

Il se dit que là, à cet instant précis, dans la fin du jour, s'achevait le passé vide et dérisoire de François Bélanger. La vie, de toute façon, la vie, cette fragile construction, n'en ferait qu'à sa tête et le laisserait tomber un jour, lâchement. Il le savait et il n'en éprouvait aucun regret, non, aucun regret, mais un profond désespoir.

Et c'est cramponné à la fenêtre, au jour finissant, qu'Élisabeth le trouva en train de sangloter comme jamais avant, même dans cette obscure enfance rejetée, il n'avait sangloté.

* * *

L'impression de naufrage dura. François ne parvenait pas à ramener le calme et la quiétude dans sa vie. Quelque chose s'était effectivement brisé avec la mort de son père. Il avait l'impression dangereuse de marcher sur un quai inconnu un soir de tempête et d'avancer dans la plus pure inconscience vers le bout du quai, qui peut-être descendait en pente douce vers la mer ou peut-être finissait brutalement. Il verrait.

Il revint donner ses cours. Hélène le trouvait pâli, un peu distrait. Il avait en effet perdu son entrain violent de l'hiver. Il parlait et, quelquefois, s'arrêtait en fin de phrase, pensif, incapable de continuer, comme si une meilleure idée qui ne s'achevait pas lui était venue. Il demandait aux étudiants de lui redonner sa pensée, et ceux-ci, ravis de lui montrer leur attention indéfectible, lui rendaient intacte sa dernière phrase. « Aucune importance », murmurait François en attaquant un autre sujet.

Après le deuxième cours qu'il donna sur ce ton, il rendit les travaux des étudiants. Quand Anne vint chercher le sien, il lui demanda de passer à son bureau, si possible le lendemain. Anne dit oui.

Cette fois, François ne se demanda pas pendant des heures le motif de ses agissements, il avait cédé à l'impulsion, c'était tout. Il avait eu le désir de voir Anne, de lui parler et il verrait pour le reste.

Anne pensait que son travail, qu'il n'avait pas noté, manquait de précision. Cela ne l'aurait pas étonnée étant donné qu'elle l'avait écrit dans un état avancé de légèreté d'esprit. Elle ne pouvait pas en défendre une idée. En le relisant ce soir-là, sobre sur toute la ligne, elle en saisissait à peine le sens. La pensée, s'il y en avait une, était hautement fantaisiste et suivait des courbes pour le moins surprenantes. Elle haussa les épaules et s'attendit à un « D ».

Pour le reste, savoir qu'elle le rencontrait toute seule, elle n'aimait pas cette idée. Anne avait fini par reléguer François dans un coin très sombre de sa mémoire et elle le tenait là, à deux mains. Une nouvelle tentative de séduction ne l'intéressait absolument pas. D'ailleurs, François Bélanger ne l'intéressait pas. Absolument pas. Elle en avait franchement eu assez.

C'est aussi déterminée et un peu gelée — elle avait trouvé un joint par hasard dans sa poche de jeans — qu'elle se présenta, munie de son travail, au bureau de François Bélanger, vers quatre heures et demie le lendemain. Il corrigeait. Il la regarda, surpris, ravi.

—Je suis content de vous voir, Anne.

Elle entra et se planta dans le milieu du bureau à le regarder et attendre la suite. Il ne comprenait visiblement pas ce qu'elle faisait là. Ayant saisi cela, Anne s'éloigna mentalement tout en le regardant se débattre.

— Eh bien, qu'est-ce que je peux faire pour vous, Anne ?

Elle le fixait, presque choquée : « Rien. C'est vous qui m'avez dit de venir. »

Curieux, l'effet de ses paroles sur François. Il recula. Comme si elle l'avait giflé. Ébranlé, il la regardait sans comprendre.

— J'ai fait ça, moi ?

Sans dire oui, elle continuait à l'observer, comme si sa seule présence dans le bureau témoignait affirmativement. François hochait la tête, s'assoyait sur son bureau, si fatigué tout à coup, si épuisé. Et il eut ce geste bouleversant de retirer ses lunettes et de frotter ses yeux :

— Je ne comprends pas... je suis désolé. Je dois être complètement fou...

Pour ne plus le voir aussi vulnérable, elle s'assit. L'atmosphère s'en ressentit. Il remit ses lunettes. La regarda.

Belle. Elle était belle. Non, pas vraiment belle, pas ça, fascinante. Le silence durait. Il la fixait toujours, ayant presque oublié le motif de sa présence, c'est-à-dire, en contact avec quelqu'un d'autre qu'une étudiante qui attendait ce qu'il avait à lui dire. L'étudiante bougea, ses sourcils questionnaient.

— Mon père est mort la semaine passée.

C'était idiot. Il voulait dire qu'il avait envie de l'embrasser et maintenant, il aurait l'air de quelqu'un qui s'apitoie sur son sort et désire de la pitié.

Rien n'était plus éloigné de ses désirs. Elle réagit en le regardant un peu plus, un peu mieux.

— Vous avez beaucoup de peine ?

— Pas vraiment, non. Ou plutôt, de la peine pour moi, pas pour lui. Je le connaissais très peu.

— Je pensais qu'on connaissait toujours très peu son père.

— Ah oui ? Vous croyez ?

— Je ne connais personne qui connaît son père.

— Pourquoi alors les gens disent que c'est une relation importante, essentielle ?

— Parce qu'ils ne connaissent pas leur père et qu'ils le regrettent.

— Vous le regrettez, vous ?

— Pas du tout.

— Est-ce qu'il est mort ?

Elle fait non en souriant. Est-ce que c'est vrai ? Il n'est pas sûr de la croire. Elle peut juste ne pas avoir envie d'en parler. Elle ne veut rien lui dire de son père. Il est trop tôt. Il le sait. C'est de son père à lui dont il est question.

— Depuis que mon père est mort, j'oublie tout, je mélange tout, je suis presque devenu idiot. On dirait qu'il a emporté avec lui mon sens des responsabilités.

— Ça doit faire du bien.

Cette fois, il est franchement surpris. Il n'avait jamais considéré la question sous l'angle relaxant que cela pouvait avoir. Anne, évidemment, rit de sa surprise.

— Vous riez de moi !

Elle fait non, lui tend son travail : « Vous aviez oublié de mettre la note, c'est peut-être pour ça que vous vouliez me voir. Je pense que c'est pas très bon. » Il prend le travail sans se lever, en s'étirant, le feuillette, sourit.

— Assez fantaisiste, si je me souviens bien.

— J'étais complètement gelée, ça paraît.

— Ah oui ? C'est ça ? Je pensais que Miller ne vous intéressait pas.

Il l'observe. Il ne connaît rien à la drogue. Elle sourit, appuyée au dossier du fauteuil, parfaitement à l'aise, presque suggestive de bien-être. Il pose le travail sur ses genoux, la contemple sans gêne, la laissant l'émouvoir par vagues, comme au rythme de leur respiration. Après un certain temps, il lui dit sans bouger, sans la quitter des yeux :

— Je vais vous dire, Anne Morissette, j'ai dû vous demander de venir parce que j'avais terriblement envie de vous embrasser.

Il n'attend rien d'autre que son oui pensif et la persistance de son regard. Ce qui lui est généreusement accordé. Elle va même, au bout de quelques instants, jusqu'à lui murmurer.

— J'en ai envie, moi aussi.

Ils restent chacun à leur place, rien ne bouge que cette certitude dans leurs yeux qu'ils vont y venir et que ça ne presse pas tant puisque c'est imminent.

C'est le travail qui les a fait bouger. Il a glissé, doucement, imperceptiblement des genoux de François. Le bruit de feuilles froissées qui s'étalent a rompu le silence et l'immobilité. Il se penche. Elle se penche. Ils ne ramassent rien d'autre qu'eux-mêmes.

Un baiser plein d'inconfort, balbutiant, trop empli de désirs urgents pour être harmonieux. Dans leur précipitation, leurs dents choquent, et la lèvre un peu tuméfiée, ils s'embrassent en tremblant tellement qu'ils ne finissent plus par se joindre. Ils sont debout, maintenant, à croire que tout le désir s'est réfugié dans leurs bouches, dans cette vibration qui les propulse un vers l'autre, un dans l'autre. Il sent ses mains à elle prendre son dos, descendre contre ses reins, s'y agripper et le retenir contre elle sauvagement. Trop ! Une plainte lui vient, défaillant, soulevé par cette ardeur qui le happe. Et il la boit et la cueille et il tient son cou comme on tient un oiseau, ébloui et il tente de maîtriser la violence qui le projette contre cette bouche offerte et il la reprend et la laisse encore et leur souffle ressemble aux gémissements de la jouissance et il sait et elle sait que quelque chose d'irrémédiable est donné.

Ce sont des voix dans le corridor, un peu trop proches, un peu trop réelles et menaçantes qui les séparent. Et ce mouvement instinctif de coupables leur vient aussi sûrement que celui du désir.

Il ramasse finalement le travail, le dépose sur son bureau, essaie de ne pas la regarder. Il tâche de se reprendre, de retrouver son souffle, de cesser de trembler. Elle est debout, haletante, terrorisée par l'ampleur du séisme, désertée, abominablement seule, et elle sait que cette sensation sera toujours liée à cet homme, que l'un appelle l'autre, que s'allier à François veut dire hurler de solitude après. Et elle a peur. Épouvantablement. Et elle hésite. Et, dieu ! si elle pouvait, si elle pouvait, elle s'enfuirait maintenant, pour toujours. Si seulement elle ne tremblait pas tant. Devant cet homme déjà loin, qui part déjà et qu'elle devine pour toujours partant, elle sait qu'elle devrait fuir. Le faire maintenant, le faire vite avant de s'abattre, déchiquetée, le faire immédiatement ou se condamner à la torture. Partir vite. Si ses jambes n'étaient pas en coton, si seulement elle pouvait cesser de trembler.

Un instinct de survie la pousse vers la porte. Et, une fois dehors, elle fuit, aveugle, des larmes plein les yeux.

* * *

Le lendemain, Anne n'était pas à son cours. Puis, ce fut la fin de semaine. François s'interdisait d'y penser, de spéculer, d'organiser. Il estimait que le geste revenait à Anne, qu'elle avait droit à sa décision et qu'il n'avait qu'à l'attendre. Il passa le lundi presque constamment dans son bureau, au cas... rien d'Anne. Mardi matin, au cours, la place près d'Hélène Théberge était libre. Désespérément. François sentait l'angoisse l'étreindre, insoutenable : et si elle ne revenait jamais ? Si elle s'était enfuie, partie pour toujours ? L'inquiétude le prenait à la gorge, il ne voyait pas comment survivre à une telle éventualité et l'écartait donc, faute de solution.

Le mercredi matin, au bureau, elle est là. L'air violente, l'œil sombre de rancune, elle semble épuisée.

— On peut parler ?

La voix devenue brève, presque cassante. L'air belliqueux, délinquante en pleine fugue, elle ne lui laisse pas un choix énorme sur le style de conversation qui l'attend. François préfère n'importe quoi au silence. La clé sur la porte, il murmure : « Bien sûr. »

Elle arrête son geste : « Pas ici. Pas dans le bureau. » Comme elle aurait dit : pas dans la chambre. Il referme la porte, et ils partent en silence. Ils sortent du De Koninck sans rien dire. Il murmure encore : « J'ai pas la voiture. » Sans un mot, elle se plante à l'arrêt du huit et ils attendent longtemps. Le soleil est insolent d'innocence. Les cheveux agités par le vent, le désordre installé dans les yeux, Anne regarde ailleurs. Dans l'autobus, elle ne dit rien, scrupuleusement imitée par François. Elle descend, rue des Érables, suivie de François silencieux et consentant.

À la Jonction, elle demande deux cafés et le regarde enfin. Brune, elle est presque brune aujourd'hui avec ce zeste de colère qui l'habite, la soulève. Il la regarde et sait bien que tout cela est impossible, complètement fou.

— Alors ?

C'est elle qui parle, qui attend, provocante. Il ne comprend pas. Que veut-elle, que doit-il, que peut-il dire ?

— Anne... vous voulez quoi ? Des excuses ?

Elle le regarde, interdite. Elle baisse les yeux sur son café, toute colère enfuie, démunie soudain, abandonnée. Des excuses ? Non, certainement non. Des excuses comme pour une erreur, comme si le monde pouvait cesser de tourner par erreur ! Ce qu'elle veut... elle ne sait pas, elle a peur. Elle veut son ancienne elle, la Anne qui fonce, défonce, et s'enfuit avant d'être blessée. Elle est atteinte avant même d'être touchée, abandonnée avant d'être prise. Elle voudrait plaider sa jeunesse, son inexpérience, elle qui a toujours détesté l'inexpérience, l'a toujours niée quand elle était. Elle voudrait supplier d'avance qu'on l'épargne, qu'il ne lui fasse pas mal.

C'est dans ses épaules, dans le mouvement fragile de ses épaules que François est saisi de la vulnérabilité d'Anne. Elle est jeune, tellement, tellement jeune, il peut lui faire mal, la briser. Il se sent envahi d'un sentiment énorme de responsabilité. Lui qui tremblait d'être abandonné par elle, rejeté, connaît soudain l'injustice épouvantable de la situation. Il est marié, il a une vie, un métier, elle est là, entière devant lui qui ne sera jamais qu'à moitié donné, qu'à demi prêté, bien protégé, blindé. Il se sent méprisable.

— Anne... je ne veux pas, je ne voulais pas vous blesser. Tout cela est terriblement injuste pour vous.

Elle lève la tête. Ses yeux sont si exigeants, si inquiets. Il l'a déjà blessée, c'est fait. La banderille est enfoncée, qu'attend-il, qu'attend-il le matador déchu pour envoyer l'estocade ? Il sait bien qu'il va s'éteindre avec le taureau, et qu'il n'y aura pas de gagnant, que du sang. C'est une bataille sans victoire. Une triste bataille.

— Je ne veux même pas dire ça... je ne sais pas quoi vous dire.

Vaincu, il se tait et la contemple : rien ne peut excuser une telle souffrance. Il se sent aussi détruit qu'elle, terrassé par l'impossible. Il cherche comment se lever et partir avant de s'effondrer, de se mettre à pleurer et à supplier pour un instant supplémentaire. C'est sa main sur la sienne qui lui fait lever les yeux. Anne est là, anxieuse, brûlante. Le feu n'a pas d'autre nom.

— Viens !

Et encore une fois, le monde, l'univers se soulève, se déplace, explose. L'argent, la porte, le trottoir, rue du Parc, Fraser, l'escalier brun, la porte, la clé qui tremble tellement qu'elle semble désajustée de la serrure et la porte ouverte enfin et le corps d'Anne et sa peau et le soleil comme une flaque sur les draps et ses yeux et le monde enfin ouvert, disponible, et le feu, et le souffle, sa langue, son cou, les seins frémissants et cet éblouissement qui le traverse, comme si son sang battait dans son corps pour la première fois de sa vie. Il s'abîme en elle, l'univers bascule. Il a le sentiment puissant d'atteindre sa vérité sans même la chercher.

Et, de façon irrémédiable, il sait qu'il a affaire non à une liaison, mais à la passion. Et il y consent.

Chapitre trois

LA REDDITION

Les baisers sur le corps font pleurer. On dirait qu'ils consolent. Dans la famille je ne pleure pas. Ce jour-là dans cette chambre les larmes consolent du passé et de l'avenir aussi,

MARGUERITE DURAS

Quelquefois, il glissait ses deux pouces le long de son sexe et l'ouvrait comme un fruit. Il demeurait là, tout près, à respirer la chaleur et à souffler doucement au rythme de sa respiration, en attente, à sentir gonfler le désir sous ses pouces. Il respirait et se forçait à conserver la proximité sans s'approcher du fruit et de sa merveilleuse humidité laiteuse. Il la sentait se tendre, à la pointe du désir, à la limite du soutenable et il l'entendait respirer un peu plus vite, un peu plus rauque. Et il tentait de se retenir, de différer l'instant où il approcherait sa bouche et la sentirait frémir sous le baiser. Presque toujours, dans cette lutte qu'ils affectionnaient, elle venait à sa rencontre, tendue, au bout de ses reins, au bout de son désir, et il la goûtait avidement, goulûment, comme un vin frais, l'été, quand il fait chaud.

Le corps d'Anne avait cette aptitude au plaisir, cette liberté sensuelle qui, toujours, l'émerveillait. Elle avait le génie de libérer le sien, de lui rendre à travers son exaltation impudique, une sensualité débridée qui semblait patienter depuis des siècles, enfermée quelque part au fond de lui.

Anne avait la clé. Il y avait dans leur façon de faire l'amour une sorte d'urgence, de violence qu'elle imprimait à leur relation, comme si elle voulait frénétiquement que cela demeure sexuel. Et pourtant... en demeurant sexuel, leur amour devenait plus évident, plus avoué. Les mots, si précieux parfois, devenaient inadéquats pour eux. Quelque chose dans leur corps se transmettait qui n'avait pas besoin de mots, surtout pas. On aurait dit qu'ils ne savaient ni se protéger l'un de l'autre, ni se blesser en s'excusant l'un à l'autre ; leurs corps s'aimaient, se comblaient, se lovaient et se remplissaient l'un de l'autre avec une volontaire ignorance de tout raisonnement. Et c'est vers cet oubli, cette amnésie qu'Anne se jetait lorsqu'elle taisait François sous ses caresses.

Au début, il leur arriva de ne rien dire en dehors des quelques mots qui échappent au plaisir, mêlés à la jouissance. En dehors de leurs prénoms, murmurés ou criés, rien n'était prononcé.

Quelquefois, leurs corps pleuraient un contre l'autre, accablés d'émotions. François se découvrait des patiences physiques terribles quand, penché sur Anne, il la caressait et l'aimait et tentait de pousser son plaisir un peu plus loin, d'en reculer la limite. Et ce n'était pas seulement sa volupté qu'il cherchait à exalter, comme cette offrande d'elle-même, cet abandon total que recelait sa jouissance. Sans retenue, sans silence, Anne s'ouvrait à lui comme jamais, dans sa vérité la plus intense, la plus profonde et comme dans aucune autre circonstance elle ne pouvait s'ouvrir. Son corps était plus sauvage que son esprit, moins dompté, il n'avait pas vraiment appris à se protéger, se fermer. Il pouvait accéder à Anne à travers son corps, à travers sa vibration première et cela troublait profondément le sien et il apprenait, lui, le docile, le sage corps bien apprivoisé, à se laisser emparer, envahir par cette loi fulgurante qu'est celle du désir. Et il n'avait plus peur. Ni d'être un piètre amant, ni d'être insuffisant. Il savait, en toute confiance, qu'Anne éveillait et laissait vivre le meilleur de lui-même, le plus fou aussi et le plus dangereux.

Il suffisait qu'elle soit là avec ses yeux que le désir variait et qu'elle étende sa peau lisse sur la sienne et qu'elle reste là, immobile, adhérant de partout sur sa peau, à laisser sa respiration soulever ses seins contre sa poitrine, coller son ventre contre le sien. Dès que son sexe se dressait, la voulait, elle s'éloignait. Et quelquefois, pour le damner, elle restait debout, nue, loin, dans un rayon de soleil qui la tenait chaude comme sa peau à lui et elle le regardait et elle aiguisait son désir en attente à bout de bras, du bout de ses yeux et quand il murmurait, le souffle court, le sexe presque douloureux de la tant vouloir, elle s'approchait lentement et le prenait d'un coup, follement, dans sa bouche à le faire crier, défaillant, puis le laissait au bord de l'abandon et se tenait au-dessus de son gland, bouche entrouverte, à le lécher du bout de sa langue, comme pour rire ou si peu et quand vraiment, non, c'était trop, viens, laisse-moi te prendre, te prendre ou prends-moi ou viens, viens, elle le reprenait avec un gémissement de plaisir parce que son attente à lui était la sienne et que son plaisir mouillait le sien. Et elle le goûtait avec une volupté infinie et ses mains la cherchaient et se trouvaient au creux de ses plus creux, à la prendre éperdument, à l'écarter délicatement de toutes ses pores et qui murmurait et qui, les larmes aux yeux, s'abandonnait enfin dans un délire ultime, dans une pulsation de corps totale qui les confondait.

Longtemps son corps gardait l'odeur d'Anne, un parfum charnel unique, un parfum prononcé de sexe : elle prenait son sperme et en frottait son ventre, ses seins, jusqu'à être collante de lui. Et elle riait.

Elle ne le reconduisait jamais ; roulée au fond du lit, fermée sur son corps palpitant, elle refusait de le voir partir. Il n'y avait aucun serment entre eux, sauf celui du corps qui s'est reconnu.

La session achevait. Depuis deux semaines, Anne ratait tous les cours qu'elle pouvait et François avait nettement pris du retard dans ses corrections. Aucun des deux ne parlait de l'échéance qui approchait avec le mois de mai. Tous les deux la savaient, la redoutaient et la taisaient. C'était comme une trêve avant l'assaut final. Mais, vers le 3 mai, Hélène Théberge finirait ses cours et demeurerait alors à l'appartement. Ils n'avaient eu aucune peine à tenir leur liaison cachée et aucun des deux n'envisageait de la laisser deviner par quiconque. Qui, d'ailleurs, aurait pu comprendre ? Mais tacitement, ils supposaient l'un comme l'autre que la fin de la session sonnerait la fin de leurs rencontres.

Le matin du 2 mai, ils tentèrent bien de faire l'amour, François surtout, mais les yeux blessés d'Anne ne laissaient pas beaucoup de place au plaisir. Son corps était devenu étranger, presque glacé. Devant tant de détresse, François s'inclina. Et ils essayèrent de parler. Mais, cette fois encore, ce fut surtout François. Il essayait de l'atteindre, caressait ses cheveux, lui parlait doucement, mais Anne, rétive, se terrait en elle-même. Quand elle s'habilla, François comprit à voir son corps se réfugier dans ses vêtements qu'elle était aux abois.

Déchiré, il la fixait en silence et savait qu'ils n'échapperaient pas à la blessure. Alors, il cessa de la fuir. Elle s'assit sur le coffre, à l'autre bout de la pièce. Il n'approchait pas. Il restait sur le lit à sentir sa souffrance comme avant, il y avait si peu de temps, il sentait son désir de l'autre bout de la pièce. Il ne parlait plus, elle ne parla pas. Ils contemplèrent le désastre dans les yeux de l'autre et, à ce moment, ils eurent chacun le chagrin de l'autre.

Une heure ou deux plus tard, ils s'abattirent à mi-chemin, pleurant sans sanglot sur le tapis minuscule, tremblant de cet adieu comme jamais ils n'avaient tremblé d'amour, elle habillée et lui nu, unis dans ce désespoir sans fin aussi fortement que dans la jouissance.

Beaucoup plus tard, en partant, François essaya de ne pas entendre le gémissement de bête blessée qui venait du tapis.

Mais même une fois rendu à l'université, il l'entendait encore comme si, finalement, il provenait de lui-même.

* * *

Anne n'arrivait pas à refaire surface. Le choc la tenait au fond d'elle-même, tapie, étrangère à la vie. L'agitation du déménagement d'Hélène qui retournait à Rivière-du-Loup pour l'été ne l'effleura même pas. Hélène et son inquiétude, sa sympathie, sa curiosité affectueuse. Anne la regardait faire ses paquets, comme si François la quittait encore.

Hélène, remplie d'une inexplicable culpabilité, s'efforçait de tirer Anne de son mutisme. Mais rien ne semblait pouvoir aider Anne. Et, déprimée, avec la sensation d'abandonner une amie dans le besoin, Hélène monta dans la voiture de son père les larmes aux yeux.

Désertée de toutes parts, Anne se promenait dans l'appartement en touchant les meubles, les objets, dans l'espoir de reprendre pied. Une peur atroce la tenaillait : celle d'apprendre la mort de François. C'était plus fort qu'elle, ça la réveillait la nuit en hurlant, la tenait pliée en deux : François pouvait mourir, l'abandonner totalement.

Puis, cédant à ses peurs, elle vérifiait tous les jours dans la chronique nécrologique du *Soleil.* Une fois cela fait, elle pouvait presque vivre, soulagée d'un certain poids pour au moins vingt-quatre heures. Elle avait maigri, se sentait au bord d'un abîme, habitée d'une incroyable fatigue et fragile, avec un goût de mort dans la bouche.

La nuit était le pire. Elle se réveillait parce qu'elle avait les yeux ouverts et se tenait immobile à écouter les arbres bouger sous le vent. Elle avait la certitude d'être seule à jamais et à jamais abandonnée. Rien, dans l'univers entier, ne pouvait la sauver. Et elle-même n'était plus là pour s'aider. Elle avait la triste sensation de s'être donnée à quelqu'un qui était parti sans lui laisser la clé pour se retrouver.

François l'avait prise, elle l'avait encouragé, c'était terminé. Anne savait avant François que ces choses ne durent pas. Que tout n'est pas assez et qu'un être humain reste seul, toujours. Anne savait, du fond de son enfance, que l'amour ne sert à rien d'autre qu'à lacérer, déchirer, repousser. Elle ne désirait pas s'en souvenir. Elle ne demandait que l'oubli. L'oubli, qui avait le goût de la vie et qui, comme elle, la fuyait inexorablement. Anne se sentait bâtie autour d'un pieu qui la déchirait à chacun de ses mouvements. Elle cherchait dans le silence terrifiant de la nuit quelle ombre, quel fantôme appeler à son secours et ne trouvait rien, ni personne.

Puis, une nuit, pliée en deux de terreur, cassée de solitude, elle appela son père sans fin à travers ses larmes. Et elle chercha follement dans son souvenir où pouvaient bien être les petits souliers rouges, brillants, qu'il lui avait donnés pour ses sept ans. Et, de ne pas savoir, de les croire perdus à jamais, rejetés par les mains indifférentes de sa mère ou portés par une autre petite fille qui n'y ferait même pas attention la jeta dans un désespoir total et incompréhensible. Elle aurait tout donné pour serrer ses souliers contre elle, comme un petit animal. Elle aurait tant voulu les retrouver, les savoir avec elle, en sécurité. Elle avait perdu les souliers rouges, les petits souliers qui claquent quand on marche. Le sourire de son père, son rire, et les gestes doux qu'il avait eus pour mettre les souliers à sa petite fille éblouie. Il avait soigneusement tiré les bas blancs, les avait pliés, avait attaché la courroie mince et brillante, l'avait soulevée, embrassée et mise debout devant lui, tout fier de sa trouvaille. Elle avait dormi avec ses souliers une semaine entière, les serrant dans ses bras parce que sa mère ne voulait pas qu'elle les porte au lit. Le soir, quand son père venait l'embrasser, elle les lui montrait de sous la couverture et il les faisait marcher sur le mur pour elle toute seule. Elle ne se souvenait plus les avoir portés après cette semaine-là. Après le jour où, parti faire une course, il n'était jamais revenu, le cou cassé net, paraît-il, sous la force de l'impact. Un inconnu, une mort au volant d'une voiture trop rapide. Un instant, le seul instant où les deux voitures se croisaient, le seul instant où l'inconnu avait été distrait ou trop joyeux, ou seulement indifférent. Le seul instant que ça prend, finalement, pour mourir. Les souliers rouges avaient disparu en même temps que son père, elle ne savait plus ce qu'ils étaient devenus. Elle avait oublié de s'en souvenir, de s'en préoccuper. Elle avait tellement besoin de les retrouver maintenant. Elle les cherchait frénétiquement dans sa mémoire et ne trouvait que le trou noir qui suivait le retour tant espéré, tant attendu et jamais survenu de son père.

On avait dû lui expliquer, elle était certaine que sa trop parfaite mère lui avait expliqué l'inexplicable, l'incompréhensible. Sa mère avait des mots pour tout, même l'horreur, même l'abandon. Sa mère savait accepter l'inacceptable.

Une nuit, elle s'en souvient, elle avait appelé très fort, hurlé pendant des heures et des heures et des heures lui semblait-il, comme maintenant, malgré sa mère qui la retenait, tentait n'importe quoi pour la calmer. Elle avait appelé son père une fois pour toutes, avec toute la force de ses poumons pour qu'il sorte de ce maudit ciel et vienne la trouver et la réconforter. Elle avait battu sa mère, mordu, griffé et hurlé jusqu'au matin, sûre qu'elle pouvait crier assez fort pour qu'il l'entende. Sa mère avait tout fait pour l'en empêcher, mais elle avait résisté. Et au matin, écrasée, à bout de tout, elle fit comme la chèvre de monsieur Seguin, cette chèvre racontée par son père, elle se coucha dans l'herbe tendre et le loup la mangea.

Maintenant, elle avait vingt et un ans et elle aurait donné son âme pour un de ses petits souliers rouges posé contre sa joue mouillée, contre son désespoir muet. Elle aurait donné son âme pour que les morts sortent d'entre les morts et que ceux qui abandonnent les petites filles pieds nus viennent enfin les consoler.

Et elle pleurait, enfant et adulte mêlés, sans honte, sans retenue dans le bouillonnement confus de tous les chagrins amassés d'une vie.

Anne ne demandait plus rien à personne depuis longtemps. Elle ne voulait plus jamais avoir à « enterrer quelqu'un », à « en faire son deuil », ces expressions honnies, bannies de son vocabulaire et maintenant, elle se tenait dans la nuit, l'âme nue et les pieds meurtris. Mais elle ne criait pas. Elle ne criait plus depuis longtemps, depuis presque toujours. Elle sourit dans son désespoir en pensant que sa mère serait fière de sa fille enfin élevée et elle lui fit une grimace avant de s'endormir, bouffie de cris rentrés et le pouce bien près de sa bouche.

* * *

Fin mai, Anne commença à travailler. Un travail étudiant au gouvernement, avec tout ce que cela a de fastidieux et d'inutile. Elle s'y rendait à pied, trouvait son étage et son comptoir parmi les mille autres si semblables et classait indéfiniment par ordre alphabétique des demandes périmées que personne ne réclamait jamais. Elle le faisait comme une somnambule, sans rien voir autour d'elle. Quand on lui demandait quelque chose, elle était presque étonnée de pouvoir le fournir aussi vite, tellement ses activités avaient peu de réalité pour elle.

Elle avait maigri, elle déjà si mince. Son teint était transparent, ses yeux tenaient les curieux à distance et peu de gens lui adressaient la parole à la pause café, intimidés qu'ils étaient par cette froide étudiante.

Elle ne pensait pas à François, elle se l'interdisait. Elle ressentait le vide, l'espèce de cavité pesante qui s'était formée en son centre. Elle traînait cette vacuité jour après jour, sachant qu'il fallait attendre pour que s'allège le fardeau. Elle marchait sans cesse dans la ville, regardant l'été briller sur le fleuve, dans les arbres des Plaines, elle marchait et c'était sa seule manière de se bercer, de se consoler un peu.

Elle restait seule, ne parlait presque jamais, ne sortait plus le soir et ne parvenait même plus à s'imaginer pouvoir faire l'amour. Son ventre s'était tu on dirait, détaché d'elle, parti en même temps que François. Elle haussait les épaules intérieurement, peu lui importait au fond.

Un soir, Hélène Théberge l'appela. Elle lui parla pendant une heure de sa vie là-bas, de son travail de monitrice, de son petit frère rendu grand, de la beauté du fleuve. Anne écoutait avidement et retrouvait sa chaude présence si encombrante parfois mais si réconfortante aussi. Hélène était presque en amour et réussit à faire rire Anne en racontant ses tentatives de séduction. Anne raconta peu de choses, mais elle parla vaguement d'aller chez Hélène en fin de semaine et, en raccrochant, elle se disait qu'elle le ferait peut-être. Peut-être...

Ensuite, ce fut sa sœur Claudine venue témoigner de l'inquiétude de leur mère et, par conséquent, de l'ingratitude d'Anne qui ne donnait jamais de ses nouvelles. Mais elle vint surtout pour traiter de ses démêlés avec les garçons. Claudine avait seize ans et ressemblait fort peu à Anne. Brune, grande, de structure un peu plus solide, elle était pourtant un peu plus molle, un peu plus malléable, disait leur mère, que sa sœur.

Claudine ressemblait déjà à sa mère, dans ses manières un brin affectées et, chose curieuse, elle avait la même diction que son beau-père, avec les voyelles traînantes. Claudine se sentait toujours obligée de plaire à tout le monde et elle avait sans doute fait cette concession inconsciente à son beau-père pour être bien vue de sa mère. Claudine était encore bien enfantine, bien bébé. Pour elle, discuter des problèmes de Dieu, du sexe, du respect des parents était excitant et fondamental. Elle portait un bandeau sur son front, à la manière hippie. Mais il était si propre, si coquet qu'Anne se dit que la mode devait s'achever si Claudine l'adoptait. Elle demandait régulièrement à Anne si elle prenait de la drogue, les yeux agrandis d'avance, l'air d'une conspiratrice. Anne ne disait jamais rien à Claudine, sachant très bien que sa mère saurait tout : il y avait une complicité entre ces deux-là qu'aucun lien fraternel ne saurait briser. Le « secret » pour Claudine consistait en une chose que l'on devait taire à tous et dire à sa mère. Claudine ne savait cacher que ses propres secrets, ceux des autres, elle en faisait bon marché, sans scrupules ni mauvaise conscience.

Par contre, elle enviait beaucoup sa sœur, son appartement et ses possibilités de liberté. Elle se promenait chez Anne regardant tout, commentant tout comme un détective à la recherche d'indices. C'était dimanche, il faisait beau et Anne aurait bien voulu aller marcher. Elle était même prête à traîner sa sœur, mais Claudine voulait rester là, s'incruster et placoter. Anne, résignée, fit du café fort et se mit à l'abri du déluge de mots en laissant son esprit errer. Claudine pérorait, Anne s'ennuyait. Elle avait presque rongé tous ses ongles, quand Claudine annonça qu'il fallait prendre le bateau pour Lévis, qu'elle serait en retard. Mais ce que Anne n'avait pas prévu, c'est que Claudine était décidée à traîner sa sœur au repas familial. Elle l'avait promis à sa mère. Anne fut inébranlable : elle n'avait rien promis, elle, elle avait un rendez-vous ce soir-là, elle travaillait demain, elle ne voulait rien savoir. Au bout d'une demi-heure, Claudine, excédée, laissa tomber. Anne, soulagée, ferma sa porte et écouta le silence régner. « Papa irait te reconduire au bateau de onze heures, il l'a dit. » Papa ! Claudine l'écœurait un peu avec sa flagornerie. Et l'autre qui aimait ça, qui voulait qu'on dise papa ! Cet homme-là, cet inconnu à l'air sévère, à la bouche trop petite, qui faisait des règlements à propos de tout et de rien, ce curé égaré dans le mariage. Anne lui vouait une profonde antipathie et quelquefois, beaucoup plus rarement, une certaine pitié. Il avait fait tant d'efforts pour s'allier la deuxième fille. Mais, arrivé trop tard dans la vie d'Anne, il n'avait pu faire aucune brèche dans ses sentiments : elle avait quinze ans et ne souhaitait déjà que partir. Sa mère ne lui avait pas pardonné son attitude hostile. Elle considérait quant à elle que huit ans de veuvage étaient respectables et que ses enfants étaient assez grandes pour comprendre. Mais Anne, elle, concluait : assez grande pour partir. Et peut-être utilisa-t-elle cet homme comme levier de son départ. Avouer que sa mère lui pesait aurait été trop dur, trop cruel, mais ce beau-père pouvait facilement endosser ce rôle. Et elle le lui accorda sans autre négociation.

Tout de même secouée par Claudine et ses bavardages, Anne ne retrouvait pas sa quiétude habituelle. Ses sentiments étaient barbouillés de ressentiment, d'exaspération et d'une vague culpabilité. Elle décida de marcher jusqu'au cinéma Cartier sans même consulter le programme. Elle aimait se livrer au hasard. La file s'étirait déjà jusqu'à la rue Fraser. Elle avait certainement eu une bonne inspiration. Elle prit place derrière un petit couple qui en était sûrement à sa première sortie. Des gens continuaient à arriver, la file s'allongeait, les portes n'étant pas encore ouvertes.

Anne attendait patiemment, observant les gens, piégeant des bribes de conversations. Elle aimait bien cette sensation d'être inconnue, protégée en quelque sorte dans une foule anonyme. Elle s'amusait à décompter les couples en trouvant qu'il y en avait vraiment beaucoup, quand elle le vit. Là, quatre têtes devant elle, ses épaules, sa nuque, ses cheveux qui, un peu plus longs, bouclaient légèrement, presque son odeur. François ! Clouée, haletante, elle recevait le coup par vagues, elle retrouvait le goût de lui, désespéré, violent, inaltéré. Il parlait, innocent, inconscient, il parlait en faisant des gestes, en se penchant un peu vers la droite. Anne ne voulait pas, ne voulait pas regarder à droite. Elle se tenait pétrifiée, à appeler ce corps tourné, refusé, persuadée qu'il devait bien l'entendre, entendre l'urgence de son appel. Devant elle, dans un mouvement d'un accord parfait, les gens changèrent de jambe d'appui, créant ainsi une ouverture, libérant la vue et Anne découvrit l'interlocutrice : les yeux levés vers lui parce qu'elle était plus petite — mais qui n'était pas plus petit que François ? —, l'air ravie, une goutte d'adoration dans les yeux et le rire, son rire heureux de femme heureuse, acheva Anne. Plus blessée que par un refus, elle se solidifiait sur place, tétanisée, incapable d'un geste, d'un pas. Puis, François cessa de parler ; il se penchait vers elle et retirait de son front quelque chose, un cheveu, une tache, un moustique, elle ne savait pas. Mais cette façon de se pencher, de courber ses épaules, ce geste d'une douceur, d'une tendresse insupportable, ce geste qui témoignait de l'amour plus sûrement que n'importe quel serment. Elle avait toujours su qu'il avait une femme. Elle ignorait seulement qu'il l'aimait. Peut-être même le savait-elle, elle l'ignorait quand même. Il partait ! Il s'éloignait. François ! Comment était-ce possible ? Comment un corps aussi proche du sien, qui s'y était tant livré, pouvait-il rester sourd à sa présence ? Il s'éloignait et elle restait là, vissée dans le trottoir à même sa douleur, à laisser l'espace se créer entre elle et lui. On la poussa légèrement, puis plus fort, avancez ! Elle fit non de la tête, elle ne pouvait pas. On la dépassait, la regardait sans comprendre, la détestait de son absurde immobilité. Elle demeurait là, crucifiée de son ignorance. À quoi ça sert de tant s'aimer s'il ne sait pas qu'elle est là, derrière lui, de tout son corps déchiré ?

Elle fit enfin un pas et sortit de la queue pour rentrer chez elle. Dès qu'elle eut le dos tourné, François se retourna — au milieu de sa phrase d'ailleurs — sans savoir pourquoi. Et il la vit. De dos, là-bas, qui s'en allait. Il n'avait pas besoin de visage, il n'avait besoin de rien pour savoir qu'Anne s'en allait là-bas, blessée, défaite.

Il eut un mouvement pour courir la rejoindre. Élisabeth, inquiète, lui demanda ce qui lui prenait. Il la regarda sans comprendre, sans même savoir un instant qui elle était. Les gens poussaient, Élisabeth le tirait. Écartelé, une souffrance intacte lui déchirait les entrailles. Anne ! Élisabeth le tirait toujours par le bras, insistait : Veux-tu partir ? Es-tu malade ? Une nausée soudaine, un malaise épouvantable. Il ne pouvait pas, il ne supportait pas cela. Il dit : attends-moi, et il partit en courant. À l'angle de Fraser, ses pas précipités firent se retourner l'ombre blonde qui s'en allait. Il s'arrêta net, essoufflé, couvert de sueurs, mais plus d'émotion que de course.

Anne la tant aimée, la tant blessée, s'était retournée et, à quelques pas de lui, faisait non doucement de la tête sans avancer. Et l'adieu était encore aussi neuf, aussi inattendu, aussi brisant. Puis, d'un coup, elle fit demi-tour et continua sa route. Élisabeth était là, derrière lui, vraiment inquiète.

— François ! François qu'est-ce qu'il y a ? Es-tu malade ?

Il la regarde, fait non, incapable de parler, murmure une quelconque raison qui ressemble à « mal au cœur », ce qui est maintenant bien vrai, son cœur lui fait atrocement mal.

Élisabeth le ramène à la voiture, prend le volant. Ils se taisent. Élisabeth reconnaît bien la texture de ce silence qui lui rappelle la fin de la session où François semblait hanté par ce qu'elle a appelé le fantôme de ce père si peu aimé mais tant regretté. Découragée, elle espère quand même qu'il ne recommencera pas à s'éloigner d'elle aussi brutalement. Mais non, il la regarde avec douceur, comme peiné.

— Je t'ai fait manquer ton film.

Elle hausse les épaules : « Ça va mieux ? »

— Oui.

Mais on dirait qu'il va pleurer.

François avait imaginé bien des rencontres, il avait longtemps essayé de tricher avec l'inéluctable. Mais comme ça, comme ce soir, non. Il n'arrivait pas à se séparer d'elle. Elle vivait librement en lui, l'habitait, le hantait. Et il ne luttait pas, il la désirait en lui si c'était impossible d'être en elle. Il ne voulait pas oublier, pour une fois, il ne pouvait pas.

Au début, il ne voyait plus de place pour Élisabeth, trop pris, trop obsédé par Anne pour être disponible. Puis, bien vite il comprit qu'il avait deux vies, deux intérieurs et qu'Élisabeth avait sa place. Ce n'était pas une place mineure ou inférieure, c'était la sienne propre, celle qu'Anne ne tiendrait jamais, n'occuperait jamais. Il ne pouvait pas dire que l'une volait l'autre. Elles étaient dissociées dans leur essence même. Et il ne se sentait pas en train de s'excuser ou se justifier, puisque de toute manière, Anne n'était plus « physiquement » dans sa vie. Non, c'était une constatation douloureuse. Il ne souhaitait pas l'absence d'Élisabeth pour pouvoir choisir Anne, il en aurait autant souffert que de celle d'Anne. D'une autre façon, bien sûr, dans un autre registre, mais un manque certain, intolérable.

Anne ne le laissait pas, même s'il se savait séparé d'elle. Il ne nourrissait pas vraiment l'espoir de la retrouver et de poursuivre leurs relations. Mais, même sans elle, sans sa présence, son amour demeurait et se développait dans le trou béant de l'absence. Il lui arrivait d'être atrocement tenaillé par le désir d'Anne et toute la présence et tout l'amour d'Élisabeth n'y pouvaient rien. C'était d'un autre ordre, absolument différent et il n'y avait rien d'interchangeable entre ses deux amours. Et la nouveauté d'Anne ne l'aveuglait pas sur la sincérité de ses sentiments envers Élisabeth.

Il ne comprenait pas pourquoi on parlait si peu de cette possibilité d'être entier tout en étant doublement amoureux. Que cette duplication ne soit ni une échappatoire hypocrite, ni une manière d'amoindrir l'amour ou de l'épicer, mais un état de fait troublant, une réalité solide et possible ébranlait profondément les convictions de François. Pour rien au monde il n'aurait voulu qu'Élisabeth soit torturée par les sentiments qu'il portait à Anne. Cela était déjà assez douloureux à vivre, et la touchait bien assez à travers ses variations d'humeur. Il ne savait pas lui-même comment il parvenait à concilier les deux pôles de sa vie avec autant de certitude. Il savait que même si jamais plus elle ne le touchait, il aimerait Anne et lui appartiendrait quand même. Et que, si Élisabeth venait à le quitter, il ne cesserait pas de l'aimer et ne parviendrait pas à atténuer son chagrin par la présence continuelle d'Anne. Les deux femmes constituaient son absolue capacité d'aimer. Choisir lui semblait une solution aussi inepte que de se mutiler un membre par ignorance de son usage. Et la lâcheté n'avait rien à voir là-dedans. Il avait essayé de se détester, de se mépriser, de délabrer, d'avilir son amour pour Anne. En vain. La seule analogie acceptable qui lui venait lorsqu'il argumentait avec lui-même pendant des heures sur le sujet était l'amour que l'on porte à ses enfants qui peut varier totalement d'un enfant à l'autre sans perdre de sa qualité. On pouvait aimer ses enfants différemment, selon le type d'attachement que chacun d'eux suscitait. Et le sentiment pouvait être aussi fort et sincère même s'il différait selon l'enfant. Quelquefois l'un d'eux pouvait prendre plus de place, monopoliser l'attention, l'amour exprimé, sans pour autant épuiser tout l'amour à son profit, comme si ce n'était qu'un contenant précis, fermé et limité. François s'apercevait que l'exclusivité d'un sentiment n'était pas nécessairement la preuve d'une grande aptitude à aimer. L'amour était une source génératrice en lui-même et non un lac artificiel immuable qui ne contient que l'eau que l'on y a mise. La source semblait intarissable. Et c'était assez terrifiant. Il se jugeait terriblement égoïste de vouloir tout prendre sans rien perdre. Et pourtant, il avait bel et bien perdu Anne, sans cesser pour autant de l'aimer.

François se sentait piégé. Incapable d'être totalement heureux, il vivait à cloche-pied sur ses sentiments. Il n'était ni tout à fait là, ni vraiment ailleurs ; il était seulement très malheureux et ne connaissait ni remède, ni refuge. Il ne demandait pas à Élisabeth de le consoler d'Anne, même de façon détournée. Cela aussi faisait partie de l'étanchéité des deux amours. Il vivait lentement, jour après jour, comme un convalescent.

Et la nuit, lorsqu'il s'éveillait, il pensait à Anne et souvent l'idée de sa tristesse et de sa solitude à elle le terrassait. Il avait l'affreux sentiment d'avoir mal agi, de l'avoir mal, si mal aimée. Et après cette rencontre éclair du cinéma Cartier, il en eut la certitude. Il aimait Anne, avait été aimé d'elle mais n'avait réussi qu'à gâcher tout cet amour en s'en saisissant sans rien donner en retour, en le prenant pour s'enfuir avec, serré sur son cœur. Il savait obscurément, au souvenir du corps d'Anne, qu'elle lui avait donné quelque chose d'unique, de fragile et précieux et il redoutait, la nuit, d'en être profondément indigne.

Il réfléchissait beaucoup, ce qui l'empêchait d'agir. Ce qui brouillait tellement les pistes qu'il en restait pantois, paralysé. Et il partit pour Charlevoix, comme chaque année, passer le mois de vacances d'Élisabeth dans la maison qu'ils louaient depuis des années.

Il ne revit pas Anne avant son départ, résistant sauvagement à l'appeler, lui écrire ou à aller tout simplement rue Fraser. Il savait que revoir Anne signifiait pour lui recommencer.

* * *

Anne avait conscience que le choix lui appartenait. La douleur aussi, d'ailleurs. Peut-être est-ce pour cela qu'elle avait regardé François en faisant non instinctivement de la tête. Peut-être. François n'avait rien promis, rien dit, jamais, qui l'obligeait. Elle se souvenait de leur amour au soleil de cette chambre maintenant ombreuse et rien de tout cela n'accusait François. Elle s'était offerte, il l'avait aimée, l'aimait peut-être encore. Il était marié, et cela ne changerait rien : elle ne voulait pas se marier avec lui, ni avec personne. Elle voulait le détester, le fuir, le maudire, l'occire, le détruire. Elle voulait le prendre, le mordre, le lécher, l'embrasser sans fin, jouer de son désir et l'exalter et le combler. Elle refusait furieusement ce que François acceptait simplement : l'aimer. Que cela soit ne changeait rien à la calamité que cela représentait. Et dans ses pires moments, Anne avait l'impression d'être tombée dans le plus vieux piège du monde.

Et pourtant, tout sordide qu'elle voulait bien le voir, son amour la tenait solidement, l'inquiétait et la torturait. Elle avait pensé changer d'université, partir pour Montréal, ne plus le revoir, jamais. Mais elle avait envoyé sa demande trop tard. L'année 1974-1975 peut-être... elle savait qu'alors, il ne serait plus temps. Elle savait déjà qu'il n'était plus temps. Confusément, elle essayait encore de vivre une rupture impossible mais elle n'arrivait plus à s'en convaincre, à pleurer François. Sauf en de très rares moments, le désespoir ne la tenait plus autant : François était vivant, elle pouvait l'atteindre, l'appeler. Elle l'avait vu dans ses yeux ce soir-là où, quand même, malgré tout, il avait finalement senti sa présence. Et cette certitude chantait dans sa tête malgré elle, malgré sa mauvaise foi. Et même si elle décidait de choisir la négation, de refuser ce gouffre de souffrance qu'elle devinait en lui, quelque chose en elle s'exaltait, savait que tout était encore possible. Et cette obscure conviction attaquait solidement son désespoir.

Peu de temps après, elle fit l'amour avec un bel inconnu. Une fête somptueuse, une nuit de velours.

Vivante, elle était vivante !

* * *

Ce fut un été houleux pour Anne. Aucune émotion n'arrivait à creuser sa place dans sa vie. Son humeur fluctuait avec la température, passant d'une joie de vivre excessive à une tristesse définitive dans un temps record. Ses partenaires occasionnels avaient bien de la difficulté à la comprendre ; d'ailleurs, ils n'essayaient pas tant, se contentant d'habitude de ce qu'elle leur offrait sans chercher plus loin.

Un soir, elle décida de « faire de l'acide » avec Jean-Yves, un tchum au passage plus lent que les autres. Sans être une habituée de l'acide, elle avait deux très bons trips à son actif. Jean-Yves était un taciturne qui se contentait de marmonner ce qu'il disait. Ils regardèrent longtemps les arbres sombres de la rue Fraser s'agiter dans la nuit, bruire et foncer ou pâlir. Puis, Anne eut froid et entra. Quand Jean-Yves la suivit, il la trouva assise sur le coffre de sa chambre, les genoux relevés contre elle et fixant le lit en gémissant.

Il crut qu'elle avait peur, qu'elle voyait quelque chose d'horrible ou d'inquiétant sur le lit et se mit en devoir de l'ouvrir et de le piétiner pour la rassurer. Aussitôt, elle hurla et se jeta sur lui à le griffer et le mordre en criant : « Tu veux le tuer ! Tu veux pas qu'y revienne », et elle continuait à le frapper sans arrêt, la bouche serrée, les yeux fous. Il était sec et fort, il la prit dans ses bras et tenta de la bercer : impossible, elle le fuyait, avait sa caresse en horreur. Voyant cela, Jean-Yves la lâcha tout simplement et se retira dans le salon. Anne cessa de se débattre et s'étendit de tout son long par terre, sur le petit tapis indien. Elle pleurait. Puis, sur le dos, en regardant le plafond, elle eut l'impression de dériver, de flotter sur l'eau agitée par le courant et d'aller loin, très loin. Au bout de cet interminable périple, elle eut faim. Elle alla à la cuisine. En traversant le salon, elle aperçut Jean-Yves immobile sur le divan qui allumait longuement, lentement une cigarette en rigolant. Elle ne le reconnut pas. Il était très occupé à brûler le bout de ses cheveux longs, un par un, avec une détermination qui le ferait sans doute passer à travers toute sa chevelure qu'il avait pourtant épaisse.

Elle avait faim et elle n'aimait pas la tête de cet homme-là. Elle ne voulait pas qu'il la voie. Elle passa sans bruit, en longeant la fenêtre et il ne fit que changer de cheveu. Dans la cuisine, elle n'avait plus faim. Elle était inquiète : elle avait la sensation d'avoir oublié quelque chose d'important, quelque chose qu'elle devait savoir. Reprenant son courage, elle se dirigea vers le salon, se planta devant Jean-Yves toujours aussi occupé et lui demanda si elle le connaissait. Il rit doucement et la regarda, laissant brûler un peu plus longtemps un de ses cheveux. Devant tant d'éloquence, elle haussa les épaules et préféra oublier sa question en retournant dans sa chambre. Ils firent chacun leur trip de leur côté, lui à se brûler les cheveux un par un et elle à se bercer sur son coffre. Au petit matin, Anne avait une atroce sensation de laideur, de tristesse, de monde pourri. En allant chercher ses joints dans la cuisine pour alléger son down, elle éteignit la dernière cigarette de Jean-Yves qui brûlait le sofa déjà passablement abîmé.

Elle finit par s'endormir vers neuf heures, triste à en mourir, secouée de frissons d'épuisement, un âcre goût chimique dans la bouche et le regret d'être si désespérément seule dans un monde sans aucune beauté.

Un peu plus tard, Jean-Yves vint s'étendre près d'elle et mit une main un peu molle sur sa cuisse. Elle lui donna l'ordre sec de sortir du lit et, si possible, de l'appartement. Quand, vers quatre heures, l'estomac tordu, elle se réveilla, c'était fait, Jean-Yves avait disparu pour ne plus revenir. Certaine d'avoir pris de la cochonnerie, elle passa le reste de son samedi à se remettre physiquement et moralement.

Le dimanche, elle pleura toute la journée sans

fin, sans raison, apitoyée sur elle ne savait quoi, agrippée à un malheur qu'elle ne pouvait même pas nommer. En soirée, roulée en boule dans son lit, la présence de François lui revint avec le souvenir de sa peau chaude et douce, de ses cuisses longues, de son ventre. Elle pensa à quand elle s'endormait avec lui quelquefois après l'amour, quand il était encore en elle et qu'ils se réveillaient collés ensemble, presque soudés et que, doucement, son sexe se réveillait en elle, s'agitait, grossissait et prenait sa place dans une caresse indicible, mouvante et si secrète et si insistante qu'elle en pleurait de douceur.

Anne soupira et se détendit. Le souvenir de François l'envahissait toute, la prenait aussi fort qu'avant, s'insinuait dans son corps, dans son ventre, la faisait se tendre vers des mains, un corps qui n'étaient plus là pour l'aimer. Elle s'était toujours interdit ce genre de réminiscences qui font plus de mal que de bien. Mais ce soir-là, plus brisée par l'acide que par l'amour, elle se permit ce retour à François en espérant que le calme reviendrait. Et ses mains refaisaient le périple de celles de François, touchaient son sexe, ses cuisses, ses seins mais le plaisir qui accompagna ses gestes fut bien solitaire, accusant la différence énorme entre le souvenir, même intense, et la présence réelle. Et son cri, si ténu, appelait l'absent.

Anne raya l'acide et Jean-Yves de ses fréquentations.

* * *

La semaine fut longue et dure. Le mardi, elle reçut un mot de sa mère accompagné de ses résultats semestriels que l'université avait envoyés à Lévis. Elle l'invitait, gentiment, Anne devait l'admettre, à partager leurs vacances de deux semaines fin août à la maison louée de Wells. Chaque année, la plage de Wells recevait les Morissette-Bonnier immuablement depuis dix ans, sauf, bien sûr, l'année 1967 à cause principalement du remariage de sa mère et accessoirement de l'Expo de Montréal. Anne regarda ses notes : « B », il lui avait mis « B » ! À cause du travail sur Henry Miller, elle l'aurait juré. Ou peut-être l'examen ?... Non, Anne penchait plutôt pour Miller. En préparant son souper, Anne se demanda si elle ne méritait pas « C », finalement. Pas facile pour François de la noter « objectivement ». Elle rit en devinant ses angoisses d'homme si moral. Ah, qu'il a dû en arracher, le pauvre ! Surtout qu'à la fin de son examen elle avait noté en P.S. : « Mais où êtes-vous donc passé, monsieur, qu'on ne peut jamais vous joindre à votre bureau ? », juste pour lui rappeler ce qui le distrayait de ses corrections. « B », c'était bon finalement, François avait fait un heureux compromis entre son désir de lui dire qu'il la trouvait « A » et que ses travaux valaient « C » à cause de l'interférence du désir dans ses études. Il devait se sentir coupable, elle en était sûre, François avait une propension à la culpabilité.

Anne se sentait légère, presque caressée par ce « B ». Des nouvelles de François, elle avait l'impression de recevoir des nouvelles de François. Elle aimait tant le savoir vivant, corrigeant, se posant d'insondables problèmes et même, pourquoi pas, rêvant d'elle, la désirant. Elle ferma les yeux et revit son regard traqué, suppliant de ce soir terrible du cinéma Cartier. Elle n'aurait pas dû : le visage d'Élisabeth lui revint aussi, accourant derrière lui, inquiète, si inquiète.

Anne ne pensait jamais à cette femme. Elle ne voulait rien savoir d'elle. Même pas de quel amour il l'aimait. Ça ne la concernait pas. Elle n'était pas dans sa vie, elle était dans celle de François, au titre qu'il voudra, avec l'amour qu'il pourra, cela ne la regarde pas. Elle connaissait son existence, c'était suffisant. Le reste lui importait peu. François avait une femme, une maison, une vie autre qu'elle-même, peut-être même qu'il voudrait des enfants, elle n'en savait rien. Elle acceptait l'ailleurs à condition qu'il ne soit pas décrit, incarné, vivant. L'ailleurs, l'autre vie de François devait rester floue, confuse, sans nom, sans visage, sinon la vie d'Anne aurait été intolérable.

Elle songea qu'il faudrait le lui dire s'ils se revoyaient. Elle sourit en s'entendant penser de telles promesses : sa décision était-elle si prise ? N'avait-elle plus peur de souffrir comme en mai ? De manquer mourir de chagrin, de se tordre de douleur dans la nuit noire ? Elle haussa les épaules pour repousser cette fanatique de la tragédie qui la harcelait et sortit de peur de trouver une réponse.

Elle avait quand même eu « B » !

Puis, le jeudi, elle reçut une lettre de tante Jacynthe. Il pleuvait ce jour-là. Anne était revenue du bureau en autobus, avait glissé sa main dans la boîte par habitude et en avait ressorti cette enveloppe épaisse, blanche, avec pour seule fioriture l'écriture mouvementée de sa marraine. Anne tâtait la lettre sans se décider à l'ouvrir. Elle ne comprenait plus pourquoi elle avait écrit à sa tante lui demandant cette chose inouïe. Elle aurait préféré oublier cette initiative, ne pas recevoir de réponse. Mais tante Jacynthe était une fidèle. En soupirant, Anne tira le beanbag près de la fenêtre, elle n'avait pas envie d'allumer la lumière et l'appartement était si gris quand il pleuvait. Elle ouvrit l'enveloppe et en sortit les multiples feuillets généreusement couverts de l'écriture bleue.

Anne, ma toute petite, ma chère petite.

Que tu es donc étrange ! Tu me surprends toujours et j'aime bien ça, le savais-tu ? Ta lettre m'a beaucoup étonnée et je l'ai lue attentivement. Je ne m'attendais pas à cela, pas du tout. Que se passe-t-il donc, Anne ? Pourquoi cette affreuse tristesse, toi qui es si jeune, si pleine de vie ? Que peut-il être arrivé dans ta vie pour te faire revenir dans ton passé et fouiller des souvenirs si tristes ? Anne, quelqu'un est-il près de toi ? Je m'inquiète comme une vieille marraine idiote que je suis, ne m'en veux pas, mais je voudrais te savoir avec quelqu'un qui t'aime, une amie, je ne sais pas. Me comprends-tu ? Mais sois sans crainte, je ne parlerai jamais de tout cela à ta mère, parce que tu me le demandes expressément et non pas parce que je trouve tes raisons valables. Je n'ai jamais bien compris d'ailleurs cet antagonisme que tu avais pour ta mère. Ou plutôt, oui, maintenant je pense que je comprends mieux. Enfin, ce n'est pas cela que tu me demandes de t'expliquer, n'est-ce pas ? Nous en reparlerons quand tu viendras me voir. Parce que tu vas peut-être venir, non ? Tu sais, j'ai bien pensé venir, moi, au lieu de t'écrire cette lettre, pour te le dire, te le raconter en personne. Et puis... et puis, je ne sais pas. Depuis que ton oncle est mort, je crois qu'il y a des choses qu'on comprend quand elles sont écrites, qui font moins mal, ou plus franchement, qui préservent notre pudeur. J'ai détesté tout ce monde autour de moi à la mort de Robert. À toi, je peux bien le dire : j'aurais envoyé tout le monde au diable et en même temps, je les aurais remerciés à genoux d'être là. Alors, confusément, sans être sûre, j'ai cru que tu préférerais une lettre. Bon, je vais cesser de tourner autour du pot et de radoter et te répondre franchement, comme tu le demandes.

Comme ça, tu as tout oublié ? Tu ne sais vraiment plus ce que sont devenus tes petits souliers rouges ? Jamais je n'aurais cru que tu puisses oublier cela. Non Anne, ce n'est pas un détail imbécile comme tu m'écris, ni une histoire sans importance. Quand je pense que tu suggères que je n'ai peut-être jamais entendu parler de ces souliers ! Faut-il que la mémoire s'arrange pour nous épargner le pire. Faut-il qu'il y ait de la souffrance là-dessous pour toi, ma chère enfant.

Oui Anne, je me souviens. Très bien même, très clairement, de ce qui est advenu de tes souliers rouges.

Et parce que je t'aime, je vais tout te raconter. Parce que, au fond, ces souliers t'appartiennent. Pour le début, tu ne te trompes pas : ton père t'avait offert ces souliers pour ton anniversaire, tes sept ans. C'était donc en juillet 1959. J'habitais encore Québec à cette époque et j'avais été à ton dîner d'anniversaire. C'était un dimanche. Il faisait un temps superbe. Tu t'étais « balancinée » comme tu disais, tout l'après-midi, en admirant tes jolis souliers bien tendus devant toi. Je me souviens t'avoir donné des poussées et qu'ensuite ton père m'a remplacée. Tu étais infatigable. Mon dieu, que tu étais fine avec tes boucles blondes et cette robe rose qui jurait avec tes souliers neufs. Mais tu aurais enlevé la robe plutôt que les souliers ! Te souviens-tu de la scène que tu as faite à ta mère ce soir-là, quand elle a voulu te donner ton bain et retirer tes souliers ? Une furie ! Tu as tellement crié que ton père est intervenu disant que c'était ta fête et qu'il ne fallait pas te faire pleurer. Je doute encore de ses bonnes intentions : Henri détestait les querelles un point c'est tout, que ce soit ou non le jour de ta fête. Mais il avait eu raison de ta mère et je te revois, fière, sale de larmes et de crème glacée, en jaquette de coton et en souliers rouges dans les bras de ton père. Je te soupçonne de l'avoir considéré comme ton sauveur. Je crois qu'Henri était très fier de sa fille, il avait l'air bien heureux avec sa blondinette sur ses genoux. Tu as « veillé » ce soir-là, jusqu'à neuf heures. Tu t'es endormie sur ses genoux, un bras passé autour de son cou et c'est lui qui, doucement, avec mille précautions, t'a retiré tes souliers. Je crois que j'ai rarement vu Henri faire si attention, et, il faut bien le dire, il y avait beaucoup d'amour dans ses gestes.

Plus tard, nous étions restés dehors très longtemps parce qu'il faisait chaud, ta mère a dit que ces souliers n'étaient pas une très bonne idée et que, têtue comme tu étais, tu les mettrais jusqu'à la disparition de la semelle. Ton père a bien ri et il l'a prise dans ses bras en lui promettant des souliers à talons hauts rouges pour sa fête à elle. Je me souviens de son regard, de cette jeune femme amoureuse qu'était ta mère. Tu ne peux pas t'en souvenir, Anne, mais ta mère était jeune, trente ans à peine et elle aimait Henri, vraiment, pour ne pas dire follement. C'est important que tu le saches, tu n'es plus une enfant, et j'ai bien peur que tu n'aies jamais compris cela.

Puis, bien sûr, le vendredi suivant, il y a eu ce sinistre accident. Aline était comme folle, blanche, la bouche tirée, elle essayait de parler et ne pouvait rien dire d'autre que : « Henri va revenir, il va revenir. » Je m'en souviens très nettement : elle portait une robe sans manches jaune imprimée de petits bouquets bleus avec une encolure carrée. Un coup de soleil pelait sur ses épaules. Elle te serrait dans ses bras comme son seul bien, son seul refuge, et répétait toujours cette phrase idiote que tu écoutais attentivement. Puis, tu as voulu aller courir ou jouer ou je ne sais pas et elle ne voulait pas te laisser ; tu t'es tortillée jusqu'à temps de gagner et tu es partie. Claudine dormait encore dans son carrosse. Les gens commençaient à arriver. Ton grand-père maternel essayait de raisonner ta mère ; le pauvre, il a longtemps parlé, bercé Aline. Quand tu es revenue et que tu l'as vu, tu lui as montré fièrement tes souliers rouges et c'est là, seulement à ce moment-là, que ta mère a compris qu'Henri ne reviendrait plus. Elle s'est mise à sangloter et toi, la bouche ouverte, inquiète, tu la regardais pleurer sans comprendre. Mais était-ce bien sans comprendre ? Tout le monde s'est occupé d'Aline et j'ai bien peur de ne pas me souvenir de ce que tu as fait. C'est plus tard seulement, beaucoup plus tard, une fois Aline calmée, que l'on s'est mis à te chercher. Tu étais partie, introuvable.

Te souviens-tu de ce que tu as fait ? Tu étais allée jusqu'au coin de la rue, c'était loin pour une petite fille comme toi, jusqu'à la lumière de la grand'rue, attendre ton père. Tu étais assise bien sage au bord du trottoir avec tes souliers rouges et tu chantais *Frère Jacques*. C'est moi qui t'ai trouvée. Tu ne voulais pas revenir à la maison. Aujourd'hui, je suis sûre que tu savais, que tu avais compris et que tu ne voulais pas qu'on te le dise. Tu étais si petite, si décidée. Que sait-on vraiment de ce qui se passe dans la tête d'une petite fille de sept ans ? Je t'ai ramenée quand même et tu m'as dit : « Papa est revenu ? » et je t'ai répondu non. Et tu as dit : « Je le savais bien. » Je ne t'ai pas demandé pourquoi, sans doute parce que tu l'attendais tant sur le trottoir.

La maison était pleine de monde. Beaucoup de bruits, beaucoup de larmes. J'ai voulu te coucher, tu as mangé un sandwich aux bananes dans ton lit, mon dieu que les détails me reviennent, tu portais la même jaquette de coton que le dimanche précédent et j'ai eu beaucoup de misère à ne pas pleurer à te voir si semblable et à savoir mon frère mort. Tu as enlevé toi-même tes souliers (alors que je te les aurais laissés, moi) et tu as dit que ton père viendrait les faire marcher plus tard. Je n'ai pas compris et ça m'a un peu inquiétée cette idée de faire marcher des souliers. Mais je t'ai embrassée et tu t'es couchée bien sagement, sans protester.

Plus tard, avant de me coucher, je suis montée dans ta chambre vérifier si tout était correct. Tu étais debout, à la fenêtre, tes souliers dans les pieds, à attendre ton père. Et il était deux heures ! Tu n'as rien dit quand je t'ai prise dans mes bras pour te recoucher, tu n'as rien demandé et je suis restée avec toi toute la nuit. J'avais trop peur que tu te relèves pour l'attendre. Je me suis endormie tout habillée avec une petite fille aux yeux ouverts qui portait des souliers rouges dans son lit, dans mes bras.

Le lendemain, Aline a voulu te le dire. Tu as écouté, refusé qu'on te touche, tes yeux fixes, ta jolie bouche serrée et un air, comment dire, un air buté comme jamais. Quand ce fut fini, ta mère t'a demandé si tu comprenais, si tu voulais savoir autre chose. Tu ne disais rien. Tu étais là, debout, immobile, complètement figée. Aline s'est approchée, a essayé de te prendre, tu l'as tapée en disant : « Non ! » Et tu es partie en courant. Pendant les trois jours du salon mortuaire, tous les membres de la famille se sont relayés pour te garder, te surveiller. Dès qu'on s'éloignait de toi, tu partais t'asseoir au bout de la rue, attendre ton père.

Le soir, ta mère allait près de ton lit et essayait de t'expliquer, de te faire comprendre. Mais tu refusais d'écouter, tu la regardais avec des yeux fixes et tu l'empêchais de te toucher. J'étais la seule à pouvoir t'approcher. Je te donnais ton bain, t'habillais, te faisais manger même si tu aurais pu faire tout cela seule. Tu te laissais faire, peut-être parce que, bien lâchement, je ne voulais pas te parler de la mort de ton père et que tu le sentais. C'était encore si impossible pour moi. Je comprenais, vois-tu, que cela le soit pour toi. Et chaque nuit, tu dormais près de moi, parce que j'allais te chercher à la fenêtre. Je ne le disais à personne. Aline aurait été si inquiète de savoir cela en plus.

Puis, il y eut la discussion des funérailles. Une vraie chicane de famille. Terrible ! Cela s'est passé au salon funéraire. Je crois que c'est Élise qui te gardait ce jour-là (c'est la plus jeune, elle n'était même pas mariée à l'époque). Ton grand-père, Aline et sa sœur trouvaient que tu ne devais pas assister aux funérailles, disant que le choc serait trop grand, que tu ne réalisais pas, que tu étais trop petite et que, déjà, ton comportement était assez étrange. Robert et moi (j'avais bien sûr raconté à Robert où je passais mes nuits) n'étions pas d'accord. Il fallait que tu cesses d'attendre Henri, il fallait que tu comprennes ce que tu savais déjà. Je sais que cela a l'air dur, mais même maintenant, je crois qu'il fallait que tu saches, que tu vois où il allait, où on le mettait ce père qui ne reviendrait pas. J'avais l'impression que tu l'attendrais toujours si personne ne te donnait d'explication, ou bien je ne sais pas, une sorte de preuve. Cela a été épouvantable, Aline pleurait, incapable de décider, incapable de te voir souffrir. C'est le grand-père qui, finalement, s'est rendu à nos arguments, et a fait comprendre qu'en effet, même difficile, ce moment serait « profitable » (c'est son mot) pour la petite.

Je ne sais pas, Anne, je ne sais pas encore ce qui aurait été mieux ; tu me replonges aujourd'hui dans ces souvenirs qui, je le vois bien, n'ont plus jamais été discutés depuis. On s'est tu devant ce qui est arrivé.

Alors tu ne te souviens pas ? Vraiment pas ? Le lendemain, je t'ai habillée et peignée. Puis, quand tu as vu ta mère en grand deuil, avec son chapeau et ses yeux rouges, la main tendue pour te prendre, tu as dit non et tu as mis tes deux mains derrière ton dos. C'est moi finalement qui t'ai amenée jusqu'à l'église. Ta mère t'a installée dans son banc entre elle et son père. Coincée, tu ne bougeais pas, ne pleurais pas, ne regardais pas ; tu ne t'es pas levée une seule fois, même si tu savais très bien les gestes à faire à l'église. Inutile de te dire que tu ne t'es pas mise à genoux non plus.

Au cimetière, debout à côté de ta mère, tu avais l'air absente. Puis, un instant, tu m'as regardée. Et j'ai vu. J'ai compris à ce moment-là que tu te rendais compte que ton père était parti pour toujours. Et c'était comme une trahison. Pas une larme. Rien. Un regard d'adulte implacable dans ton petit visage. Une sorte de dignité. Puis, quand le prêtre a fini son sermon, ta mère s'est mise à sangloter, sans retenue, en gémissant dans les bras de son père. Tu t'es assise par terre, je te pensais fatiguée et puis, je l'avoue, moi aussi je pleurais et je ne faisais pas attention. Tu t'es approchée du trou et quelqu'un a voulu te retenir. On avait laissé le cercueil à mi-trou comme on dit, pour produire l'effet sans enterrer Henri devant nous. C'est, paraît-il, plus délicat. Enfin, tu t'es mise à crier non ! très fort et tu as arraché tes souliers et tu les as tirés dans le trou, sur la tombe, de toutes tes forces, avec une rage que je n'avais jamais vue. Tu hurlais et tu es partie à courir toute seule, bien loin. C'est Robert qui t'a couru après. Nous étions tellement surpris, tellement stupéfaits à regarder les deux petites taches rouges sur la tombe grise. Personne ne parlait. Aline fixait les souliers en disant : « Mon dieu... mon dieu... » complètement dépassée.

J'avoue que je l'étais aussi. Robert t'a ramenée à la maison. Tu étais pâle et tu ne disais pas un mot. Ta rage ne t'avait pas tiré une larme. Tu es restée comme ça quinze jours. Paralysée. Aline était folle d'inquiétude. J'étais restée près d'elle pour l'aider. La petite Claudine était avec ta tante Élise à Québec. Le médecin est venu et a dit que c'était le choc, qu'il fallait attendre. Aline se reprochait de t'avoir laissée venir aux funérailles et moi, je ne dis pas ce que je pensais de mes idées de génie. Tu faisais tellement pitié, tu étais si petite, si fermée.

Et puis une nuit, tu t'es mise à l'appeler. Une crise épouvantable, affreuse. Tu appelais ton père, tu hurlais, tu n'arrêtais pas. Aline te prenait, te serrait, tu te débattais, tu l'as mordue, battue, tu n'as jamais voulu la laisser te toucher. Tu t'es calmée aux petites heures et là, j'ai su que tu n'attendrais plus rien. Tu as pleuré tellement, tellement. Te souviens-tu que tu disais à ta mère : « Va-t'en, toi » ? Te souviens-tu comme tu lui en voulais d'être là sans ton père ? De t'avoir annoncé sa mort ? Un peu comme dans le temps des Grecs où, paraît-il, on tuait le messager des mauvaises nouvelles. Aline était doublement veuve. Elle avait l'impression de t'avoir perdue en même temps que lui. Elle me répétait souvent : « Il voulait l'emmener, il a failli l'emmener avec lui. Il a failli me la tuer, m'enlever tout. »

Tu avais toujours préféré ton père. Et bien sûr, Claudine avait bien peu d'existence pour lui à côté de sa blondinette. Et puis, Aline le savait, Henri était capable de se faire obéir de toi, pas elle. Elle pleurait en disant que tu lui en voudrais toujours de ne pas être morte à sa place à lui. Je disais non. Mais aujourd'hui, je me le demande. C'est sans importance, sans doute. Mais j'entends encore ton cri cette nuit-là : papa, sans fin et sans réponse.

Alors voilà, j'ai été longue, je le sais. Mais tu m'as ramenée si loin en arrière et je voulais te faire bien comprendre tout ce qui a pu arriver. Tu as perdu beaucoup en perdant ton père, et nous avons probablement fait beaucoup d'erreurs. Il faut nous les pardonner. Nous avions tant de peine, nous aussi. Et nous ne savions pas comment t'épargner un chagrin qui était, je crois, inévitable.

Maintenant, je t'ai dit tout ce que je sais. Mais je ne savais pas lire alors dans le cœur de ma petite Anne. Et je le regrette. J'ai un peu peur maintenant de savoir cette vieille histoire réveillée et je me demande bien pourquoi tu cherchais à savoir cela.

Si tu peux, donne-moi de tes nouvelles. Prends soin de toi, Anne, et ne creuse pas tout cela seulement pour te faire mal. Si tu peux, libère-t'en. Tu es si jeune et la vie est si courte et quelquefois, si bonne. Les fois où elle est moins bonne sont à oublier ou à garder pour ses vieux jours. Là, tu auras bien du temps. Dis bonjour à ta mère pour moi, si tu la vois. Et pardonne-moi si tu penses que je t'ai fait (bien involontairement) du tort.

Ta marraine qui t'aime,
Jacynthe

Il faisait maintenant très sombre dans l'appartement. Anne regardait la pluie couler contre la vitre. La pluie était dehors. Elle était dedans. C'est ce qu'elle se répétait en suivant du doigt une goutte d'eau jusqu'en bas de la vitre et ensuite en en suivant une autre inlassablement. Elle pleurait à travers la vitre avec ses doigts, sans qu'une seule larme ne la mouille. Elle se souvenait de tout maintenant, très bien, très clairement. Elle se souvenait de l'amour qu'elle portait à son père, immense, indestructible, et de la haine épouvantable et de l'horreur

191

qui l'avaient habitée longtemps après sa disparition.

Était-ce possible de tant souffrir, quand on est si petite ? D'être tant trahie ? Malgré de si bonnes volontés ? Les adultes sont inouïs, ils ont toujours de bonnes raisons, de merveilleuses justifications pour tuer les enfants. Et puis non, c'était regrettable, c'est tout, regrettable et inévitable. Pour eux comme pour elle. Elle n'était plus une enfant, elle pouvait comprendre. Mais l'enfant au-dedans d'elle ne comprenait pas et piochait encore et réclamait un amour impossible.

Elle se dit qu'elle l'avait eu sept ans, que Claudine, elle, n'avait presque rien su de lui. Il l'avait aimée, comprise, c'était mieux que rien. C'était tout ce que la vie pouvait lui offrir, aussi bien le prendre. La vie n'est pas très généreuse et pas si bonne, se dit-elle en pliant la lettre de tante Jacynthe. Un peu bonne, à de rares occasions, mais vraiment, pas de quoi allumer un lampion !

Ce n'est que plus tard, alors qu'il ne pleuvait plus, que Anne se mit à pleurer. Cette fois, elle n'appelait plus personne.

Le lendemain, elle écrivit à sa tante Jacynthe pour la remercier et la rassurer. Elle n'était ni malheureuse, ni angoissée. Elle voulait seulement savoir. Elle n'aimait pas ne pas se souvenir, c'est tout. Elle allait bien, travaillait, étudiait encore et avait beaucoup d'amis. Que pouvait-elle dire d'autre ? Qu'un professeur de trente-neuf ans, marié, la tenait au corps, qu'elle avait une peur bleue de l'aimer et de le perdre, que la vie était souvent sinistre et avait bien peu d'humour ? Jacynthe aurait peut-être compris, mais Anne ne voulait pas prendre le risque. Elle promit d'aller la voir un moment donné et Jacynthe elle, en conclut que cela voulait dire probablement pas. En soupirant, elle rangea la lettre de sa filleule dans l'album de photos de famille, tout contre le visage jauni d'Henri, son frère, qu'elle avait maintenant de la peine à se rappeler sans l'aide de ces photos.

Le vendredi à cinq heures, en rentrant, Anne souhaita tellement trouver Hélène dans l'appartement qu'elle l'appela et lui dit qu'elle descendait. Un peu de campagne lui ferait du bien. Deux heures plus tard, elle était dans l'autobus.

* * *

Début août, François fut ravi de revenir chemin Gomin. L'été avait été splendide, la campagne demeurait magnifique, mais il devait bien l'avouer, une partie de sa vie était à Québec. Il était un peu inquiet des projets d'Élisabeth qui voulait acheter la maison de Charlevoix. Pourquoi s'embarrasser de ce qu'ils pouvaient louer chaque année ? Mais Élisabeth était enthousiasmée, ravie et elle voulait acheter elle-même, à son nom. Toutes ces tractations dérangeaient François et ce surcroît de sécurité l'indisposait. Il n'avait pas envie d'ajouter des charges de ce genre à son mariage, de se contraindre.

Déjà, cet été, ils ont à peine réussi à passer une semaine seuls. La famille d'Élisabeth, des amis, Jacques, Mireille et les enfants pendant une semaine, ils avaient reçu beaucoup. Beaucoup trop au goût de François qui jalousait sa solitude, fuyant très souvent la société pour aller prendre de très longues marches.

193

Ces marches, c'était la seule manière qu'il avait trouvée de rejoindre Anne. Il pouvait reprendre une conversation interminable, une sorte de lettre imaginaire qu'il lui écrivait depuis son départ. Et puis... il pouvait mieux l'imaginer, la sourire, la regretter là, tout seul. Il marchait dans la campagne, puis au bord du fleuve pendant des heures sans se fatiguer : c'était ainsi qu'il se sentait bien. Il revenait à la maison de bonne humeur, sociable et en forme. Élisabeth constatait que la dépression qui avait suivi la mort de son père s'estompait enfin.

François avait écrit deux lettres à Anne, mais il les avait finalement brûlées. Il n'osait pas. Peut-être préférait-elle avoir la paix, essayer de l'oublier. Peut-être l'avait-elle oublié ? Pour la première fois de sa vie, François était jaloux, physiquement jaloux. Quelquefois, lors de ses promenades, le corps d'Anne s'imposait à lui, mais douloureusement, s'offrant à un autre, avec les mêmes gestes, les mêmes yeux qu'avec lui. Il voyait ses mains toucher un autre corps, le caresser, il la voyait s'ouvrir pour lui, jouir infiniment avec autant d'abandon qu'avec lui et il serrait les dents de douleur. Cette dépossession était infernale, il l'aurait arrachée à n'importe quel autre homme en se battant furieusement, stupidement. Il se répétait qu'Anne n'avait pas à être fidèle à un homme qui l'avait quittée. Mais il aurait aimé savoir que *tout* n'était pas remplaçable, que leur relation avait pour elle ce qu'elle avait d'unique pour lui. Il n'avait aucunes nouvelles d'elle, que des craintes et des phobies. Il aurait voulu être sûr qu'il n'avait pas rêvé.

Le soir, dehors, il discutait durant des heures avec Élisabeth, serré contre elle devant le feu. Cette intimité faite de longues années de beaucoup de plaisir et de tendresse lui était de plus en plus essentielle. Étrangement, il se sentait plus proche d'Élisabeth, il se surprenait à l'observer, la considérer d'un œil neuf. Il la trouvait belle, solide et si passionnément vivante. Élisabeth avait le sens de l'amour. Il la regardait parler à ses sœurs, les caresser, rire, cuisiner et des accès d'amour jusqu'alors inconnus le submergeaient.

Le seul ennui, c'est qu'il devait toujours repartir marcher seul dans la campagne, retrouver Anne et la passion folle qu'elle recelait. Cesser d'y penser, de vivre avec elle lui apparaissait comme une mutilation insupportable. François se pliait donc à ces nécessités en espérant mollement qu'elles évoluent vers une acceptation de la rupture. Mais il n'y croyait pas lui-même.

* * *

Dès qu'il fut à Québec, une sorte de fébrilité saisit François. Il attendait Anne. C'était ridicule, prématuré, insensé, mais c'était comme ça. Épuisé par la longue patience de l'été, il attendait Anne comme il avait attendu le printemps, pour vivre, se sentir enfin exploser de vie. Il repoussait de plus en plus l'éventuel refus qu'Anne pouvait opposer à son amour. Il se sentait incapable d'envisager cette éventualité. Il avait trop besoin de croire à leur relation pour la remettre en question, même hypothétiquement.

Son assiduité au bureau était exemplaire. Il s'y rendait tous les jours, avec un zèle remarquable. Il préparait ses cours tout en espérant Anne. Dès qu'il la verrait, il était certain de connaître le verdict, de savoir ce qui adviendrait d'eux deux, seulement dans son regard.

Quelquefois, un éclair de douleur le traversait en se souvenant du regard blessé qu'elle avait eu quand il l'avait poursuivie rue Fraser. Mais il refusait de faire ce mal, d'en être l'auteur, il se disait que plus jamais, jamais il ne laisserait une telle souffrance passer dans les yeux d'Anne.

Puis, ce fut l'inscription et le défilé habituel d'étudiants. Les nouveaux, enterrés sous la paperasse qui reviennent trois fois, qui barbouillent, qui hésitent, se reprennent et les anciens de bonne humeur, avec leurs projets, les récits fantaisistes ou laborieux des vacances, les « comment ça va ». Mais pas Anne. Jamais Anne.

François désespérait, les pires conclusions s'abattaient sur lui : elle s'était enfuie, ne reviendrait pas, elle ne voulait plus le voir, il l'avait perdue à jamais.

Puis, elle fut là.

Au pire moment, alors qu'il partait avec deux étudiants pour leur montrer quoi faire et qu'il y avait une file longue comme ça qui attendait à sa porte.

Elle était là. Vibrante, immobile, debout avec ce regard d'une nudité effroyable.

Et lui s'arrête, feuilles en main, il s'arrête tellement que les autres parlent moins fort. Il la regarde, la regarde comme si elle était son salut, sa seule chance, son unique ressource. Et elle est là, et la perfection s'approche, l'effleure. Et il sait soudain, et il n'y a plus de place pour la crainte, l'inquiétude, l'angoisse.

Elle est là. Plus dorée qu'avant, plus Anne que jamais. Ce sourire, cet extraordinaire sourire qu'elle lui offre, comme si ce n'était rien, comme si toute la jeunesse et la beauté du monde n'étaient rien.

Elle est là, avec son corps heureux, sa démarche qui danse vers lui, sa blondeur opaque qui le suffoque d'amour. Anne ! Mille ans qu'il la désire, mille ans qu'il l'attend ! Et elle est là dans le tumulte, calme, profonde comme l'amour vrai.

Sait-il seulement comme il est troublant d'aveu dans son immobile contemplation d'Anne ? Sait-il seulement, François Bélanger, comme elle le retrouve intact, pur de son amour, incroyable de ténacité, avec cette fidélité insensée, acharnée à leur amour ? Rien dans le regard de cet homme ne lui est refusé, marchandé. Rien n'est mesuré, protégé. Il a dans ses yeux l'amour infini qu'Anne n'avait plus espéré et au coin des yeux, infime mais présent, le prix de cet amour amassé en petites rides fines.

Elle voudrait bien avancer, Anne, bouger, faire semblant, agir. Mais la vie est en suspension entre eux et bouger signifie l'approcher et elle connaît leur feu.

Elle voudrait rire et se couler dans son corps. Elle sait déjà un peu ses mains sur elle et elle plie à cette seule idée, à cette seule caresse. L'explosion terrible de leur amour, la joie insensée du corps qu'elle devine là, maintenant, avec une urgence immédiate.

Tiens, il s'approche, vient vers elle, s'arrête encore. Elle avance maintenant, portée par le désir.

Elle est là. Elle est venue. Le monde est sauvé. La mort est remise à plus tard. Et c'est bien tout ce qu'il lui demande.

Comment François peut-il expédier rapidement tout ce monde ? Comment finit-il par être libre alors que les corridors se remplissent ? Il veut lui parler, lui dire.

Mais Anne ne veut pas de paroles, ni de promesses. Elle veut le pacte du corps, celui qui, dans leur délire éblouissant, les scelle l'un à l'autre, les soude. Et François sait cela s'il l'a oublié. Et son corps et ses mains se souviennent de l'exacte mesure de cette démesure lorsqu'il saisit Anne et la ploie et la recommence en pleurant d'amour.

Pas une parcelle du corps n'est omise dans cette célébration, ils s'ouvrent, se tendent, se goûtent, se lèchent, s'épuisent, jutent et vibrent jusqu'à oublier leur identité.

Jamais fusion ne fut plus brûlante et, encastrés l'un dans l'autre, les yeux ouverts, plongés dans la vérité de l'autre, ils reconnaissent en gémissant, éperdus, cette force unique qui vient crever au faîte de la jouissance.

Brisés, le corps meurtri, la peau brûlante, le sexe palpitant, ils n'en finissent plus de se reprendre et de s'ouvrir et de se pénétrer et quelquefois la douceur, et quelquefois la violence leur arrache des cris. Il s'avance en elle, au fond d'elle, ouverte, offerte, et il la bouge, la modèle et elle se cambre, se refuse pour mieux s'ouvrir et elle le prend, l'attire en elle, au plus profond et s'insinue en lui au plus secret, et leurs bouches se mordent et leurs yeux s'exigent et ses seins si petits et si durs se tendent, se pressent et ses fesses dans ses mains et ses couilles et elle le prend, le saisit presque à l'intérieur d'elle-même, le serre doucement, moins doucement, lui arrache ce non qu'il ne peut retenir, il veut durer,

durer en elle, hors d'elle, à la limite du supportable, à la limite de la pulsation et elle flanche, il le sent, son sexe l'aspire, le happe dans cette contraction mouillée, il la mène de toute sa présence à l'éclatement qui ne finit pas et il sait qu'elle va plus loin, s'enfonce dans le plaisir, y puise ce recommencement dont elle seule est capable et son menton se lève et ses narines se pincent et elle le touche à travers son sexe, le prend à sa source encore et son ventre caressé, torturé, et ses fesses ouvertes, ses mains sont partout et il la veut encore une fois, une seule, pantelante, reprise par cette jouissance infinie et elle fait non, épuisée, brûlée, confuse d'amour, de sensations et il persiste, la fouille doucement, fermement, et il glisse ses mains, et la caresse et fond ses mains à son ventre collé et il la sent céder et il entend son corps palpiter, frémir, reprendre le chemin de l'extase et gonfler ses mouvements à elle et l'interdire de s'arrêter de la baiser et il l'embrasse et il la mord et cette fois c'est lui ou elle, ou les deux, mais il sait qu'elle le prend, lui fait sa place trop serrée, trop tendre, trop creuse. Il s'agrippe à ses reins, elle se vrille à lui et dans une presque immobilité jouit en croyant propulser son âme dans le corps adoré d'Anne, toute limite abolie, enfin proche de l'absolu.

Échoués au bord du lit défait, ils reprenaient leur souffle et leur nom quand la porte s'ouvrit. Le sourcil de François interrogea Anne qui murmura mollement : « Une erreur... m'en fous. » François rit de son indolence d'animal repu et la ramasse et la ramène au centre du lit, au centre de lui. Elle bredouille son nom, s'enfouit dans sa poitrine et se laisse caresser longuement.

— Anne !

Que le son est clair, fort et enthousiaste ! Il les tire tous deux de leur mutuelle contemplation. Anne revient à la réalité : « Mon dieu, Hélène ! Hélène qui arrive ! » Et en effet, Hélène arrive, on entend les bagages tomber, un dernier Anne et la voilà, ahurie, stoppée en plein élan, au bord de la chambre comme au bord du désastre. Devant tant d'élan freiné, devant la bouche ouverte, l'œil exorbité d'Hélène, Anne, consciente de l'incongruité de la situation, éclate de rire. Et François la suit, incapable de résister à cette bouille navrée, incrédule. Seule Hélène ne rit pas, recule, indécise, avance, puis recule définitivement en fermant la porte.

Anne va la rejoindre, s'excuse et essaie de lui expliquer ce que, de toute façon, elle aurait fini par apprendre. Hélène fait bonne figure à François, encore gênée, intimidée, hésitante entre le prof et l'amant, incapable de l'installer à l'un ou l'autre poste. Elle répète sans cesse : « Ah ben... j'aurais jamais cru... ah ben... »

Elle le répétait encore ce soir-là, une fois François parti depuis un bout de temps, en essayant de comprendre, au fond de son lit, ce qui avait bien pu se passer cet été-là.

* * *

Et le semestre commença. Anne et François, une fois retrouvés, ne se laissèrent plus. Pas à la manière d'un couple parallèle qui se cache et prend ses petites habitudes inavouables. Non. Anne ne se sentait pas maîtresse de service et elle refusait ce rôle. Elle se sentait aimée par un homme aimé et elle choisissait, jour après jour, de voir ou non cet homme.

Jamais entre eux il n'y avait de discussion sur Élisabeth. Jamais les activités conjugales ou les devoirs de François ne furent seulement évoqués. Cette réalité façonna leurs relations sans jamais être nommée.

Anne tenait à sa solitude. C'était sa seule manière de consentir à aimer François. Les contraintes de François représentaient la liberté d'Anne, un gage d'autonomie, la possibilité de choisir, de décider et de ne pas s'embourber dans un tissu d'obligations ou de culpabilités. Anne avait toujours conservé sa liberté dans ses relations avec les hommes. François, parce qu'elle l'aimait, devait comprendre que cette seule condition était non négociable.

Quelquefois, poussé par le désir de se rassurer, il élaborait un projet qui portait sur deux jours. Dès qu'il en parlait, Anne mettait une main sur sa bouche, l'arrêtait : pas de projet, un jour et puis l'autre. L'autre n'est pas là.

François croyait que cette tactique était la manière qu'Anne avait trouvée pour se protéger de son mariage, de ses obligations, sa manière de ne pas rêver à l'impossible. Puis, il se rendit compte que, même libre, même entièrement disponible, elle ne le voudrait pas tous les jours dans sa vie. Il en conçut une sorte de jalousie. Il avait le désir fou de s'aliéner totalement à elle, confondant soudain amour et esclavage. Anne détestait cela. Elle trouvait cela avilissant.

Bien sûr, cela ne se présentait pas franchement, d'un bloc. Mais un jour où François, brusquement disponible, s'annonça par téléphone à Hélène et rappliqua deux heures après, il la trouva seule et embarrassée. Anne n'était pas là. François, prêt à l'attendre, commença à faire la conversation, mais Hélène lui dit qu'Anne était partie au cinéma pour la soirée. Il la regarda, incrédule, blessé.

— Au cinéma ?

Hélène fait oui gauchement, incapable d'enfoncer le clou, mal à l'aise dans son rôle de bourreau. En ce moment, elle déteste Anne.

— Mais... tu n'as pas pu lui dire que j'avais appelé, c'est ça ?

— Non, non, elle le sait.

— Ah oui ?

— Oui.

Silence. Terrible silence. François marche, s'agite. Hélène est comme en pénitence.

— Tu veux dire qu'elle est partie au cinéma quand elle a su que je pourrais venir ?

— C'est ça.

— Parce qu'elle était choquée ?

— Non.

— Pourquoi, alors ? Pourquoi ?

— Parce qu'elle avait envie de voir ce film-là.

— Ah oui ? Et moi, elle n'avait pas envie de me voir, moi ?

— Je le sais pas.

— Excuse-moi, Hélène. J'ai pas à te faire subir mon dépit.

Il prend son manteau, ouvre la porte : « Tu peux lui dire que je suis venu ? »

Il sort. Hélène soupire.

Longtemps, François a voulu discuter de cette soirée. Il s'est toujours frappé au mur Anne. Pour lui, la moindre parcelle de temps qu'il pouvait lui accorder était essentielle. Il grappillait du temps sur ses préparations de cours, ses corrections, ses relations avec ses amis, ses heures de liberté avec Élisabeth. Tout pour accroître le temps imparti. Mais Anne refusait absolument de tenir compte de cela. Elle agissait comme s'il n'était pas marié. La seule concession qu'elle faisait au statut de François était leur visibilité. Dans une ville comme Québec, la prudence est de mise pour un couple illégal. À cela, Anne se pliait ; de la petite comptabilité journalière, de ces instants arrachés de peine et de misère entre deux portes, elle refusait même d'en discuter. François rageait, avait l'impression de perdre des heures précieuses, d'être sevré d'elle, puni pour un crime non commis et d'être victime d'un reproche muet. Il ne comprenait pas du tout ce que Anne voulait sauvegarder en agissant de la sorte. Il se croyait victime d'un chantage particulièrement habile. Le jour où il exposa ses griefs à Anne, elle le considéra, muette, un soupçon de mépris et une lassitude immense dans l'œil. Il plaida, lui expliqua amoureusement, doucement mais fermement. Quand il eut fini, il attendit sa réponse, sûr qu'elle se rendrait à ses arguments : la vie était déjà si difficile. Anne se tut longtemps. Puis, elle dit seulement :

— Non.

Et François, incrédule, blessé comme si elle lui refusait son amour, reprit son explication. Anne, dès qu'il se remit à parler, prit son sac, son manteau et sortit de la chambre. Soufflé, François passa sa matinée seul à l'attendre sans cesser de reprendre mentalement sa démonstration. Mais Anne ne revenait pas.

La fois suivante, Anne, très froide, l'arrêta.

— François, si tu recommences encore avec ça, je ne veux plus jamais te voir.

— Mais pourquoi ? Je ne te demande pas l'impossible, me semble.

— Tu veux quoi ? M'attacher comme un chien, mais avec beaucoup de corde pour que personne ne voie ce que tu as dans ta main ? C'est non. Ça sera toujours non. Tu peux essayer de siffler, ça se peut que je rapplique encore, mais pas la laisse. Et ça n'a rien à voir avec l'amour. Ce n'est pas parce que toi, t'as pas le temps, qu'il faudrait que tu tiennes la laisse. Apprends à siffler, c'est tout !

— Franchement Anne, t'es pas un chien !

Elle sourit : « Tu vois, même toi, tu trouves que ça manque de dignité. »

Mais quand François recommença, elle le planta là encore. Il était terrorisé à l'idée de perdre Anne et il lui offrait ce qu'elle ne réclamait même pas : plus de temps. Il ne s'avouait pas que la différence d'âge lui semblait périlleuse et qu'il redoutait en ces débuts d'amour de ne pas pouvoir être aimé longtemps. Sûr d'être évincé à court terme, il voulait tout saisir d'Anne. Mais il l'aimait et comprit qu'elle aussi avait le droit de choisir. Quoique dévoré de jalousie, il ne pouvait que respecter ce qu'elle-même respectait si bien : leur vie privée.

Pourtant, Anne discutait très volontiers quand il s'agissait de littérature. Ils passaient quelquefois des heures à rire et à argumenter sur un auteur, un personnage. Mais ces heures-là étaient rares, parce que, ne se voyant pas tellement, ils avaient beaucoup à faire avant de s'épuiser l'un de l'autre. Et quand François arrivait, décidé à parler de quelque chose ou à argumenter, Anne commençait à se déshabiller lentement, en l'écoutant attentivement, l'œil rieur. En faisant des « Mm... ah oui... », elle regardait sa bouche bouger, s'ouvrir, s'étirer, les dents poindre, se cacher, se découvrir et François ne parvenait jamais à supporter le strip-tease, il perdait et son idée et le nord.

— Quoi ? faisait Anne renversée sur le lit, continue, ça m'intéresse.

— Laisse faire.

— Non, continue.

Et elle le forçait à parler pendant qu'elle le déshabillait langoureusement, en se frottant contre lui, le touchant, le ramenant à son idée dès qu'il s'embrouillait et il s'embrouillait beaucoup. Un strip-tease d'universitaire soutenait Anne pas mal plus tard. Un strip-tease de théoricien loin du corps.

— C'est toi que ça excite, tu le sais très bien.

Elle riait en agitant son pied dans le rayon de soleil :

— Qui va mettre Mahler ?

— Toi, tu marches déjà.

Mais c'est lui qui se levait et elle regardait cet homme nu, encore bronzé, aux épaules larges, aux hanches étroites, s'éloigner et quelque chose se serrait au fond d'elle. Il revenait, précédé de Mahler, se penchait, caressait son cou : « As-tu soif ? Veux-tu du thé, quelque chose ? »

Elle prenait sa main, émue, bouleversée qu'il sache toujours cette soif d'après l'amour.

— Toi. Je veux toi.

Il se penchait et l'embrassait et la douceur terrible les reprenait et cette fois ils se faisaient l'amour presque sans mouvement, sans urgence, pour s'entendre palpiter ensemble, s'enclaver dans leur amour et il la contemplait, caressait son visage et elle tenait le sien en touchant ses yeux et cette peau fragile, d'une transparence bleutée, si nue quand il n'avait pas ses lunettes, si nue et qui la bouleversait tant.

L'amour d'après l'amour avait une indicible douceur.

* * *

Genesis tournait. *Selling England by The Pound*, le dernier succès que François découvrait avec plaisir. Anne lui avait offert le rock auquel il n'aurait jamais cru pouvoir trouver tant de beauté et il écoutait heureux, Anne blottie contre lui. Ils fumaient tranquillement un des joints étroits qu'Anne leur confectionnait. Cela aussi, François le tenait d'Anne. La première fois, il fut très étonné de la voir lui offrir comme ça, sans explication, sans même en faire un plat, son joint allumé. Il la regarda, hésitant. Elle haussa les épaules.

— T'es assez jeune pour me baiser, tu dois pas être trop vieux pour fumer.

Comme ça ! Sans ménagement, la seule allusion, pour ne pas dire le seul commentaire direct sur leur différence d'âge. Anne savait tout ça. Il se rendit compte qu'elle n'ignorait rien de ses angoisses d'homme marié de presque quarante ans, professeur et qui ose aimer son étudiante de vingt-deux ans. Et tromper sa femme. Et, et... Elle riait, le joint tendu. Elle savait, bien sûr, elle n'avait pas peur de son âge, de leurs différences beaucoup plus grandes que l'écart des ans, de tout ce qui lui semblait, à lui, si souvent insurmontable, épouvantablement voué à la destruction, l'incompréhension. Anne n'avait besoin de l'assentiment ou de l'autorisation de personne pour l'aimer. Elle était libre et elle choisissait de l'aimer, lui. Il n'en revenait pas. Il prit le joint et tira dessus comme il l'avait déjà vue faire. Il aimait cette intimité qu'ils avaient et tenter de fumer avec elle lui donnait l'impression de s'approcher d'elle, de son univers. Quelquefois, elle lui semblait un rêve inaccessible de liberté et de sensualité. Mais en ce moment, elle a cette façon de le regarder faire qui la rend très, très accessible. Il sourit.

— Comme ça, je te baise ?

Elle reprend le joint, pensive : « Mmm... »

— Le vieux prof qui baise sa petite étudiante ?

Il tend la main, aspire la fumée âcre. Quelle insolence quand même de traiter aussi légèrement de telles angoisses, l'objet de tant de soins ! Elle allume un deuxième joint voyant qu'il ne lâche pas le sien.

— J'ai pas dit vieux, c'est toi qui le penses.

— Est-ce que tu m'aimes ?

La question ! L'épreuve finale et idiote qu'il s'était bien juré de ne jamais poser, de ne jamais quémander. Son maudit besoin de mots ! Il craint déjà sa réaction. Elle rit, lui retire le joint qui lui brûle les doigts, le glisse dans sa pince à épiler et le lui redonne.

— Tire !

Il se brûle un peu. Elle échange son joint contre le sien et lui montre comment ne pas gaspiller en aspirant tout près de la pince sans toucher le bout brûlant. Il fume en la regardant, les yeux à demi fermés. Elle s'étend sur le lit, s'étire... « Tu baises pas pire... » provocante.

— Pour mon âge !

— Gnan, gna, gna... — Elle va mettre un disque. *April,* le vieux succès de Deep Purple qu'il aime particulièrement. Tiens ! Elle doit pourtant l'aimer. Elle revient, le T-shirt un peu court qui tombe juste au rebondi de la fesse. Debout sur le lit devant lui, plus indécente que parfaitement nue, elle lui retire le joint.

— T'es en train de te stoner, fais attention.

Il rigole, glisse sa main sur sa cuisse, remonte doucement, elle bouge un peu mollement, bercée par la musique, le lit qui la flotte, la main qui joue sur sa peau, la cherche. Il l'observe, dose sa caresse : « J'aime quand tu dis baiser. »

La main monte, Anne ne bouge plus, le regard loin, loin. Puis la main redescend, s'enroule à la cheville.

— C'est même pas vrai !

— J'apprends, ça me prend du temps.

La main encore qui remonte doucement, s'arrête à l'aine, elle cesse de respirer, attend... rien ! Le lâche !

— Pas tant que ça ! T'apprends vite.

La main immobile, pesante, qui presse la peau, va derrière, fait le tour, prend son temps, flâne, l'air de rien. Anne a un soupir.

— Quoi ?

La main repart, Anne se berce un peu plus, lui tend le joint : « Rien. Fume. »

Il sourit, arrête, tire sur le joint. Anne le regarde ; tout, tout ce qui est sous le verbe baiser est offert dans ce regard. Elle soulève son T-shirt, veut l'enlever.

— Non ! Garde-le !

Étonnée, elle rit, laisse tomber le vêtement. François remonte l'intérieur de sa cuisse. Elle écarte un peu les jambes et étourdie, s'appuie sur le mur pour ne pas tomber. Elle le regarde là, assis sous elle, appuyé contre le mur, presque nonchalant, avec cette main qui se glisse, et ses yeux qui ne la quittent pas, la guettent, la forcent à mieux reconsidérer sa position. Elle voit son sexe bandé haut qui oscille doucement ; elle veut s'asseoir, s'empaler sur lui, ses genoux plient, la main la repousse.

— Non, non... attends.

Le joint disparu, il joue avec ses deux mains et elle s'appuie un peu plus sur le mur, défaillante. Il la caresse comme elle aime, comme lui seul sait, doucement, sans gestes définitifs, toujours en cercles de plus en plus étroits et sa manière de prendre ses fesses, les ouvrir, s'y glisser... il la mène au bord du plaisir, la maintient là, haletante, les yeux suppliants.

Il fait non doucement, elle plie encore, veut descendre ; il la tient là, ouverte, elle bouge sur ses mains comme on danse.

— Dis-le... Anne, ma beauté, dis-le.

Elle résiste encore, le regarde, se plaint un peu pour la forme, il la caresse plus fort maintenant, il la veut, ne peut plus vraiment attendre, elle le sent.

— Tu profites...

— Dis-le.

— Quoi ? Non... laisse-moi descendre.

Sous le chandail, une main prend son ventre et pourtant, il lui semble qu'elles sont ailleurs, partout, ses hanches sont envahies, occupées, elle bouge encore, gémit.

— J'vais tomber... François, François...

Elle n'implore pas vraiment, pas encore, il le sait, la tient, la veut.

— Dis-le.

— Oui, oui, oui, oui... O.K., tout ce que tu veux...

Quoi ? Il l'aime ou il veut qu'elle le dise ? Ses mains et ce sexe qu'elle voit, qu'elle désire, là, au fond, au tréfonds d'elle-même et s'il ne savait pas tant la caresser, elle pourrait descendre. Il écarte davantage ses jambes à petits coups de cuisses, un supplice, un supplice adorable.

— François, non ! Arrête... je veux pas... avec toi, François, prends-moi.

— Dis-le...

La caresse se précise, elle perd du terrain, elle faiblit, ses genoux plient malgré elle, elle rit, gagnée, envahie.

— Oh François, prends-moi, je t'en prie, prends-moi... je t'en prie avec toi, François, ... mon amour.

Dès qu'il la pénètre, ils jouissent.

— Qu'est-ce que tu disais, là ?

— Rien...

Molle, elle est si molle, béante d'amour. Il rit.

— Tu cries que tu m'aimes quand tu jouis, pas avant, pas après, c'est ça ?

—J'ai un peu perdu le contrôle...

Il la regarde. Sa beauté, son amour. Elle prend son visage dans ses mains.

— Écoute-moi. Écoute bien, ça passera pas souvent : je ne suis pas en train de jouir, donc, sans caresse, sans sexe, un peu stone... pas mal stone, je te le dis : je t'aime.

— Et je t'aime.

— Et je t'aime.

— Non, non, moi je t'aime.

— Oui, oui, moi je t'aime.

— Non, moi...

— Oui, moi... Qu'est-ce que ça te fait ? Aimes-tu ça, fumer ?

— Aucune différence, ça me fait pas d'effet.

Elle rit tellement, qu'il se met à rire aussi. Mais vraiment, le pot n'a aucun effet sur lui, il le jure longtemps, même en se réveillant du profond sommeil qui suit.

* * *

Hélène trouvait la vie plus compliquée. Au fond, elle préférait les activités diurnes d'Anne, comme ça, elle pouvait plus facilement éviter d'être là quand François y était. Mais quand même... elle se posait les problèmes moraux qu'Anne refusait. Elle pensait à l'âge de François, sa situation, celle d'Anne. Elle, elle aurait eu peur. Elle, elle aurait détesté aimer quelqu'un de « déjà pris » comme elle disait. Anne riait, la traitait de jeune fille bien, d'amoureuse démodée et lui répondait finalement qu'elle préférait les hommes « un peu pris ». Hélène était découragée.

211

Et ça durait ! Ça n'avait pas l'air de vouloir s'arrêter. Une fois, François était resté à souper et il avait tout préparé. Hélène était leur invitée, comme disait François. Hélène, qui avait encore du mal à ne pas dire monsieur Bélanger, s'était assise à la table, guindée, mal à l'aise. Anne, rose comme chaque fois qu'elle émergeait de cette chambre (mais enfin, qu'est-ce qu'il lui faisait ?) s'amusait ferme. Elle placotait, riait, agaçait Hélène et François. Ils avaient bu. Pas mal. Hélène s'était détendue, avait ri, apprécié François.

Mais surtout, elle avait compris à les voir se regarder, se toucher (oh, un instant, une cheville sur le bord de la chaise, une main sur le cou qui plie un peu, se penche, un éclair dans les yeux) que c'était problablement ça, l'amour. Et elle était affolée. Que lui soit amoureux, c'était normal, Anne était si vive, si belle. Mais elle ! Anne ! Sa Anne ! Hélène ne doutait plus, était sûre, Anne l'aimait et elle savait que Anne n'exigerait rien, jamais, et qu'elle souffrirait, beaucoup. Sans jamais l'avouer, bien sûr.

Pour l'instant, Anne exultait. Et Hélène se demandait anxieusement s'il fallait avoir du talent pour le sexe pour aimer et être aimée comme ça. Se considérant plutôt médiocre à ce chapitre, elle en conclut qu'elle devait être vouée aux amours accessoires, au triste deuxième niveau. Puis, un soir, Anne lui dit : « Hélène ! Tu ne penses jamais que tu as affaire à des amants qui n'ont pas de talent ? C'est toujours toi, toujours de ta faute ? Arrête de te flageller ! »

— Non... c'est parce que... je sais jamais quoi faire, moi, quoi leur faire...

— Il y en aura bien un pour t'inspirer, tu vas voir. Ça vient quand on en a envie. L'imagination suit.

— Toi, avec François...

Anne la regarde en silence. Oups, terrain miné, dangereux, Hélène le sent, mais elle a vraiment besoin de savoir.

— Euh... choque-toi pas, O.K. ?

Sourire. Rien n'est assuré.

— C'est-tu... euh... c'est-tu juste le sexe ou bien, euh... l'amour, là. Comment tu sais la différence ? Si y en a une...

Anne la considère longuement. Hélène, gênée, ne peut pas s'empêcher de reculer : « Réponds pas, si t'aimes mieux. »

— Non, non... Te souviens-tu des scènes de sexe dans Miller ? Ça, c'est du sexe, c'est tout. Ça s'arrête là. Ça se peut, c'est même pas si mal, mais c'est comme si ton corps partait sans amener *tout* ce que t'es. On s'écœure vite. C'est le fun, mais ça écœure vite.

— Ouais...

Un long temps, cette fois-ci.

— Quand, avec un homme, tu réussis à tirer du sexe tout ce que t'es, et un peu plus, quand c'est comme porté, unique, euh... lié à ce qu'il est, et à ce que toi tu es, je sais pas, moi, quand c'est pas pareil parce que c'est lui, ses yeux à lui, son corps à lui... disons que ça a bien l'air de jamais écœurer. Que ça finit pas de durer.

Hélène soupire : « Ça m'arrivera jamais à moi ! »

Anne la prend dans ses bras, la berce, lui

caresse les cheveux. Elle sait être si proche, Anne. Hélène ronronne presque, consolée.

— Tu sais, Hélène, je pense que c'est peut-être mieux que ça arrive pas. Des fois, je trouve que c'est trop.

— Trop quoi ?

— Trop.

Dans le silence, elles entendent l'automne pleuvoir dehors et secouer les arbres de la rue Fraser pour en extirper les dernières feuilles, les résistantes. Il y a celles qui partent très vite, qui tombent sans qu'on leur demande, sans le moindre souffle de vent. Et il y a les résistantes, les acharnées qui refusent d'admettre l'automne, de s'y plier et qui tombent seules, ignorées de tous, avec la première neige. Celles qui ne seront pas ramassées. Et qui le savent.

Anne se serre contre Hélène, frileuse.

— Viens, je couche avec toi.

Hélène est ravie. Elle aime bien avoir Anne dans son lit, elles parlent pendant des heures, rient, disent des niaiseries. Pour Hélène, c'est comme retourner à la maison, retrouver le lit partagé avec sa sœur. Pour Anne, c'est une façon de quitter son lit quand l'absence de François prend trop de place.

Anne allait s'endormir.

— Anne... si François voulait laisser sa femme pour toi, qu'est-ce que tu ferais ?

— Ça ne me regarde pas.

— Ben... si il voulait rester avec toi tout le temps, d'abord ?

— Non. Dors.

Elle se retourne violemment. Une demi-heure plus tard, avec un soupir, Anne tend le bras, ramène

Hélène contre elle : « Vois-tu, Hélène, ça serait trop. Je pourrais me perdre, me détruire. Et puis... j'aurais peur. Il y a des poisons qu'on peut prendre juste à petites doses. » Hélène hoche la tête sans rien comprendre. Elle sait que Anne va demeurer là près d'elle et, pour ce soir, ça suffit. Elle s'endort alors qu'Anne demeure longtemps éveillée à écouter la pluie et le vent mêlés à la respiration calme d'Hélène. Elle entend les feuilles résister.

* * *

Puis, François fut invité à un congrès à Montréal. Trois jours, du mercredi au vendredi. Il proposa à Anne de l'accompagner, inquiet de son refus, inquiet d'oser profiter ainsi du fait qu'Élisabeth travaille, inquiet sur toute la ligne. Anne hésite, suppute tout ce qu'il pense, il en est sûr.

— C'est pas trop compliqué, ça ?

Il sait parfaitement tout ce que cette question, d'apparence anodine, recèle. Il fait non en se disant oui. Mais il la veut tant. Il accorde une telle importance à passer deux nuits avec elle. Anne sourit : « Tu vas tout arranger ? Pas de problème ? » Il fait oui, faussement sûr de lui. Elle s'approche, l'embrasse : « O.K. » et sort de son bureau.

Leur premier voyage ! Sa première vraie grosse menterie. Mais François s'accommode mieux qu'il ne pensait du mensonge. Dans le fond, il s'aperçoit qu'il n'a jamais dit que ce qu'il voulait bien, et que mentir, une fois le premier pas fait, est assez facile. Mais, pour Montréal, tout se complique très rapidement. Jacques Langlois annonce que, finalement, il y va, « question d'encourager François lors de sa communication », Mireille le rejoindra le jeudi dès la fin de son travail pour passer une fin de semaine ensemble sans les enfants. Et si Élisabeth faisait de même ? François refuse, confiant à Élisabeth qu'il aura assez vu Jacques. François, avec des ruses de Sioux, obtient le numéro de chambre de Jacques et réclame à l'hôtel une chambre deux étages plus haut. Puis, c'est l'horaire des festivités prévues par Jacques qu'il faut refuser. Avant la communication, sous prétexte de travail, de derniers fignolages et après, sous celui de laisser Mireille « profiter de leur voyage ».

Finalement, malgré tous les efforts de François pour éviter de partir avec Jacques, celui-ci ne cède pas et stationne sa voiture chemin Gomin le matin du départ. Anne prendra donc l'autobus seule, déjà inquiète de toute cette équipée qui ressemble un peu trop à une partie de cachette.

Mais, une fois rendus, tout se tasse. Pas de Jacques Langlois en vue. Et François est là, tellement, tellement présent. Anne marche des heures dans Montréal. Le jeudi, matin de la présentation de François, elle promène son trac rue Sherbrooke qu'elle remonte loin dans l'ouest. Puis, vers une heure, elle appelle François. Ravi et libéré, il la rejoint et ils marchent sur Sainte-Catherine, François racontant tout, ivre de son succès et de la présence d'Anne. Ils évitent le Vieux Montréal, si peu impressionnant auprès de « leur » Vieux Québec, mais Montréal leur offre cette liberté que jamais Québec ne pourra donner. Heureux, ils profitent de tout dans cette ville changeante, ouverte, qui permet tout, accepte tout dans son laisser-aller nonchalant. Montréal les abrite, les protège : tant de monde ne peut qu'être indifférent à leurs amours. Tout ce monde, toutes ces races mêlées, métissées, qui se partagent la ville, ne peuvent qu'ignorer superbement leur crainte provinciale d'être connus ou reconnus. Et de fait, ils ne craignent rien, s'embrassent, s'enlacent dans les rues, vont au cinéma, au restaurant, au théâtre, en congé d'eux-mêmes, en congé des éternelles inquiétudes. François surtout, puisque Anne, elle, ne goûte que la nouveauté de faire tout cela avec lui. Mais elle apprécie aussi ses longues marches solitaires pendant que François s'instruit.

Le seul désavantage : l'hôtel. Où peuvent rôder des gens connus, des universitaires et, bien sûr, Jacques. Mais ils réussissent à l'éviter. Même ce jeudi soir où, avant l'arrivée de Mireille, Jacques trépigne à la porte de François pour un verre. Anne, plus que nue, rigole dans le lit en entendant François inventer mille excuses aussi faibles les unes que les autres en serrant sa robe de chambre sur lui.

— Tu as bien l'air tendu, donc ! Relaxe ! Je peux ouvrir une bouteille même si t'es dans le bain. Envoye, laisse-moi entrer, je veux te parler de ce que MacTavish a dit de ton exposé.

— Écoute, il m'en a parlé trois quarts d'heure. Je dormais, là, laisse-moi encore une heure, je vais aller te rejoindre.

— Dans une demi-heure, mon gars, Mireille est là et j'aurai pas besoin de ton aide ni d'un verre.

— Écoute, même si c'est maintenant que ça t'adonne, moi, ça m'adonne pas. Je veux me reposer.

— Mon dieu, un vrai curé !

— Ah écoute, lâche-moi ! Tu ne peux pas passer une demi-heure tout seul ?

— Mais oui, bien sûr ! Je te dis que toi, t'es grave quand t'es fatigué. Couche-toi et essaie de changer d'humeur.

Et il repart, insulté. Anne s'approche de son curé : « Tu trouves pas que ça fait un peu classique, le coup de l'adultère de congrès ? »

— Très classique... Jacques m'a même parlé d'une fille superbe si je voulais m'encanailler...

— Ah oui ? Y est tchum... tu lui as dit que t'avais ton service personnel ?

— Non, j'ai pris le numéro comme un homme fidèle qui s'excite à la pensée de la petite escapade de congrès.

— T'as fait ça ?

Il s'approche d'elle, menaçant de désir : « Oui. Et je vais essayer de t'endormir pour pouvoir appeler la fille après. J'aimerais ça être classique jusqu'au bout. Tu sais, le crétin type. »

Elle le regarde, dangereusement réveillée, ouvre sa robe de chambre, se glisse contre lui : « On va bien voir qui dit "chut" en premier. »

Finalement, ils ne s'endormirent ni un ni l'autre. Vers dix heures, ils allèrent manger dans un restaurant du quartier chinois. Il neigeait. Serrés l'un contre l'autre, ils ont marché longtemps pour dissiper les vapeurs de l'alcool. Ils regardaient cette ville si sale par endroits, se blanchir, se faire une beauté de dix minutes que bien vite, le sel et les voitures viendraient abîmer.

— J'ai jamais tant aimé Montréal, murmure François.

Ce n'est pas vraiment Anne qui change son point de vue, mais l'envie de vivre entièrement, sans préjugé, sans contrainte qu'excite la ville. Montréal lui apparaît comme une femme libre, qui se donne à qui elle veut, qui accepte presque tout et qui porte son corps, quelquefois déformé et boursouflé par un amant brutal, avec une détermination remplie d'orgueil. Montréal n'aime pas les limites grossières que les villes de province s'imposent avec tant de plaisir et de fierté. Comme Anne, pense François.

— Moi, j'ai toujours aimé Montréal. C'est la seule ville qu'on peut quitter sans se sentir coupable. La seule qui me donne envie de revenir.

— Tu resterais ici ?

— Oui.

— Québec ne te manquerait pas, je suis sûr.

— Non. (Un long silence, sa main chaude qui rejoint la sienne dans la poche de son manteau.) Toi, tu me manquerais.

Il y a des cadeaux comme ça, qu'on attend si peu qu'ils nous bouleversent, nous déstabilisent d'émotion. François se tait et serre cette main si petite qui a tant de force et il voudrait se mettre à pleurer de la sentir là, dans sa main.

Ils rentrent, épuisés, barbouillés de neige fondante, étourdis d'amour. Le lit est un vrai champ de bataille refroidi. Anne s'y laisse tomber, épuisée. François la déshabille doucement. Engourdie, elle chuchote : « Tu vas pouvoir appeler la fille superbe. »

Il rit, la recouvre, lui apporte même sa pilule et, éperdu d'amour, la regarde dormir longtemps, incapable de s'extraire de sa contemplation. La nuit avec

Anne, Anne endormie dans sa nuit. Il la respire avec bonheur et s'endort dans une paix infinie.

Il n'y eut qu'une alerte, une seule, mais éprouvante. C'était le vendredi, le dernier jour. Il s'était mis à faire un froid épouvantable. François et Anne étaient rentrés à l'hôtel, grelottants, et piétinaient de froid devant l'ascenseur. Anne lui frottait vigoureusement le dos. Ce n'est qu'une fois dans l'ascenseur, en levant les yeux pour appuyer sur le bouton de son étage, qu'il rencontra le regard de Mireille. Mais par où était-elle donc passée ? Le doigt en l'air, figé, il la regardait, cherchant fiévreusement à identifier ce qu'elle avait vu, ce qu'elle dirait, ce qu'elle pensait. C'est elle qui le tira de sa surprise.

— Quel étage, François ?

— Le... neuf, non... le huit.

Elle appuie, la porte se ferme. Anne est là, étrangère tout à coup. Silence. Que c'est long, une tortue.

— On n'a pas eu vraiment le temps de se voir. C'est dommage.

— Oui...

Mon dieu, elle sait, il le jurerait, elle a tout vu, elle connaît tellement cela, elle le méprise, il le sent, il n'arrive pas à faire un effort, il se sent lamentable et si peu sympathique. Sixième, les portes s'ouvrent, libérant l'ambiance. Elle se retourne avant de sortir.

— Ce n'est pas grave, François, on va se revoir à Québec.

Les portes se referment sur le « certain » de François. Il respire. Elle a dit : « Ce n'est pas grave », comme pour lui passer le message. Et ses yeux ! Elle souriait, mal à l'aise, incongrue dans cet ascenseur.

— Ouais... pas fameux !

— C'est qui ?

Huitième. Ils sortent, François la regarde, étonné : « Tu ne sais pas ? Mireille, la femme de Jacques Langlois. »

— Elle ? J'aurais jamais pensé.

Ils rentrent à l'abri de leur chambre. François est encore secoué. Il voudrait demander à Anne d'expliquer pourquoi Mireille n'est pas une femme qui va avec Jacques. Mais Anne fait ses bagages, silencieuse, lointaine.

— On n'est pas pressés Anne.

Pas un mot. Elle va dans la chambre de bain, ramasse deux ou trois bouteilles, revient, affairée, préoccupée.

— Anne... (Il l'arrête, la force à le regarder.) C'est pas grave, c'est fini. C'est pas plus important que ça.

Elle hoche la tête, se dégage. Il se sent pris de panique, abandonné.

— Anne... voyons, qu'est-ce qu'il y a ? Dis-le.

Elle s'arrête, le regarde. Loin, elle est loin, froide, distante : « Rien. Je ramasse mes affaires. »

Ah, la torture d'Anne qui se tait. Il reste là, dépassé, brisé par son silence, incapable d'aller la rechercher, de rétablir le contact. Elle s'assoit finalement puisqu'elle n'a plus rien à faire. François n'en peut plus de douleur, d'inquiétude.

— Anne...

— Oui, oui, je sais.

Il s'approche, elle se cabre. Elle ne veut pas lui céder, il le sent dans son corps. Il reste debout devant elle, à distance. Elle voit bien qu'elle lui fait mal, mais elle ne peut pas, elle est incapable de le laisser s'approcher. Il faut qu'elle parte. Maintenant. Elle ne pourrait pas dire pourquoi. Une simple question de vie ou de mort, semble-t-il.

— Écoute François, je vais rester encore un peu à Montréal. Je vais en profiter pour aller voir ma tante Jacynthe, ma marraine.

Cela, elle le dit pour faire cesser l'accablement qui passe dans les yeux de François. Elle ne l'avait pas pensé, prémédité. Elle ne pense qu'à fuir.

Il ne peut rien faire, il le sait, rien à dire, aucun geste qui aiderait, rien que cette impuissance terrible qu'elle provoque en lui. Il ne peut pas la retenir. Il ne veut pas. Il n'arrive qu'à la blesser, jamais à la consoler. Ce ne sera jamais son rôle, il le sait sans l'accepter. Ses deux bras tombent, il s'assoit sur le tapis, des larmes plein les yeux.

Elle est terrifiée : « François, non, s'il vous plaît, laisse-moi partir. » Il fait oui, arrête, la regarde. Tout cet après-midi gâché, presque une journée. Le comptable au fond de lui, estomaqué, hurle d'injustice. Elle met son manteau, prend son sac (si petit, si léger) et lui fait un sourire, un petit sourire de misère pire que des larmes. Le prix terrible de la dignité.

— Bye !

Elle touche légèrement ses cheveux, en passant. Elle est déjà sortie. Et il sait qu'un jour, n'importe lequel, n'importe quand, elle pourrait partir comme ça, à bout de blessures, traquée par l'amour plus que par l'absence, horrifiée par la force du lien, partir pour toujours, l'air d'aller faire un tour.

Et il sait aussi bien, aussi simplement, qu'il ne pourrait rien faire et qu'il ne s'en remettrait pas.

* * *

Le lundi, Hélène ne l'avait pas vue. Le mardi, Anne n'était pas au cours. François était malade d'angoisse. Anne était partie, elle ne reviendrait plus, il l'avait blessée, il ne savait pas comment, il la voulait tant. Tout se mélangeait dans sa tête, il souhaitait seulement la savoir rentrée. Mais rien. Il téléphonait à l'appartement, réveillait Hélène, l'inquiétait, rien, aucunes nouvelles d'Anne. Il savait que c'était sa manière à elle de dire que cela suffisait, qu'une certaine limite était atteinte, mais laquelle et comment, il ne pouvait pas dire. Et il avait peur. De la perdre ou encore de l'avoir déjà perdue.

Le jeudi, il était blanc d'angoisse. Il avait inventé une névralgie dentaire pour justifier auprès d'Élisabeth son manque d'appétit, son incapacité de dormir. Il errait des nuits entières dans la maison silencieuse, rongé, déchiré d'inquiétude. Il n'arrivait plus à vivre normalement, il s'embrouillait, oubliait tout, sursautait à chaque sonnerie de téléphone. Fou, les pires idées lui venaient.

Le vendredi, sur l'heure du midi, quelqu'un frappa à la porte de son bureau. Hélène Théberge entra comme une conspiratrice. François était déjà debout.

— Alors ? Elle est revenue ?

— Oui, oui. Depuis hier.

— Hier ? Pourquoi tu ne m'as pas appelé ?

— Je ne pouvais pas. Il fallait que je reste avec elle. Et puis elle ne veut pas que tu saches qu'elle est revenue.

— Pourquoi ? — Quelque chose lui serre la gorge, l'étreint.

— Je sais pas. Elle est vraiment à l'envers, toute croche.

— Qu'est-ce qu'elle a fait, ces jours-là ?

— Je sais pas, moi. Elle veut rien dire, rien faire. Elle est assise dans son lit... elle pleure.

Anne ! Anne qui pleure, qui ne veut plus le voir ! François regarde Hélène, suppliant.

— François, je pense que c'est mieux que tu ne viennes pas avant qu'elle t'appelle.

— Mais...

Quoi dire ? Quoi ? Anne est là, rue Fraser, c'est ce qu'il voulait, non ? Elle est là, vivante, c'est bien ce qu'il a négocié avec toutes les forces occultes, non ? Alors, il se tait, tête baissée. Il n'a pas le droit de faire pression sur Anne, ses conditions sont peut-être trop dures, trop exigeantes pour elle. Elle a le droit de choisir, il le sait.

— S'il vous plaît, dis-lui pas que je suis venue te le dire, O.K. ?

— Promis. Et merci.

Hélène sort. Effondré, François sait bien que ce ne sont pas les conditions de leur relation qui sont remises en cause pour Anne, c'est leur amour tout court. Il devine la lutte qu'elle mène férocement à l'intérieur d'elle-même contre cet envahissement total qu'il accepte, lui. Anne n'aime pas facilement, il le sait. Il soupçonne qu'il est le premier homme dans sa vie, le premier qui compte, il le sent quand elle fait l'amour avec lui, dans cette façon particulière qu'elle a de s'abandonner non seulement à la volupté, mais à lui, à lui particulièrement. Il a toujours peur de la perdre parce qu'il sait qu'elle voudrait pouvoir partir. Et le fait qu'elle soit revenue lui confirme qu'il a peut-être gagné cette bataille. Celle-ci du moins.

Il saisit le téléphone. Huit coups avant qu'elle ne réponde.

— Anne !

Sa réticence, sa lutte s'entendent dans le souffle bref.

— Anne...

Étranglé de chagrin et de soulagement, il ne peut en dire plus. Un long silence.

— Oui.

— Anne.

Il n'arrive pas à dire autre chose, il murmurerait son nom à l'infini. Puis, il entend Anne pleurer, sangloter avec ces sons sourds qui appartiennent au téléphone et qui déguisent tout.

— Anne... Anne...

— J'aurais tellement voulu... (Elle hoquette, pleure si fort, maintenant.) J'aurais tellement, tellement voulu pouvoir... ah, François, pouvoir te laisser.

— Anne, je sais. Je sais, Anne, je t'en prie, je t'en prie, laisse-moi venir. Laisse-moi te parler. Seulement te parler.

Il entend les sanglots, les sanglots étouffés qui l'étouffent à son tour. Il attend, la gorge serrée. Il veut lui laisser le temps. Elle se calme tranquillement.

— Viens.

C'est une Anne changée qu'il trouve, un animal blessé, traqué, tournée vers la fenêtre, si seule. Son regard lui rappelle celui d'un orignal mourant, avec cette incompréhension dans la douleur qu'il avait vue la seule fois de sa vie où il est allé à la chasse. Il ne s'approche pas beaucoup, ne la touche pas. L'effleurer, il est sûr qu'elle hurlerait. À cet instant-là, François comprend que jamais rien au monde, rien sur la terre n'est plus intolérable que la déchirure qu'il lit dans les yeux d'Anne. Cette fêlure gravée au fond de son âme et dont il se sait atrocement responsable, sans pour autant savoir en quoi. Anne, sa beauté, est déjà moins jeune. Il a atteint, il ne sait même pas comment, cette fibre essentielle qui fait que la vie marque sans s'occuper du temps. Et lui aussi se sait marqué par la peur de la perdre à jamais.

Ils se regardent. Longtemps. La clameur des questions et des refus et des désirs est dans ce silence qui les tient. Anne ne bouge pas, cette fièvre de lui au fond des yeux, cette absolue exigence et ce refus de lui, violents, se combattent longtemps dans son regard. Puis, elle a un geste, celui de tendre la main, de lui retirer ses lunettes et de les garder contre elle, comme un objet aimé depuis l'enfance.

Elle est là, près de lui, près de son corps, tremblante de la lutte, de la terrible lutte qu'elle s'est livrée, tremblante d'incertitudes et d'amour.

— Peut-être que ça va me tuer, mais c'est toi... c'est toi, François.

Et il la tient dans ses bras, contre lui, comme on tient un oiseau blessé et il sait combien il a eu peur. Il la tient là, blottie, fermée en lui très longtemps, le temps que cesse le frémissement d'animal épuisé, écrasé par sa course.

Et même plus tard, lorsqu'ils font l'amour avec des gestes doux de rescapés, elle murmure encore : « C'est toi... c'est toi... »

Il ne sait même plus si elle jouit ou si elle sanglote quand, dans le plaisir, elle l'implore : « Ne me
laisse pas partir, ne me laisse pas, mon amour, mon
amour, ne me laisse pas », en tremblant et en pleurant avec cette voix du ventre, cette voix, comme si
la jouissance avait laissé éclater sa peine, comme si
les larmes avaient crevé en profitant de l'escalade du
plaisir.

Il la tient et jure de ne jamais, jamais la perdre,
comme on se jure, enfant, de ne jamais mourir.

Il ne comprend pas tout d'Anne et il ne sait pas
bien d'où provient ce désespoir tenace, mais il le sait
lié à son amour, à cet amour arraché, sanguinolent,
qu'elle lui offre en tremblant. Et il sait que c'est ce
qu'il y a de plus précieux au monde. Et de plus fort,
et de plus fragile.

Elle le regarde et caresse sa bouche du bout de
l'ongle. Cette bouche qui s'ouvre un peu en un
rictus si rare quand vient le plaisir, quand la jouissance bouleverse son visage. Sa vérité à lui, sa vérité
d'homme quand, vraiment nu, il plonge dans ses
yeux et se ferme sur le plaisir et s'ouvre quand
même à elle. Elle est là, à regarder l'homme qu'elle
aime, l'homme qui la tue, et, sans rien ignorer de
son prix, elle consent à la reddition.

* * *

Vers cinq heures, Anne s'est endormie, exténuée. François s'habille à contrecœur pour retourner chez lui. Hélène est rentrée, il l'a entendue
fermer la porte de leur chambre doucement, un peu
plus tôt. Il l'entend faire la vaisselle sourdement. Il
se penche vers Anne, caresse sa joue très doucement
et la quitte sans faire de bruit.

Dans la cuisine, *Tubular Bells* joue faiblement. Il s'approche, Hélène se retourne : « C'est correct ? Elle va bien ? »

— Oui, je pense.

Elle n'est pas très contente Hélène, il le voit bien. Elle brutalise les chaudrons, faute de mieux, « à ma place », se dit François.

— Tu m'en veux ?

Hélène hausse les épaules, un geste d'Anne, d'ailleurs.

— Hélène... tu trouves que je devrais la laisser ?

Une telle inquiétude dans sa voix. Hélène le regarde. C'est tellement plus compliqué, plus grave quand elle regarde François livide, ravagé par sa semaine d'angoisse.

— Ah, je le sais pas. Je comprends rien dans votre affaire.

— Oh non, tu comprends très bien.

— Je peux rien dire, François, je suis pas Anne, moi.

— Mais c'est ton avis que je veux. C'est toi l'amie d'Anne.

— Je le sais pas. Elle a essayé en tout cas... je ne sais pas ce qui serait le mieux. Ça ne sera pas plus dur si vous attendez ? Vous allez bien finir par vous laisser, non ?

— Non.

Ça n'a aucun sens, il le sait, mais l'affirme quand même brutalement. Il voudrait n'avoir posé aucune question. Il la déteste de cette opinion raisonnable, il la déteste de parler comme ça.

— Ah bon, excuse-moi. Tu vois bien que je comprends pas.

Il s'assoit, fatigué, presque vieux, tellement, tellement dérouté.

— Non. Tu comprends. Tu as seulement le courage d'en parler, de dire ce que tu penses.

Hélène est renversée. Elle peut affronter la douleur d'Anne, mais celle de François... Elle ne connaît pas beaucoup d'hommes, Hélène, et ceux-là qu'elle sait sont si peu tendres, si peu avoués devant une femme. Elle retire ses gants de caoutchouc et s'approche de François, hésitante. Elle a envie de caresser ses cheveux, de le consoler comme la mère qu'elle est. La main qu'il a devant les yeux cache quoi ? Elle se demande si elle supporterait qu'il pleure.

— François, François, fais attention à elle. C'est Anne, tu comprends, c'est pas pareil.

Elle ne sait pas comment dire autrement. Elle ne veut pas qu'Anne se brise sur lui. Peut-être, peut-être qu'en l'avertissant...

— Non, c'est pas pareil.

Et il regarde Hélène qui sait, elle, quoi faire de sa vie, qui sait se plaindre, dire non au lieu de s'enfuir, qui sait plier au lieu de casser. Et il comprend avant qu'elle ne le dise.

— Toi François, tu as une vie, toute une vie, une vie à toi, une vie choisie.

— J'ai une femme, j'ai Élisabeth, c'est ce que tu veux dire ?

Elle est gênée, Hélène, mais elle continue : « Oui... et un métier, et tout. Anne... »

— Anne n'a rien ?

— Non, non, c'est pas ça. Anne est plus pauvre, je sais pas, plus risqueuse, moins sûre. Anne... je pense qu'elle pourrait, je sais pas... mais c'est Anne.

Que les mots sont chiches quelquefois. Mais François comprend. Il comprend très bien. Il se lève, fait oui, appelle un taxi, retourne voir Anne dormir. Elle a bougé, s'est découverte. Sa cuisse est blanche sous la lumière de la lampe, veloutée sous l'éclairage. Il se penche, l'embrasse doucement et son odeur, son parfum à elle l'envahit. Il revient à la cuisine.

— Tu sais Hélène, je ne peux pas la laisser. Pas encore, pas maintenant. C'est impossible.

— Je sais.

— À bientôt, Hélène... — Et il a envie de s'excuser.

Il l'embrasse sur la joue, tendrement, avant de partir. A-t-elle entendu merci ? Elle ne le jurerait pas.

Anne dort. Hélène traîne ses feuilles et ses livres dans la chambre, près du lit et elle travaille près d'Anne, près de son sommeil tranquille. Elle sent un grand danger passé. En regardant Anne, elle est si pleine d'amour, qu'elle se demande si elle n'est pas jalouse de François. Anne remue, se tourne, son dos si lisse, cette chute de reins avec des petites cavités douces, des fossettes de fesses. Anne dort dans sa jeunesse, dans sa beauté, et Hélène comprend qu'on puisse tant l'aimer et ne pas pouvoir la quitter.

Vers onze heures, elle ouvre les yeux, s'étire, regarde Hélène.

— Il est quelle heure ?

— Tard. Onze heures.

— Tu travailles ?

— Je fais semblant.

— Viens...

Hélène se couche près d'Anne, la prend contre elle, caresse son dos.

— Ça va mieux ?

— François est venu.

Comme si toutes les réponses étaient contenues dans cette phrase. Comme si toute la souffrance s'était évaporée. Et celle qui, la veille, avait tant pleuré, tant répété que c'était fini, à jamais, pour toujours, redit inconsciemment les paroles de l'autre.

— Hélène, je peux pas le laisser. Pas maintenant, pas encore.

Hélène soupire : « Je sais. »

— Tu me trouves niaiseuse ?

— Non, tu sais bien. Je sais même pas de quoi tu parles vraiment.

Anne l'observe, longtemps. « Non, tu le sais. Toi, tu le sais. »

— Peut-être... je comprends pas, mais je le sais.

— Lui aussi le sait.

Hélène regarde loin vers la fenêtre. Elle espère qu'il sait, elle n'en est pas sûre.

— Hélène... t'es fâchée contre lui ?

— Je lui en veux un peu, c'est tout.

Anne se colle : « Fais-le encore là, dans mon dos. »

— Gourmande.

Anne se laisse faire : « Faut pas lui en vouloir, c'est moi qui veux. »

— T'as pas besoin de le défendre.

— Penses-tu ?

Anne rit. Hélène aussi.

—J'ai faim, moi, on se fait venir quelque chose ?

Hélène dit oui en pensant que, vraiment, Anne va mieux, que l'alerte est passée. En attendant leur hot-chicken, Anne discute des arguments d'Hélène sur l'histoire du Québec et son influence sur la littérature, thème du travail interminable qu'Hélène essaie de faire. Encore une fois Noël, encore une fois la fin de la session.

En regardant la neige tomber, Anne se sent quand même heureuse. Noël n'aura pas un goût amer cette année. Même si François n'est pas là. Parce qu'il sera quand même là. Et 1974 s'en vient, et elle peut toujours faire une maîtrise, pense-t-elle en souriant.

* * *

François est rentré un peu plus tard que d'habitude, mais Élisabeth n'est pas encore à la maison. Respectant ses principes, il s'est fait déposer rue Myrand par le taxi et, tout en se trouvant bien retors, il revient consciencieusement sur ses pas comme il fait toujours lorsqu'il revient de chez Anne, s'imposant de marcher presque toute la distance de l'université à chez lui. Cette comédie le heurte moins qu'il le croyait. Il est devenu d'une grande ingéniosité. Presque inquiétante.

Il apportait le thé dans le salon lorsque Élisabeth, ravie, arrive. Ils écoutent le feu craquer, éclater comme du popcorn et parlent de ce qu'ils feront cette année pour Noël. François, soulagé d'un poids immense, se détend, propose des idées, écarte des gens, en ajoute de nouveaux.

— Tu vas mieux toi...

— Oui, c'est fini les dents. Parti comme c'était venu, exactement ce que Dupuis m'avait dit.

Et il n'a même pas honte. Il est mieux, tellement mieux qu'il croit presque avoir eu mal aux dents. Élisabeth est là, à l'abri de cette douleur qui l'a tenaillé toute cette semaine et c'est tout ce qu'il demande. Ils se regardent, tranquilles, heureux, et parlent longtemps de son bureau à elle et des changements qui se préparent. Ils soupent devant le feu, blottis sur le sofa. Élisabeth est surprise de voir François presque s'endormir sur sa caresse.

— Tu dors, François ?

Il la regarde si brune dans sa robe de laine rouge, si pétillante.

— Non... j'écoute.

Saisi d'une immense tendresse, il la prend dans ses bras, la reconnaît à mesure qu'il la touche, prend ses distances de la rue Fraser, de la douleur d'Anne, de la fascination exaltée et frénétique qui l'envahit à seulement prononcer son nom et, doucement, se coule dans l'amour calme et presque serein d'Élisabeth. Un amour accepté, admis de si longtemps, partagé malgré tous les soubresauts, malgré même les écarts secrets et si envahissants.

L'amour d'Élisabeth n'a pas la brûlure d'Anne et François s'y rafraîchit, s'y apaise. Il ne sait pas où il est le plus vrai, le plus exactement lui-même. Il ne connaissait pas l'homme qui aime désespérément Anne. Il ne connaissait de lui que la réserve, l'harmonie vécue avec Élisabeth. L'homme frémissant, secoué d'une clameur interne, habité d'une exigence d'intensité, d'une ferveur ardente et sans fin, il ne le savait pas avant elle, son incandescente, sa beauté voluptueuse.

Anne qui lui a révélé l'autre versant de la vie, le brûlant, le périlleux versant qui s'accole au définitif, qui vit chevillé à la seule vérité irrémédiable de l'homme : sa mort.

Avec Élisabeth, la vie s'épanouit comme une pivoine trop pleine, trop ouverte. Avec Anne, la mort guette, l'aigu s'insinue, l'extrême se consume et le temps, le temps massacreur, obsédant, prend sa mesure, son exacte teneur, sa terrifiante signification.

Anne contient la fin, Élisabeth la durée. Et il se doute que jamais il n'aurait pu se consumer en Anne si Élisabeth n'avait pas existé. Que sans elle, peut-être que lui aussi aurait fui.

DEUXIÈME PARTIE

1983

Chapitre quatre

LA DÉCHIRURE

> Le blanc et le noir, y en a marre. Le gris,
> il n'y a que ça d'humain.
>
> ROMAIN GARY

De la fenêtre de son bureau, Élisabeth regardait l'automne gagner du terrain jour après jour. Depuis la mort de François, les saisons prenaient une importance inusitée pour elle. Deux ans. Bientôt deux ans sans lui, le 17 octobre 1983. Est-ce que la douleur s'efface ou est-ce que la vie s'empile par-dessus, faisant tout ce qu'elle peut pour la fouler, la nier, la réduire ? Élisabeth ne sait pas. Sa douleur, elle ne l'analyse pas, elle la juge interminable et c'est tout. Beaucoup plus longue que ce que quiconque est prêt à admettre. Vient un temps, et il vient vite, où il faut la camoufler soigneusement au risque de perdre des amis découragés par l'ampleur et la durée des jours sombres. Alors, on fait un effort pour tout le monde, parce que tout le monde trouve que c'est le temps qu'on s'en remette, que ça aille mieux. Tout le monde a tellement hâte de parler de soi, d'éviter le chapelet des souvenirs. Mais vingt ans (vingt et un, d'ailleurs) de vie commune, vingt ans d'amour, de petits détails insignifiants, de grands événements, vingt ans avec son premier amour, ça prend plus que deux ans pour effacer cela. D'ailleurs, Élisabeth est prête à l'effacer de sa conversation, mais que personne n'exige d'elle d'ouvrir sa mémoire et de la vider de sa vie. La femme qu'elle est est tissée à même ces vingt ans au même titre qu'elle a été façonnée par son enfance. Quand on marie un homme à vingt ans, on sort à peine de l'adolescence. En tout cas, elle en sortait à peine. Mais elle l'aimait tant. C'était le seul, l'unique, le remarquable, l'exceptionnel François Bélanger.

— Élisabeth !

La tête de Rolande qui se dépêche comme toujours, qui dépose un dossier sur le bureau.

— Je te laisse Sylvie Frenette ici. Elle revient encore demain, elle sait plus.

— O.K., merci.

Mais Rolande a déjà fermé la porte. Je te laisse Sylvie Frenette ! Élisabeth n'arrive pas à s'habituer à cette manière d'appeler un dossier par un nom de personne et la personne par le numéro du dossier. C'est si distant alors qu'elles sont supposées distribuer un peu d'humanité dans un univers qui en est dépourvu. Elle soupire, retourne à sa fenêtre pour regarder le trafic de la Grande Allée augmenter de minute en minute. Son travail lui semble moins passionnant qu'avant, moins exigeant. Elle a envie d'autre chose, d'un défi qui l'absorberait, la préoccuperait. Depuis quatre ans qu'elle est là, les mentalités ont évolué ; les femmes elles, sont quelquefois étonnamment en dehors du temps, de l'époque. Même les jeunes, alors qu'on aurait pu s'attendre à autre chose de la part de femmes jouissant d'une telle liberté. Quand Rolande St-Onge lui a demandé de se joindre à l'équipe en 1979 comme conseillère auprès des femmes qui désirent se faire avorter, Élisabeth avait trouvé le travail passionnant. Et puis, malgré un simple diplôme de travailleuse sociale, elle avait fait autant de thérapie qu'un psychologue. Elle connaissait bien le problème. Elle aimait les femmes et les comprenait. Il y en avait beaucoup qui avaient défilé dans son petit bureau. Mille histoires qui se ressemblent toutes, mille vies, mille malheurs, mille misères, sexuelles ou non. Élisabeth écoutait patiemment depuis quatre ans, tentait de poser les bonnes questions, de mener chaque femme à *sa* conclusion. Mais elles étaient si nombreuses celles qui voulaient qu'on leur dise quoi faire, celles qui, habituées à obéir, venaient chercher l'ordre, le conseil directif, prêtes à s'aliéner encore une fois sans même qu'on le leur demande.

Le plus difficile finalement, et Élisabeth s'en était vite rendu compte, c'était de les convaincre que leur vie leur appartenait à elles, qu'elles pouvaient choisir, qu'elles n'étaient pas condamnées à faire ce qu'on attendait d'elles ou ce qu'elles imaginaient qu'on attendait. Certaines de ces femmes avaient si peu de contact avec elles-mêmes, leur vie, leur corps. Enfermées dans un comportement stéréotypé, c'est l'extraordinaire de leur situation qui les forçait à prendre en considération, pour une brève période, leur existence. Quelquefois, c'était lourd et la tâche semblait impossible à Élisabeth. D'autres fois, la reconnaissance, l'amitié qu'elle lisait dans les yeux de certaines femmes la payait de bien des efforts.

Élisabeth ramassa « Sylvie Frenette » en se demandant si toute sa vie, elle rapporterait du travail à la maison. Comme François le faisait. Avant. Du temps où l'automne voulait dire quelque chose pour lui.

Avant de sombrer dans la mélancolie la plus totale, Élisabeth mit son manteau, ferma tout et sortit, son dossier sous le bras. Jeudi déjà. Elle pensait se rendre à la campagne dès demain soir. Elle y allait le plus longtemps possible, jusqu'à ce que la neige bloque le chemin de la maison. Il faisait déjà froid. Élisabeth songeait à faire ouvrir le chemin l'hiver pour pouvoir aller aux Éboulements toute l'année. C'était sa place, l'environnement qu'elle aimait. Mais elle détestait conduire dans les caps l'hiver. C'était dangereux et l'heure de route lui semblait interminable.

Peut-être qu'avec Jérôme... s'il voulait, s'il en avait envie.

Jérôme. Élisabeth aimait bien y penser. Un homme doux, une tendresse ambulante survenue dans sa vie depuis six mois. Il pratiquait à Sherbrooke une médecine sans doute humaine. Elle l'avait rencontré chez des amis communs. Elle les soupçonnait d'ailleurs (elle revoyait leurs yeux attentifs) d'avoir tout manigancé : le beau docteur séparé depuis trop longtemps et la jeune veuve qui devait pouvoir se remettre en selle. Élisabeth avait tellement eu à refuser ces efforts de « remariage » de la part de ses amis que, quelquefois, épuisée, elle ne disait plus rien et subissait son « blind date » en silence. Comme cette fois-là. Et Jérôme s'était quand même avéré plus intéressant que bien d'autres. Et oui, elle avait envie de faire l'amour, c'était même devenu une préoccupation constante, pour ne pas dire une obsession. Et Jérôme, de timide qu'il était debout, devenait sans complexe à l'horizontale, d'une gaieté et d'un élan étonnants. Ce qui lui plaisait bien. Élisabeth avait nettement envie d'avoir une liaison simple, directe, où le physique prendrait sa place souveraine et où on ne lui demanderait pas de tomber amoureuse. Jérôme avait bien des qualités, dont celle de respecter son rythme. Il savait demander ce qu'il désirait et semblait s'accommoder sans problème apparent de ce que, elle, elle souhaitait. Même quand c'était son absence. Il avait conservé de son mariage une fille de dix-huit ans, gâtée, boudeuse, qui commençait à lui peser un peu. Son ancienne femme se sentait beaucoup moins maternelle depuis son remariage. Élisabeth se moquait des problèmes de Jérôme et trouvait qu'il s'en faisait beaucoup trop. Mais elle n'avait pas d'enfant, elle, et tout le monde s'empressait toujours de le lui signifier quand elle osait émettre une opinion. Jérôme, lui, l'écoutait, souriait tristement avant de céder encore à sa fille en disant qu'il n'arriverait jamais à lui dire non. Une bonne pomme, ce Jérôme.

Elle décida de l'appeler pour lui demander de l'accompagner. Jérôme avait une prédilection pour la campagne. Il avait passé une quinzaine en juillet aux Éboulements. Première fois qu'Élisabeth tolérait une compagnie aussi longue en son fief. Jérôme était sportif et l'avait initiée à toutes sortes d'activités. Elle qui n'avait jamais touché à une raquette de sa vie ! Et puis, les nuits étaient bien douces, bien pleines avec Jérôme. Depuis qu'Élisabeth savait qu'une certaine sensualité et une sorte d'harmonie totale étaient mortes avec François, elle ne cherchait jamais à rapprocher ses amants du souvenir de son mari. Elle savait toujours au fond d'elle-même qu'ils ne supporteraient pas la comparaison et qu'il était donc totalement vain, pour ne pas dire cruel, de la faire. François faisait partie de la catégorie à part, et personne ne pouvait ni n'aurait à rivaliser avec son souvenir.

Mais Jérôme avait un don de sympathie qui l'incitait, pour la première fois, à parler de François avec un amant. Et le seul fait de s'accorder cette permission donnait une intimité bien particulière à leurs relations. Il savait écouter, ne semblait jamais trouver trop longue ou trop complaisante la peine d'Élisabeth. Jérôme souhaitait qu'elle parle de François parce qu'il voulait la connaître. Et vingt et un ans, pour lui, ce n'était pas négligeable. Il écoutait, posait des questions tout en confectionnant des plats incroyables, aux textures rares, épicés. Oui, Jérôme avait bien des qualités et, depuis six mois, Élisabeth se rendait compte que son chagrin pesait moins lourd, que ses nuits étaient plus égales, moins déchirées par le souvenir lancinant de François et le vide atroce qu'elle ressentait de sa mort. Élisabeth avait même osé s'approprier son bureau, l'aménager pour elle, pour ses besoins. Et elle n'en avait même pas éprouvé de culpabilité ou ce sentiment pénible de l'aider à disparaître.

La fidélité à un mort est une damnation pour une vivante. Et Élisabeth s'était acharnée à cette fidélité qui avait failli la détruire. Une sorte d'espoir de pouvoir à elle seule maintenir un mort vivant à bout de bras, le faire vivre, le perpétuer à travers elle. À sa propre place, aurait pu dire Élisabeth. Ce qu'elle reprochait tant aux femmes qu'elle conseillait, Élisabeth s'y était vaillamment engagée après la mort de François. Et c'est Rolande qui un jour lui avait dit avec sa franchise un peu brutale :

— Si je comprends bien, tu t'effaces derrière un homme mort qui ne t'a jamais demandé ça et à qui tu n'avais jamais offert une telle dépendance quand il vivait ? T'es pas mal logique ! Penses-tu qu'il va se retourner dans sa tombe si jamais tu vis ? Si il était si fantastique que ça, il doit bien avoir souhaité un autre avenir pour sa femme.

Estomaquée, Élisabeth avait longuement mesuré ces paroles. Et elle reconnut que son chagrin n'était pas un tribut de fidélité exigé par François, mais par elle-même. Qu'elle se réfugiait dans son chagrin fidèle parce qu'elle n'arrivait pas à trouver l'énergie et le courage de se remettre à vivre à part entière, à fonctionner vraiment. Un an après la mort de François, Élisabeth avait encore des trous de dépression qui l'épuisaient, la laissaient inerte, sans désir, sans vie. Même encore, malgré Jérôme, malgré les deux ans passés depuis la mort de François, elle éprouvait quelquefois une lassitude sans nom, un découragement qui lui semblait insoluble. Mais ces périodes étaient de moins en moins fréquentes. Et Élisabeth parvenait à reprendre le dessus plus vite qu'avant.

Jérôme l'y aidait, mais elle avait changé d'optique. Elle acceptait mieux la mort de François, la considérait comme une catastrophe dans sa vie, mais pas la fin de tout bonheur sur terre. Alors que la joie l'avait si longtemps désertée, elle éprouvait de furtifs moments de plénitude qui, enfin, ressemblaient à avant. Pour rien, en marchant dans la campagne, en respirant l'odeur forte des framboises l'été en plein midi, en se penchant pour sarcler le jardin à la tombée du jour, en se tenant dans l'air fraîchi du soir après l'averse quand le lilas mouillé embaumait. Et ces sensations étaient à elle, n'appartenaient qu'à elle, n'étaient en rien le rappel d'un temps passé maintenant révolu, ni le souvenir douloureux de François. C'était sa vie, son corps qui marchait et prenait ce plaisir. Et c'était comme de renaître. Et, en soi, cela suffisait.

En rentrant à la maison, Solo lui fit sa petite fête habituelle. Elle l'avait reçue en cadeau d'un ami, quelques mois après la mort de François. Elle en avait conçu une certaine agressivité : un chien pour remplacer un homme ! Mais elle s'était trompée. Solo, la malamuth, était une alliée dévouée, une solitude qui, pour elle seule, s'ouvrait, venait à sa rencontre. Solo qui prenait sur elle tous les bruits inquiétants, les craquements sonores qu'une maison seule inflige à sa propriétaire. Et puis Solo était fine comme une louve, sensible. Certaines nuits, dans le creux du désespoir, Solo la sauvage venait près d'elle et la regardait pleurer avec ses yeux bleus si tristes, si compréhensifs. Élisabeth la prenait alors par le cou et Solo ne bronchait pas, se laissant mouiller pendant des heures par les larmes. Solo l'exclusive veillait sur elle, l'empêchait de sombrer totalement, la promenait, la tirait vers la vie.

Élisabeth appela Jérôme en grattouillant Solo entre les deux oreilles. Oui, il avait envie de la voir, oui, il voulait aller à la campagne, oui, il pouvait venir demain après-midi, il prendrait même congé et il la désirait et n'avait pas l'intention de passer une fin de semaine reposante.

Ravie, Élisabeth raccrocha. L'enthousiasme de Jérôme déteignait souvent sur elle. Elle avait l'impression qu'il était plus jeune, beaucoup plus jeune qu'elle. Pourtant, il avait un an de plus qu'elle, ce qui n'était rien considérant qu'Élisabeth s'était mariée à vingt ans avec un homme de six ans son aîné. Ce qui, à ce moment-là, était largement compensé par le charme et la prestance de François. Ses parents le trouvaient parfait, ni plus ni moins. Et elle aussi. Personne n'avait été plus idéal pour elle que François Bélanger. Personne n'avait obtenu d'elle une adhésion aussi totale, un amour aussi absolu.

Elle déposa le dossier dans son bureau en se promettant de s'y mettre après souper. Puis Mireille s'annonça pour un « p'tit thé » d'une heure.

Depuis son divorce d'avec Jacques, Mireille voyait beaucoup Élisabeth. Leur amitié s'était renforcée et, avec la mort de François, elles étaient devenues très proches. Mireille avait compris le désespoir d'Élisabeth. Personne mieux qu'elle n'avait su la réconforter. Et puis Mireille avait eu la vie assez dure pour savoir qu'il faut attendre patiemment que le temps passe. C'est après une grave dépression qu'elle s'était décidée à demander le divorce. En 1975, elle avait vraiment sombré, incapable d'envisager l'échec de son mariage, de sa famille, elle qui avait tout misé dans une entreprise que, finalement, elle jugeait nulle. Ses enfants avaient eu des problèmes graves (enfin, à l'époque, ils semblaient insurmontables), Jacques désertait encore le lit conjugal, et Mireille, qui avait quitté son emploi pour essayer de rétablir un équilibre fuyant, se débattait dans un rôle de détective harassant. Au bout du compte, tout s'était presque tassé à la dépression de Mireille : Jacques, penaud, la gâtait, s'inquiétait, Rémi mit fin à son trafic de drogue et ramena sa consommation personnelle à de plus raisonnables proportions et Éric finit par passer ses examens. Seule Mireille, vaincue, désespérée, ne parvenait pas à prendre le dessus. Ils l'avaient eue ! Elle remettait tout en question à commencer par sa présence sur terre. Puis, quelques mois plus tard, elle remit en question sa présence dans cette famille qui comblait tout le monde sauf elle. Et elle alla mieux. En 1976, le divorce était chose faite et Mireille travaillait, reprenait goût à la vie en la consi-dérant sous un autre angle. Jacques, lui, se mit à descendre la pente, à se promener la mine basse, l'air abattu et, comble de l'ironie, se mit à être fidèle à une femme qu'il n'avait plus. Cette fidélité à rebours horripilait Mireille qui, sans ménagement, avoua à Jacques qu'elle s'en sacrait. Comme de ses premières bottines. Elle savait ce qu'elle voulait maintenant et ce n'était pas Jacques, mais elle. Sa liberté et sa vie. Depuis sept ans qu'elle était seule, Mireille n'avait jamais consenti à partager son appar-tement avec aucun homme. Elle les aimait, avait même des liaisons assez longues (la dernière durait depuis quatre ans) mais sa maison leur était inter-dite de séjour, comme si cela symbolisait pour elle la certitude de ne pas s'oublier en cours de route. Cela provoquait bien quelques remous, mais quelques

remous valaient mieux que le précipice sans fond
qu'elle avait connu.

Elle préparait le thé pendant qu'Élisabeth leur
cherchait quelque chose à grignoter au fond du
garde-manger. Un « remou » s'annonçait.

— ... il le sait pourtant que j'ai les enfants en fin
de semaine, ça fait quatre ans que c'est de même.

— Je pense qu'il aime mieux l'oublier chaque
fois pour t'obliger à le redire.

— Tu parles, toi ! Tu sais que si il me veut
vierge, il est aussi bien de s'enligner. J'ai cinquante
et un ans, moi, pas vingt !

— Il est jaloux, c'est clair.

— C'est ça que tu penses, toi aussi ?

— Ben...

Elles boivent leur thé en silence, pignochant
dans les olives et les biscottes au fromage.

— Il dit que je suis égoïste, que je pense juste à
moi, à mes désirs.

— Si tu ne le fais pas, ça a pas l'air d'être lui qui
va le faire pour toi.

— En effet !

Elles pouffent.

— Bon, encore un caprice et on se laisse.

— Encore un ?

— Oui, oui, donne-moi une chance.

— Ah tu peux bien lui en passer dix tant qu'à
moi.

— Mais viens pas te plaindre après !

— En plein ça !

— Par chance que je t'ai, han ?

Élisabeth ouvre les mains en signe d'impuissance. Mireille change de sujet.

— Toi ? Jérôme vient quand ?

— Demain. On va aux Éboulements.

— Encore ? C'est pas trop froid ?

— Pas avec Jérôme.

— Ouais... il est pas mal fin, trouves-tu ?

— Il est parfait ! Je me demande quand est-ce qu'il va se décider à avoir des défauts.

— Mon dieu, ça a évolué, votre affaire !

— Pas de farce, Mireille, je ne pensais pas pouvoir être aussi bien avec un homme, et que ça soit quand même si différent de ce que c'était avec François.

— Par chance que ça l'est. Je ne pense pas que tu aurais supporté un homme qui ressemble à François. Pas tout de suite, en tout cas.

— Jamais, je pense bien.

— Pourtant... il a quelque chose de François.

— Tu trouves ? Quoi ?

— Je sais pas... il est grand, mince... une sorte de bonne humeur.

— Y en a pas mal des hommes grands. Et les petits, qu'est-ce que tu veux, je me méfie, c'est plus fort que moi.

— Pas ton style, c'est tout.

— Ouais. Mais ça me dérange que tu dises qu'il ressemble à François. Je ne voudrais pas recommencer l'histoire Vincent.

Vincent était un des premiers hommes à avoir occupé une place dans la vie d'Élisabeth après la mort de François. Il ressemblait à François, était professeur de mathématiques et décevait régulièrement Élisabeth sans qu'elle arrive à comprendre pourquoi. À cette époque, Élisabeth cherchait la copie conforme de François, quelqu'un qui assure la continuité, quelqu'un qui l'empêche de vivre l'irrémédiable et définitive cassure dans sa vie. Après Vincent, elle avait vraiment admis la mort de François. Comme s'il lui avait fallu passer par une autre rupture pour cela, une autre forme de désertion. Elle en avait voulu à Vincent de n'être pas le bon, et non pas à François d'être mort. Mireille regarde attentivement Élisabeth qui poursuit :

— Mais Jérôme est différent. Même si il est grand et de bonne humeur. D'ailleurs, François n'était pas toujours de si bonne humeur. Il était même plutôt dépressif les dernières années.

— Quand tu as le cancer...

— Non, non. Bien avant, bien avant qu'il soit malade. Avant qu'il le sache. Je me souviens l'avoir trouvé en larmes dans son bureau. Il avait des trous épouvantables de tristesse. Absolument sans raison.

— C'est vrai. J'avais oublié. Je me souvenais du François de quand j'étais avec Jacques. Après mon divorce, je ne l'ai plus tellement vu. On se faisait nos petits jeudis soirs de sortie, on se voyait toutes les deux, mais lui, je ne l'ai plus tellement vu.

— Sauf quand il est tombé malade.

— C'est ça, sauf quand il est tombé malade.

Et dans le silence, elles revoient chacune à leur manière cette période atroce où, jour après jour, François s'enfonçait dans la mort avec une rapidité effroyable. Cette période où son visage passa des quarante-sept ans qu'il avait aux quatre-vingts qu'il en paraissait. Cette période où de manière révoltante, inacceptable pour elles, il se laissait prendre par cette maladie sans lutter, sans révolte, sans broncher presque. La seule protestation : il aurait voulu que ça aille encore plus vite. Comme si deux mois n'étaient pas assez vite. Comme si le petit sursis accordé n'était pas déjà si mince, si étroit. François avait refusé les délais douloureux que la médecine offrait parcimonieusement à coups de traitements presque intolérables. La vie mutilée ne l'intéressait pas. La vie, qui l'avait tant tenu, qu'il avait tant tenue ne s'égrènerait pas dans une agonie interminable. La vie pour François ne pouvait pas être cette souffrance quotidienne dont on émerge à coups de morphine qui vous vole cette extrême sensation d'être là, de vivre, et d'en profiter. François avait dit non. Et la maladie avait marché sur son corps, l'avait occupé, trahi. Un jour, Élisabeth avait trouvé François debout, nu, devant le miroir de la salle de bain ; il se regardait, s'observait sans complaisance. Il commençait à maigrir, à être aspiré par en dedans, comme si le mal, ver solitaire tentaculaire, se nourrissait de lui, de sa santé, de sa peau saine pour grandir, l'envahir. Son visage exprimait une telle inquiétude, une telle horreur, qu'elle l'interrogea. Rien. Il ne dit rien. Puis, en remontant sa main contre sa cuisse amaigrie, aux muscles avachis, à l'os apparent : « Regarde Élisabeth, la mort fait son chemin sur moi. Je déteste mon corps. Je ne sais pas comment tu fais pour ne pas me haïr de te faire défaut à ce point-là, de te déserter, de me livrer au cancer. »

— Peux-tu faire autrement ?

— Je ne sais pas... le cancer gagne parce que je suis un lâche, parce que c'est tout ce que je mérite.

Elle ne supportait pas qu'il parle comme ça, avec cette dureté envers lui-même, cette intolérance impitoyable. Le docteur Guérin l'avait avertie, mais elle ne supportait pas d'entendre François, ce bon vivant, ce très vivant, faire l'éloge de la mort méritée, gagnée par on ne sait quel maléfice ou quelle faute.

Élisabeth ressert du thé :

— Tu sais, je n'arrive même plus à me souvenir de son visage de la fin. Quand je pense à François, c'est mon François que je vois, celui qui est en santé, en vie.

Pas Mireille. Elle, elle n'arrive pas à oublier les traces creusées dans le visage de François, les sillons qui se multipliaient, la sécheresse de sa peau, de ses mains, et ses yeux, ses yeux si lucides, si clairs, ses yeux, derniers refuges de sa vitalité quand le corps écrasé de lassitude, de douleur, déserté, abandonné au mal vorace, n'était plus qu'une fade représentation de lui-même.

— C'est tant mieux. Imagine si tu pouvais seulement le revoir comme à la fin.

— J'ai quand même vingt ans de bonne santé à mon actif pour me souvenir. D'ailleurs, dans ma tête, c'est souvent vingt ans qui me revient quand on me demande combien de temps j'ai été mariée.

— On ne peut pourtant pas dire que la dernière année ne compte pas !

— Non, mais la dernière, c'est la mort, pas mon mariage.

— T'as bien raison. De la même manière que l'année de mon divorce ne compte pas pour moi.

— Jacques est plus scrupuleux que ça, lui.

— Ah lui ! Tu sais qu'il m'a encore appelée cette semaine : devine ce qu'il voulait ?

— Je sais pas moi... te demander en mariage ?

— Presque ! Il voulait qu'on aille ensemble au

restaurant pour parler de nos vingt-sept ans de mariage.

— Comment vos vingt-sept ans ?

— Exactement ce que je lui ai dit. Quels vingt-sept ans ? Je pense que c'est un cas désespéré !

— Il vieillit mal en tout cas.

— Comme bien des hommes. Qu'est-ce que tu veux, ils ne se font pas à l'idée de perdre quelque chose. Et les années, ça n'épargne pas grand monde.

— Non. Nous autres non plus d'ailleurs.

— On tient le coup, ma fille, on tient le coup. Et pas si mal ! Demande à Jérôme.

— Pas très objectif, Jérôme.

Mireille sourit, ramasse ses affaires.

— Tu fais quoi ce soir ?

— Un dossier à réviser et trois boîtes à vider. Tu sais, celles que l'université avait envoyées.

— Élisabeth... À quoi ça sert ?

Solo est là, Élisabeth la caresse distraitement : « À rien.... »

— Un paquet de feuilles photocopiées, des horaires de cours, et des procès-verbaux de réunions plates : jette-moi ça.

Elle met son manteau, une grattouille à Solo, qui se laisse à peine faire.

— Qu'est-ce que tu fais, toi ?

— Oh... je vais aller brasser mon monstre un peu. En plus, c'est possible que les enfants ne viennent pas finalement. Ils commencent à en avoir assez de leur mère. Salut !

Devant la porte ouverte, Solo tire un peu, fait sa belle. Élisabeth comprend et lui fait faire le grand tour du chemin Gomin. En rentrant, elle décide de se mettre tout de suite à son rangement avant de changer d'idée encore. Ça fait quand même un an qu'elle remet ça.

Elle traîne les boîtes dans le salon, devant le feu et, installée confortablement, commence à les vider. Solo se lève, fait le tour des boîtes, les renifle, regarde Élisabeth, renifle encore.

— Rien pour toi, ma vieille. C'est des vieux os pour moi, ça.

En effet, Mireille avait raison : pas mal de photocopies, pas mal de procès-verbaux en mal de lecteurs. Et puis des plans de cours à n'en plus finir, encore des livres, des dictionnaires (ça peut toujours servir) et Élisabeth passe à la deuxième boîte.

En l'ouvrant, le cœur lui manque : là, sur le dessus, à peine protégée, la gravure du XVIe siècle, la gravure de Florence qu'elle lui avait achetée parce que rien au monde n'aurait pu lui faire plus plaisir. Elle la prend dans ses mains. Était-elle si petite, vraiment ?

Solo lève la tête, les oreilles dressées, sortant de sa rêverie, alertée par la texture du silence, ou le souffle d'Élisabeth. Brave Solo, Élisabeth la regarde : « Non, non, c'est pas grave, ma belle, c'est pas grave. C'est seulement... ah Solo, c'est Florence... »

Et comme si elle avait tout dit, elle éclate en sanglots, en caressant la gravure.

Florence... les céramiques bleues, l'Arno, toutes ces chapelles, le Palazzo Vecchio et leur amour, leur amour si neuf, si nouveau, et les petites rues qui les ont vus défiler heureux, enlacés, perdus dans leurs mots d'amour. Elle avait vingt ans. Mon dieu, elle avait vingt ans et rien n'était plus beau que le ciel de Florence par-dessus les yeux de François. Rien n'était plus chaud que cette ville précieuse toute en dorures, en jardins, qui leur offrait un paysage, une beauté digne de leur amour. Et leurs promenades le long de l'Arno bousculé, violent, et le pont où Dante avait rencontré Béatrice et où François lui expliqua, lui raconta cet amour mystique. Et ses serments à lui qui brûlaient leurs nuits et sa jeunesse à elle offerte avec tant d'ardeur et de gaucherie. Elle ne savait rien du corps à Paris, que ses balbutiements hâtifs, mais en quittant Florence, elle était devenue une femme à jamais reconnaissante de ce don inoubliable qu'est le premier vrai cri d'amour.

Florence... les soupers interminables dans les trattorias où elle essayait des mets aux noms compliqués, aux saveurs fines, aux herbes douces. Et le vin qui la faisait rire aux premières gorgées, et rosir avant la fin du second verre. Et les yeux de François qui la caressaient, qui riaient, et les promenades dans Florence endormie, aux petites heures, après l'amour, si tard qu'il fallait réveiller le portier qui secouait la tête, incrédule et qui n'en revenait pas, en bon Italien, de les découvrir dehors au lieu de faire la seule fête valable à ses yeux : celle des amours, au lit, bien à l'abri. Les « nuovos » ne faisaient rien comme les autres. La femme de chambre le savait bien qui n'arrivait jamais à faire la chambre à son heure. Mais ils s'en fichaient, ils filaient heureux le parfait amour qui ne se lasse pas de lui-même et qui est imperméable aux autres.

Et cette nuit où, dans la vitrine d'un antiquaire, François avait vu la gravure et, qu'immobile, il l'avait considérée longtemps. Cette impression d'être devant l'exception, l'œuvre qui bouleverse, vous cherche, vous traverse sans raison apparente.

Élisabeth aimait la gravure, mais n'y trouvait pas l'intense désespoir, l'acharnement humain dans sa désespérance la plus déchirée que François y reconnaissait.

Le lendemain, François était allé demander le prix. Horrible. Inabordable. Les raisons étaient toutes bonnes : la gravure à la pointe de plomb et d'argent était authentique, unique, d'un artiste cité dans un obscur répertoire tout aussi unique, bref, l'impossible achat. Dépité, François était ressorti de la boutique en soupirant. Et ils avaient regardé le vieux propriétaire replacer la gravure en vitrine précieusement, comme on pose l'enfant Jésus dans la crèche de Noël. Tant pis, avait dit François, au moins on l'a vue, on sait qu'elle existe.

Mais ils étaient souvent repassés devant la boutique et avaient souvent admiré la finesse du trait, l'élan de l'ensemble.

Élisabeth avait mené son affaire en cachette. Son père lui avait confié un peu d'argent pour qu'elle « se gâte », un supplément de voyage de noces, une somme donnée à la dernière minute pour lui dire qu'il la voulait heureuse.

Élisabeth avait acheté la gravure. Toute la somme y était passée. Avant de la lui offrir, ils avaient eu le temps de constater qu'elle n'était plus en vitrine. François avait soupiré et, déçu, n'en avait plus parlé.

Son sourire, ses yeux cette nuit-là quand elle la lui avait offerte. François savait que ce cadeau lui était fait pour marquer leur mariage, leur union. Il savait que c'était le premier cadeau de sa femme physique, le cadeau d'une femme heureuse qui veut témoigner de son bonheur. Peut-être voulait-elle lui dire que ce qu'il lui donnait dépassait en tout ce qu'elle avait imaginé de l'amour ? Élisabeth se souvenait de l'exaltation physique qui l'habitait alors et de son incrédulité quant à la possibilité qu'une telle félicité soit le fait d'autres couples. Elle était si sûre, dans la nouveauté de ses découvertes, qu'aucune femme au monde n'avait atteint ces sommets où François la menait, ce sublime bouleversement du corps entier, cet inestimable creuset où, toute identité confondue, elle pouvait délirer son amour. Non, à vingt ans, Élisabeth ne doutait pas qu'elle venait de créer, grâce à François, une nouvelle pratique amoureuse, enfin, une manière d'aller plus loin, d'explorer au-delà de ses limites l'harmonie des corps.

Et, tenant cette gravure dans ses mains, c'est cette jeunesse naïve et si exaltée qu'elle tenait. Ces débuts d'amour privilégiés où la virginité ne fut ni sanglante ni abominable, mais offerte en retour d'un plaisir multiplié. Élisabeth ne pouvait que sourire devant les atroces récits de mariages ratés dès la première nuit, le premier baiser. Elle était bien ingénue elle aussi, mais c'était François et c'était ce qui pouvait lui arriver de mieux.

Même si François revenait, ses vingt ans, eux, ne reviendraient jamais. Ni Florence, ni l'Arno, ni même la moiteur passionnée de leurs nuits. C'était sa jeunesse enfuie, sa jeunesse si heureuse, si bienheureuse. Et le principal témoin était maintenant mort comme sa jeunesse et elle se sentait bien seule, bien mutilée de cette absence qui confirmait que tout était passé, révolu, terminé.

En soupirant, elle chercha une place digne de la gravure. En la posant sur le crochet, elle éprouva tout de même un certain bonheur, comme si un témoin lui était quand même rendu. Ainsi donc, ce cadeau fait avec un cadeau lui était maintenant redonné. Et il l'était au centuple.

Elle l'observa encore et se souvint du visage de François cette nuit-là avec une terrible précision. Comme s'il était là à nouveau. Sa mémoire intacte lui rendit aussi la mélodie italienne à la mode qu'un inconnu chantait à pleine voix en passant sous leur fenêtre à l'aube, et de leur plaisir croissant alors que la mélodie chantée avec enthousiasme, scandée par les pas secs dans le silence, décroissait dans le matin bleuté.

Elle s'assit, réconfortée : elle avait eu tout ça. Elle avait eu ses vingt ans heureux, et ses vingt et un ans de mariage proche d'un homme qu'elle aimait et qui l'aimait. Elle était tout de même dépositaire de ce trésor inouï qu'est le bonheur. Même passé.

Solo s'était rendormie, la tête entre les pattes. Élisabeth alla se faire chauffer une soupe avant de poursuivre. Elle se sentait fatiguée et un peu vieille malgré ses quarante-trois ans. Ça valait quand même la peine d'explorer les boîtes, elle le dirait à Mireille.

Elle décida de brûler les syllabus et les procès-verbaux, mais pas les cours de François. Solo s'écarta du feu, devenu brasier. Élisabeth ouvrit la dernière boîte : des travaux d'étudiants, des notes éparses, des communications. Elle tria le tout en paquets distinctifs. Les mémos pouvaient aller au feu. Les travaux aussi probablement s'ils n'avaient pas été réclamés jusqu'ici. Au fond de la boîte, tout au fond, un travail à la page de garde déchirée resta accroché au calendrier 1972, dont les broches s'ouvraient. Elle sépara les deux opposants, mit le calendrier au feu et demeura un peu perplexe devant la page déchirée. C'était plutôt une éraflure qui s'enfonçait dans le papier et qui marquait jusqu'à la troisième page. François semblait avoir rayé le nom de l'étudiante, Hélène Théberge, et avoir inscrit au crayon rouge, rageur, un prénom : ANNE. Semblait parce qu'Élisabeth ne reconnaissait ni l'écriture, ni la sorte d'impulsion dont François aurait été coutumier. Cela était si violent, si brutal, impossible de reconnaître François dans cette déchirure. Il avait toujours un soin extrême pour tout ce qui était écrit. La preuve : ces travaux périmés qu'il avait conservés.

Élisabeth flattait la page dans l'espoir de la redresser et de trouver ce qui l'agaçait dans cette marque.

Elle ouvrit le travail, n'y trouva aucune autre marque rouge que celles qui corrigeaient l'orthographe plutôt déficiente de l'étudiante. Elle n'était quand même pas pour le lire ! Elle l'écarta en le lançant sur la pile de ses pareils.

Elle retourna les boîtes et les stylos, crayons qu'elles contenaient tombèrent. Une pluie de trombones sur le tapis avec des agrafes, effaces et même des allumettes. Et puis, perdue dans les menus articles, une alliance minuscule, étroite, qui n'était certainement pas celle de François qu'il n'avait d'ailleurs jamais portée. Une alliance en or dix carats, le poinçon en témoignait. Une alliance unie, sans aucune fioriture, sans date, sans initiale. Comme ça, pour rien, perdue parmi les trombones et les stylos. Elle entrait tout juste à son petit doigt, et encore, Élisabeth eut du mal à la retirer. Elle la tournait entre ses doigts, légère, lisse, anodine et inquiétante.

Une alliance ! Perdue par une étudiante, offerte, donnée en souvenir, pour déclarer une flamme bien possible après tout. Ou achetée par François pour une main si petite et jamais offerte ? Ou offerte et refusée ? Ou offerte, portée, puis rendue ? Une alliance d'enfant, une alliance donnée par un père plus que par un mari. C'était ridicule, insensé. Il y avait une explication simple, probablement drôle, qui ne venait pas à l'esprit d'Élisabeth. Elle devait le savoir, François lui en avait même probablement parlé un soir en rentrant, elle n'avait pas écouté, cela ne l'avait pas frappée. Voyons... laquelle était-ce ? Quelle histoire y avait-il là-dessous ? Cette étudiante qui l'appelait souvent pour vérifier des éléments de réponse et que François avait déclarée très amoureuse de lui en soupirant de fatigue ? Ce jeune entêté qui le poursuivait avec ses problèmes familiaux ? Non, impossible, l'alliance était trop petite. Alors quoi ? Il y en avait tant eu de ces étudiants, elle ne se rappelait pas. Et puis, qui sait, une secrétaire, une collègue particulièrement menue. Impossible de trouver et ce ne devait pas être bien grave si elle n'en avait pas entendu parler. Après tout elle n'était pas pour ouvrir une enquête pour une alliance de vingt-cinq dollars qui pouvait fort bien avoir été égarée.

Elle la mit de côté sur la table à café et commença à transporter les dictionnaires et les livres dans la bibliothèque. Les doubles des exemplaires de l'œuvre de Salinger dont quelques-uns aux couvertures très abîmées, reconstruites avec du papier collant jauni et cassant, quelques Doris Lessing, dont le *Carnet d'or* qu'elle n'avait pas lu finalement. Elle le mit de côté après l'avoir feuilleté.

De retour au salon, l'alliance qui brillait aux reflets du feu semblait la narguer. Elle haussa les épaules et retourna avec une pile de livres. Encore Salinger ! Les nouvelles, cette fois, *Nine Stories*, une édition ancienne de 1950. Une édition sans doute précieuse. Elle rangea le livre près des autres Salinger. Vraiment, il y avait de l'abus : un auteur si peu prolifique qui occupait presque toute une section avec la répétition et la traduction de son œuvre. Il faudrait songer à en offrir quelques-uns. Pas l'édition ancienne, mais ces livres de poche sans valeur. Elle revint au salon, mit les cours de François en ordre et les rangea dans une des boîtes vides.

Restaient les travaux. La pile était haute, avec au sommet cette insulte rouge au nom d'Anne. Encore une fois, Élisabeth le prit, indécise, le feuilleta... Emily Brontë. Et elle le lut.

Le malaise s'amplifia. Quelque chose clochait, quelque chose d'enivrant, de déplacé, se dégageait de cette prose étudiante. La passion y était défendue avec une vigueur, une ardeur qui dérangeaient Élisabeth. Ce n'était rien de précis, c'était le mouvement, l'extrême de ce qui était décrit, l'impudeur de la déclaration. Oui, on aurait dit un texte privé, pas une dissertation, une sorte de lettre.

Une lettre d'amour déguisée, se dit Élisabeth en fixant l'alliance. Un aveu terrible, terrifiant parce qu'entier, sans réserve et presque sans défense. Pourquoi Hélène Théberge avait-elle écrit cela, de cette manière ? Pourquoi François, si fâché, si insulté, avait-il griffé le nom et remplacé celui-ci par un prénom ?

Pourquoi une réaction aussi violente à ce qui devait bien arriver quelquefois, non ? Il fallait bien s'attendre à ce qu'une ou deux étudiantes lui déclarent une passion non retenue de temps en temps, non ? Ils avaient même un peu ri de cette pauvre fille, voyons... elle avait oublié le nom, qui avait menacé de venir parler à Élisabeth. François était si beau, si séduisant, il ne pouvait quand même pas ignorer qu'il était susceptible d'allumer quelques flammes, même sans le chercher.

Alors... pourquoi Hélène Théberge avait-elle été l'objet d'un tel traitement ? Elle n'avait pas dû le savoir d'ailleurs, puisque le travail était demeuré dans le bureau de François. L'avait-il gardé par vanité, par colère, par déception ?

Élisabeth remit une bûche, s'assit, reprit l'alliance, pensive.

Hélène Théberge avait-elle offert cette alliance à François ? Pourquoi l'appelait-il Anne ? C'était plus joli qu'Hélène, d'accord... mais enfin, c'était Hélène son nom.

Beaucoup de temps, beaucoup de temps passe avant qu'Élisabeth, fourbue, ne se lève, ramasse les travaux pour les mettre dans la boîte en attendant de décider quoi en faire. Elle met de côté celui d'Hélène Théberge et va se coucher. Mais là, impossible de dormir. Quelque chose la tracasse, la dérange. Elle n'est tout de même pas pour faire une crise de jalousie à un mort. Alors ? Elle tourne, se retourne dans le trop grand lit. Puis, vaincue, elle redescend se faire une tisane.

Elle réveille le feu et essaie de trouver ce qui la trouble. Savoir que François inspirait des passions ? Non... il lui semble l'avoir toujours su. Non... c'est ce Anne, cette réaction, ce cri presque qui l'inquiète. Oui, savoir pourquoi ce Anne est sorti si fort, si gros sur la page, si rouge, comme si le prénom le brûlait.

Elle exagère, il est vraiment tard ! Elle s'énerve, c'est sûr, elle s'emporte, imagine n'importe quoi. Ridicule ! Elle marche dans le salon, ne tenant pas en place. Solo la rejoint, fidèle, fait les cent pas avec elle, prête à se taper une nuit blanche si Élisabeth est vraiment décidée à n'être pas raisonnable.

L'explication est proche, elle le sait. Tout s'explique, elle n'arrive pas à faire le lien, c'est tout. Mais voyons, cela n'a rien à voir avec l'alliance, ou l'amour, ou quoi que ce soit. Déprimée, elle se rassoit.

Une heure plus tard, elle ressort les travaux d'étudiants pour lire la prose d'Hélène Théberge.

* * *

Six heures du matin. Le jour sombre d'octobre n'en finit plus de se lever, indiscernable de la nuit.

Assise immobile dans le matin glacial, Élisabeth ne bouge plus depuis plus d'une heure. Autour d'elle, les travaux d'Anne Morissette. En elle, un vide, l'épicentre du tourbillon qui l'habite. Elle ne bouge pas, elle cherche ce qu'elle sait maintenant presque sûrement, elle essaie de différer le choc, de le retenir, elle tient sa vie et ses fragiles certitudes à deux mains, comme si cette énergie salvatrice pouvait balayer la réalité.

Pétrifiée, elle laisse la littérature faire son chemin, elle laisse les mots d'Anne Morissette révéler l'inavouable. Solo s'énerve, inquiète, la fixe, s'approche, piétine les feuilles. Élisabeth tend une main aveugle et, au contact chaud de Solo, laisse sortir un gémissement. Solo l'accompagne à petits cris plaintifs, retenus, pitoyables.

Puis, il y a le déclic de la survie : peut-être qu'elle s'emporte, exagère. Il n'y a pas de preuve, seulement des travaux brillants et amoureux, seulement une étudiante particulièrement passionnée, particulièrement acharnée. Qu'a dit François, elle ne le sait pas. Elle remet les travaux en ordre — 1972 pour le premier, 1975 pour le dernier. Chaque année sa manne, chaque semestre son dû. Trois ans, un bac ordinaire, quoi, pas de quoi s'énerver. Avec un trou au semestre d'automne 1974 où François n'a pas dû lui enseigner.

Mais pourquoi François a-t-il gardé tous les travaux d'Anne Morissette ? Sont-ils si extraordinaires ? Ou elle, l'était-elle ? Pourquoi la bavure sur la première page du travail d'Hélène Théberge ? Et puis, et puis, elle ne peut pas l'ignorer, le ton change, le style évolue pendant ces trois ans, une sorte d'intimité s'installe qui lui laisse la vague impression que l'auteure se sait comprise à demi-mot. Et pourquoi François n'a-t-il rien noté, rien annoté ? Une phrase ici et là, soulignée, si rare qu'Élisabeth s'en souvient. Il y a celle sur l'enfance... elle fouille frénétiquement. La voilà. « L'enfance, l'auteur le sait, est la seule source, le seul commencement, la seule déchirure vraiment essentielle et ineffaçable, l'ultime parce que première blessure. Les autres, celles qui suivront, n'en seront que le terrible écho. »

Pourquoi avoir souligné cette phrase ? Quel intérêt ? Elle n'est quand même pas nouvelle, l'idée n'est pas si percutante, c'est du déjà vu. Et puis, cette note, ce post-scriptum qu'Anne Morissette a mis à la fin d'un examen. Élisabeth l'extirpe du tas, comme si chaque travail avait déjà une identité précise pour elle. Elle feuillette, trouve : « Mais où êtes-vous donc passé, monsieur, qu'on ne peut jamais vous joindre à votre bureau ? »

Ainsi Anne Morissette le cherchait, le poursuivait, assiégeait son bureau ? Élisabeth perçoit bien l'ardeur de la jeune fille, son désir évident. Quel culot, quand même, de terminer un examen en suggérant qu'elle frappe à son bureau sans le trouver, qu'elle voudrait le rencontrer. Presque un rendez-vous ! Suffoquant ! Qu'est-ce que François avait fait devant l'aplomb de la jeune fille ? Qu'avait-il dit ? Rien. Pas même une note sur le travail, l'examen. Même son orthographe s'était améliorée, il n'y a plus ces ratures rouges qui envahissaient le travail d'Hélène Théberge.

Et puis... et puis il y a le dernier travail de mars 1975 où François a souligné une phrase. Comme s'il pressentait son avenir, comme si déjà, il avait su ce qui l'habitait, ce qui finirait par gagner. La voilà :

« L'amour est comme un cancer, un chancre, une masse sournoise qui se nourrit d'elle-même, grossit, grandit et finit par nous dévorer. On meurt et on se demande si finalement, on n'aurait pas mieux fait d'haïr seulement ou de rester indifférent. L'amour est une félicité, vous avez raison, un poison d'une douceur sans nom, mais tous les poisons finissent par nous tordre les boyaux, ne le savez-vous pas ? Si tant de bonheur pouvait aller sans souffrance, j'y souscrirais immédiatement... mais l'ultime cadeau de la vie est une souffrance indicible, parce que l'amour meurt, le corps vieillit, nous abandonne lâchement et la maladie, l'inévitable humilité, nous gagne. Dites-moi, à quoi sert de tant aimer ? À quoi sert de tant donner ? Quelquefois, je voudrais mourir avant, avant le coup final, avant de mourir d'une main aimée, avant de mourir parce qu'un regard s'est éteint et qu'aveugle, je tende les mains vers le vide. »

Quel âge peut-on avoir en dernière année de bac ? Enfin, elle n'avait pas trente ans, cette Anne Morissette ! Vingt-quatre, vingt-cinq, tout au plus. Et ce cancer, et cette comparaison soulignée, comme si déjà... mais c'est impossible. Élisabeth le sait, impossible que François ait été malade en 1975. Il ne pouvait pas savoir, rien ressentir. En 1979, oui, quand il a été si déprimé, si triste, quand il semblait vidé de sa substance, de sa vitalité. Et quand plus tard il a commencé à prendre du mieux, à sortir de son abattement, la maladie s'était déclarée.

Aurait-il pu déjà, en 1975, aurait-il pu avoir la prémonition de ce qui l'achèverait ? Ou craignait-il déjà le mot, le seul nom de la maladie ? Élisabeth s'interroge, se déchire à essayer de savoir.

Et pourquoi a-t-il gardé ces travaux et seulement ceux-là ? Y avait-il quelque chose entre Anne et lui ? Une attirance peut-être ? Ou plus ? Ou pire ? Et que serait le pire ?

Cette intimité que la fille cherche, qu'elle étale dans ses travaux sans aucune pudeur, cette franchise, ce « vous » si concerné, si proche. Était-elle seule, Anne Morissette, à éprouver quelque chose ? Ou François avait-il été tenté ? Si tenté qu'il en avait gardé les travaux ? Pendant trois ans ? Trois ans où

elle n'avait rien vu, rien senti de ce qui se passait ?
Aurait-elle pu demeurer étrangère à tout cela ?
Aurait-elle pu vivre avec François sans sentir qu'il
éprouvait de l'amour pour une autre femme ?
Impossible ! Il aurait été incapable de le lui cacher.
Quinze jours, oui, mais pas trois ans. Ç'aurait été
une insulte à leur union, à leurs rapports. Cela équi-
vaudrait à n'avoir pas vécu ces trois ans. Ou les avoir
vécus en infirme qui s'ignore, ou à avoir été trahie.
Pas trompée, Élisabeth n'en est pas là, pas trompée,
trahie, abusée, rejetée de la vraie vie, gardée dans le
formol d'un faux bonheur.

Elle frissonne dans sa robe de chambre. Elle
tremble presque à l'idée d'une telle mystification.
Incapable de surmonter le soupçon qui l'habite, elle
se lève, s'arrête devant la gravure de Florence, la fixe
longtemps, cherchant désespérément une sorte de
solution, une explication.

Puis, elle se décide à téléphoner. Six coups
avant la réponse d'une Mireille endormie.

— Excuse-moi de te réveiller. Y faut que je
sache quelque chose.

— Élisabeth ? Mais y est quelle heure ?

— Oh... six heures et demie, je sais pas. Est-ce
que Jacques garde les travaux de ses étudiants ?

— Pardon ? Quoi ? De quoi tu parles ?

— Des travaux, des examens, les travaux que les
étudiants lui remettent, est-ce qu'il les garde ?

— Euh... non, je pense pas. Je sais pas. Pourquoi tu veux savoir ça ?

— Pour rien. Anne Morissette, ça te dit quelque
chose ?

— Ben...

— Ou bien Hélène Théberge ?

— Comment veux-tu que je sache ça en me réveillant ? Élisabeth, qu'est-ce qui se passe ? C'est quoi ça ?

— Oh, rien, laisse faire.

— Élisabeth, attends ! Explique-moi, là, je suis réveillée.

— Rien... y a rien à expliquer. Je pense que je suis en train de venir folle, complètement folle.

— Mais de quoi tu t'inquiètes ?

— Je sais pas, c'est idiot, c'est... c'est pas explicable. J'ai l'impression que ma vie est plus ma vie. Je sais pas, je comprends plus rien.

— Bon, écoute, j'arrive. On va prendre un café, on va se parler. Attends-moi.

Vingt minutes plus tard, elle trouve Élisabeth en larmes, tenant Solo par le cou.

— Voyons donc, toi, je te l'avais dit que ça allait te mettre à l'envers ce ménage-là.

Mireille fait du café, beurre des toasts, donne des kleenex à Élisabeth qui, inerte, la laisse faire. Une fois le premier café avalé, Mireille attaque.

— Bon. C'est quoi cette panique-là ?

— Je pense que François avait une étudiante amoureuse de lui.

— Une ? Juste une ? Mets-en !

— Non... je veux dire que... lui aussi, peut-être...

— Il aurait été amoureux ?

Élisabeth fait oui, incapable de parler.

— T'as peur qu'il ait eu une aventure comme Jacques en multipliait ?

— Non... pas une aventure, ça serait pas si grave. Non... l'aimer, tu comprends ?

Oui, Mireille comprend. Elle regarde Élisabeth longtemps, pensive. Puis, elle soupire : « Bon, écoute, je suis mieux de t'en parler. Ça va remettre les choses à leur place. »

Élisabeth, les yeux agrandis, la regarde, incrédule : « Quoi ? De quoi tu parles ? »

— Énerve-toi pas, c'est pas si grave que ça. François a déjà eu une aventure avec une étudiante. Mais laisse-moi t'expliquer avant de t'énerver. C'était au congrès, à Montréal... en novembre, fin novembre 73, te souviens-tu ? J'étais allée rejoindre Jacques, on filait une bonne période. Et puis, en rentrant à l'hôtel, un matin, j'aperçois François avec une fille. Une jeune fille. Ils avaient l'air assez intimes. Tout de suite, j'ai pensé ce que tu penses : que François n'était pas mieux que Jacques, que les étudiantes y passaient avec lui aussi. Tout ce que tu voudras. Je ne savais pas quoi faire. Puis, François m'a appelée. Il m'a invitée à dîner avec lui. Et là, il m'a tout expliqué. C'est vrai, il avait eu une aventure avec une étudiante. Mais c'était fini, il ne pouvait pas supporter de te tromper, de penser que tu le saurais peut-être un jour, que tu pourrais avoir de la peine à cause de lui. Je te jure, Élisabeth, il était vraiment triste, très malheureux de tout ça. Il avait emmené la fille au congrès pour essayer d'en finir avec cette histoire-là, pour forcer les choses. Il m'a même dit que tant qu'il avait résisté à la fille, il se sentait plus coupable que d'avoir une aventure et d'en finir là. Je lui ai promis de ne jamais t'en parler, parce que tu aurais pu imaginer trois fois pire que ce qui s'était passé. Tu comprends ? Il avait peut-être raison : c'est pas ce que tu es en train de faire, imaginer le pire ?

Un long silence, Élisabeth réfléchit.

—Jacques était au courant ?

—Jacques ?... euh... oui, je pense.

—Tu penses ou tu le sais ?

—Oh, Élisabeth, je le sais. Parce qu'il est revenu avec cette histoire-là quand on a divorcé. C'était nos éternelles chicanes, tu sais bien. Jacques m'avait lancé que même François était du genre à se taper une étudiante, qu'il n'était pas le seul, quoi ! Je lui avais dit que je le savais, et ça lui avait fermé le clapet.

—Tout le monde le savait, sauf moi !

—Exagère pas, Élisabeth. Jacques était son meilleur ami, et moi, c'était un accident. Tu peux être sûre que François aurait aimé mieux que je ne le sache pas.

—La fille ? C'était qui ? Sais-tu son nom ?

—Y me semble que c'est le nom que tu m'as dit tantôt... ça sonnait de même.

—Anne Morissette ?

—Me semble. Je ne suis pas sûre.

—Jacques le saurait ?

—Franchement Élisabeth, t'es pas pour appeler Jacques ?

—Pourquoi pas ?

—Mais ça a duré trois jours ! Une aventure de trois jours. T'es pas pour te torturer avec ça. Qu'est-ce que tu veux changer, maintenant, y est trop tard !

—Viens voir !

Élisabeth l'entraîne dans le salon, lui montre la pile de travaux, les passages soulignés, l'alliance. Mireille regarde, lit.

—Bon ! Qu'est-ce que ça prouve à part qu'elle

ne réclamait pas ses travaux et qu'elle était probablement amoureuse ?

— Mais lui ? Lui, Mireille ? Tu ne penses pas
qu'il était amoureux ? Pourquoi il aurait gardé tout
ça ?

— Voyons donc... c'est ridicule.

— Non. Si tu les avais tous lus, tu comprendrais.
C'est comme si elle avait le droit de parler de même,
comme s'il le lui permettait, une sorte d'intimité.

— Tu ne penses pas que tu t'énerves, que t'in-
ventes ?

— Mais c'est ma vie, Mireille, mon mariage,
mon mari !

— Mais non, c'est pas ça. Ta vie, c'est celle que
t'as vécue, et ton mariage, tu le connais mieux que
cette fille-là. François t'aimait, il était avec toi, il n'a
jamais parlé de te quitter. C'est ça ta vie, cherche pas
ailleurs. Et essaie de lui passer son aventure.

— Tu m'aurais dit que c'était n'importe qui
d'autre qu'Anne Morissette, je la lui passerais,
comme tu dis. Mais... avec ça.

— Peut-être qu'Anne Morissette était très amoureuse, qu'elle n'a pas supporté de se voir abandonnée aussi vite. Regarde : relis la phrase sur le
cancer : c'est ça qu'elle dit, rien d'autre. Il l'a laissée,
et elle l'a pas pris. J'en ai connu pas mal dans le
style. Te souviens-tu de la fille qui m'envoyait des
lettres de menaces ?

— Je sais pas... c'est pas pareil. C'est tellement
sincère son amour, tellement désespéré.

— Justement ! Désespéré parce que François en
a pas voulu, parce qu'il ne l'a pas aimée.

Un temps : « Et l'alliance ? »

— C'est pas marqué Anne dedans. Ça peut être à n'importe qui.

— Ah, je sais pas Mireille... tu trouves pas que c'est troublant ?

— C'est surtout plate que tu t'en fasses autant pour une vieille histoire qui mérite rien d'autre qu'un petit soupir. Tu vois, y arrive exactement ce que François voulait t'éviter.

— Ah ça, il ne voulait pas que je le sache, c'est sûr.

— Tu doutes de lui ?

— Je suis bouleversée, c'est tout. Trois ans de travaux conservés, c'est beaucoup pour une aventure de trois jours.

Mireille hoche la tête, regarde sa montre : « Aye, il faut que j'aille travailler, moi. »

— Moi aussi. J'ai même pas relu le dossier.

— Veux-tu qu'on dîne ensemble ? Tu ne m'en veux pas de ne pas te l'avoir dit ?

— Non. Je t'appellerai.

En sortant, Mireille remarque qu'Élisabeth ne lui a même pas demandé si Anne Morissette était belle. Comme si elle n'était pas jalouse. C'est pourtant la première question qu'elle aurait posée, elle. Non, Élisabeth n'est pas soucieuse de la fille, mais de François, de sa fidélité. Mireille se demande encore si elle aurait dû en parler à Élisabeth à l'époque.

* * *

Sylvie Frenette est assise devant elle. Pas très jolie, le teint brouillé, le cheveu terne, malade d'angoisse, d'indécision. Cette fois, l'éternelle histoire de

l'homme marié qui « en veut pas », mais qui va peut-
être changer d'idée une fois le bébé arrivé, une fois
la chose faite, trouve une Élisabeth tendue, dubi-
tative et presque choquée. Elle réprime à grands
efforts une certaine agressivité.

— Mais toi ? Qu'est-ce que tu penses que tu
veux ?

— Moi ?

Comme si ce pronom n'avait jamais existé dans
la langue française !

— Oui, toi.

— Oh, moi... je veux Jean.

Élisabeth soupire, exaspérée. Sont-elles si fragiles, si idiotes, si enfantines, ces femmes qui, même
en 1983, rêvent de marier l'homme déjà marié ? Et
si cette fille était une Anne Morissette ? Et si Anne
avait eu un enfant ? Le monde s'écroule, Élisabeth
écoute le tumulte qu'une telle pensée suscite en
elle. Un enfant. *Son* enfant, celui qu'elle a tant
réclamé, tant désiré. François non plus, comme ce
Jean, n'en voulait pas. Pourquoi ? Élisabeth se
demande si c'est parce que lui aussi avait des problèmes avec Anne.

— Est-ce que Jean a déjà des enfants ?

— Non... justement, ça serait le premier.

Justement, oui ! Tu l'as eu, han ? Tu l'as battue
de vitesse, l'épouse légitime ? Tu vas lui offrir fièrement ce qu'il ne veut même pas, ton Jean.

— Veux-tu un enfant juste pour obtenir Jean ?
Pour être sûre d'avoir de l'ascendant sur lui ?

— De quoi ?

— Une sorte de pouvoir. Une sorte d'assurance
qu'il ne pourra pas te laisser.

— Ben... ça va être plus difficile avec un petit.

— Plus difficile de te laisser ?

— Oui.

Anne Morissette aurait-elle eu un raisonnement pareil ? Aurait-elle eu raison ? Élisabeth ne le sait même pas. Elle ignore comment François, avec son sens des responsabilités, aurait réagi dans une telle situation.

Cette fille l'énerve. Si molle, si désintéressée d'elle-même. Élisabeth ne peut pas croire que François l'ait aimée. Puis, elle se ressaisit, essaie de reprendre la situation en main, de se détacher du cas de Sylvie Frenette/Anne Morissette. Elle n'arrive pas à clarifier sa pensée, à écarter François, à faire de Sylvie Frenette une cliente comme une autre, une personne extérieure à ses fantasmes dévastateurs. Mais, de toute évidence, Sylvie n'est pas encore une personne. Elle est, tout au plus, l'ombre de ce Jean. À se demander ce qu'il peut bien lui trouver.

— Alors, Sylvie ?

Elle la regarde comme si elle possédait la réponse magique, la solution miracle. Bouche entrouverte, les yeux cernés : une pitié ! Élisabeth perd son calme, commence à en avoir assez.

— Pourquoi tu penses à l'avortement ? Ça ne semble pas te convenir d'après ce que tu dis.

— Ah ben... c'est Jean qui veut... sans ça, il veut plus me voir.

Bien sûr, bien sûr, Jean, le roi Jean ne veut pas, lui ! Le roi Jean décide, tranche à grands coups dans la « pomme pourrite ». Hop ! on va arranger ça !

— As-tu pensé à ce que ça signifie, un enfant ?

Sais-tu un peu ce que ça demande à une mère ? À une mère toute seule ? Es-tu prête à...

Ça y est, elle pleure. Elle hoquette, balbutie : « Mais je ne serais pas toute seule... Jean... »

C'est elle l'enfant. C'est elle, la petite. Comment peut-on en être là ? Comment un homme peut-il laisser quelqu'un aussi démunie, aussi seule pour prendre de telles responsabilités ? Puis, soudain, un élan de vie semble réintégrer Sylvie Frenette, elle crie :

— Il va la laisser ! Il l'aime même pas ! Il l'a jamais aimée ! Ça fait cinq ans qu'il est marié, et elle est jamais contente. Il va la laisser et vivre avec moi. Il me l'a dit !

Élisabeth entend malgré elle le cri de toutes ces maîtresses abusées, de toutes ces Anne Morissette à qui on a promis le monde et qui se retrouvent le ventre plein et les mains vides. François n'a pas dit ça, non ? Il n'a rien promis ? Comment le savoir ? Comment savoir si tout n'est pas aussi sordide partout ? Aussi sale, perdu d'avance. Élisabeth n'en peut plus de cette plaie vive devant elle et en elle. Elle tente de consoler, d'apaiser, mais c'est Jean qui peut tout. La décision sera celle de Jean, pas celle de Sylvie, bien sûr.

On prend un autre rendez-vous pour tenter de trouver des solutions, des pistes, pour sauver les meubles. Sylvie sort. Élisabeth inscrit : *ne reviendra probablement pas*, sur le dossier ; Jean, elle en est sûre, va trouver le service un peu trop fouillé, un peu trop circonspect. Il va juger qu'on fait trop de manières avant de passer à un acte aussi simple. Et la petite va se retrouver avec une dépression dans six mois quand, estimant le délai respectable, Jean va la laisser tomber « quand même ».

Rolande est là, un café à la main, ses yeux de lynx posés sur Élisabeth.

— Dur ?

— Éprouvante. Le type même de la fille bernée qui aime ça.

Rolande lit la remarque d'Élisabeth sur le dossier : « Tu penses ? »

— Sûre. Veux-tu mettre un cinq ?

Rolande fronce les sourcils : pas tellement le genre d'Élisabeth, ce cynisme.

— T'as l'air poquée, toi.

Malaise. Un ange passe. Élisabeth s'essaie au sous-entendu égrillard. Un peu tard.

— J'ai passé la nuit sur la corde à linge.

— Pas un succès, à ce que je vois.

— Non.

Élisabeth tripote les dossiers sur son bureau, se détourne. Rolande l'énerve. Mais Rolande, debout, immobile, se fiche bien d'énerver qui que ce soit.

— C'est ta nuit ou ta matinée, cette tête-là ?

— Ah Rolande, laisse faire, O.K. ?

— En tout cas, tu connais le chemin de mon bureau.

— Oui, oui, merci.

Enfin, elle sort. Élisabeth va à son poste de réflexion près de la fenêtre. Bon, que tout s'organise, que les pensées s'éclaircissent. Est-ce qu'il y a un drame ou rien ? Est-ce qu'elle s'énerve ? En fait, qu'est-ce qui se passe ? François a eu une aventure de trois jours, c'est confirmé. Avec une étudiante qui l'a aimé, c'est confirmé par les travaux. Et François, l'aimait-il ? Presque sûr, rien qu'à voir les travaux conservés. A-t-il souffert ? L'a-t-il regrettée ? A-t-il désiré poursuivre ? Pourquoi pas ? Pourquoi non ? Pourquoi n'en avoir jamais parlé ? Pourquoi Élisabeth est-elle restée en dehors de tout comme si cela ne la concernait pas ? Comme si ce n'était pas sa vie, son mariage, son mari ? Parce que François voulait l'épargner ? Mais lui épargner quoi ? Une passade, ça se comprend, mais un amour... Qu'est-ce qui l'ennuie tant ? Qu'est-ce que ce sentiment d'être bernée, abusée, méprisée, vient faire là-dedans ?

Elle pourrait appeler Jacques, mais n'ose pas. Elle n'est même pas sûre que ce soit Anne Morissette. Non... elle sait bien, elle est certaine que s'il y a eu une fille, c'est Anne Morissette, comme on sait sans preuve d'aucune sorte, mais de façon définitive. Comme on sait quand on est trompée.

Mais elle n'a rien vu, rien senti ! Elle qui se pensait si proche de François, si sûre d'eux, de leur union, n'a pas vu la fêlure, l'éloignement de François. Comme une idiote enfermée dans ses certitudes, sourde à tout ce qui n'est pas son château de sable, convaincue comme une bigote, les yeux fermés, à passer à côté de sa vie aussi sûrement qu'elle sait maintenant qu'elle y prend pied.

Elle a évincé les indices, les signes, s'est dépêchée de trouver une justification à la moindre anomalie. François était triste ? C'est un angoissé. François pleurait ? C'est la mort de son père.

La mort de son père ? En 1973 justement. Et la dépression qui a suivi. Et cet été où tranquillement, peu à peu, il a repris sa bonne humeur, son élan. Mais c'était *avant*. Avant l'aventure, avant le congrès. Comment pouvait-il être si déprimé s'il n'avait pas encore amorcé son aventure ? Peut-être était-ce vraiment la mort de son père, cette fois-là ? Non, Élisabeth refuse de s'enfermer dans ses bonnes raisons, elle veut savoir, voir clair, avoir la vérité vraie.

Mais comment ? Comment ?

Il était heureux ce Noël 1973, elle en est sûre. Parce qu'il la voyait ? Impossible, il avait déjà dit à Mireille que c'était fini. Alors ? Il aurait dû être triste, non ? Un peu déprimé, terne, avec des accès de mélancolie en tout cas. Rien. Élisabeth le jurerait. Rien à part la bonne humeur. À moins qu'elle ne fasse erreur, qu'elle mélange les années.

Voyons... la maison des Éboulements, elle l'a achetée en 1973. Ils avaient même parlé de passer Noël là. Puis, ils avaient décidé autrement. Pourquoi ? Le soupçon envahit Élisabeth, la gagne... pour préserver sa liaison pendant les vacances de Noël peut-être ? Non, elle exagère, elle divague, vraiment. Elle tombe dans le mélodrame. Mille neuf cent soixante-treize, novembre 1973... Rien. Rien, c'est évident, ne se détache, ne se met en relief dans sa mémoire. Elle a beau fouiller, rien que l'habituel train-train. Rien que l'habituel bonheur. Incroyable ! Pas un frémissement de son quotidien et François la trompait ! Elle n'a rien soupçonné, rien deviné. Mais dans quel monde vivait-elle donc ?

* * *

Devant son dessert aussi intact que le reste de son dîner, Élisabeth cherche encore, fouille le passé comme s'il contenait une bombe. Mireille est exaspérée.

— Mais voyons : François t'aimait, non ? Ça, tu le sais, t'en es sûre ?

— Oui.

— Bon ! Alors de quoi t'as besoin ? De te torturer, de te faire mal, de te déchirer sur la seule coche mal taillée qu'il t'ait jamais faite ? Compte-toi chanceuse, dis merci au petit Jésus, et oublie tout ça.

— Non... c'est pas ça. C'est de ne pas avoir senti, de ne pas avoir vécu la même vie que lui, d'avoir continué ma vie de couple innocemment, alors que lui se déchirait peut-être.

— Il était pas déchiré. Piteux, honteux, gêné, mais pas déchiré. Tu peux te fier sur moi, je le sais.

— Alors, qu'est-ce que j'ai ? Pourquoi je m'en fais de même ? Pourquoi je dramatise ?

— Parce que t'es secouée. Parce qu'il est mort. S'il vivait, tu lui ferais une bonne scène et ça serait tout.

— Peut-être... t'as probablement raison.

Elle boit son café, sourit : « Vraiment moi... par chance qu'il ne l'a pas dit, je l'aurais empoisonné avec ça. »

— Tu vois bien. Il te connaissait.

— Empoisonné... ça me fait penser au travail de la petite, à sa phrase...

Pas si petite, la petite ! pense Mireille. La belle Anne qu'elle revoit avec sa blondeur incertaine, cette bouche et ces yeux qu'elle avait ! Ce détachement souverain. Une femme, ça c'est sûr. Pas une enfant à peine pubère, une vraie femme.

— Peut-être que c'est à cause de ses travaux, de son amour à elle que je suis partie en peur.

— Ça, ma fille, ça se peut bien que elle, elle soit tombée en amour. Il était pas laid, ton François.

— Non, il était pas laid...

* * *

Dieu merci, le vendredi après-midi est sans entrevue. La paperasse, les téléphones habituels, un peu la fin de semaine, quoi ! Élisabeth rentre au bureau de meilleure humeur, rassurée, l'angoisse calmée. Elle va tellement mieux qu'elle appelle Jacques pour en avoir le cœur net, pour effacer cette histoire, la terminer, la ranger. Jacques est ravi de l'entendre.

— Élisabeth ! Tu parles d'une surprise. Ça fait longtemps que j'ai pas eu de tes nouvelles. Comment ça va ?

— Plutôt bien... et toi ?

— Oh, moi... la petite vie, le travail me tient.

— Et Julie ?

— Ah, c'est fini depuis un bout de temps. Trop jeune, aucune maturité tu comprends...

Oui, oui, Élisabeth entend très bien que la fille ne devait pas avoir un instinct maternel assez fort.

— Oui, oui... écoute Jacques, je t'appelle pour te demander si l'aventure de François là, l'étudiante, c'était bien Anne Morissette ?

Oh, le silence, le silence imposant à l'autre bout.

— Jacques ?... Es-tu là ?

— Euh... oui, oui.

— Alors ? Ça te dit quelque chose ce nom-là ?

— Oui, c'était une de mes étudiantes.

— C'est pas ça que je te demande.

— Non, excuse, je sais...

— Tu vois bien que je le sais. Dis-moi seulement si c'est Anne Morissette.

— Tu sais tout ?

— Ben oui !

— Qui te l'a dit ? C'est qui l'écœurant ?

— Mon dieu Jacques, reviens-en ! C'est Mireille, et elle a bien fait.

— Mireille ! C'est Mireille ! Mais de quoi elle se mêle, elle ? Veux-tu me dire de quoi elle se mêle ?

Il est furieux.

— Écoute Jacques, j'ai le droit de savoir, non ? Laisse Mireille tranquille. C'est à François que tu devrais en vouloir.

— Pense surtout pas que j'ai pas essayé de lui parler. Surtout Élisabeth, ne vois pas ça comme ça a l'air. François a tout fait, tout fait pour t'épargner. Il était tellement malheureux.

Élisabeth est mal à l'aise, elle a envie d'en finir tout à coup. La version « Jacques » va la choquer, elle le sent.

— Oui, oui, c'est sûr...

— T'es fâchée ? Tu lui en veux ? Je lui avais dit, je lui avais dit que ce serait pire comme ça. Moi, quand ça s'est fini, je lui ai dit de t'en parler, de tout te dire. De rien laisser caché. Il avait tellement peur de te blesser.

— Tu vois, il me blesse quand même. T'avais raison, Jacques.

Elle lui laisse de la corde, elle le sait, elle le sent. Il va parler maintenant, il va lui dire ce qui l'inquiète tant. Elle voudrait pouvoir fermer le téléphone, hurler qu'elle ne sait rien. Elle est là, livide, glacée, à attendre qu'on la tue bêtement, par inadvertance.

— Bien sûr que j'avais raison ! Ça n'a jamais été une bonne idée. Mais je ne l'ai pas su tout le temps, tu sais. Je ne l'ai pas su au début. C'est seulement en 75... non, même pas... c'est en 76 quand il a pas pu faire autrement que de m'en parler à cause des cours qui étaient finis à Montréal et puis l'essai qu'il était supposé préparer pour justifier l'absence de Québec et puis, bien sûr, pour toi, pour dire qu'il continuait les cours...

— Ah oui... les cours, Montréal...

Elle étouffe... l'air... où est l'air ?

— Mais la première année, c'était vrai, il a vraiment remplacé Beauchesne. C'est après seulement, après qu'il a tordu un peu, qu'il a essayé de continuer. Mais il était malheureux, Élisabeth. Ça ne lui convenait pas. Et je peux te jurer que la fille avait pas l'air commode. C'était pas le paradis, imagine-toi pas ça. J'ai vu François complètement ravagé, torturé, j'ai vu ce gars-là souffrir comme c'est pas disable. Et je ne le dis pas pour le défendre, Élisabeth, je le dis parce que c'est vrai, et que c'est important pour toi. Il t'aimait. Il n'a jamais arrêté de t'aimer. La preuve, il est revenu, il a tout cessé. Et ça a été dur, tu peux me croire, sept ans, c'est pas rien, c'est long sept ans. Moi, j'ai pas arrêté de lui dire de tout laisser tomber. Je te mens pas, chaque fois qu'il me voyait, je lui en parlais, j'essayais de le faire changer d'idée. Mireille a pas dû te dire ça, mais j'ai pris pour toi, j'ai défendu tes intérêts. À chaque fois qu'il revenait de Montréal, je lui en parlais, et ça a tout pris pour que je ne te le dise pas. Fallait qu'il me convainque, tu peux être sûre. Je ne suis pas le genre à garder un secret pareil sans raison. Mais si je te l'avais dit, tu comprends, François ne me l'aurait jamais pardonné. Et c'est bête à dire, mais je savais qu'il aurait besoin de moi quand ça serait fini. Pour parler, tu sais ? Tu te souviens comme il était tout le temps rendu chez nous dans ce temps-là ? À cette époque-là, j'essayais encore de le convaincre de te le dire même si c'était fini, justement parce que ça venait de finir. Mais François, c'était une tête de cochon. Je demeure convaincu que ç'aurait été mieux si c'était François qui te l'avait appris, pas Mireille. Il aurait pu t'expliquer, lui. Je suis sûr que Mireille en a mis, qu'elle n'a pas aidé. Elle qui a jamais pu comprendre un seul écart, une seule aventure, imagine-toi ça. Non, elle a pas dû être bien généreuse, est-ce que je me trompe ?

Il faudrait qu'elle arrive à lâcher le téléphone. Qu'elle arrive à l'éloigner de sa tête, de son oreille. Parce qu'elle va hurler et que c'est affreux pour l'interlocuteur. Ça s'effrite, ça déboule, ça éclate de partout, des taches rouges et jaunes dansent devant ses yeux, les dents, il faut desserrer les dents, respirer, trouver le tour de respirer, mieux que ça, fais un effort, fais un effort ; qu'est-ce qu'il veut, lui ? Pourquoi il crie ? Une statue, elle est devenue une statue, elle ne peut plus bouger, elle va mourir là, maintenant, toute seule dans un bureau avec un téléphone, un horrible téléphone qui crie. Et puis, saccadée, de plus en plus forte, comme les battements de son cœur affolé, déréglé, cette phrase plus forte que la déroute, que le vacarme en elle. La phrase monte, frénétique, urgente : sauve-toi ! Sauve-toi ! Sauve-toi ! Elle saisit toute la place, occulte le téléphone et cette autre voix qui lui demande encore quelque chose. Sauve-toi ! Sauve-toi ! Et enfin, oui enfin, le téléphone s'arrache de sa main crispée, tombe sur le bureau comme une énorme coquerelle qui grésille. Élisabeth recule, haletante, horrifiée, elle saisit son sac et frappe l'appareil, frappe, frappe sauvagement, violemment, pour le tuer, en finir avec ce son, ce son affreux qui la déchire. Un renvoi de noyée lui vient, elle suffoque, siffle, puis se précipite, menée par la cadence de cet ordre qui la tient : sauve-toi, sauve-toi !

Elle traverse le bureau en courant, aveugle, sourde, elle atteint la porte, l'ouvre enfin, éclate dans l'escalier, le bruit énorme de ses chaussures sur les marches, elle se retourne, terrifiée à l'idée qu'on la poursuive, sûre d'être suivie, menacée, guettée. Non, elle a du temps, le monstre est devancé, il faut courir, courir, ne pas arrêter, ne pas penser. Elle tourne rue Galipeau, court, court à bout de souffle, à bout d'elle-même, elle gémit d'épuisement, de terreur et sent le vent glacé sur son visage brûlant. Au bord du précipice, au bout des Plaines, elle arrête, le pied tordu dans le gazon gelé, épuisée, suffoquée et là, pliée en deux sur le banc, elle vomit par à-coups, le corps entier soulevé à chaque spasme, prise d'une telle nausée qu'elle est sûre d'y trouver sa mort. Agrippée au banc, asphyxiée, elle n'en finit plus d'être secouée, même si, depuis longtemps, rien ne vient de son estomac vide qui continue à se soulever, à la plier, la condamner à chercher son souffle comme une agonisante. Puis, le froid la prend, la transperce, les larmes gelées craquent sur ses joues, ses mains tremblent, elle est si faible, si exténuée. Elle se relève, regarde le fleuve gris, tourmenté, qui bouscule ses vagues, là, en bas, et elle voudrait savoir comment s'y engloutir sans

283

avoir à faire un seul pas. Parce qu'elle n'en peut plus. Parce qu'elle est déjà morte. Un déchet, un bouchon inutile, une carcasse vide, malade, bosselée. Elle a froid, si froid, un goût de fer dans la bouche, son cœur qui bat dans ses yeux beaucoup, beaucoup trop fort. Elle recule un peu, retrouve son soulier égaré dans une motte d'herbe et son sac, oui, son sac qui est là par terre.

Elle le prend, trouve un mouchoir. Elle est transie, secouée de tremblements. Puis, elle sent quelque chose de glacé sous ses doigts. Les clés ! Ses clés ! La voiture ! Elle peut aller là, dans sa voiture, s'enfermer dedans, mettre le chauffage et y rester et attendre un peu à l'abri où personne ne peut l'atteindre, la briser. Elle ne sait pas où est la voiture. Elle ne sait même pas où elle est, mais elle serre les clés précieusement dans sa main et, tournant le dos au fleuve, se dirige vers la Grande Allée, la tête vide, obnubilée par la seule idée de trouver la voiture, sa sécurité, son alliée. Élisabeth avance, titubante d'épuisement. Et chaque fois qu'un passant, alerté par son air hagard, dément, lui propose de l'aide, elle montre les clés en hochant la tête, absente, et en poursuivant sa route. Elle se retrouve par miracle devant sa voiture, après bien des détours inutiles, mais enfin, la voiture est là, intacte, sauvée de la tornade qui l'a dévastée. Elle s'assoit, verrouille toutes les portes, démarre ; ça marche, elle est arrivée à temps, avant qu'on piège la voiture, qu'on la lui enlève, qu'on la démolisse elle aussi. Elle embraye, le chauffage, vite le chauffage. Elle peut partir, se sauver, s'enfuir.

Ce n'est qu'une demi-heure plus tard qu'elle se rend compte qu'elle est sur la route de Sainte-Anne, qu'elle rentre chez elle, dans sa maison à la campagne. Plusieurs fois, elle arrête la voiture au bord de la route, certaine d'avoir vu une forme étendue au travers du chemin ; puis, vérification faite, il n'y a rien, jamais rien. Élisabeth hoche la tête et continue, reprend la route. Du brouillard dans les caps, quelquefois épais à couper par tranches, d'autres fois fin, mouvant qui s'effiloche sur le pare-brise, l'enveloppe puis la quitte. Elle bat des paupières, inquiète, elle distingue mal la route, ses yeux sont brouillés. Quelqu'un klaxonne derrière elle, elle voit les phares collés sur sa voiture. Un coup d'œil sur l'indicateur de vitesse : trente kilomètres ! Immédiatement, elle appuie sur l'accélérateur à fond, certaine d'être rattrapée, affolée. La voiture fait un bond, fonce dans l'opacité blanche. Si elle pouvait seulement distinguer quelque chose, voir la bande jaune au bord de la route, un indice. Elle pourrait se tromper, elle pourrait écraser un enfant, une bête. De nouveau elle s'arrête au bord de la route et, sortant de voiture, s'aperçoit qu'elle est en plein milieu. Elle se range mieux, puis vaincue, perdue, se met à pleurer d'impuissance. Puis, peu à peu, aidé du vent, le brouillard se disperse, offre un trou de visibilité parfaite. Élisabeth se remet en route pour retrouver le brouillard mille mètres plus loin. Mais Élisabeth refuse de s'arrêter, de se soumettre encore, elle avance toujours, lutte désespérément, le pied sur l'accélérateur, les dents serrées. Elle en fait une lutte personnelle entre elle et le brouillard, comme s'il faisait exprès, obstruait sa fuite exprès. Enfin, c'est lui qui cède. L'entrée de Petite-Rivière-Saint-François, bientôt Baie-Saint-Paul et là, elle y est presque, elle arrive enfin.

Sa maison. Sa maison ! Elle range la voiture n'importe où, sort en courant, ouvre la porte, la ferme précipitamment. Elle y est ! Elle a gagné. En verrouillant, elle respire enfin et se dépêche de mettre des bûches dans le poêle, d'allumer, une couverture sur le dos, grelottante. Mais à mesure que le feu prend, que la chaleur se répand, Élisabeth est saisie de frissons, elle tremble sans pouvoir s'arrêter, la chaleur ne l'atteint pas, ne pénètre pas son corps glacé. Près du poêle, debout dans sa couverture, agitée de soubresauts, ses dents claquent, un souffle saccadé s'échappe d'elle, entièrement modelé sur ses tremblements convulsifs. Elle fixe le feu à travers le rond du poêle qu'elle a retiré, elle tremble tellement qu'elle vacille. Quelqu'un halète, gémit dans la pièce, une bête probablement, une bête sauvage entrée par la cave. Ou Solo ? Ça y est ! On l'a rejointe, elle ne s'est pas sauvée assez loin, elle est sûre que l'ennemi est là, dans la pièce, haletant derrière la porte. Élisabeth ne s'aperçoit pas que la plainte provient d'elle, que le gémissement de bête blessée sort d'elle-même, de ses lèvres bleuies de froid.

Elle attrape un manteau, le met par-dessus la couverture et, sans bruit, sans un craquement, elle se dirige vers la porte de derrière, près du hangar. Dès qu'elle a retiré les crochets, elle s'enfuit d'une traite, sans rien fermer, à toute vitesse dans le bois. Elle court longtemps, sans regarder, sans même se retourner, droit devant, malgré les ronces, les feuilles mortes, les branchages qui la blessent, la griffent, la retiennent. Elle avance éperdue, terrifiée, sûre de devoir s'enfuir au bout du monde pour échapper à cet ennemi masqué. L'idée la traverse de se rendre, de s'étendre là, par terre, sur le sol gelé, dans les feuilles décomposées, s'offrir presque à ce qui ne manquera pas de la tuer. Elle continue, vaillante, refusant sauvagement cette idée. La rivière ! Elle est là, à courir vers le fleuve, à descendre allègrement, transparente, caressante, à bouillonner, s'enfouir sous les rochers, remonter en faisant des bruits goulus qui aspirent, à repartir en s'incurvant, en faisant des bourrelets d'eau. Élisabeth suit la rivière, elle la connaît. Elle s'y est tant baignée, l'a tant remontée que c'est comme trouver une alliée. Fascinée, elle regarde l'eau tourbillonner, remuer, se déménager à une allure folle. Elle tend la main, l'eau est glacée. Le soleil se couche, la journée s'achève. L'eau est plus sombre. Par endroits, elle est noire, menaçante. Élisabeth recule, retourne vers le bois en se demandant ce qu'elle cherche, ce qu'elle poursuit comme ça. Inquiète, elle regarde autour d'elle : du bois, seulement du bois et le bruit de la rivière. Voyons... elle se retourne, pivote sur elle-même : égarée, perdue, elle ne sait plus si elle fuit ou si elle pourchasse. Et puis là-bas, au sommet du plateau escarpé, une ombre apparaît à travers les arbres, une ombre immense, qui bouge, elle le jurerait : François !

Elle s'élance, traverse le bois, le sol mouillé trempe ses souliers, elle avance péniblement, aimantée par cette ombre là-bas, son refuge, son amour. Quand elle arrive enfin au point qu'elle regardait, il n'y a que des arbres, à l'écorce grise, rude. Des arbres à l'infini sous le ciel sombre.

Alors, découragée, vaincue, elle prend l'arbre à pleins bras et se met à hurler le seul nom qu'elle connaisse, le seul nom possible dans sa descente aux enfers. Elle l'appelle et elle l'accuse et le blasphème et l'implore et le supplie et le renie. François. Sa joue heurte l'arbre, s'y déchire et le sang se mêle de larmes et Élisabeth s'effondre, tenant toujours l'arbre enlacé. Un désespoir violent la tient là, agrippée à la terre, rivée à un arbre et à ce sol qui ne lui offrent que leur silence. Le cri se mue en un NON, rauque, puissant, qui s'élève dans la nuit, assez menaçant pour fuir les oiseaux. L'interminable plainte s'élève dans l'air glacé d'automne et résonne longtemps au-dessus de la rivière.

Mais l'arbre et la terre ne bronchent pas, impavides. Et il n'y a ni Dieu, ni miséricorde et Élisabeth sait qu'on peut mourir comme ça, dans la nuit hostile, en gémissant le nom d'un mort sans que la terre tremble, sans que les étoiles pâlissent, sans que la lune se cache.

La nuit la trouve brisée, cramponnée à un arbre froid, rigide comme le mort qu'il remplace. Et sa révolte propulse son front massacré qui persiste à buter l'arbre qui refuse de répondre à son appel obstiné.

Elle ne sait plus le temps qu'elle demeure là, effondrée. La nuit est trop noire, trop inamicale pour la soutenir. Sa dérive est infinie, sans obstacle, sans personne pour s'y opposer. Elle sait que ce qu'elle a tant fui est là, au fond d'elle-même, au fond de sa tête qu'elle cogne, cogne, cogne contre l'arbre jusqu'à retomber, épuisée, face contre terre.

C'est le souffle chaud de Solo qui la tire de sa débâcle, du trou noir où elle s'enfonce, délirante. La plainte étouffée et la langue chaude de la chienne qui lui lèche le visage. Solo ! Élisabeth s'agrippe à son cou, elle la tient serrée, s'y pend de toutes ses forces vidées, de toute sa douleur.

— Solo ! Solo ! Ma Solo ! T'es venue, t'es venue, ma Solo ! Ah Solo, si tu savais... Solo, sauve-moi ! Sauve-moi... Solo, je t'en supplie, reste avec moi !

Immobile, Solo laisse Élisabeth la serrer, l'étreindre et lui parler en pleurant. Elle ne bronche pas. Elle reste là, solide, et pousse de temps en temps un hurlement en levant la tête bien haute, un hurlement de loup, un hurlement qui semble à Élisabeth l'écho de sa plainte, le *non* de Solo qui comprend.

Puis, plus tard, elle ne sait pas, quelqu'un la prend, l'emmène pendant qu'elle s'inquiète de Solo, la réclame, la tient par l'oreille.

* * *

Il était deux heures du matin quand Jérôme l'a enfin trouvée. Par chance, les voisins qui étaient là l'ont aidé. Mais sans Solo, ils ne l'auraient pas trouvée avant le lendemain. Il est quatre heures du matin et Élisabeth dort enfin, assommée par un calmant, Solo étendue près d'elle, presque sur elle et qui veille en somnolant. Jérôme ne peut pas dormir. Il marche, inquiet, s'arrête, la regarde, si défaite, si épuisée et, pris de rage, s'éloigne. Elle est sur le divan, près du feu, il ne l'a pas transportée en haut, craignant même que la vue du lit ne la fasse hurler. Tout ce qu'il sait, c'est qu'il faut attendre, attendre qu'elle soit mieux, reposée, que le délire arrête, que la fièvre tombe. Après... Il ne comprend pas tout, Jérôme, mais il sait que c'est trop.

En arrivant à Québec, vers trois heures, il a

trouvé Solo seule qui lui a presque fait une fête quand il est entré par la porte arrière avec la clé de secours cachée sous la galerie. Le téléphone sonnait. C'était Jacques Langlois, inquiet, balbutiant, énervé qui criait qu'il était un idiot, un fou, que jamais il aurait pu imaginer... Jérôme avait pu décoder dans son déluge de mots qu'Élisabeth n'était nulle part et que tout le monde s'affolait. Durant cette conversation, quelqu'un semblait s'être appuyé sur la sonnette et Jérôme n'arrivait pas à interrompre Jacques pour aller répondre. Il abandonna le téléphone sur la table, alla ouvrir et Mireille, blanche d'inquiétude, entrait, lui résumait l'essentiel, fermait froidement le téléphone, décrochait la prise : « Lui, il en a assez fait pour aujourd'hui. Qu'il la ramasse tout seul sa crise de nerfs. » Au bout d'une heure, leur plan était arrêté : Mireille appelait la police, les hôpitaux, alertait ce qu'elle pouvait et lui se rendait aux Éboulements « au cas ». Le premier qui sait appelle l'autre. Dès qu'il ouvrit la porte de sa voiture, Solo s'y précipita. Jérôme savait qu'il la trouverait.

Il avait appelé Mireille en arrivant, en voyant la voiture et les portes ouvertes. Puis, plus tard, une fois Élisabeth endormie. Ensuite, il avait décroché parce que tout le monde appelait : Rolande, Jacques, Mireille encore... Il était médecin après tout, il savait quoi faire.

Mais en regardant le visage meurtri d'Élisabeth, qui même dans son profond sommeil est pincé, exsangue, il n'est plus sûr de si bien savoir. Il se demande si la seule à savoir, finalement, ce n'est pas Solo qui la tient contre elle, la réchauffe, l'assure de son humanité indéfectible.

Il ne sait pas ce qu'Élisabeth va dire demain en le découvrant au milieu de son désastre. Tout à l'heure, elle ne l'a pas reconnu, elle ne l'a pas appelé par son nom. Elle délirait seulement le nom de François. Et Jérôme sait que sa place, déjà si étroite, est bien menacée. Il renonce à deviner la suite, il refuse de sortir avant qu'on lui montre la porte et s'assoit dans le fauteuil près du sofa. Et, avec Solo, il ne dort que d'un œil.

* * *

Le brouillard, encore le maudit brouillard ! Élisabeth tend la main, pousse, bat l'espace, tente de repousser le brouillard blanc. Solo pousse son museau contre son cou. Ah oui... Solo. C'est vrai, Solo. Quelqu'un lui demande comment elle va. Quelqu'un touche son front, la palpe avec douceur. Et ce n'est pas sa mère, sa mère est morte maintenant. Et ce n'est pas François, François est... quelque chose au fond de son ventre se crispe, se tord, un souvenir vague qui fait mal, quoi ? Elle ouvre les yeux plus grands, affolée de la montée sourde de la douleur. Son corps est si las, si brisé, elle ne peut pas bouger, le plus petit geste lui arracherait un cri.

— Quelqu'un... quelqu'un m'... battue ?

Le murmure reprend, la voix grave dit quelque chose, quelque chose de doux, elle n'entend pas, elle est si fatiguée. Solo est là, ce doit être parfait. On la soulève, ses épaules... Non, ça fait mal et le froid la reprend, elle claque des dents, elle ne veut rien boire, rien, elle ne veut rien, rien savoir. Elle murmure sans arrêt : « Rien... rien, rien... non, non, rien... »

La voix douce encore. Son bras qu'on tire doucement, elle a froid au bras, elle veut la couverture. L'odeur de l'alcool, on frotte son bras, on le pince, on le frotte encore. On la laisse tranquille, enfin. On la caresse là, sur le front, on la recouvre, merci, on la laisse dormir, merci. Les limbes, les limbes enfin.

* * *

Vers midi, le dimanche, Élisabeth émerge enfin. Les yeux bruns de Jérôme, les yeux bleus de Solo la fixent inquiets, aux aguets. Elle sourit, surtout à cause des yeux. Elle flotte un peu, n'arrive pas à focusser. Une île, le sofa est une île épargnée où il faut rester sans bouger, sans parler, de peur d'être frappée par l'hideuse réalité qui guette. Il pleut, elle l'entend très bien, un feu pétille dans la cheminée. Le poêle aussi. Ça sent bon. Jérôme lui tend une tasse : que cet homme la regarde tendrement ! Il est beaucoup trop inquiet, trop tendu. Il devrait savoir qu'elle ne peut rien pour lui, qu'elle n'a rien à offrir, rien à donner. Il devrait cesser de l'attendre.

Élisabeth boit, pensive. La chaleur enfin, la chaleur qu'elle avait tant attendue, descend en elle avec le bouillon, l'envahit, la calme, la ramène deux cents ans en arrière, quand la vie était bonne et douce, quand la vie goûtait le bouillon de poulet. Cette chaleur la trouve sans défense, sans protection et, la tête penchée, Élisabeth pleure sans sanglots, sans gémissements, comme si l'eau surgissait de ses yeux sans qu'elle n'ait rien à y voir. Comme la pluie dehors. Solo s'inquiète, oreilles dressées. Jérôme aussi qui lui caresse les cheveux sans rien dire. Peu à peu, la réalité fait surface. Élisabeth se souvient de la voix odieuse de Jacques : « Sept ans, c'est pas rien ! » et doute encore. Mais elle sait que cette fois, c'est un peu sa mort qu'elle a apprise. C'est sa vie qu'on lui a volée, escroquée sans scrupule, sa vie, seulement ça. Il y a un tel désordre dans sa tête, une telle pagaille et cette tristesse infinie qui coule sans arrêt, la laisse inerte, sans énergie, sans possibilité de réagir. Il faudrait pourtant, il faudrait bien arriver à comprendre. Mais toutes ces larmes brouillent, embrouillent ses pensées. Et, comme Jérôme, comme Solo, elle attend patiemment que les larmes se tarissent d'elles-mêmes. Dans la pièce, on n'entend plus que la pluie et le feu qui crépitent, chacun à sa manière.

* * *

— Mais comment voulais-tu que je devine, moi ? Comment voulais-tu que je sache ? Tu m'avais dit que tu le savais !

Quinze minutes qu'ils sont dans la voiture et le ton monte déjà. Jacques, livide de culpabilité, et Mireille, de rage, sont partis ensemble pour ramener la voiture d'Élisabeth que Jérôme a laissée aux Éboulements. Mireille est hors d'elle :

— Va pas si vite ! Penses-tu que je savais tout ça ? Que j'aurais pu savoir tout ça sans t'en parler ? Sans rien dire ? Sans penser à Élisabeth ? Des fous ! Vous êtes une gang de fous dangereux rien que bons à enfermer !

— Franchement Mireille, retiens-toi un peu ! C'est pas ça qu'on appelle discuter.

— Les discussions arrivent toujours un peu tard avec toi. C'est bien le temps de discuter. Le mal est fait maintenant.

— Bon, vas-tu me le reprocher le restant de mes jours ?

— Je pense bien ! Mais comment il a fait, comment il a fait pour croire que c'était mieux de même ? Peux-tu m'expliquer ça, toi ?

— Ça ne s'est pas décidé d'un coup, tu sais bien. Ça se fait tranquillement, et à un moment donné t'es pris dans un engrenage, une sorte de système...

— Sept ans ? Un système de sept ans, c'est drôlement bien organisé, tu trouves pas ? Ça se fait pas vraiment tout seul, ça s'aide ! Quand je pense qu'il s'est installé avec elle à Montréal.

— Il s'est pas installé, tu le sais très bien. Tu dénatures les faits, t'arranges ça à ton goût pour qu'il ait vraiment l'air dans son tort.

— Ben, ralentis, et essaye de m'expliquer ça pour qu'il ait raison.

— Ah, exagère pas non plus, Mireille. Ça s'est fait comme ça, par hasard. Beauchesne prenait sa sabbatique, et il tenait depuis longtemps à ce que François enseigne à l'université de Montréal, professeur invité, là, quelque chose de bien. François a accepté.

— Sans aucune arrière-pensée ! Pour la gloire de l'enseignement.

— C'est vrai ! Tu peux croire ce que tu voudras, mais c'est vrai. C'est après... ça a l'air que ça durait depuis un bout de temps avec Anne... que son bac était fini, et que... une fois par hasard, François s'est adonné à aller à Montréal avec elle, et que... ça a repris leur histoire.

— Parce que c'était fini ?

— Ben : elle avait fini son bac !

— Et alors ? Penses-tu qu'il avait pas son adresse ? Penses-tu qu'il avait besoin de lui enseigner pour la baiser ? Franchement Jacques, je pensais que t'avais plus d'expérience que ça !

— Je le sais pas, moi ! Je le sais pas ce qui s'est passé ! En 75, je le savais même pas. Tu faisais ta dépression, et je m'occupais de mes affaires dans ce temps-là.

— T'aurais mieux fait de continuer.

— J'ai essayé, mais t'as pas voulu. T'as divorcé si tu te rappelles. En 76, pour être précis.

— Je m'en souviens très bien et je ne le regrette pas.

— Je le sais !

Hargneux, le silence s'installe, chacun restant sur son quant-à-soi. Puis, Jacques n'en peut plus le premier.

— Écoute, en 76, quand il m'a demandé de dire qu'il donnait encore ses cours, il m'a dit au début ce qu'il a dit au directeur du département : il écrivait un essai, il voulait le finir, il avait besoin de paix, de solitude. Deux jours par semaine à Montréal, dans l'appartement qu'il avait et il l'aurait fini en un an.

— T'as marché ?

— Pourquoi pas ? C'était un gars honnête, François. Tu l'as bien cru, toi, quand il t'a dit qu'Anne, c'était une aventure de trois jours.

— Ouais... il avait l'air honnête.

— Penses-tu qu'il avait changé d'air ? C'est tout à fait admis de faire de la recherche dans une université, c'est même encouragé. Montréal lui convenait pour des raisons pratiques de solitude et il voulait pas dire ça à Élisabeth pour ne pas qu'elle s'en fasse sur la tranquillité que la maison offrait.

— Qu'est-ce que tu dis là ? De quoi tu parles ?

— Ben François trouvait ça plate de dire à Élisabeth qu'il était mieux tout seul à Montréal pour écrire. Ça se comprend, non ?

— Non. Pas avec une fille comme Élisabeth. Entre toi et moi, ça aurait eu du bon sens. Mais pas entre François pis Élisabeth.

— En tout cas, pour moi ça en avait. J'ai trouvé ça plein d'allure, de délicatesse, même. Et j'ai marché. J'ai dit que François donnait encore ses cours à Montréal en 76-77.

— Personne a trouvé que son roman s'allongeait un peu à François quand il a encore eu besoin de 78 ?

— À ce moment-là, je le savais pour Anne.

— Et le directeur, lui ? Les collègues ?

— Je le sais pas moi ! C'était l'affaire de François. Il avait l'air capable de tout arranger ça, de tasser les affaires. D'ailleurs, en 78-79, il a obtenu un autre cours à Montréal.

— Il a dû le chercher celui-là !

— Oui, celui-là, il l'a cherché.

— Un bel écœurant !

— Mireille...

— C'est ça que je pense ! S'il voulait aller vivre avec elle, il n'avait qu'à le dire. Élisabeth ne l'aurait pas battu. Elle serait partie, c'est tout. Mais non : monsieur veut les deux, monsieur veut rien perdre, monsieur a de l'amour pour tout le monde, en veux-tu, en v'là !

— Tu comprends pas, c'est pas si simple.

— Non, je comprends pas. Non, c'est pas simple. C'est dégueulasse ! Penses-tu qu'il a pensé à Élisabeth là-dedans, lui ? Si il l'aimait tant que ça, il aurait pu y penser.

— Elle n'était pas malheureuse, tu le sais très bien.

— Non, mais là ? Tu la trouves bien, là ?

— C'est un accident !

— Voyons donc ! C'était à prévoir, tu le sais très bien. Les travaux d'université qu'il avait gardés, les cours qu'il a pas donnés, ça finirait par se savoir, il devait bien s'en douter.

— Il était trop tard pour lui dire, tu comprends pas ?

— Trop tard ! Il voulait pas briser sa belle image, tu veux dire, il voulait pas avoir l'air de ce qu'il était. Et Élisabeth pouvait bien se ramasser en morceaux plus tard, quand y serait mort, quand il pourrait plus rien dire, rien expliquer ! Penses-tu qu'elle y croit à son amour, maintenant ? Penses-tu qu'elle se sent aimée ?

— T'as l'air de lui en vouloir plus qu'elle.

— Certain que j'y en veux. Je le trouve écœurant, et je vais le dire. Rien, il n'y a rien qui justifie une attitude pareille, sauf le mépris d'Élisabeth. Et ça se fait accroire que c'est de l'amour, et ça se gargarise de grands sentiments quand ça meurt de peur de se tenir debout et de dire la vérité. Sais-tu ce qu'il a fait ? Le sais-tu ? Il a dépossédé Élisabeth de sa vie, il lui a volé sa réalité, il l'a enveloppée dans du cellophane pour la protéger, pour se la garder intacte, et il se foutait bien de l'étouffer. Tu voudrais que je trouve ça fin et charitable de sa part ? Qu'est-ce qu'il faisait, lui, pendant ce temps-là ? Il *vivait*, il se payait une bonne tranche de vie bien juteuse, bien intense, et il se gardait une poire pour la soif. Une femme qui le ramasserait quand il serait trop vieux pour l'autre, la petite beauté de vingt ans, quand il aurait le cancer et que ça lui prendrait quelqu'un pour l'aider à mourir, pour lui tenir la bassine. C'est ça l'amour de François, c'est ça l'amour d'un homme : un paquet de bons sentiments bien organisés pour faire l'affaire du monsieur.

— Baptême que t'es de mauvaise foi ! L'as-tu vu, toi, l'as-tu vu pendant ces années-là ? Le sais-tu ce qu'il vivait, ce qu'il a enduré ? Tu l'as revu quand il était malade, quand c'était trop tard. Tu ne sais rien de sa vie, tu ne sais rien de cette fille-là, de leur histoire. T'es bien forte pour juger, tu te trouves bien humaine, toi ! T'es du bon bord de la clôture, t'as jamais rien fait de mal, tu peux y aller avec ta morale facile de petite bourgeoise confortable. Tes certitudes et tes jugements, tu peux les garder pour toi. Tu ne sais pas de quoi tu parles.

— Entendre parler que tu défendais Élisabeth à chaque conversation que t'avais avec François ?

— Mireille... pousse pas, parce que je vais me choquer.

— J'ai pas très peur que tu te choques. Je n'ai même pas peur du tout. Il est fini le temps où je m'enfonçais dans le tapis parce que t'élevais ta voix de père offensé. Mon père est vieux, et mon mari disparu. Je me sens plutôt solide si tu veux le savoir, et très capable de résister à ta fureur.

— C'est pas de ça qu'on parle. Essaie donc de pas tout ramener à notre divorce.

— Oui Jacques, je vais faire un effort, même si c'est pas de ça que je parlais.

La tension est palpable dans la buée qui recouvre les vitres. Il pleut sans discontinuer, les essuie-glace font un train d'enfer dans le silence. Jacques ralentit avant que Mireille ne le lui demande. Reconnaissante, elle se détend un peu. Jacques reprend, dix octaves plus bas.

— Si Élisabeth n'avait rien découvert...

— Non, Jacques. Quand on joue des jeux aussi dangereux, on apprend à prévoir le pire. François aurait dû essayer de penser à ce qui arriverait quand Élisabeth découvrirait toute l'affaire. Ça, ç'aurait été responsable. Et quand il a eu son cancer, quand il s'est su condamné, il aurait dû lui dire.

— Es-tu folle, toi ? Les deux en même temps ? C'est toi que je ne trouve pas très charitable. Y a des limites, tu sais. Élisabeth était déjà à moitié folle de le savoir perdu. Comment tu penses qu'elle aurait pu entendre une histoire pareille ? Ç'aurait été épouvantable, vraiment cruel. Impensable ! Et François, là-dedans, ça l'aurait achevé de voir Élisabeth torturée par sa faute. Il était déjà bien assez misérable d'être aussi lourd pour elle les derniers temps. Ça aurait été suicidaire de le dire. Intenable pour Élisabeth. Une sorte de chantage à l'acceptation. Un chantage parce qu'il avait le cancer, et que ç'aurait été inhumain de l'abandonner là, à moitié mort. De ne pas lui pardonner. Penses-y un peu.

Silence. Mireille pense, en effet. À la véhémence soudaine de Jacques.

— Il voulait lui dire ? Il ne voulait pas mourir sans lui dire ? C'est ça ?

Rien. Jacques se concentre beaucoup sur la route.

— C'est toi ? C'est toi, Jacques, qui l'as convaincu de ne rien dire, de se taire, d'épargner Élisabeth ?

— Mireille... Mireille, essaie de comprendre. Pendant sept ans il avait jamais voulu rien lui dire. Rien... Et là, parce qu'il allait mourir, parce qu'il se sentait horriblement coupable envers Élisabeth, il a eu envie de lui dire deux fois. Mais pas pour elle. Pour lui, pour se libérer du secret, pour se soulager, pour obtenir son pardon. Moi, c'était mon ami, vraiment mon seul ami. Peut-être que je suis un con, un imbécile. J'avoue que j'en ai fait des niaiseries dans ma vie. Et je t'ai trompée. Beaucoup. Mais chaque fois que je te l'ai dit, c'était pour moi, pour me rassurer, me soulager, me vider de mes secrets. Pour me faire du bien, parce que tout le monde aime bien vivre dans la vérité je suppose. C'était toujours trop lourd pour moi, et j'ai toujours fait passer ça pour un accès de sincérité. Je le croyais. J'ai longtemps cru que c'était pour toi que je le disais. Mais dans le fond, j'avais besoin de me délester de mes secrets, comme on va à confesse pour se sentir neuf, soulagé. Toi, tu repartais avec mon fardeau, mon poids, et ça te prenait des mois à t'en remettre. Et j'avais le front de te trouver compliquée. Peut-être que c'était pas pareil pour François. Peut-être que j'aurais dû penser plus loin, à un jour comme aujourd'hui. Mais j'avais seulement mon expérience à moi. Mon expérience de pauvre con simpliste qui avait trompé sa femme toute sa vie, qui lui avait dit à chaque fois comme à sa mère et qui ne l'avait jamais considérée, elle, comme une femme qui m'aimait et qui souffrait de mon irresponsabilité. J'ai conseillé à François de se confesser à un curé, à n'importe qui plutôt qu'à Élisabeth parce que si, pendant sept ans, il avait réussi à garder le secret, à ne pas se découvrir, c'est que vraiment, il ne voulait pas lui dire et qu'elle ne voulait pas le savoir. Ça faisait vingt ans qu'Élisabeth lui faisait confiance, croyait tout ce qu'il disait, même les histoires de névralgies dentaires pour chaque rupture, ça servait à quoi de tout faire basculer, de tout remettre en question ? Le soulager ? Rien aurait pu soulager François. Rien. Je le sais, moi. Il avait pas assez de temps. Ça lui aurait pris du temps. Comprends-tu Mireille ? J'ai essayé de penser à Élisabeth aussi. Je me suis peut-être trompé, mais j'ai essayé.

— Oui, je pense que t'as essayé.

— Mais tu penses que j'aurais dû l'encourager à le dire ? T'aurais su quoi faire, toi ?

— Non... Non, Jacques, j'aurais pas su. Même là, je le sais pas, je le sais plus.

— Il aurait fallu que rien n'arrive, c'est tout.

Oui, rien. Comme si la vie pouvait couler paisiblement, dans un jet continu, tranquille. Comme si la vie n'était pas un torrent brutal. Rien. Rien arrive seulement quand on est mort. Quand on est une pierre au fond du torrent. Une pierre moussue et insensible. Mireille écoute les essuie-glace claquer, lutter contre la pluie.

— Ça s'est fini quand, cette histoire-là ?

— Tu le sais, en 79. À l'été.

— Qui a laissé l'autre ?

— Je sais pas.

— Comment ?

— Non, j'en sais rien. François en parlait pas, il disait rien.

— Quand même... tu dois bien le savoir, toi.

— Non, je te jure. Quand je suis allé aux Éboulements cet été-là, il était mal en point, déprimé, incapable de prendre le dessus. Un soir, complètement soûl, il m'a dit que c'était fini, terminé.

— Comme ça ?

— Oui. J'ai rien demandé parce que je pensais que ça reprendrait, comme les autres fois. Mais ça a jamais repris. Il l'a jamais revue.

— Es-tu sûr ?

— Certain. Ça, je lui ai demandé. Vers la fin, quand on discutait de toute cette histoire-là, je lui ai demandé s'il l'avait revue. Il savait même pas où elle était. Il lui avait écrit une lettre quand il avait su, pour le cancer.

— Pourquoi ? Pour reprendre ?

— Non, je pense pas. Ça avait l'air extrêmement important pour lui. Il voulait lui expliquer, lui dire un autre adieu peut-être. Il avait l'air de penser que ça l'affecterait beaucoup. Il n'a jamais réussi à trouver son adresse.

— Alors elle a jamais lu la lettre ?

— J'en sais rien. Il l'a envoyée à une amie qu'elle avait dans le temps. En lui demandant de la lui faire parvenir. Déjà, ça a tout pris pour la retrouver, celle-là. Il a jamais reçu de réponse. Il est mort tellement vite.

— Oui... il est mort vite.

Ils arrivent à la maison en silence. Ils se font du café avant de repartir. La maison est vide. Chacun

302

pense au temps heureux où ils s'y retrouvaient tous ensemble avec les enfants. Au temps passé si vite où ils étaient proches et amoureux. Mireille regarde Jacques, vieilli, mais encore Jacques. Elle pense à ces phrases qu'il a dites dans l'auto sur leur mariage, ses infidélités. Elle pense à tout ce qui les a unis et désunis. Non, rien n'est facile, rien n'arrive à être précisément clair, le manichéisme n'est pas pour elle.

— Penses-tu qu'il les aimait vraiment toutes les deux ?

— Oui. Vraiment. Dès qu'il pensait renoncer à une, il était comme infirme, estropié.

— Sept ans... c'est quand même incroyable !

— Oui...

— Quand on ne sait rien, sauf l'âge des amants, on s'imagine tout le temps que c'était un peu sordide, contre nature, je sais pas... bas, avilissant. Mais sept ans...

— Tu sais Mireille, Anne Morissette était vraiment quelqu'un de fascinant. Une femme intelligente qui a beaucoup souffert de cette histoire-là. Un jour, François l'a appelée « mon écorchée vive ». Il avait peur de ne jamais rien faire d'autre que du mal à Anne. Et aussi à Élisabeth.

— Tu vois... maintenant, il a deux écorchées vives.

— Anne est peut-être heureuse, elle. Ça fait quand même quatre ans.

— Oui, peut-être... Je lui souhaite. Ça devait être infernal pour elle. Penses-y : deux jours par semaine avec l'homme qu'elle aime. Le reste, elle le sait avec sa femme. Pendant sept ans. Jamais j'aurais supporté ça.

— Non. Mais tu ne connaissais pas Anne Morissette.

— Non. Allons-y, je veux voir Élisabeth avant qu'elle s'endorme.

— Penses-tu qu'elle va m'en vouloir longtemps ?

— J'en sais rien, Jacques. Je l'ai même pas vue. Je te le dirai. Je vais essayer de plaider en ta faveur quand le temps va venir.

Ils lavent leurs tasses et partent en silence, chacun dans sa voiture. Jacques distance rapidement Mireille qui, sans se presser, revient vers Québec en s'inquiétant d'Élisabeth.

* * *

Dès que Mireille entre, Solo vient vérifier son identité du haut de l'escalier, puis elle retourne tranquillement à son poste, dans la chambre d'Élisabeth. Jérôme est là, qui l'aide à enlever son imperméable. Ils ne se connaissent pas beaucoup mais leur fin de semaine commune d'inquiétude les a rapprochés.

— Merci pour la voiture.

— C'est rien. Elle dort ?

— Oui. Elle est épuisée. Mais la fièvre a baissé, je ne pense pas qu'il y ait de complications. Je veux dire, comme une pneumonie, là...

— C'est au moins ça.

— Un café ? As-tu mangé ? Est-ce qu'on se disait tu ?

— Je sais pas, mais on peut le faire. Je prendrais quelque chose de plus fort que du café. Un gin par exemple, toi ?

— Oui, j'haïrais pas ça.

Elle leur sert un gin et ils vont s'asseoir au salon où les boîtes ont été rangées le long de la table. Mireille s'assoit, frissonne.

— Une petite attisée ça te dirait rien ?

Il rit, fait le feu pendant que Mireille lui raconte ce qu'elle sait et ce qu'elle pense pouvoir lui dire. Compliqué quand même de parler de l'ex en le chargeant comme ça. Jérôme est mal à l'aise. Il ne dit rien. Impossible de savoir ce qu'il en pense ou même s'il en pense quelque chose. Mireille brosse le tableau le moins noir possible. Mais sept ans, c'est sept ans et elle ne peut quand même pas atténuer l'effet que cela a eu sur Élisabeth. Ça, Jérôme est au courant. Il lui raconte la fin de semaine. Peu de choses en définitive, puisque Élisabeth ne parle pas : « Je pense que c'est un choc épouvantable pour elle. » Il ne dit que cela, mais Mireille entend l'angoisse sourdre.

— Combien de temps ça va prendre pour qu'elle se remette ?

— Un choc pareil. Je sais pas, je suis pas psychiatre. Même un psychiatre le saurait pas. Je connais Élisabeth depuis moins longtemps que toi. Je sais même pas comment elle peut réagir à un choc.

— Quand François est mort... mais c'est pas pareil.

— Non, c'était pas pareil. Là, c'est un autre François qui meurt.

Tiens ! Il sait cela, lui. Qu'est-ce qu'Élisabeth a pu lui dire de sa vie d'avant ? Parlait-elle de François ? Et comment ? Difficile de manœuvrer quand on sait seulement que le gars avec qui on parle est gentil et fait bien l'amour. Gênant même... Élisabeth aurait dû lui parler davantage de Jérôme.

Solo chigne en haut de l'escalier. Jérôme est déjà debout.

— C'est Élisabeth qui se réveille.

Il monte l'escalier en courant. Mireille suit, hésitante. Dans la chambre, Jérôme parle doucement à Élisabeth, lui caresse les cheveux, le front. Mireille ne la voit pas, mais quand Jérôme s'écarte et va à la recherche d'un verre d'eau, elle est saisie devant les changements survenus. Bien sûr, le visage est égratigné et le front d'Élisabeth est tuméfié. Mais ces yeux ! Ces yeux d'animal blessé... et les cernes et la douleur qui transparaît. Non, Mireille n'arrive pas à pardonner à François. Elle recule, les larmes aux yeux, découragée devant la tâche de consoler Élisabeth. Jérôme revient, lui donne à boire. Il lui explique qu'il doit partir tout à l'heure, pour retourner à Sherbrooke travailler, qu'il va appeler, revenir si elle veut, si elle le lui demande, que Mireille va rester avec elle cette semaine, que si elle a besoin de quelque chose... Élisabeth tend la main, touche le visage de Jérôme. Mireille s'éloigne, gênée. Mais elle entend, même si c'est murmuré :

— Merci... Jérôme.

Et à voir le visage de Jérôme après, elle se doute que tout ce temps, il n'était pas sûr du tout d'être reconnu.

— Je pense qu'elle va mieux. J'ai laissé une prescription de calmant si elle ne peut pas dormir. C'est pas très fort, mais si elle peut s'en passer, c'est mieux.

Il ramasse son sac, ses clés, met son manteau, hésite.

— Écoute Mireille, euh   je ne suis pas sûr qu'Élisabeth ait envie de me parler, ou qu'elle sache ce qu'elle aime mieux faire pour... euh, nous deux, là... Même si... même si elle te dit qu'elle préfère ne pas me revoir, ou même si elle n'en parle pas, peux-tu, si ça te dérange pas trop, m'appeler pour me dire comment elle va. Moi, j'oserais pas, j'aurais peur de la déranger. Et je sais que ça peut être un peu long avant qu'Élisabeth prenne ses décisions.

— Tu peux être sûr que je vais t'appeler.

Il écrit son numéro sur une page déchirée. Il hésite, puis remonte juste pour dire bonsoir, puis redescend, inquiet. Prise d'amitié pour cet homme qui a si bien soigné son amie, qui semble y être si attaché, Mireille s'approche, l'embrasse sur les deux joues.

— Inquiète-toi pas trop, Jérôme, ça peut être un peu long, mais Élisabeth est capable, elle va s'en sortir.

Elle le regarde partir et se demande encore ce qu'il peut bien penser de François, cet homme calme, timide, mais si évidemment amoureux. Puis, tout compte fait, elle préfère l'ignorer, ça pourrait être pas mal moins calme.

Elle remonte lentement vers la chambre d'Élisabeth. Elle dort, serrée contre Solo. Mireille s'assoit près du lit et regarde le visage dévasté de son amie. Y aurait-il eu moyen de lui épargner cela ? Y avait-il moyen de vivre sans souffrir autant ? Comment disait-elle cela, déjà, Anne Morissette ? Cela aurait été mieux de haïr seulement ou de rester indiffé-

rent... quelque chose dans ce goût-là. Mais l'indifférence ne semble pas faire partie des attributs fémi-
nins. Mireille pencherait volontiers pour une
défense très mâle, très courante chez eux. Et puis
elle ne sait pas, elle ne sait plus quand elle pense à
Jacques et son étrange déclaration de tout à l'heure
dans l'auto, ou à Jérôme si peu indifférent... ou
même à François qui doit quand même avoir eu
quelques moments atroces. Non, on peut souhaiter
l'indifférence, l'appeler comme on appelle l'oubli,
mais les vivants ne sont pas de la race des indiffé-
rents. Les morts, eux, gagnent l'indifférence. François aujourd'hui ne sait rien de la souffrance de qui
que ce soit. Il ne sait plus rien de rien. Même pas la
pluie qui fouette les fenêtres. Même pas le souffle
chaud de Solo. Non, être mort n'a rien d'enviable,
même au plus vif de la souffrance.

Élisabeth ouvre les yeux, la fixe. Comme elle
revient de loin, comme c'est long et difficile de
retrouver le présent.

— Mireille ?

— Oui, je suis là, Élisabeth, inquiète-toi pas, je
suis là. Je reste avec toi.

Un long temps où les yeux bleus si sombres, si
inquiets, considèrent douloureusement d'étranges
solutions muettes. Puis Élisabeth se soulève en gri-
maçant, regarde Mireille bien en face, soudain
déterminée.

— Je veux voir Anne Morissette.

* * *

Mireille ne sait que se taire quand Élisabeth
reprend cette phrase. Elle ne demande pas pour-

quoi, ne cherche pas à sonder l'idée, elle la refuse tout net. C'est du masochisme, Élisabeth veut s'achever, se mettre le nez dans la misère, retourner le fer dans la plaie. À quoi ça servirait ? À souffrir, répond Mireille intérieurement. Et elle change de sujet, mettant le désir d'Élisabeth sur le compte du choc. Mais Élisabeth n'en démord pas. Même si elle va physiquement mieux. Maintenant, elle prend des marches ; très longues même. Quand elle revient, elle s'assoit dans son bureau ou au salon et réfléchit sans dire un mot. Elle semble n'éprouver aucun sentiment, seulement une réflexion intense, sans fin. Mireille se dit qu'elle donne de la réalité à sa découverte, prend le temps de mesurer le sens de cette nouvelle donnée dans sa vie, révise tout. Et Mireille attend la colère. La sainte, l'énorme colère, violente, qui pourrait libérer Élisabeth et faire crever ce calme inquiétant qui demeure si près du choc. Mais la colère ne vient pas.

— Je suis allée à l'université aujourd'hui.

Une soudaine tension relève la tête de Mireille. Inquiète, elle regarde Élisabeth qui leur verse tranquillement du thé, le visage impassible.

— Ah oui ? Pour quoi faire ?

— Pour voir. L'ancien bureau de François, les corridors, le département, tout. Ça a changé. C'est monsieur Sarikakis qui occupe le bureau qu'avait François. J'ai rencontré Leblanc aussi, tu sais l'ancien directeur du département ?

— Et ?

— Il a été très gentil. On a jasé, parlé du bon vieux temps, de la mort de François.

— Es-tu restée longtemps ?

— Le temps de prendre un café. C'est un homme charmant, Leblanc. Il a laissé la direction du département en 79, savais-tu ça ?

— Non.

— Oui, en 79. François enseignait encore à temps partiel à Montréal. Après la rédaction de son essai. D'ailleurs, c'est cette année-là qu'il cherchait un peu un éditeur. Leblanc lui avait proposé de soumettre son manuscrit aux éditions universitaires. Il ne comprenait pas les réticences de François. Je lui ai expliqué que François mettait son point d'honneur à être accepté par des éditions « non universitaires » comme sans parti pris. J'ai raison, tu ne penses pas ?

— Élisabeth ! — Mireille est de plus en plus tendue.

— Je sais que j'ai raison, Leblanc me l'a confirmé. Écoute, un essai qu'il a mis deux ans à terminer. Leblanc aimait beaucoup François. Il m'a même proposé de lui remettre le manuscrit pour qu'il s'occupe de le faire éditer.

— Ah oui ?

— Savais-tu ça, toi, que François avait travaillé sur un essai pendant deux ans ?

— Non, je l'ai appris dimanche.

— Ah oui, par Jacques. Je ne suis pas allée voir Jacques.

— Tu lui en veux ?

— Je sais pas. J'ai été au régistraire aussi.

— Ouais, grosse journée, Élisabeth !

— Au cas. Juste pour voir si y aurait pas l'adresse d'Anne Morissette.

— Alors ? — De plus en plus froide et sèche, la voix de Mireille.

— Oui, ils en ont deux. Une à Lévis et une sur la rue Fraser. Celle de Lévis a été changée en 73 pour celle de la rue Fraser.

— Bon, maintenant, tu vas aller sonner sur la rue Fraser et quand tu vas voir qu'Anne Morissette n'habite plus là, vas-tu arrêter ?

— Tu comprends pas ? Tu peux pas comprendre ce que je fais ?

— J'essaie Élisabeth, mais c'est compliqué. Quand même que tu saurais *comment* François te trompait, ça change-tu quelque chose au fait qu'il t'ait trompée ? Qu'est-ce qui va t'arriver d'autre que souffrir là-dedans ?

— Tu te trompes, Mireille, c'est important. C'est même essentiel de savoir comment et jusqu'où.

— Mais pourquoi ? T'es une femme intelligente, tu ne peux rien changer à ce qui est arrivé, tu vas te faire du mal, seulement du mal, peux-tu comprendre ça ?

— Qu'est-ce qui te dit que je ne me fais pas plus de mal en imaginant ce qui a pu se passer ? Qu'est-ce qui te dit que c'est pas mille fois pire de tout arranger ça à ma manière, avec mes fantaisies à moi ? Le sais-tu à quoi je pense continuellement, ce qui me traverse l'esprit à longueur de journée ? Anne Morissette ! Je la vois partout, je l'imagine partout. Je ne sais même plus ce qui a été à moi pendant ces sept années-là, j'arrive même plus à m'approprier ce qui doit pourtant bien m'appartenir. Anne Morissette prend tout, toute la place, tout l'espace, tout François. Dès qu'un souvenir me vient, je le remets en question, j'en doute, je découvre comment il peut être piégé, comment il peut receler un mensonge, une tromperie. Je marche dehors, et je vois François heureux avec Anne Morissette, je l'imagine en train de lui faire l'amour, mille fois mieux qu'avec moi, mille fois plus heureux qu'avec moi, je l'imagine tellement belle, tellement jeune. Sais-tu en quelle année elle est née ? En 1952. Douze ans de moins que moi. Dix-huit de moins que François. Laisse-moi te dire que rien qu'avec ce calcul-là, y a de quoi m'occuper six mois. Y a pas un geste, pas une parole qui passe la rampe sans être réexaminé, revu. Est-ce qu'il parlait de moi avec elle ? Comment ? Est-ce qu'il riait ? Est-ce qu'il se plaignait ? Comment il justifiait leur aventure ? Qu'est-ce qu'il lui promettait ? Qu'est-ce qu'il devait ou aurait voulu faire ? Me laisser ? Me le dire ? Me le cacher ? Peut-être qu'il a essayé, que je ne l'ai pas vu. Comment il était avec elle ? Heureux, plus jeune, plus libre, plus rieur ? Avec moi, est-ce qu'il s'ennuyait, la regrettait ? Toutes les fois où il a été triste... tous ses voyages, ses absences... même sa bonne humeur avec moi, c'est à elle maintenant que je pense que je la dois. Même quand il me faisait l'amour, c'est avec elle que je crois qu'il le faisait, à elle qu'il pensait, à elle qu'il disait des mots d'amour...

— Oh, arrête ! Arrête !

— Comment veux-tu que j'échappe à tout ça autrement qu'en sachant la vérité ? Comment veux-tu que ça ne soit pas pire en imagination ? Il doit bien y avoir moyen de retrouver des bouts de ma vie qui m'appartiennent. Des morceaux du passé qui soient à moi, pas à elle. Je ne peux pas faire l'inventaire toute seule.

— Tu pourrais pas attendre ? Peut-être que ça va se replacer avec le temps ? Peut-être que tu t'en fais beaucoup, que tu empires tout parce que c'est nouveau, parce que c'est dur à prendre.

— Qui peut remettre les choses à leur place ? Quelqu'un qui sait. Pas Jacques qui n'est même pas capable de comprendre François et qui doit se dire que c'est pas si terrible.

— Non, je ne pense pas que c'est ce qu'il se dit.

— Est-ce qu'il le sait, lui, tu penses ?

— Le croirais-tu même s'il t'en parlait ?

— Non.

— C'est elle que tu veux voir, hein ?

— Oui.

— Je ne suis pas sûre que tu veuilles juste savoir. Tu veux peut-être continuer ton petit jeu, la voir et pouvoir mieux imaginer ce qui s'est passé.

— Non, c'est pas ça, je te jure.

— Alors pourquoi est-ce que Jacques ne ferait pas l'affaire ? S'il en savait autant ?

— Parce qu'il en saura jamais autant qu'elle ! Parce que ce qu'il sait, lui, c'est François qui le lui a dit. C'est pas lui qui l'a vécu.

— Tu préfères avoir la version d'Anne plutôt que celle de François ?

— François est mort, je peux plus avoir sa version.

— Par Jacques ?

— C'est pas pareil.

— Par Anne non plus, c'est pas pareil.

— Je le sais.

— Tu ne penses pas qu'Anne peut peut-être te tromper elle aussi ? C'était fini en 79, tu le sais. Peut-être qu'elle t'en veut d'avoir gardé François. Peut-être qu'elle voudra juste se venger, essayer de te rendre le mal que ça a dû lui faire d'être laissée par François. Imagine comme elle a beau jeu de t'en faire accroire, de te dire que François était malheureux avec toi, qu'il voulait te laisser, mais qu'il a eu pitié. Je ne sais pas, des histoires qu'elle peut très bien s'être imaginées pour se consoler du départ de François.

— C'est lui qui est parti ? C'est lui qui l'a laissée ?

— Je sais pas.

— Jacques le sait pas ?

— Non.

— Comment veux-tu qu'il m'aide s'il ne sait même pas ça ?

— Anne Morissette peut encore moins t'aider.

— C'est pas certain.

— Comment veux-tu qu'une fille accepte une liaison de sept ans sans s'imaginer que l'épouse du gars est une mauvaise épouse ?

— On va peut-être le savoir.

— Admets-tu avec moi que ça peut être pire que ce que tu imagines ?

— Je sais pas.

— Mon dieu, Élisabeth, pourquoi est-ce que Anne Morissette te dirait la vérité ? Pourquoi ? Pourquoi même accepterait-elle de te parler ?

— Pour me voir... entendre ma version.

— Mais c'est fini pour elle ! Fini ! Pour toi, ça commence, mais pour elle, c'est terminé. Elle, elle a toujours su que tu existais, elle a toujours vécu avec l'idée de ta présence dans la vie de François. Elle a pas besoin de ton témoignage, elle a pas besoin de te voir. Elle t'a assez vue, c'est sûr. Elle ne peut que t'en vouloir de venir réveiller cette histoire-là, sa peine si elle en a eu, et sa culpabilité si elle en a eu. Par n'importe quel bout qu'on prend ça, Anne Morissette n'a aucun intérêt à te rencontrer. Aucun.

Mireille se sent tellement dure, tellement impitoyable devant le visage fermé d'Élisabeth. Un long silence.

— Élisabeth... essaie de l'imaginer un peu moins belle, un peu moins pure. Anne Morissette t'en veut sûrement. Elle a donné sept ans à un homme en espérant probablement qu'il finisse par habiter avec elle, être heureux avec elle. Au pire, quand elle a vu François partir, elle s'est sentie incompétente, exactement ce qu'elle devait penser de toi dans ses heures les plus glorieuses.

— Non. François n'aurait pas vécu sept ans avec une fille de même, avec quelqu'un d'aussi... cheap.

— On le sait pas, Élisabeth ! Il a pu être victime d'une très belle fille qui avait du magnétisme.

— Non Mireille, t'oublies les travaux qu'elle a écrits. C'est pas des phrases d'imbécile, François les a gardés, et c'est pas pour rien. Cette fille-là n'était pas idiote. Dans le fond, j'aime mieux ça. Je trouve ça moins humiliant.

— Commence pas à te sentir humiliée.

— Pas pour moi, pour lui. Moins humiliant pour François, moins ramené à quelque chose de seulement physique, quelque chose qui a rien à voir avec la femme qu'était Anne Morissette. Pour moi, François n'a pas pu passer sept ans avec une autre femme sans en être profondément amoureux, sans la trouver belle autant d'esprit que de corps.

— Ben oui ! François était tellement parfait que

même ça, il faut qu'y l'ait fait parfaitement ! Y a-tu quelque chose de plate, ton François ? Pourrais-tu lui en vouloir un peu ? L'haïr de t'avoir fait ça ? Penser cinq minutes que la fille était niaiseuse ?

— Qu'est-ce que ça va me donner ? Je sais très bien que c'est pas le genre de François.

— Lui en vouloir d'abord, tu pourrais pas ?

— Pas avant de comprendre. Je peux pas lui en vouloir en aveugle pour quelque chose que j'ignore, pour quelque chose que je ne comprends pas.

— Tu sais au moins qu'il t'a trompée, non ?

— Oui.

— Et c'est pas assez ? C'est pas assez pour le maudire un quart d'heure ? Juste un quart d'heure ?

Élisabeth sourit : « Tu trouves que ça devrait, toi ? »

— Ça devrait certain ! Élisabeth, réveille ! Réagis !

— Et si savoir, chercher la vérité, chercher Anne Morissette, c'était ma façon à moi de réagir ? La seule façon que je possède ?

— Ça bien l'air que c'est de même. Ce qui m'enrage c'est qu'on dirait que tu veux l'excuser, lui trouver des raisons. C'est pas pour toi que tu cherches, c'est pour lui, pour l'aider, lui.

— Mireille... essaie de comprendre : François a agi comme ça parce qu'il ne pouvait pas faire autrement. En tout cas, mon François à moi, celui que j'ai toujours connu, le seul qui existe jusqu'à nouvel ordre. Si j'apprends qu'il était seulement un homme frivole, qui n'a pas pesé le poids de ses actes, qui n'a pensé ni à moi ni à elle dans tout ça, qui s'est seulement laissé glisser là-dedans par hasard, je changerai d'idée sur lui.

— Tu sais bien que tu prouveras jamais ça.

— Je sais pas. Je sais qu'il faut que je trouve Anne Morissette et que je sache si François était l'homme que je pensais ou un autre. Quelqu'un qui m'a vraiment trompée sur toute la ligne. Je veux dire, même avant de rencontrer Anne Morissette.

— Es-tu en train de me dire que tu refuses de penser que François a mal agi ?

— Jusqu'à ce que je le sache, oui.

— T'es folle ! Tu l'aimes à ce point-là ! Tu l'aimes tant que ça ?

— Je l'aimais tant que ça.

Elle est si fragile, si menue avec cet amour qui la tient encore que Mireille ne peut pas faire autrement qu'aller la serrer dans ses bras et renoncer à sa colère.

— Élisabeth, j'ai bien peur que tu te fasses mal.

— Oui, je le sais. Mais penses-tu que je peux y échapper ? Penses-tu que tu pouvais échapper à ta dépression en 75 ?

— Si je voulais vivre comme du monde, non.

— Je veux vivre comme du monde, Mireille.

— Mais t'es tellement déjà du monde, t'es tellement, tellement belle. Tu sais, je pense que François s'en voudrait épouvantablement de te voir faire ça.

— Il s'en voulait de toute façon. Je suis sûre qu'il s'en voulait.

— Oui. Jacques me l'a dit.

— Mireille... vas-tu m'aider ?

— À faire ça ? À chercher ?

— Oui, oui. À me détruire, comme tu dis. Mais je pense que tu comprends quand même qu'il faut que j'aille par là avant de m'en remettre.

— Je ne suis pas sûre de comprendre. Mais t'es mon amie, et qu'est-ce que tu veux moi, mes amies, je les lâche pas facilement. Y a juste une chose sur laquelle on doit s'entendre avant.

— Quoi ?

— Le délai. On cherchera pas trois ans.

— Non, mais y faut se donner un peu de temps.

— Disons, jusqu'à Noël. Si à Noël, non, le 31, si le 31 décembre 83 on n'a pas trouvé Anne, on renonce, O.K. ?

— Ça laisse pas grand temps.

— Écoute, on cherche une femme, pas l'histoire de sept ans. C'est bien ça ?

— Oui, mais quand même...

— Quand tu vas l'avoir vue une fois, si elle veut te voir, ça va être assez, non ?

— J'espère.

— On s'entend-tu que ça va suffire ? Que tu pataugeras pas dans cette histoire-là ?

— Je peux quand même pas m'engager à ne pas y repenser !

— Tu sais de quoi je parle : d'essayer de la revoir, d'en remettre, de rebâtir tes sept ans jour pour jour. Du trip névrosé, là, comme dirait mon fils.

— Comment veux-tu que je te promette ça aujourd'hui ?

— Bon, O.K. Changeons de tactique : tu vas me tenir au courant de *tout*, même de ce qui pourrait me choquer, tu vas me dire tout ce que tu découvres et je te garantis que tu vas m'entendre chialer après toi si je trouve que tu ne t'aides pas. Ça, ça peut se promettre ?

— Oui, je pense...

— O.K. , je vais t'aider. Tu veux que je parle à Jacques, c'est ça ?

— Oui, pour l'adresse, pour savoir où est Anne.

— Il ne le sait pas.

— T'es sûre ?

— Certaine. Il avait déjà essayé de la retrouver.

— Pourquoi ?

Et Mireille se voit bien obligée d'aider Élisabeth comme elle l'a promis et de révéler la difficile vérité. Mais Élisabeth semble toujours tout savoir, tout deviner, rien ne la décourage, ne la détourne de son projet. Elles mettent en place un plan pour leur recherche et Mireille doit dîner avec Jacques le lendemain pour obtenir le plus de renseignements possibles, dont l'adresse de l'amie d'Anne Morissette.

En appelant Jérôme ce soir-là, elle se sent dans ses petits souliers. Elle lui explique le mieux possible en essayant de ne pas gaffer. C'est Jérôme qui la surprend finalement : « Écoute Mireille, n'essaie pas de me ménager. Je suis sûr qu'Élisabeth n'a pas parlé de moi et que François occupe la totalité de ses pensées. Je ne m'en fais pas pour ça, je m'y attendais. Mais es-tu sûre que l'encourager à chercher cette fille-là, c'est une bonne idée ? Pas pour moi, là, pour Élisabeth ? »

— C'est bien ce que j'ai dit, Jérôme. J'ai tout fait, tout dit pour la décourager. On dirait que c'est la seule façon qu'elle connaît pour s'en sortir.

— Oui... peut-être... Élisabeth pourrait bien être de ceux que la vérité n'épeure pas. Une des rares qui ne supportent ni le silence, ni les accroires.

— Si François avait pu penser à ça...

— C'était peut-être différent dans ce temps-là. En tout cas, maintenant, c'est comme ça. Est-ce qu'elle va recommencer à travailler ?

— Pas tout de suite. Elle a pris deux semaines. Peut-être qu'elle va étirer ça.

— Mireille... tu restes avec elle ?

— Oui.

— Merci de m'avoir appelé.

En raccrochant, Mireille se demande si Élisabeth va finir par appeler Jérôme elle-même. Elle s'inquiète en se disant qu'elle encourage peut-être Jérôme alors qu'il n'a plus aucune chance. « Ah, et puis c'est un grand garçon, après tout ! Qu'il s'occupe de lui tout seul ! »

Elle se couche en songeant à son rendez-vous avec Jacques le lendemain. Elle rêve à une fille qui s'appelle Anne Morissette et qui rit.

Chapitre cinq

LA QUÊTE

Parfois — surtout en de certaines solitudes extrêmes — une pulsion désespérée se met à battre chez les vivants, qui les incite à chercher leurs morts non seulement dans le temps, mais dans l'espace aussi.

ELSA MORANTE

— C'est insensé ! Absolument insensé !

Bon ! La fourchette en l'air, Mireille sait qu'elle va devoir argumenter tout le dîner et son plaisir s'enfuit. Pourtant, l'escalope de veau semblait parfaite. En s'appuyant sur le manque d'information de Jacques, elle réussit à le convaincre pas mal plus vite qu'elle ne l'espérait. Il faut dire que de ne pas savoir lequel a finalement laissé l'autre n'aide pas Jacques dans sa thèse du « on en sait assez comme ça ». Et puis, il y a les premières années.

— Moi, j'ai dit sept ans parce que François disait sept ans, c'est tout. J'ai pensé qu'il devait savoir de quoi il parlait.

— T'es sûr pour 79 ?

— J'ai dit ce que je savais, j'ai rien inventé pour faire plus corsé.

— Choque-toi pas, on n'arrivera à rien.

Elle sort son calepin, pousse son café, note.

— En 72... aucun indice, rien ? Ça devrait avoir commencé cette année-là.

— En 72, si Anne a fini en 75, ça veut dire qu'elle était en première année. Il a pas perdu de temps, le beau François.

— Y avait un tchum pour lui donner l'exemple.

— Moi, je te ferai remarquer que je t'ai tout dit.

— Oui, oui, au fur et à mesure.

— Ben quoi ? T'es pas obligée de te promener avec un calepin aujourd'hui.

— Pour noter le nombre, ça m'en aurait pris un. On peut parler de François, là ? On ne va pas faire le tour de ta vie avant ?

— Je t'ai dit tout ce que je savais.

— Wo ! Pas si vite, le congrès en 73, tu l'as sauté.

— Quel congrès ? De quoi tu parles ?

— Ah Jacques, veux-tu arrêter de faire ta tête de pioche ? Tu ne pourrais pas collaborer pour une fois ? Ça ne te menace pas, ça.

— Mais je sais même pas de quoi tu parles !

— Du congrès à Montréal, en 73. Celui où François avait fait une communication et où je suis allée te rejoindre pour la fin de semaine. C'était en novembre, tu ne t'en souviens pas ?

— Je m'en souviens, mais je vois pas le rapport avec Anne.

— François était avec Anne Morissette à ce congrès-là.

— Es-tu folle, toi ? Jamais de la vie !

— Mais c'est de ça que je parlais, moi, quand je disais que François avait eu une aventure ! Je les ai vus. Dans l'ascenseur. François m'avait dit que ça s'était fini après.

— T'es pas sérieuse ? Moi, j'ai pensé que t'avais dit ça pour la frime. Avec la réaction d'Élisabeth l'autre fois, j'ai pensé que t'avais tout inventé, je sais pas...

— Pourquoi ? Pour faire de la peine à Élisabeth peut-être ?

— Non, je sais pas, j'y ai pas pensé. J'étais tellement mal que j'ai oublié... C'est donc ça, l'histoire de l'aventure. C'est ça que tu savais tant.

— Je comprends que tu aies fait cette face-là quand je t'ai coupé le sifflet avec ma découverte en 76.

— J'ai même failli te parler de François quand il a rompu en 79. J'ai pas osé... Je ne te voyais jamais plus que deux heures dans ce temps-là. Comme maintenant d'ailleurs.

— Est-ce qu'on peut arrêter de parler de nous autres ? Tu ne savais rien pour le congrès ?

— Tu me l'apprends.

— À moins que ce ne soit pas Anne.

— Tu l'as vue, non ?

— Elle était comment Anne Morissette ?

— Une belle fille, un peu froide, mince comme un fil, une bouche courte mais pleine, pulpeuse, un teint de blonde mais les cheveux qui tirent au châtain. Du genre... des yeux qui changent...

Il a toujours eu le tour de décrire les femmes, Jacques.

— Bon, c'est assez, c'est elle. Ça va être beau quand Élisabeth va la voir.

— Vous ne la trouverez jamais. On a essayé. Et François avait au moins autant envie de la voir qu'Élisabeth.

— Elle était peut-être en voyage. Peut-être qu'elle est revenue. Et puis François, c'est pas comme nous autres, elle pouvait très bien ne pas avoir eu envie de le revoir.

— Je sais pas... c'est une fille bizarre.

— Intelligente ?

— Je comprends ! Pas une tarte, tu peux être sûre. Quand je dis du genre, je veux dire du chien...

— Oui, oui, je sais ce que tu veux dire. Et l'amie, là, veux-tu me donner son adresse ?

— C'était en 81, c'est pas juré qu'elle soit encore là.

— Laisse faire, on s'en occupe. Donne-moi juste l'adresse.

— Vas-tu me le dire au moins si vous la trouvez ?

— Oui, oui, je vais te tenir au courant.

— Bon, je l'ai : Hélène Théberge. C'est sur Père Marquette.

— L'as-tu déjà vue, toi ?

— Une étudiante aussi. Pas mal moins belle qu'Anne, plus ronde. C'était sa meilleure amie. Elles restaient ensemble pendant leurs études.

— Sur la rue Fraser ?

— Comment tu sais ça, toi ?

— J'enquête je te dis. T'as pas l'air de me croire.

— Je te crois. Mais elle sait pas où est Anne.

— François lui a quand même envoyé une lettre, non ?

— Oui, mais il était pas sûr que ça se rende.

— Le genre : une bouteille à la mer...

— En plein ça.

— Bon, merci Jacques. Je te donnerai des nouvelles.

— Bien content que François nous ait permis de manger ensemble. Ça a l'air que moi tout seul j'y serais jamais parvenu.

— Salut martyr !

Elle l'embrasse et s'en va.

* * *

En revenant du bureau ce soir-là, Mireille s'arrête rue Père Marquette et va vérifier les noms sur les boîtes postales de l'édifice. Aucune Hélène Théberge en vue. Elle va sonner chez le concierge. C'est une concierge. Petite, ratatinée, méfiante, son appartement sent le chou et le Lestoil ; un horrible chien jappe sur place, agité de soubresauts nerveux. Il est gros comme un chiot mais engraissé jusqu'à défoncer. Un hystérique de toute évidence.

— Tais-toi, tit-Boul, tais-toi donc ! Oui ?

— Je cherche une ancienne locataire, Hélène Théberge...

— Oui... c'est pour quoi ? Tais-toi, tit-Boul !

Grâce à tit-Boul, vraiment décidé à la dénoncer, Mireille a le temps de trouver une excuse alléchante.

— Bien, elle a gagné un assortiment complet d'un de nos produits. Une de ses amies a envoyé son nom et...

Excellente astuce, la concierge connaît *tous* les concours.

— Ah oui, 'lui du manger de bébé ? Mais a l'a dû l'avoir ça fait un bout de temps.

— Ça nous arrive d'être en retard.

— A l'avait déjà cinq mois de faites quand a l'a déménagé. Tit-Boul... farme-toi !

Un clappement et ça y est, le silence. Tit-Boul tremble de toute son horrible personne, mais ne produit aucun son. Mireille en profite.

— On peut lui offrir aussi la somme. La valeur du lot en argent.

— Ah bien, c'est intéressant...

— N'est-ce pas ?

— Ben moi, si j'étais d'elle je prendrais l'argent, on n'a jamais de trop de nos jours.

— On va bien voir ce qu'elle va dire... euh... vous sauriez pas où je pourrais la trouver ?

— Pantoute. A me l'a pas dit à moi. A l'avait de la misère à garder l'appartement propre.

Joyeux rapport, se dit Mireille.

— Savez-vous son nom de femme mariée ? J'ai seulement l'autre.

— Ben oui, ça me le faisait aussi tantôt... Ça m'a pris un bon cinq secondes à replacer de qui vous parliez. Ah... savoir où qu'a serait, je vous le dirais. Surtout pour gagner de quoi. Moi, je gagne jamais.

Tit-Boul connaît sa maîtresse. Il se rabat sur son plat de manger complètement désespéré, sûr de ne pouvoir projeter son gros ventre sur quinconque aujourd'hui. Mireille frétille à la porte, elle se demande si elle va finir par sentir le chou.

— Ah, un jour ça sera vot' tour comme y disent.

Elle se sent au moins aussi épaisse que tit-Boul.

— Ben c'est aussi ben d'être betôt, parce que je m'en vas sus mes soixante-dix pis l'arthrite me gagne.

— Ah, vous les paraissez pas...

— Non, han ? J'ai travaillé, moi, j'ai travaillé toute ma vie.

Encore un beau rapport ! La concierge est de toute évidence la championne de l'association d'idées. Mireille revient à la charge.

— Je veux pas vous faire perdre votre temps qui doit être précieux, l'heure du souper arrive. Vous souvenez-vous de...

— Ah ben, j'ai déjà soupé, mon programme est jusse dans un quart d'heure, vous me dérangez pas.

Manger avant cinq heures doit être le pire aveu d'ennui au monde. Une concierge comme ça justifie à elle seule un déménagement. Mireille sent qu'elle va lui faire animer les quinze minutes de délai avant que la télévision ne prenne le relais. Elle passe à l'attaque.

— Comme ça, c'est Bédard ? Lucien Bédard ?

— Bédard ? Jamais de la vie ! On vous a pas renseignée comme du monde. C'est Lachance, Réal Lachance. Ça adonne ben en plus, y gagne le concours.

— Ah bon, une chance que je vous ai eue. J'aurais cherché longtemps. Merci là.

— Pas de quoi, ça m'a faite plaisir.

Au premier mouvement de Mireille, tit-Boul s'élance, s'arrête net sur le seuil de la porte et fait son vacarme inoffensif. Mireille s'enfuit.

Dans l'annuaire téléphonique, il y a quelques Réal Lachance et Mireille ne peut s'empêcher de s'essayer tout de suite, là, au téléphone public. Elle sort sa monnaie et compose le premier numéro. Le troisième est le bon. Elle allait raccrocher quand une voix essoufflée, presque agressive, répond.

— Allo !

— Oui, euh... je m'excuse de vous déranger madame Lachance, mais je voudrais savoir si votre nom de fille est bien Hélène Théberge ?

— Pour quoi faire ?

C'est elle, elle en est sûre ! Les autres ont seulement dit non. Surprise, Mireille doit dire la vérité, n'ayant préparé aucun mensonge.

— J'appelle pour une amie qui voudrait la rencontrer. C'est un peu long à expliquer comme ça au téléphone... êtes-vous Hélène Théberge ?

— Euh... oui.

— Peut-être qu'on pourrait se rencontrer quelque part. Mon nom est Mireille Allard.

— Oui, mais qu'est-ce que vous voulez ?

— Ben... je cherche Anne Morissette.

Un silence, un long silence à l'autre bout. On entend un bébé pleurer dans la maison. Enfin, Hélène Théberge semble se réveiller.

— Anne ? Je ne peux pas vous aider. Je ne sais pas où elle est.

— Est-ce qu'on peut quand même aller vous voir ? C'est important.

— Qui ça, on ?

— Moi et mon amie, euh... Élisabeth Bélanger.

Elle aurait dû donner le nom de fille, mais le réflexe a été le plus fort.

— Bélanger ?

— Oui.

— Je peux pas. J'ai des enfants, je suis occupée. Je peux pas. Excusez-moi.

Elle raccroche précipitamment. Mireille note l'adresse, le numéro de téléphone et rentre chez Élisabeth, pas trop fière d'elle

* * *

— Ça sera pas facile, Élisabeth.

— On le savait déjà, ça.

— Écoute, c'est pas elle qui a eu une aventure avec François, et c'est elle qui est obligée de te parler : big deal !

— On peut peut-être juste lui demander comment trouver Anne. Lui promettre de ne pas l'interroger sur François.

— Peux-tu promettre ça, toi ?

— Je crois, oui.

— Pas moi. Surtout si elle ne sait pas où est Anne Morissette.

— En tout cas, il faut essayer. Qui la rappelle ?

— C'est peut-être mieux moi.

— Vas-y !

— Tout de suite ?

— Quoi ? L'heure du souper est passée, les enfants sont couchés. C'est l'heure parfaite.

Mireille se lève de mauvaise grâce. On n'a pas idée de harceler les gens comme ça ! Et puis elle n'aime pas beaucoup se faire raccrocher au nez. Deux minutes plus tard, elle revient.

— Alors ?

— C'était son mari, il avait une voix ferme. Il a même dit : « Je vous en prie, laissez-la tranquille. Elle ne sait vraiment pas où est Anne Morissette. »

Elle s'assoit, découragée. Solo vient la renifler pour lui faire plaisir.

— Il me reste à y aller. Un matin, pendant que son mari n'est pas là.

— Élisabeth, franchement ! Tu pourrais peut-être la respecter un peu, non ? Peut-être que c'est pas un caprice. Peut-être qu'elle ne veut vraiment pas te voir.

— Je le saurai jamais si je ne la vois pas.

— Mais enfin, tu peux pas débarquer de même chez elle et lui dire que tu veux juste vérifier qu'elle ne veut vraiment pas te parler !

— Bon, très bien ! Qu'est-ce qu'on fait dans ce cas-là ? On abandonne ? C'est fini ? On dit qu'on l'a pas trouvée, et c'est tout ? Qu'est-ce qu'elle a fait de la lettre dans ce cas-là ?

— Quelle lettre ?

— La lettre de François pour Anne il y a deux ans. Penses-tu qu'elle l'a encore ?

— Tu veux quand même pas la lire ?

— Non, je veux qu'elle l'ait.

— C'est ça, le messager au-delà de la mort, asteure ! Élisabeth je te comprends pas !

— Je le sais. Je veux juste savoir si Hélène a fait parvenir la lettre à Anne. Si oui, comment, et si non, qu'est-ce qu'elle a fait de la lettre. C'est raisonnable, ça ? Elle fera pas une dépression juste pour ça ?

— Et si c'est non, vas-tu réclamer la lettre ?

— Je suis sûre qu'elle ne l'a plus.

— Veux-tu l'appeler ? Veux-tu parler à Réal Lachance ? Qui va t'envoyer chier poliment.

— Non. Non... je vais y aller demain. Vers dix heures et demie, pendant la sieste des enfants.

— Moi, ce que j'aime, Élisabeth, c'est ta souplesse. Tu comprends le bon sens, tu sais abandonner quand tu vois que c'est le temps. T'es pas le genre entêté.

— Mireille, essaie de comprendre : j'ai jamais pensé qu'Hélène Théberge m'ouvrirait les bras, heureuse de faire enfin ma connaissance.

— Vas-tu tout me raconter ?

— Je l'ai promis. Je vais le faire.

— Bon, est-ce qu'on va au cinéma, juste pour dire qu'on parle pas de ça toute la soirée ?

Le film était plate. Mireille entendait Élisabeth enligner ses arguments dans sa tête. En plein milieu du film, elle faillit s'endormir.

* * *

Vue de l'extérieur, la maison est petite, un peu triste. Élisabeth a laissé sa voiture en haut de la rue de peur qu'Hélène, en la voyant, décide de ne pas répondre. Solo n'était pas très contente, mais enfin... il est plus difficile de laisser dehors un visiteur sans voiture. Et puis, Élisabeth espère qu'on va lui ouvrir sans vérifier qui sonne.

Mais elle s'est inquiétée pour rien. Le cœur battant quand elle sonne, elle prend presque trente secondes à se rendre compte que la porte est ouverte par une petite fille, la face lunaire, les yeux interrogateurs et le doigt bien enfoncé dans le nez. Elle farfouille méticuleusement en fixant Élisabeth. On entend la voix d'Hélène du fond de la maison.

— Anne, c'est qui ? Réponds, voyons !

Anne se retourne en haussant les épaules. Elle va dans le salon continuer le jeu interrompu par Élisabeth.

— Sais pas. Une madame.

Élisabeth ferme la porte et reste dans l'entrée, à court d'idées. Hélène arrive, le cheveu en bataille, un gros bébé bien dodu dans les bras, enroulé dans une serviette, encore luisant de l'eau du bain. Il suce avidement le coin de la serviette en murmurant quelques da-da-da qui occupent le silence. Plantée dans le corridor, Hélène regarde Élisabeth, surprise, mal à l'aise. C'est Anne, venue rejoindre sa mère et qui tire sur sa chemise pour attirer son attention, qui brise enfin le silence :

— C'est qui ?

Hélène continue de fixer Élisabeth, soudain timide, gênée.

— C'est madame Bélanger, non ?

— Élisabeth Bélanger.

— Qu'esse-tu veux ?

Anne est très à l'aise, appuyée contre sa mère, le pied du bébé, court et rond, qu'elle balance négligemment. Élisabeth sourit de sa candeur. Elle a les yeux de sa mère, la petite Anne.

— Je suis venue faire un tour, voir ta mère. Pour parler un peu.

— Ah... — Devant le peu d'intérêt de la visite, elle retourne au salon.

— Da-da-da-da... — Le petit pied bat l'air, ça gigote de plus en plus dans les bras d'Hélène.

— Est-ce que je peux entrer ? Même si je vous dérange.

Hélène fait oui, encore sidérée. Elle frotte le dos du bébé, silencieusement, presque mécaniquement. Le bébé, lui, essaie d'attraper des fleurs séchées qui trônent sur la petite table de l'entrée, sans arrêter de prononcer la seule phrase qu'il semble savoir : « Papa pati. » Il se penche dangereusement, enfin proche de son but. Hélène le remet d'aplomb, à son grand mécontentement.

— Pouvez-vous attendre un peu ? Faut que je l'habille.

Elle se dirige vers la cuisine : « Vous pouvez venir si vous voulez. Sinon, le salon est par là. »

La maison est sens dessus dessous. De toute évidence, rien n'est interdit aux enfants. Dans la cuisine, une armoire est totalement vidée de ses chaudrons, quelques jouets de plastique coloré achèvent d'encombrer le plancher. Hélène, habituée, lève les pieds, fait son chemin. Elle pose le bébé sur la table, prend une couche, rattrape le bébé qui, da-da-da, allait de son bord, l'habille dans le temps de le dire, mais sans prononcer une seule parole. Finalement, elle sort un biberon d'une casserole, teste la chaleur du lait, fait couler l'eau chaude et tient le biberon dessous pendant que le bébé, qui a l'œil vif, tend des bras désespérés d'alcoolique en manque.

— Attends, Sébastien, ça s'en vient... attends mon bébé.

Elle se retourne : « Voulez-vous un café ? »

— Si ça ne vous dérange pas trop.

— Non, non, il est prêt.

Elle indique le poêle du menton. Élisabeth se lève.

— Les tasses sont juste là.

Et Élisabeth leur sert à chacune un café, alors que Sébastien réclame de plus en plus fort et de plus en plus fermement en changeant de phonème cette fois : « Ma-ma-ma-ma-ma. » Le désespoir le plus déchirant. Élisabeth sort le lait du frigo, trouve les petites cuillères, quelques-unes sont même par terre, et s'assoit en même temps qu'une Hélène souriante, son gros gars dans les bras qui tète allègrement. Un silence parfait règne soudain. Hélène regarde son fils avec une tendresse terrible dans les yeux. Il boit en la fixant, une main qui joue distraitement avec une boucle de ses cheveux, les orteils retroussés de plaisir.

— Il va s'endormir dans cinq minutes.

— Quel âge il a ?

— Presque deux ans.

L'âge de la mort de François, pense Élisabeth. Peut-être un peu plus jeune. Elle boit son café en silence, Hélène aussi. Elle ne peut s'empêcher de la trouver sympathique avec Sébastien qui, béat, s'endort dans ses bras. Une sorte de force émane d'Hélène Théberge, quelque chose de terrien, de rassurant. Elle a l'air d'une bonne fille, bien brave, qui ne fera jamais de problèmes à personne. Une fille qui a du cœur et qui ne regarde pas à la dépense.

— J'espère que vous n'êtes pas fâchée pour hier soir... ça m'a surpris le téléphone, j'avais pas envie de parler.

— C'est plutôt vous qui devriez être fâchée de me voir ici.

— Oh non... je savais que vous finiriez par venir. Pas si vite, par exemple...

Elle rit, retire la bouteille au bébé, bien endormi maintenant.

— Je reviens.

Elle part avec son fardeau mou qui tète encore dans le vide, les yeux fermés. Elle revient presque tout de suite.

— Voulez-vous qu'on aille dans le salon ? Mais je vous avertis qu'on est plus tranquilles ici, ma fille va vous accaparer dans le salon.

— On reste ici. Je vais essayer de ne pas prendre tout votre temps.

— Ah là, c'est correct. Sébastien va dormir au moins une heure et demie. Y a juste le lavage qu'il va falloir que je mette dans la sécheuse tantôt. Si Anne veut quelque chose, elle va le demander. Avez-vous eu la picote ?

— Je sais pas.

— Parce que ça court à la garderie d'Anne. On ne sait pas encore si elle l'a. Si vous ne l'avez pas eue...

— Je l'aurai, c'est pas grave.

— Oh, je pense que vous devriez être exemptée !

Un silence. Pas facile d'aborder le sujet.

— Vous savez que je suis la femme de François Bélanger ?

— Oui, oui.

— Vous le connaissiez ?

— Bien... (Elle ramasse un jouet à ses pieds, le triture, incertaine.) Il m'a enseigné à l'université.

— Savez-vous qu'il est mort il y a deux ans ?

Hélène hoche de la tête en silence. Un temps, un peu lourd. Enfin, Élisabeth se décide.

— Je serais peut-être mieux de vous dire tout ce que je sais, comme ça, vous n'aurez pas peur de gaffer, de me faire de la peine.

Et elle raconte à Hélène toutes les découvertes qu'elle a faites dernièrement. Hélène l'écoute, le nez dans sa tasse, honteuse presque. Élisabeth plaide sa cause, explique pourquoi elle doit voir Anne, lui parler. Elle ne sait pas que c'est sa peine, sa terrible peine, son angoisse profonde, presque palpable, qui touche Hélène plus que ses arguments. Hélène pense à François depuis la veille. À François et à Anne. Et elle se demande si elle n'a pas toujours su qu'un jour, elle se retrouverait devant Élisabeth Bélanger, devant son chagrin, son désir de savoir, devant une femme qui refait sa vie comme on ramasse un puzzle éclaté, dispersé aux quatre coins de la maison. En servant un autre café, Hélène commence à dire ce que depuis la veille, elle se répète.

— Madame Bélanger...

— Pouvez-vous m'appeler Élisabeth ?

— Oui. Élisabeth, je ne peux pas vous aider. Même si je le voulais, je ne pourrais pas. Je ne sais pas où est Anne. Pour le reste... vous le savez.

— Je sais seulement les dates. Rien de leur relation.

— Qu'est-ce que vous voulez que je vous dise ? Comment ils étaient ensemble ? La sorte de couple, leurs habitudes ? Je ne vous dirai jamais ça. J'en sais rien d'ailleurs. Je ne voyais presque jamais François. C'était exceptionnel. C'est Anne que je voyais, avec Anne que je vivais, pas François. C'est Anne qui était mon amie. Même si j'aimais bien François.

On dirait un autre homme. C'est François, mais ce n'est pas lui pour Élisabeth.

— Peut-être que vous pourriez me parler d'elle ?

— Qu'est-ce que vous voulez savoir ?

— Je sais pas, comment elle est... sa... sa...

— Vous voyez bien que ça a pas de bon sens. Ça fait quatre ans que je n'ai pas eu de nouvelles d'Anne. Je sais rien. Elle ne m'a jamais écrit, jamais téléphoné. C'était ma meilleure amie, et je sais même pas ce qu'elle est devenue. Je sais même pas si elle est toujours en vie.

Hélène ravale sa peine. Elle s'est tellement ennuyée d'Anne. Elle lui manque encore tellement. Elle n'arrive pas encore à croire qu'Anne l'a abandonnée, oubliée.

— Pourtant, j'ai essayé de la revoir, de la trouver. J'ai vraiment essayé. La dernière fois que je l'ai vue, c'était en juin 79, j'étais enceinte de quatre mois. Elle m'avait dit qu'elle viendrait pour l'accouchement. J'avais peur, c'est niaiseux, je le sais, mais j'avais peur. C'était mon premier. Et elle est pas venue. J'ai écrit, ma lettre est revenue. J'ai demandé à sa sœur, elle savait rien, elle l'avait pas revue depuis son mariage à elle. Sa mère non plus d'ailleurs, mais ça, c'était plus normal, Anne aimait pas tellement sa mère. J'ai appelé ma fille Anne, même si Réal aimait pas beaucoup ça. Mais avec un prénom comme le sien, on laisse faire, han ? Il était pas très content, Réal... Des fois, j'ai peur qu'elle soit morte. J'ai peur de ne plus jamais la revoir. Mais ses parents le sauraient si elle était morte, non ? On ne peut pas mourir de même sans que personne s'inquiète, non ? Ils auraient fini par le savoir, vous pensez pas ?

— Certainement. Mais quand vous l'avez vue, en juin, est-ce que c'était fini avec François ?

— Non, je pense pas. Anne a eu l'air de dire qu'il fallait que ça finisse, qu'ils n'en pouvaient plus ni un ni l'autre, que c'était fou de continuer, inutile, déchirant pour rien.

— Ils n'étaient pas heureux ?

— Heureux ?... Anne avait la vieille expression malade que je lui connaissais bien. Des fois, elle devenait complètement désespérée. Elle pouvait partir pour une ou deux semaines, sans donner de nouvelles, sans avertir, rien. Elle partait. Elle se sauvait. Je finissais jamais par apprendre où elle était. C'était secret, interdit. Elle revenait blanche, maigre, épuisée et elle pouvait pleurer des heures de temps sans s'arrêter. Comme des dépressions.

— À cause de François ?

— Je sais pas. François et autre chose. La première fois que c'est arrivé, j'ai failli virer folle. François aussi d'ailleurs. On était tellement inquiets. Anne, elle avait l'air forte comme ça, têtue, insensible, presque froide. Mais en dedans, elle était toute cassée, toute en morceaux, c'est comme si elle arrivait pas à se réparer, à se refaire. Elle aimait François, vous devez bien vous en douter, mais elle l'aimait d'une façon désespérée. Comme si c'était perdu d'avance, impossible.

— Parce que François était marié ?

— Non, c'est pas ça. Ça avait l'air de rien changer. Je m'excuse, mais elle s'en faisait pas pour vous, elle voulait rien savoir. Moi, j'étais plus inquiète qu'elle, plus morale si vous voulez. Mais c'est pas parce que François était déjà pris qu'elle avait peur. Je pense que s'il n'avait pas été pris, je veux dire marié, je pense qu'elle l'aurait jamais aimé. Comme si c'était le fait d'aimer tout simplement qui la terrorisait. Comme si ça contenait sa mort. Comme si ça risquait de la tuer. Je sais pas, j'ai jamais bien compris ça. Anne riait de moi parce que « je me tirais sur le monde pour les aimer » qu'elle disait. Puis, la dernière fois, elle m'a dit qu'elle m'enviait, qu'elle était sûre que j'étais heureuse avec mon Réal, et mon bébé qui s'en venait. Si j'avais su que je la reverrais plus, si j'avais su... je lui aurais dit que sans elle, je serais moins heureuse. Anne disait que j'étais comme du pain, que je m'adonnais avec n'importe quoi, du sucré ou bien du salé, que j'arrivais à aimer tout le monde, à toujours leur trouver quelque chose. Peut-être qu'elle pensait que je pouvais me passer d'elle vu que je pouvais me faire à tout le monde. Mais Anne, c'était pas pareil. Ça s'explique pas. Et c'était pas facile de l'aimer. Elle... elle se laissait pas aimer facilement, elle résistait, elle partait. Elle est partie assez souvent avec François.

— Il l'aimait, lui ?

— Oui. Vraiment, je peux pas vous dire le contraire. Il a essayé, vous savez, il a essayé de se passer d'elle, de ne plus la voir, de ne plus venir. Mais elle étudiait avec lui. Il la voyait tout le temps. Il pouvait pas s'en empêcher, c'était plus fort que lui. Et c'est pas elle qui a couru après. Mais Anne... elle demandait rien, et on avait envie de tout lui donner. Je sais pas si ça peut vous consoler. Vous avez dû avoir beaucoup de peine d'apprendre tout ça, mais pensez pas que vous êtes toute seule à en avoir eu. Ça doit pas être bien bien secourable, mais c'est de même : tout le monde a eu de la peine dans cette histoire-là.

— Même vous.

— Ben oui. Même moi.

— Êtes-vous restée longtemps avec Anne ?

— Jusqu'en 75, au printemps. Après, je suis retournée chez moi, à Rivière-du-Loup. Puis, je me suis trouvé un emploi à Québec finalement. Anne est restée à Québec, rue Fraser jusqu'en 76, même si elle restait à Montréal deux jours par semaine. Je la voyais moins dans ce temps-là. Je ne voyais jamais François. Mais, les deux jours à Montréal, ils vivaient ensemble. Tout ce que je sais, c'est que c'était le maximum pour Anne, le plus qu'elle pouvait supporter.

— Mais pourquoi ?

— Vous avez jamais eu peur d'aimer un homme ? Jamais eu peur qu'il vous arrache le cœur, qu'il vous détruise ?

— Mais pas François.

— Ça a bien l'air que oui.

— Ça ne m'est jamais arrivé. J'imagine pas que François puisse faire peur.

— Peut-être qu'il fallait connaître Anne pour comprendre. Moi, j'ai compris en aimant Anne. Elle, elle donnait cette impression-là de danger, j'ai toujours su qu'elle partirait un jour sans me donner de nouvelles, comme si je ne l'avais jamais aimée, jamais aidée. Avec Anne, on apprend que tout peut s'en aller, tout finit, tout meurt. Oui, c'est ça, Anne donnait l'impression d'être en contact avec la mort, de savoir mieux que tout le monde que la mort existe, qu'elle peut venir demain et que ça ne sert à rien de tant s'exciter à prévoir et à faire des projets. Mais en même temps, elle était très vivante, très passionnée. En tout cas, ça sert à rien de vouloir expliquer Anne, j'arrive jamais à dire ce qu'il faut.

— Non, je pense que vous en donnez une bonne idée.

— Je ne pense pas, moi... Elle est partie pour Montréal en 76, à l'automne. Elle enseignait à temps partiel. Puis, y avait François qui restait avec elle deux jours. Je pense que ça a été une période heureuse. Je suis allée la voir une fois. Elle habitait sur la rue Drolet un petit appartement presque vide. Anne aimait ça un peu vide avec juste quelques meubles, pas trop. Anne aimait voir le plancher en masse. On est sorties ensemble, on a ri, on a bu, on s'est raconté notre vie, ça faisait longtemps qu'on s'était pas vues.

Ce qu'elle ne dit pas, Hélène, c'est leur entente, leur amitié qu'elle a retrouvée intacte, si profonde. Elles ont parlé des hommes, Hélène surtout, qui en avait toujours à apprendre. Hélène avait annoncé qu'elle allait se marier avec Réal. Anne avait voulu tout savoir de cet homme-là. Toute la nuit, il avait fallu répondre à ses questions, raconter le moindre incident, la moindre anicroche. Anne écoutait, posait des questions étonnantes tout en caressant les cheveux d'Hélène. Elle avait une patience incroyable. Vers trois heures, Hélène avait dit : « Alors ? En sais-tu assez ? »

Anne avait dit non. Il avait fallu lui raconter comment il lui faisait l'amour, comment il savait l'aimer, la caresser. Tout ça pour savoir si c'était un homme vraiment bien, un homme pour elle. Puis Anne avait finalement décrété que c'était une bonne idée, que Réal était un homme « mariable ». Comme si cette nuit-là, Anne avait joué la mère, avait tenté de la protéger. Hélène s'était demandé si elle aurait marié Réal si Anne avait dit que ce n'était pas une bonne idée. Influençable comme elle était dans ce temps-là, elle aurait probablement retardé le mariage.

Anne avait parlé de François aussi. De leur amour. Un peu. Si peu. Elle semblait heureuse, presque détendue, presque insouciante. Hélène avait encore soulevé le problème du mariage de François et la fréquence de leurs relations. Anne avait ri, avait dit que, plus que ça, elle ne le supporterait pas. Et puis, elle avait ses cours, sa vie, ses amants de passage, au grand étonnement d'Hélène. Anne toute souriante la regardait se scandaliser : « C'est pour ma liberté. Mon tribut à la liberté, tu ne comprends pas ? »

Non, Hélène était insultée, choquée. François était si gentil, si attentionné.

« Mais il baise ailleurs lui aussi, il y a une autre femme dans sa vie », avait dit Anne, sans en être ou en paraître très affectée d'ailleurs. Hélène avait écarté le problème en disant qu'elle ne comprendrait jamais ce détachement qu'Anne affichait. Anne l'avait bercée en riant : « Toi, Hélène, tu vis comme si tu ne mourrais jamais, comme si personne ne mourrait jamais. Je voudrais être avec toi le jour où quelqu'un que tu aimes va mourir. J'espère que Réal va être là, lui. » Et puis, Hélène en avait profité pour l'inviter à Québec, chez elle, pour rencontrer Réal. Anne souriait. Évidemment, elle ne viendrait jamais dans la chambre d'ami d'Hélène.

Mais Hélène aurait bien voulu la trouver le jour où François était mort. Pour être là. Pour être près d'Anne.

Puis, à la fin de son séjour, Anne avait été donner ses cours. L'après-midi était ensoleillé, mais Hélène s'était endormie, épuisée de ses nuits blanches. C'est Anne qui l'avait réveillée. En l'embrassant. Vraiment, un baiser d'amour, un baiser réel, long, remarquablement doux, avec les mains d'Anne sur son visage, le corps d'Anne sur le sien, sans demande, sans exigence, un corps comme une caresse, des lèvres qui donnent et ne demandent rien.

Anne la regardait avec ses yeux attentifs, en souriant. Elle avait murmuré : « Là, tu vas être mêlée pour vrai. » Hélène avait fait non doucement, sans avoir peur, sans se sentir seulement coupable, parfaitement à l'aise. Elle avait souri en murmurant : « Anne. »

C'est seulement après, dans l'autobus, qu'elle s'était demandé si elle n'aurait pas aimé prolonger la caresse, continuer, même si elle n'aurait pas su vraiment quoi faire. Parce que c'était Anne. Et qu'elle l'aimait.

Hélène s'était mariée. Elle avait revu Anne en 1979 puis, plus jamais. Mais Hélène n'avait pas envie de raconter cela à qui que ce soit, surtout pas à Élisabeth. Qui pourrait comprendre l'extraordinaire liberté, l'unique sensation d'exister entièrement, absolument, que donnait Anne aux rares personnes qu'elle aimait ? Seulement François, pensait Hélène. Et François était mort. Hélène regarde Élisabeth en silence : une belle femme, si brune avec ses yeux si bleus, une femme vive, vivante.

— Élisabeth, je ne peux pas vous parler de la relation d'Anne et François comme je ne pourrais même pas vous décrire celle que j'ai avec mon mari, comme vous ne pourriez probablement pas me dire celle qui vous unissait au vôtre. Pourquoi voulez-vous continuer à chercher quelque chose qui ne vous appartient pas ? Que vous ne connaîtrez jamais bien ? Jamais vraiment. Vous allez vous faire mal.

— Vous ne comprenez pas : je veux savoir ce qui est à moi et ce que j'ai imaginé être à moi. François vivait avec une autre femme pendant des années sans que je le sache. J'ai l'impression d'avoir rêvé ma vie, de l'avoir pensée au lieu de l'avoir vécue. Et François est mort. Je n'ai plus rien si je ne récupère pas ma vie.

— Voulez-vous que je vous dise ? Je pense que quand François était avec vous, il vivait vraiment avec vous. Entièrement. Et quand il était avec Anne, il n'était absolument plus avec vous. C'est ça que je pense.

— Sauf quand il était inquiet, sauf quand Anne partait, sauf quand ils se sont laissés.

— Ah là, c'est sûr...

— Bon, je vais m'en aller maintenant. Mais je voudrais vous demander une dernière chose : la lettre de François pour Anne en 81, qu'est-ce que vous en avez fait ?

— Oh mon dieu, j'ai tout fait pour qu'elle l'ait, mais je ne sais pas si elle l'a eue. C'est monsieur Langlois qui m'avait appelée, un autre ancien prof.

— Oui, c'était un ami de mon mari.

— Bon, y m'a expliqué tout ça, là : le cancer, la rupture d'avec Anne en 79, que je savais même pas. Il cherchait Anne. J'ai dit que je ne savais pas où elle était, mais je ne pense pas qu'il m'a crue. Il a peut-être pensé que je la protégeais. Finalement, j'ai reçu une lettre de François avec dedans une autre lettre pour Anne. François me demandait de faire l'impossible pour que Anne reçoive sa lettre. C'était très important pour lui et le dernier service qu'il me demandait. Il me remerciait de ce que j'avais fait pour lui et pour Anne et il me demandait d'être près d'elle, de ne pas la laisser s'enfuir comme un oiseau blessé. C'est lui qui a écrit « l'oiseau blessé ».

Un long temps, pendant lequel on entend le son vague de la télévision, allumée par Anne.

— Vous ne l'avez pas trouvée ? La lettre s'est perdue ?

— Finalement, je l'ai envoyée à la seule personne chez qui Anne aurait pu aller si jamais elle allait chez quelqu'un. Sa marraine. Sa tante Jacynthe qui était presque sa mère. En tout cas, elle l'aimait. Elle restait à Montréal. Je ne sais pas si Anne y est allée. Mais je suis sûre que la lettre a été conservée pour le jour où Anne va y aller. Inquiétez-vous pas.

— Est-ce que vous voudriez me donner l'adresse de cette tante Jacynthe ?

— Oh non ! Je peux pas.

— Ce n'est pas pour lire la lettre, c'est seulement pour savoir si Anne l'a eue.

— Non... vous ne pouvez pas faire ça. Sa tante ne sait peut-être rien. On ne peut pas la déranger avec toute cette histoire-là, elle est vieille. Je ne voudrais pas que sa famille apprenne tout ça. Je suis sûre qu'Anne serait très fâchée. Et, excusez-moi, mais François aussi.

— Pensez-vous ?

— Je suis sûre. J'ai envoyé la lettre à sa tante Jacynthe parce qu'un jour, elle m'en avait parlé en bien, disant qu'elle était vraiment une femme généreuse, encore en vie malgré son âge. J'ai eu l'adresse par la sœur d'Anne. Je ne peux pas vous la donner.

J'aurais l'impression de mal agir. Excusez-moi. J'ai fait le message de François, sa commission. Mais je ne peux pas vous la donner, même si c'est vous, même si vous avez de la peine.

Et c'est sans doute l'argument le plus fort qu'Hélène peut donner. Élisabeth semble découragée :

— Alors... il me reste juste à attendre qu'Anne vous donne signe de vie.

— Même là, si jamais ça arrive, qu'est-ce que vous voulez que je fasse ? Que je vous l'amène ? Elle ne voudra jamais vous rencontrer.

— Même pour m'aider ? Pour m'aider à refaire ma vie, à continuer sans me sentir trahie ?

— Anne vous dirait qu'elle s'est refaite, elle, et qu'on est toujours trahi. Je suis certaine qu'elle vous dirait que la pire trahison, c'est la mort de François. Le reste, elle ne voudra pas le comprendre, elle ne voudra pas vous voir. Jamais.

— Vous êtes sûre ?

— Certaine.

— Pas moi. Je voudrais tellement la voir. Comprendre.

— Anne haïssait l'idée de comprendre. Les explications, les mots pour elle, c'était pas utile. Elle refusait toujours les discours, pour elle, il y avait les actes, c'est tout. Comprendre ne l'intéressait pas. Elle trouvait que, quand on comprend, on est perdant. Comme s'il y aurait toujours un compris et un autre qui comprend. Elle ne voulait ni être comprise, ni comprendre, juste vivre. Elle voudra jamais jouer à ça avec qui que ce soit. Surtout pas vous.

— Est-ce qu'elle me détestait ?

— Pas du tout. Elle ne pensait pas à vous. Je ne dis pas qu'elle vous aimait mais elle ne vous détestait sûrement pas.

— Je l'intéressais pas, c'est tout.

— C'est ça.

Élisabeth se lève, fatiguée, blessée et seule, si seule tout à coup. Sans espoir, sans aide. Elle n'a plus d'arguments, seulement une immense fatigue et ce goût d'aller pleurer dans un coin. Elle met son manteau. La petite Anne danse dans le salon au son d'une musique disco. Toute seule dans son univers de grâce.

— Elle est belle, votre fille.

— Oui han ?

Une adoration passe dans les yeux d'Hélène quand ils se posent sur la petite fille. Puis, ils reviennent sur Élisabeth, attristés.

— Je vous ai pas beaucoup aidée. Mais vous savez, c'est bien difficile de vous en dire plus.

— Oui, je sais. Ça a dû être très désagréable pour vous. Je vous remercie de m'avoir parlé si longtemps.

— J'ai été contente de vous connaître.

— Hélène... si jamais vous avez des nouvelles, quelque chose pour m'aider, est-ce que je peux vous laisser mon adresse ?

— Bien sûr, ça me fera plaisir de vous faire savoir ce qu'est devenue Anne, si je le sais un jour.

Élisabeth marche dans la neige jusqu'à sa voiture où Solo lui réserve sa petite fête habituelle. Mais Élisabeth n'a pas le cœur à la fête. Elle rentre chez elle sans même accorder à Solo une petite grattouille sur le dessus de la tête.

* * *

— C'est fini, on n'arrivera jamais à en savoir plus long.

Élisabeth a son visage des jours sombres, son visage d'avant. Elle n'a rien avalé au souper et Mireille est bien près de s'en vouloir de l'avoir laissée rencontrer Hélène toute seule.

— D'abord, on en sait pas mal. Et puis, à part de ça, c'est pas fini.

— Qu'est-ce qu'on sait de plus ?

— Bien... qu'Anne ne voulait pas vivre plus que deux jours par semaine avec François. Que François était assez bien avec toi pour avoir envie de rester.

— Veux-tu bien me dire où est-ce que tu prends ça, toi ? Hélène Théberge ne sait pas ce que François pensait. Peut-être que Anne ne voulait pas de lui plus que deux jours, mais lui, ce qu'il voulait, on le sait pas.

— Bon, c'est quoi cette nouvelle affaire-là ? Explique-toi.

— Tu penses pas que François aurait pu vouloir me laisser, et ne pas oser le faire ?

— Pourquoi ? T'es pas en porcelaine, t'aurais survécu. Il avait même l'exemple de Jacques et moi pour le réconforter. Pourquoi il aurait pas divorcé s'il avait voulu ?

— Parce que Anne ne voulait pas de lui.

— Ah bon... c'est de même que tu vois ça ? Un beau lâche qui veut pas être tout seul et qui préfère sa femme qu'il n'aime plus plutôt que sa solitude les jours où sa maîtresse ne veut rien savoir de lui. Je savais pas que t'avais cette opinion-là de François.

— Oh, arrête, Mireille, je cherche à comprendre.

— Non, non, tu cherches à te torturer, nuance ! Penses-tu que quelqu'un, même Anne, peut te dire ce que François pensait, ce que François sentait ? Personne ne peut te dire ça, personne ne peut en témoigner pour que tu puisses le croire. Ce qui te désole tant, Élisabeth, c'est que François soit mort. C'est ça qui te fait tant de peine. T'as pas besoin de chercher Anne Morissette pour savoir si François t'aimait. T'es toute seule à savoir ça, aujourd'hui, comme avant. Il t'a menti, c'est vrai, il en a aimé une autre, c'est vrai, il a vécu avec elle, c'est vrai, mais il a vécu avec toi aussi pendant toutes ces années-là, et c'était pas rien que le confort de l'habitude, tu ne me feras pas accroire ça.

— Mais il est mort deux ans après la rupture d'avec Anne.

— Oui, et alors ?

— J'aurais aimé mieux qu'il continue avec Anne et qu'il vive.

— Tu penses que c'était ça la condition ? Tu penses que c'est Anne qui l'a fait mourir ?

— Je sais pas. Maintenant que je sais cette histoire-là, j'arrive pas à la détacher de la mort de François. J'arrive pas à voir le cancer autrement qu'en rapport avec Anne, avec la rupture. Si au moins, je savais qui a laissé l'autre.

— Qu'est-ce que ça te donnerait ?

— Si c'est elle, c'est peut-être qu'il ne s'est pas remis d'être abandonné, laissé.

— Si c'est lui ?

— Je sais pas. Peut-être qu'il espérait être mieux

sans elle et que ça n'a pas marché. Qu'il a essayé de la retrouver, qu'il n'a pas pu.

— Là Élisabeth, t'exagères ! On n'a pas le cancer parce qu'on a une peine d'amour.

— Non, mais j'ai pas pu le garder en vie. Il aurait dû me laisser, aller avec elle, vivre.

— Qu'est-ce qui te dit qu'il n'aurait pas eu le cancer quand même ? Peut-être que c'était aussi impossible pour lui de te laisser que de laisser Anne.

— Je sais pas. J'arrive pas à comprendre. Je pensais que voir Anne, savoir leur histoire m'aiderait. Que j'arriverais à comprendre, à accepter.

— Accepter quoi ? Que François soit mort si vite ou bien qu'il ait eu une liaison de sept ans ?

— Les deux... mais surtout qu'il soit mort.

— Élisabeth...

— C'est pas vrai non plus. J'aurais aimé qu'on ne se mente pas, qu'il n'y ait pas tout un homme en lui que je ne connaissais pas, qui se désespérait, qui mourait sans que je le sache. J'aurais peut-être rien pu faire, sauf souffrir, mais s'il avait eu un choix qui rende sa vie plus heureuse, j'aurais peut-être pu l'aider à le faire.

— Vivre à sa place aussi, non ? Et installer Anne Morissette au sous-sol pour faciliter leurs relations, et avoir un cancer à sa place, et quoi d'autre ?

— Non, tu sais bien que non. J'aurais pas été aussi soumise, aussi bonne poire. Mais je me suis tellement, tellement demandé ce qui avait bien pu se passer chez François pour qu'un cancer le gagne si vite, l'achève si vite, comme s'il n'avait plus aucune combativité. Comme si la vie valait pas la peine.

— Est-ce que l'histoire d'Anne te donne des réponses ?

— Oui, et non. Si c'est oui, ça veut dire qu'il aurait été mieux de me laisser, de refaire sa vie ailleurs.

— Tu parles toujours comme s'il n'avait pas eu le choix. T'es pas une infirme ! Tu pourrais pas lui faire confiance et croire qu'il a choisi ce qu'il voulait bien choisir ?

— Y compris se taire ?

— C'est ça, y compris se taire.

— Y compris le cancer ?

— Si c'est de même que tu vois ça...

— Tu crois pas ça, toi ?

— Là vraiment, si ça marche comme ça, le cancer, on est aussi ben de s'enligner et d'être heureuses. Personne n'aura plus le droit d'avoir de la peine sans risquer le cancer. C'est tout un contrat !

— Non, t'exagères. Mais se renier, ne pas s'écouter, s'emprisonner dans une vie qu'on ne désire pas...

— Laisse-moi te dire que ton François ne s'est pas senti trop emprisonné : sept ans à batifoler dans le champ d'à côté sans que tu le saches, j'appelle pas ça se renier. À ce compte-là, j'aurais dû mourir du cancer en 76.

— Tu fais semblant de pas comprendre.

— Un peu, c'est vrai. Mais tu t'en fais trop, t'essaies de prendre des torts à ton compte, et t'en n'as pas. François a choisi ce qu'il voulait. C'est plutôt toi qui es pognée pour s'en accommoder. C'est toi qui n'as pas le choix, pas lui.

— Peut-être, oui.

— Il va peut-être falloir que tu lui pardonnes d'être mort plus que de t'avoir trompée.

— Les deux.

— Sais-tu ce que tu devrais faire ? Aller voir le docteur Guérin et lui en parler. Explique-lui tout ce que tu penses. Lui, il va te dire ce qui a pu se passer. Tu vas arrêter de t'inventer une culpabilité.

— Non, non, pas besoin.

— T'as pas envie qu'il sache l'histoire de François, c'est ça ?

— Ben tu sais... si François ne lui a pas dit, je me vois mal le faire.

— Peut-être qu'il lui a dit.

— Peut-être, mais j'y demanderai pas.

— Tête de cochon ! Maudite solidarité... Demande à Jérôme. Il peut s'informer, lui. Y trahira personne, il le sait pour François.

— J'aimerais mieux ne pas le mêler à ça.

— C'est un peu tard, non ? Ça serait comme déjà fait...

— Ouais... je vais peut-être lui demander.

Mireille n'insiste pas. Déjà, que Jérôme soit revenu dans la conversation lui semble un bon point. Et puis elle se dit qu'au moins lui, il va être raisonnable et expliquer que le cancer, ça ne s'attrape pas sur les toilettes. Élisabeth poursuit :

— Savais-tu qu'Hélène Théberge a appelé sa fille Anne ?

— Non. Drôle de façon d'honorer une amitié qui faiblit.

— Je trouve pas. C'est beau, Anne.

— Ah... vu de même...

— Penses-tu que tu pourrais obtenir l'adresse de la tante, toi ?

— Moi ? Pourquoi elle me la donnerait à moi ?

— Je sais pas. T'es moins impliquée, moins dangereuse.

— Je peux essayer, même si je trouve les raisons d'Hélène aussi valables pour moi que pour toi. Mais je vais lui demander.

— Pour avoir la paix !

— Oui, c'est ça. Pour avoir la paix. Et pour pas avoir le cancer !

Ayant réussi à faire rire Élisabeth, Mireille va se coucher, le cœur presque tranquille.

* * *

Le 23 novembre, alors qu'elle n'attendait plus rien, Élisabeth reçoit une lettre d'Hélène Théberge.

« Chère Élisabeth,

J'ai beaucoup réfléchi depuis votre visite du mois d'octobre. J'ai essayé de me mettre à votre place et de comprendre ce que vous ressentiez. Et j'imagine que ça doit être très dur de ne pas savoir. Alors, même si j'ai refusé de donner l'adresse de la tante Jacynthe à madame Langlois, j'ai quand même fait quelque chose pour vous : je lui ai écrit pour savoir ce qui était arrivé à la lettre de François. Et si Anne l'avait lue. C'était bien ce qui vous tourmentait, non ? J'ai reçu aujourd'hui la réponse de la tante qui se souvient très bien, heureusement. Elle m'assure qu'*Anne a eu la lettre* et qu'*elle l'a lue*. Moi, ça m'a rassurée. Ça veut dire que Anne est vivante et que la lettre de François s'est rendue. Elle ne me dit pas comment va Anne, ce qu'elle fait, ni où elle est. Seulement de ne pas m'inquiéter. J'espère que cela va vous rassurer et que vous pourrez maintenant oublier toute cette histoire. Je vous le souhaite vous savez, parce que je trouve que vous ne méritez pas ça. D'ailleurs, c'est idiot ce que j'écris, parce que qui le mériterait ?

J'espère que ça va vous aider à retrouver le calme dans votre vie. Moi maintenant, je sais qu'Anne n'est pas morte et ça me fait du bien. Très heureuse d'avoir fait votre connaissance. »

Hélène Théberge-Lachance

Sur l'enveloppe un gros barbo au crayon de cire jaune orange témoigne de la vitalité des enfants d'Hélène.

Élisabeth tient la lettre et réfléchit profondément. Que faire ? Comment obtenir l'adresse de Jacynthe ? Est-elle une Morissette ? S'est-elle mariée ? Montréal, c'est grand... comment peut-elle être si près d'Anne Morissette et ne pas parvenir à la trouver ? Dans les films du genre, il y a chaque jour un nouvel élément, l'enquête avance, on s'encourage, se trompe, recommence. Elle, rien ! Rien que l'impossibilité d'avancer, d'en savoir plus long. La lettre d'Hélène lui apprend seulement que quelqu'un sait où trouver Anne et qu'elle, Élisabeth, qui a tant besoin de la voir, ne peut pas la voir.

Excédée, elle lance la lettre sur le sofa et sort. Il neige encore. Les rues sont glissantes. Élisabeth marche au hasard, précédée d'une Solo ravie, entièrement dans son élément. Rendue à l'université, elle hésite, se demande ce qu'elle peut bien faire de plus, ce qu'elle peut faire de mieux. Elle piétine dans la neige devant la bibliothèque, quand quelqu'un l'interpelle. C'est Jacques, demeuré très craintif depuis son fameux téléphone. Il s'avance faussement débonnaire.

— Tu parles d'une surprise ! Comment ça va ?

— Pas pire. Toi ?

— Moi, ça va, ça va bien. Qu'est-ce que tu fais ici ?

— Je cherche un moyen de trouver Anne Morissette.

Jacques recule un peu sous l'impact.

— Ah oui ?

— T'aurais pas une idée ?

— Ma pauvre Élisabeth ! J'ai déjà dit tout ce que je sais à Mireille. J'ai rien gardé pour moi.

— Tu saurais pas comment s'appelait la tante Jacynthe d'Anne ?

— Ma tante Jacynthe, non ?

— Très spirituel ! Je te remercie.

— Excuse-moi, je sais pas. Pourquoi tu laisses pas tomber toute cette histoire-là, Élisabeth ?

— Parce que c'est *mon* histoire et que j'aimerais bien ça la savoir. Tu comprends pas ça, toi ? C'est du chinois pour toi, ça ?

— Fâche-toi pas Élisabeth, je comprends.

— Tu comprends ! Tu comprends rien, laisse-moi te le dire ! Sans ça tu te serais fendu un peu et t'aurais trouvé l'adresse d'Anne. T'es à l'université ! Si y a une place où vous avez tout, c'est bien ici ! Mais non ! T'es bien fin, mais tu peux jamais rien faire ! Avec le sourire en plus.

— Voyons Élisabeth, penses-tu que je te cache

volontairement des éléments ? Penses-tu que je le sais, moi, où trouver Anne Morissette ?

— Non, mais si c'était pour toi, tu t'arrangerais pour le savoir. Salut !

Et elle le plante là. Secoué, Jacques la regarde s'éloigner et reste pensif un bon moment.

* * *

Le bureau de Rolande St-Onge est toujours aussi accueillant avec son désordre et ses tasses de café. Une sorte de bonté émane de sa franchise et Élisabeth peut lui raconter tous ses déboires sans en cacher un seul. Rolande écoute en fumant ses gitanes qui emplissent la pièce d'une odeur piquante.

— Ouais... t'es mal pris, ma fille. Rien pour avancer, rien pour t'arrêter.

— Ça s'appelle piétiner, ça. Y doit bien y avoir un moyen, Rolande. Ça disparaît pas de même du monde.

— Non, mais y a rien de pire que du monde qui ont pas envie de se faire voir.

— On a des trucs nous autres, on arrive à retrouver des pères en fuite, des filles complètement révoltées qui voulaient se cacher au moins autant qu'Anne.

— Oui, mais ils sont dans une situation spéciale. On a le support de la famille, des proches. Tu peux pas dire à la tante Jacynthe que tu veux aider Anne.

— Non.

— Pour moi, si Hélène Théberge ne sait pas où est Anne, t'as pas grand-chance de l'apprendre. À moins de trouver la tante. Mais tu risques de faire des histoires. Ça serait pas très gentil de ta part de mettre la bisbille dans la famille.

— Tu sais bien que c'est pas ce que je cherche.

— Qu'est-ce que tu cherches ? Le jour où tu vas être devant elle, qu'est-ce que tu vas lui dire ? Que François est à toi ? Elle ne te le chicanera pas, y est mort. Si j'ai bien compris, c'est pas le genre à courir après les morts. Alors ? Qu'est-ce que tu vas lui dire ?

— Je sais pas... j'ai besoin de la voir, c'est tout.

— C'est pas assez, ça, Élisabeth.

— Je veux savoir...

— Tu veux savoir si il y a de quoi être jalouse, si François l'aimait plus que toi, mieux que toi, si ça valait la peine, si c'est une fille assez intéressante pour que ton chagrin ne soit pas du gaspillage ?

— Je suis tannée d'en entendre parler. Je veux la voir, c'est tout ! Je veux l'avoir devant moi et en finir avec mes idées toutes faites et tout ce que j'imagine.

— Ça doit marcher fort dans ta tête, han ?

— Ça Rolande, tu peux pas savoir ! Y a rien que je lui ai pas donné. Elle est rendue toute puissante. Elle a tout, je te mens pas, tout !

— Et tu te demandes encore comment ça se fait que François ne t'a pas lâchée, comment il a pu résister à tant de talent, tant de charme ? Parti comme c'est là, tu vas lui demander pourquoi elle n'a pas permis à François de rester avec elle, d'être heureux. Non ?

— Exactement. Je pense que si elle avait voulu de lui, il serait parti, il aurait été heureux et il n'aurait pas eu un cancer.

— Alors trouve-la et vite !

— Quoi ?

— Trouve-la, je te dis, trouve-la et parle-lui !

— Tu penses que j'ai raison ?

— De la chercher, oui. Le reste, tu verras ça toute seule. Quand même que je te dirais ce qu'y faudrait que tu penses, tu ne me croirais pas et tu aurais bien raison. Allez, ramasse-toi et cherche. Tu vas la trouver.

— Comment ?

— Ton instinct, suis ton instinct. Voyons Élisabeth, t'es pas manchote, je t'ai déjà vue faire pire.

Elle l'embrasse, la pousse dehors : « Quand tu l'auras vue, viens me conter ça, et grouille : on a besoin de toi ici. »

* * *

— Veux-tu bien me dire ce que t'as raconté à Jacques, toi ? Il est tout à l'envers.

Mireille remet la lettre d'Hélène dans son enveloppe et regarde Élisabeth. Jacques l'a appelée deux fois aujourd'hui, aux abois. Un téléphone pour se déculpabiliser, un autre pour s'informer des démarches. Élisabeth explique sa saute d'humeur, son envie de défoncer la face de Jacques qui, vraiment, fait le gars poli mais n'aide pas du tout. Mireille est ravie : enfin, un peu d'agressivité dans cet océan d'indulgence. Enfin, un peu de la vraie Élisabeth qui se fatigue de se faire marcher sur les pieds.

Le téléphone sonne. C'est Mireille qui y va, Élisabeth ayant comme une allergie depuis sa mésaventure avec Jacques. Elle revient, silencieuse, et pose un papier sur les genoux d'Élisabeth.

Jacynthe Gravel
1080, Laurier est
Montréal

Un long temps où Élisabeth a aussi peur qu'elle est contente.

— Qui ?

— Jacques, ma chère. Comme quoi la colère, des fois, ça a du bon.

Elles se regardent. Élisabeth lisse le papier d'une main nerveuse, elles se sourient.

— Penses-tu aller à Montréal en fin de semaine, Élisabeth ?

— Je pensais partir demain.

— Tu m'attends pas ? Après-demain, ça ferait pas pareil ?

Élisabeth décide d'attendre, de ne pas prévenir Jacynthe de peur qu'elle ne parte, refuse de la voir. Mireille accepte de ne pas assister à la rencontre, d'attendre Élisabeth quelque part.

Mireille et elle mettent au point cent cinquante scénarios d'explications, de mises en situation pour parvenir à voir Anne Morissette sans révéler ses sept ans de relations avec François.

Puis, le samedi matin, vers dix heures, Élisabeth monte les marches du 1080 Laurier est. La maison est ancienne, les briques brunies par le temps. Élisabeth entend son coup de sonnette résonner dans la maison. Un long temps passe. Ça y est, il n'y a personne, elle est partie. Mais non, la porte du vestibule s'ouvre, Élisabeth avait oublié comme c'est long quand on est vieux. La dame qui lui ouvre est vieille, incontestablement. Des cheveux blancs, courts, frisottés, qui n'arrivent plus à dissimuler un fond de tête rosé. Petite, un collier de perles sur sa robe brune, une sorte de chic, un souci de son apparence évident et des yeux... Élisabeth n'en a pas vu d'aussi pénétrants depuis qu'elle était toute petite : bruns, presque noirs, qui volent la vedette à tous les autres traits de la figure. Les yeux se plantent dans ceux d'Élisabeth.

— Oui ?

— Bonjour. Désolée de vous déranger, je cherche madame Jacynthe Gravel.

— C'est moi.

— Est-ce que je peux vous parler deux minutes ? C'est au sujet de votre nièce, Anne Morissette. J'ai en ma possession des documents qui lui appartiennent. Je viens de la part du notaire Langlois, mon patron.

— Entrez, je vous en prie.

Élisabeth enlève ses bottes et entre dans la maison qui dégage une odeur de poudre ancienne, un peu vanillée. Les meubles foncés gardent toute la lumière qui pourrait venir des fenêtres. Elle entre au salon où traînent un journal ouvert et un café.

— Je vous dérange, je m'excuse.

— Pas du tout. Voulez-vous une tasse de café ?

Élisabeth accepte, surtout pour se donner le temps de se remettre de sa menterie. Mais une fois le café remué, ajusté, goûté, il faut bien attaquer. Jacynthe l'observe avec un bon sourire et les yeux plus vifs, plus noirs que jamais. Élisabeth prend une inspiration mais Jacynthe la devance.

— Vous êtes Élisabeth Bélanger, non ?

Le lustre aurait pu tomber en plein milieu du salon, Élisabeth n'aurait pas été plus secouée. Elle ouvre la bouche, veut parler, hésite, ferme la bouche et baisse finalement les yeux pour murmurer un oui gêné. La vieille dame se cale dans son fauteuil, tranquille.

— Vous savez, j'ai toujours eu l'impression que je finirais par vous rencontrer. Je pourrais presque dire que je vous attendais.

— Comment ça ? Pourquoi ?

— Parce que Anne ne m'a jamais parlé de vous et que ça m'inquiétait un peu. Remarquez bien que Anne ne parle pas beaucoup. Mais enfin... je me disais que la femme de François finirait bien par se poser une ou deux questions.

— Vous savez, j'ai pas vos yeux. Sans ça...

Elle montre l'enveloppe qui contient les travaux d'Anne : « ... sans ça, je serais encore une femme heureuse qui pleure un mari fidèle. »

— Bizarre comme la vie fait les choses. Vous auriez pu passer à côté de tout ça, finalement. Auriez-vous préféré ?

Élisabeth ne s'était jamais posé la question. Étonnée, elle découvre que non. Parce que la vérité est meilleure, plus solide que n'importe quel mensonge basé sur le soi-disant amour protecteur. Parce que la vérité, c'est avec elle qu'on vit, qu'on le veuille ou non, qu'on l'occulte ou non. La vie de François s'est passée à dissimuler une partie de lui-même à Élisabeth. Elle préfère vivre à cent pour cent dans la vérité même brutale, qu'à cinquante pour cent dans l'inconfort moelleux, douceâtre du mensonge. Elle fait non de la tête, énergiquement, et un courant passe qui ressemble fort à de la sympathie entre le regard noir et le regard bleu.

— Vous êtes bien jeune encore...

— Quarante-trois ans !

— C'est bien ce que je dis. Hélène Théberge s'est inquiétée de vous. Dans sa dernière lettre, elle essayait de parler pour elle, mais elle m'écrivait aussi que c'était pour vous. C'est un peu pour ça que je vous attendais. Comme vous voyez, je ne suis pas sorcière.

Elle boit son café, le pose sur le carré de dentelle qui recouvre le large accoudoir du fauteuil. Élisabeth est heureuse de n'avoir plus à mentir, heureuse que Jacynthe soit cette femme-là, avec des yeux aussi bons, aussi clairvoyants.

— Qu'est-ce que vous voulez savoir, Élisabeth ?

— Où trouver Anne.

— Je ne suis pas sûre de vous le dire. Pas pour vous empêcher de savoir ce que vous avez sans doute le droit de savoir, mais parce que Anne pourrait en souffrir. Voyez-vous, j'ai un gros faible pour Anne. C'est ma filleule, mais c'est ma fille dans mon cœur. Je suis partagée. Vous avez le droit de savoir, mais Anne a aussi le droit de cesser de souffrir, d'avoir une sorte de paix.

Anne faible, Anne souffrante, Anne autre que froide et forte ! Comment a-t-elle pu ne pas y penser ? Comment a-t-elle pu oublier qu'elle avait vingt ans, que cet amour était probablement le premier et que si elle, à vingt ans, avait vu François partir, elle en aurait été meurtrie pour le reste de sa vie. Si, après Florence, François était parti, que serait-elle aujourd'hui ? Un « oiseau blessé » peut-être. Mon dieu, la vie est cruelle, les méchants ne sont même pas toujours forts. Il faut aussi les ménager, il faut aussi les épargner. Dans ce salon, Élisabeth sent plus que jamais la présence d'Anne, son caractère et, pour la première fois, sa fragilité. Déroutée, désarçonnée, Élisabeth dépose son café, regarde autour d'elle, cherchant de l'aide. Sur le piano, quelques photos.

— Oui, oui, c'est elle. Vous pouvez aller voir.

Élisabeth se lève. Un homme qui rit aux éclats et qui tient sur ses genoux une petite fille renversée de plaisir, aux boucles folles, les joues brillantes, les épaules haussées jusqu'aux oreilles où la main de l'homme la chatouille, les genoux ronds, potelés encore, qui émergent de la jaquette à fleurs et de drôles de petits souliers au lieu d'une paire de pantoufles. Malgré tout l'embrouillamini des gestes, malgré les rires, leurs yeux se regardent et une profonde affection semble exister entre ces deux-là. Tout de suite à côté, une photo prise le même jour, la petite fille endormie dans les bras de l'homme, la bouche entrouverte, le bras passé autour de son cou et la main de l'homme sur sa cuisse. Un abandon total.

— C'est mon frère, son père. Une semaine avant sa mort. C'était l'anniversaire d'Anne.

Élisabeth revient s'asseoir, silencieuse, pensive.

— Imaginez comme on peut aimer une petite fille comme ça.

Oui, Élisabeth imagine. Elle aurait bien voulu avoir une petite fille comme ça. Et cela avait été le sujet de bien des discussions entre François et elle. Mais François ne voulait pas d'enfant, François ne voulait pas discuter, il s'était même fâché sérieusement à ce sujet-là. Maintenant Élisabeth sait qu'Anne devait avoir affaire dans ce refus, que François ne devait pas savoir seulement s'il voulait rester avec elle, continuer leur mariage. Il ne voulait pas avoir un enfant qui compliquerait tout et ferait pencher la balance en sa faveur. Élisabeth se souvient tristement du jour de ses trente-cinq ans où elle a pleuré toute la nuit, incapable de comprendre les raisons de François. Maintenant, elle sait qu'Anne, à ce moment-là, était dans sa vie depuis probablement trois ans.

Et puis Jacynthe se met à parler d'Anne, non pas de la petite fille, mais de Anne Morissette quand elle vivait avec François. Elle raconte ce qu'elle sait, ce qu'elle a vu. Une Anne déchirée en 73, incapable de se décider à aimer un homme qu'elle aimait déjà, d'accepter de prendre le risque terrible de lui donner son amour sans être détruite. Jacynthe ne sait pas tout, mais elle connaît Anne.

— Mais en 73, cela durait déjà depuis un an !

— Vous voyez comme c'était difficile et compliqué ? C'était peut-être pas le paradis que vous imaginez. Anne est arrivée ici défaite, pâle, enragée presque. Et je peux vous dire qu'elle souffrait. Elle ne voulait pas de François et il était la seule personne au monde qu'elle désirait. Je pense, sincèrement, qu'ils ont tout fait pour se fuir, échapper l'un à l'autre. Chacun pour des raisons personnelles. Pour Anne, c'était aimer qui lui semblait impossible, pour François, c'était vous, l'impossible, vous tromper.

— C'est Anne qui vous a dit ça ?

— Non. C'est moi qui le sais. Vous pouvez me croire.

Élisabeth sourit ; elle sait bien qu'elle peut la croire.

—Je n'ai pas revu Anne avant l'année 79. L'automne 79. Elle est arrivée ici dans un état pire qu'en 73. Muette, fermée, distante, aussi froide qu'une morte. Je pense d'ailleurs qu'elle était un peu morte. Que quelque chose était mort. Elle me rappelait beaucoup à cette époque-là, la petite enfant de sept ans qu'elle avait été. Et j'ai essayé de l'aider. J'ai fait de mon mieux. Mais Anne était rendue loin, très loin. Elle s'est laissée aller, a coulé au fond. J'avais toujours peur qu'elle se tue. Je sortais très peu et quand je rentrais, j'avais peur de la trouver morte quelque part. Elle n'a pas dit un mot pendant six mois. Cinq mois et demi pour être plus exacte. Pas un mot. Elle ne mangeait presque pas, dormait tout le temps et venait près de moi comme un chien blessé, s'enrouler contre moi, mettre ma main dans ses cheveux et se laisser caresser en pleurant pendant des heures. Moi, j'ai essayé de parler, de discuter. Je savais bien que François et elle, ce devait être fini. Mais comment, pourquoi, inutile de le lui demander. Anne ne répondait jamais.

Et puis j'ai eu peur. J'ai eu peur qu'elle ne devienne folle, qu'elle ne parle plus jamais, qu'elle reste comme ça le restant de ses jours. J'ai consulté des médecins sans qu'elle le sache. Ils m'ont dit de la mettre au Allan Memorial, une place pour les fous, quoi, parce qu'avec ses antécédents, elle ne redeviendrait jamais normale, qu'elle avait dû subir un choc irréparable, que peut-être elle s'était brisé la santé mentale avec de la drogue comme d'autres jeunes. Il y a même un médecin qui a essayé de m'encourager en me disant qu'avec des électrochocs et certains médicaments puissants, ils faisaient des miracles maintenant. J'ai abandonné mes recherches médicales quand j'ai réussi à savoir ce que c'était des électrochocs. Jamais, jamais, je n'aurais laissé Anne subir ça. Même au risque qu'elle ne parle plus jamais.

Mais j'étais inquiète, je me sentais coupable. Je n'avais rien dit à sa mère, à sa sœur, à personne. Je la gardais avec moi en espérant qu'elle finisse par aller mieux d'elle-même, à force d'amour. Je me suis dit que l'amour pourrait peut-être la guérir puisqu'elle était malade d'amour. Et je me suis occupée d'elle, sans parler pour la faire parler, seulement quand j'avais envie, moi, de lui parler. J'ai mis des disques, je l'ai emmenée avec moi faire des courses, se promener, j'ai fait des casse-tête avec elle, la cuisine, tout ! Comme si c'était une enfant à qui on apprend. Ça allait un peu mieux. Peu à peu, elle s'est mise à me regarder, à me voir, à m'observer. Comme un animal, comme si elle n'était pas sûre de moi, pas sûre de pouvoir se fier sur moi. J'ai jamais vu tant de méfiance que dans les yeux d'Anne à cette époque-là. Mais j'aimais mieux ça que rien, que l'indifférence d'avant. Je lui faisais même couler ses bains. Sans moi, elle n'aurait pas pensé à en prendre, à se laver. Pourtant, dieu sait si elle aimait ça. Elle pouvait rester une heure dans le bain. Ça finissait toujours par m'inquiéter évidemment. C'est toujours moi qui allais la chercher. Et puis, quand elle s'est mise à aller un peu mieux, au bout de cinq mois, j'ai décidé de la laisser plus seule. De la laisser faire. Je partais me promener et je revenais deux heures plus tard. Elle était là, tranquille, les yeux secs, à regarder la télé ou à faire un casse-tête. C'est à ce moment-là que j'ai commencé à lui parler de ses cours, de ses étudiants. Au début, ça la faisait pleurer, comme si tout était fini, terminé pour elle. Puis après, je l'ai vue ouvrir des livres, lire. J'ai remonté de la cave des boîtes que j'avais rangées là quand j'avais vidé son appartement de la rue Drolet. Elle s'est mise à sortir ses livres, les ordonner, les classer, les consulter. Un soir, assez tard, elle a fermé un livre, m'a regardée et a dit comme si de rien n'était, comme si elle avait parlé tout le long du souper : « Faudrait bien que je me trouve un emploi. » J'ai continué à tricoter par habitude, pour ne pas l'effaroucher, puis j'ai dit, l'air de rien : « C'est une bonne idée, Anne. » Rien d'autre. Le lendemain, elle épluchait « Carrières et professions », sortait son curriculum vitae, appelait les commissions scolaires. Elle a commencé par faire de la suppléance, puis elle a enseigné le français aux anglais et à des immigrants. Elle a repris des couleurs, s'est remplumée, elle s'est fait des amis. C'était gagné. Anne était sauvée. Elle n'irait jamais au Allan Memorial. Ce jour-là, Élisabeth, je me suis sentie très fière de moi, comme si j'avais sauvé quelqu'un que la médecine avait condamné.

— C'est bien ce que vous avez fait.

— Oui, peut-être. Mais j'avais tellement peur de me tromper. Ça avait pris tellement de temps, tellement de patience.

J'ai eu très peur que la lettre de François détruise tout. Je pensais qu'il voulait la revoir. J'ai gardé la lettre sans savoir si je devais la lui donner ou non. À cette époque-là, Anne n'habitait plus avec moi. Elle avait un emploi à temps plein dans une école secondaire. C'était dur, mais elle aimait ça. Elle venait souvent me voir. On parlait pendant des heures. Elle me racontait ses classes, ses amis, les hommes. C'était incroyable de la voir si vivante, si enthousiaste. On était fin septembre. J'avais la lettre depuis dix jours. Je ne savais même pas comment lui annoncer ce que Hélène Théberge m'avait écrit en me la faisant parvenir : qu'un « ancien ami d'Anne » très attaché à elle, était très malade, qu'il voulait que cette lettre lui parvienne. À *tout prix* qu'elle disait. Mais moi je pensais à quel prix ? Au prix de sa santé mentale, au prix de sa vie ? Comme si elle n'avait pas assez payé ! Comme si elle n'avait pas assez souffert. François était malade. Qu'est-ce qu'il voulait, qu'est-ce qu'il lui voulait ? La revoir, la blesser, réveiller les fantômes, lui dire qu'il l'aimait, qu'il lui en voulait, qu'il n'oublierait jamais... n'importe quoi, ce serait déjà trop pour Anne. J'étais fâchée, je ne voulais pas qu'on me remette cette lettre, je ne voulais pas être responsable d'un tel message, je ne voulais pas qu'Anne m'en veuille pour toujours de ne pas la lui donner. C'était épouvantable, insupportable. Je ne savais même pas s'il était vraiment malade, s'il allait mourir, mais j'étais sûre, certaine que c'était une lettre de François. J'ai bien failli ouvrir la lettre mais Anne ne m'avait dit que l'essentiel de ses relations avec François, fort peu des conditions exactes de leur rupture, alors, je n'ai pas osé. Dans mon temps, on était élevé sévèrement ou on ne l'était pas. Je l'ai été. Ouvrir une lettre aurait été impensable pour moi.

Finalement, c'est Anne qui a tout deviné. J'étais en train d'émietter mon pain sur la table en me posant encore la question quand Anne m'a dit : « T'as eu des nouvelles de François ? Tu sais pas comment me le dire ? » Étonnant comme elle pouvait tout deviner. Alors je lui ai remis la lettre. Ça a été un choc, mais pas celui que je pensais. Anne s'est mise à parler. Elle m'a tout raconté. Toute sa relation, son amour avec François. Sept ans de vie quelquefois commune, avec des crises, des ruptures, des fuites, des déchirements et une passion sans nom. Pendant toute la nuit, sans arrêt, comme si les mots se bousculaient enfin, Anne a parlé, raconté chaque détail. On aurait dit qu'elle se libérait, qu'elle ouvrait une trappe, qu'elle laissait sortir tout ce qui l'avait tant blessée. Un monologue interminable, effrayant. Je ne pourrais pas vous dire qu'il n'y a eu que du malheur dans cette histoire, mais ce n'était pas une histoire simple. C'était le récit d'une blessure longue de sept ans et d'un amour long de plus que sept ans. Je pense, Élisabeth, que votre mari vous aimait et qu'il aimait Anne, aussi étrange que cela puisse sembler. Anne aimait François mais ne pouvait pas supporter l'angoisse qu'un tel amour provoquait. Anne allait à sa perte en aimant François. Elle le savait, mais n'arrivait pas à faire autrement. Et puis, François est mort peu de temps après cette nuit-là, en octobre. Anne est venue près de moi, on a parlé encore longtemps de François, d'elle, de son père, de son passé et même d'une certaine paire de souliers rouges. Elle a eu beaucoup de chagrin, beaucoup de peine, mais elle était capable de parler, de pleurer, d'exprimer sa peine sans en mourir. Je pense qu'elle est bien maintenant, qu'elle en est sortie, qu'elle va vivre normalement, heureuse. Enfin, heureuse malgré certaines angoisses qui la travaillent encore. Moi, je la sens au mieux, en forme. Elle a changé, elle n'est plus aussi vive qu'avant, je dirais qu'elle a vieilli, mais on vieillit toutes, non ? Et puis, aimer les autres, ce n'est facile pour personne. Disons qu'Anne reste un peu plus sauvage que la moyenne. Qu'elle a l'armure bien vissée. Quoique maintenant... je ne sais pas, ça va peut-être changer. On ne sait pas ce qu'un enfant peut remuer dans une femme, non ?

— Anne est enceinte ?

— Oui. Dans deux mois, elle va avoir son bébé. C'est aussi pour ça que je voudrais que vous n'alliez pas la voir. Pour qu'elle fasse sa vie en neuf, sans se rappeler encore François d'une manière ou d'une autre. Oh, je ne pense pas qu'elle l'ait oublié, mais...

— Mais moi, c'est pas pareil.

— Non, c'est pas pareil. Ça pourrait briser quelque chose.

— Elle s'est mariée ?

— Non. Elle refuse. Le pauvre gars est bien obligé d'accepter, sans ça, c'est dehors. Il veut voir son enfant, lui.

— François ne voulait pas d'enfant.

— Je sais.

Élisabeth la regarde, surprise. Pourquoi, comment sait-elle cela ? Anne en voulait-elle aussi ? Anne avait-elle voulu, comme elle, un enfant de François ?

— Aussi bien vous le dire, vous êtes ici pour ça. Anne est partie après une fausse-couche.

— Voulue ?

— Oui.

— Par François ? C'est François ou c'est Anne ?

— Anne. François était beaucoup trop bouleversé pour prendre une décision. Et puis, vous savez, avec Anne, il savait qu'il n'avait pas à décider. Anne a toujours dit qu'elle n'était même pas sûre de qui était l'enfant, qu'elle s'en fichait, mais qu'elle saurait tout de suite en le voyant s'il était de François et qu'elle ne le supporterait jamais. Je pense qu'elle disait cela pour le blesser, qu'elle savait très bien que François était le père. Je pense qu'elle est tombée enceinte exprès pour se provoquer, se forcer à agir, à détruire quelque chose, à faire éclater ce qu'elle ne supportait plus. Je pense qu'elle espérait que François la rejetterait.

— Mais François, est-ce qu'il voulait l'enfant ?

— Difficile à dire. Il était inquiet d'Anne, il voulait l'enfant si Anne le voulait, si elle pouvait l'accepter. Il n'aurait jamais demandé à Anne d'avorter. Anne était mal en point, traquée par sa grossesse, affolée. Elle était incapable d'envisager d'avoir un bébé avec François. Elle s'est débarrassée du bébé et a quitté François en même temps. Comme en en profitant. Elle s'est sauvée de tout, brutalement.

— Comme si François prenait trop de place, avait exagéré.

— Effectivement. Elle a essayé de tout arracher d'un coup. Elle a bien failli y rester. Plus tard, quand elle m'en a parlé, quand elle m'a raconté tout ça, Anne avait beaucoup de remords, l'impression d'avoir fait un mal terrible à François. Elle disait qu'il était heureux avec vous et que c'était une chance qu'il vous ait eue. Une chance qu'il vous ait aimée, vous aussi. Elle se sentait le mal et vous estimait le bien.

— C'était ni l'un ni l'autre.

— C'était les deux. Difficile à démêler maintenant.

— Impossible.

Les yeux noirs la fixent, cherchent une sorte de réponse.

— Élisabeth, je vous ai raconté tout ça pour deux raisons : parce que c'est très dur pour vous de renoncer à en savoir plus long sur ce qui s'est passé, mais aussi pour essayer de vous mettre en garde : ne vous blessez pas inutilement, ne vous brisez pas sur des souvenirs que vous n'avez pas. Anne a existé, elle vous a probablement pris quelque chose, mais si vous n'avez rien su, c'est parce que François vous donnait quand même une place, vous accordait votre place. Il a réussi à vous rendre quand même heureuse ces années-là, non ?

— Oui.

— Alors, c'est qu'il a fait tout ce qu'il pouvait pour vous éviter un malheur qui ne devrait pas, maintenant, vous déchirer.

— C'est comme s'il mourait une deuxième fois.

Elle est ridicule, elle le sait, elle ne devrait pas dire cela, pleurer devant cette femme qui a eu plus que son lot de François, qui ne la connaît même pas. Mais François est tellement loin, tellement absent, tellement mort pour elle et si affreusement vivant avec Anne dans son esprit.

— Ne laissez pas Anne vous prendre quelque chose maintenant. Ne la laissez pas vous empoisonner en esprit, en vous inventant un passé qui ne vous appartient pas. Cette Anne-là est aussi morte que François et vous devez vivre pour vous maintenant, avec vos souvenirs à vous, votre vie à vous, qui s'est passée avec François, pas avec Anne.

— Mais c'est plus fort que moi. Je me sens tellement volée, trahie.

— Vous l'êtes.

Élisabeth la regarde, incrédule, épouvantée.

— Ça, vous pouvez le pleurer, Élisabeth. C'est vrai, vous êtes volée de quelque chose, trahie par François. Ça c'est vrai. Vous avez raison. Ne cherchez surtout pas à nier cela, en voulant rattraper la trahison, refaire ce qui est mal fait. Anne ne peut pas vous aider à pardonner à François de vous avoir menti. C'est entre vous et François. Anne n'a rien à voir là-dedans. Moi je vous ai aidée à comprendre de quoi il s'agissait mais... maintenant que vous savez pourquoi et dans quelles circonstances votre mari vous a trahie, c'est à vous d'accepter qu'il ait décidé sans vous.

— Je ne sais pas comment faire.

— Pour accepter ?

— Non, pour vivre avec ça.

— Vous allez le faire, j'en suis sûre. Vous êtes forte Élisabeth, vous avez tenu François dans ses pires moments, vous êtes capable d'aimer, capable de pardonner par amour, vous êtes capable de vivre même avec ce poids-là. Parce que vous, vous savez aimer.

— Non, pas jusque-là, pas comme ça.

— Vous avez bien raison d'être aussi fâchée. Les gens capables d'aimer sont bien exploités de ce temps-là, je suis d'accord avec vous.

Elle se lève lentement, vient s'asseoir près d'Élisabeth. Une vieille amie, une vieille amie qui lui prend la main.

— Élisabeth, je suis vieille, presque inutile, mais je sais une chose : je n'ai jamais, jamais regretté d'avoir aimé. Ne faites pas ça. Ce serait une punition épouvantable. Parce que le soir, quand je me sens toute seule, la pensée des gens que j'ai aimés me tient chaud. C'est ce qui m'empêche de me sentir en enfer. Alors, ne regrettez rien. Donnez-vous le temps, mais ne vous punissez pas. Savoir aimer, en être capable est un don rare. Qui se paie, c'est vrai. Mais pas trop cher, pas si cher.

Elle l'embrasse. L'odeur de poudre sucrée sur ses joues fripées. Élisabeth se mouche, reprend les travaux d'Anne, dit merci poliment, sort.

L'air froid du dehors lui rappelle la campagne certains jours d'octobre. Un désir fou la prend d'être là-bas, devant son feu, avec Solo.

Mireille et elle reviennent tout de suite à Québec.

* * *

Non, Élisabeth a beau essayer, elle ne parvient pas à faire la paix avec Anne Morissette. Ni avec François d'ailleurs. Elle n'en parle plus avec Mireille même si la date du délai n'est pas encore arrivée. Elle fait comme si c'était fini, certaine que tout le monde en a plus qu'assez de toute cette histoire-là.

Mais elle n'y arrive pas. Elle n'arrive pas à oublier qu'Anne a avorté, qu'elle ne s'est jamais souciée de François, que tout le monde lui importait peu, même s'ils essayaient de lui donner tout ce qu'elle pouvait souhaiter. Anne avait-elle donné des nouvelles à Hélène Théberge ? Non. C'était pourtant son amie, elle l'avait consolée, elle aussi. Anne Morissette était une sans-cœur, incapable d'avoir une pensée, un souci pour les autres et c'était le genre de femme que François avait aimée. Une enfant gâtée qui a des caprices et qui fait des fugues à la moindre contrariété. Un bébé qui avorte sans se poser de questions, qui gaspille l'amour d'un homme comme François, le place dans des situations impossibles. Anne avait exploité tous ceux qui l'avaient aimée : Hélène, François, Jacynthe ! Élisabeth était certaine qu'elle n'aimait pas sa mère parce que celle-ci avait dû refuser de se plier aux cinquante volontés de la princesse. Une égoïste incapable de grandir, un monstre d'égocentrisme qui se justifie parce que son père est mort. Elle n'est pas la seule, se dit Élisabeth, tout le monde en vit des deuils, tout le monde en subit des abandons, et des pires, et ce n'est pas une raison pour faire damner la terre entière.

Non, Élisabeth ne décolère pas. Elle est insultée, offensée : voilà ce que ça donne d'être compréhensive, aimante, dévouée aux autres. On se fait vulgairement exploiter pendant qu'une autre se fait comprendre sans même le demander, se fait deviner amoureusement.

Elle est injuste, de mauvaise foi, elle le sait, mais Élisabeth ne cesse de ressasser tous les griefs contre Anne, mettant même sur son dos une querelle qu'elle avait eue avec François avant 1970. Elle est injuste, mais ça lui fait du bien.

Elle gueule intérieurement, bouscule tout, remet tout en question et Anne en prend pour son rhume. Elle en vient même à souhaiter méchamment un malheur : que son enfant soit affreux, insupportable, ou même, dans ses pires moments, qu'il meure.

Son état d'esprit déteint légèrement sur son travail et Rolande se voit obligée de prendre les cas de futures mères adultères après une sortie assez violente d'Élisabeth contre la pauvre Sylvie Frenette qui, effectivement, n'était jamais revenue.

Jérôme, lui, avait eu assez de mal à revenir dans le portrait pour oser se plaindre de quoi que ce soit. Mais il n'en pensait pas moins et s'inquiétait un peu des quelques rares remarques acerbes qu'Élisabeth pouvait faire. Jérôme aurait bien voulu en savoir plus long, mais Élisabeth lui avait alors simplement dit de se mêler de ce qui le regardait. Le conseil fut suivi à la lettre.

Une fin de semaine de décembre, Jérôme et elle descendent une dernière fois aux Éboulements. Il essaie, à deux reprises, d'inviter Élisabeth chez lui, soit pour Noël, soit pour la semaine qui suit. Elle hésite, tergiverse, ne sait pas. Jérôme, discret, n'insiste pas.

Puis, le samedi matin, après une excursion de ski de fond particulièrement belle, Jérôme décide de leur préparer un déjeuner de gala. Recroquevillée dans le sofa, Solo endormie à ses pieds, Élisabeth prend son café en écoutant Jérôme parler de son sujet le plus complexe : sa fille Lucie.

Lucie a maintenant décidé d'abandonner ses études après un semestre minable, qu'elle a passé plus par charité que par travail. Lucie s'est arrangée pour faire chanter le prof de mathématiques et ne s'en cache pas, toute fière d'avoir extorqué son passage. Il lui reste un semestre avant de « négocier » son D.E.C. et puis, bonsoir, elle veut partir en voyage avant de prendre des décisions concernant son avenir. Aux frais de son père, naturellement.

—Vas-tu payer ?

—Pardon ?

Jérôme, méfiant, entend pourtant la question. C'est le ton qui l'inquiète, le met mal à l'aise.

—Vas-tu payer son voyage ?

—Ben... je pensais que je pourrais lui offrir son billet d'avion et peut-être aussi un Eurailpass...

—As-tu pensé à lui laisser ta carte American Express aussi ? Au cas où elle serait mal prise.

—Je n'ai pas du tout l'intention de la gâter.

—Ah non ? Qu'est-ce que tu lui as acheté pour Noël ?

—Euh... le système de son qui est dans sa chambre.

—Elle l'a déjà ? Tu vas bien lui faire un petit paquet pour Noël...

—Élisabeth, qu'est-ce que tu veux dire ?

—Qu'elle vende son système de son si elle veut partir. Arrête de tout lui donner de même, comme si c'était une infirme. Elle t'exploite, Lucie, te vole, t'escroque, te fait chanter comme son prof de math. Ce n'est pas parce que tu n'aimais pas sa mère que tu es obligé de payer trois fois le prix à Lucie. C'est une égoïste qui ne pense jamais à personne d'autre qu'à elle, une vénale qui va être contente le jour où tu vas lui verser ton salaire directement, une sans-cœur, une bornée qui se permet de juger tout le monde du haut de son intransigeance.

Et ça continue, un procès en règle où Lucie, d'enfant mal élevée et gâtée, passe au stade du monstre délinquant en passe de devenir parricide.

La violence, la mauvaise foi habitent Élisabeth qui ne peut s'arrêter que lorsqu'elle a passé en revue les moindres incidents rapportés dans le passé par Jérôme. Sidéré, offusqué, Jérôme essaie de défendre sa fille, de replacer les faits dans leur contexte, mais la discussion s'envenime, Élisabeth le trouvant faible, naïf, bonnasse et même, oui, irresponsable. Jérôme défend sa méthode pédagogique, revient avec l'argument massue de l'enfant privé de sa mère et là, Élisabeth éclate.

— Sous prétexte qu'elle n'a pas eu de mère, vas-tu la laisser t'écœurer et t'exploiter toute ta vie ? Vas-tu la laisser penser qu'elle peut obtenir ce qu'elle veut de n'importe qui, n'importe quand, sans même le demander ? Mais à quoi tu penses ? Cette enfant-là n'a jamais rien fait dans la maison, rien fait pour toi, elle ne ramasse même pas son couteau de beurre de peanut le soir, et toi, tu souris en le lavant parce que ta petite fille s'est couchée le ventre plein. Tu n'as aucune objectivité. Tu la vois encore comme si elle avait dix ans et méritait toute ton attention de père coupable. Mais elle n'a pas dix ans, et elle, elle le sait et elle en profite. Tout ce que ça va donner, c'est une fille de vingt ans qui va chercher un homme qui va la servir comme son père, la comprendre comme son père, l'aimer même quand elle est plate comme avec son père. Une belle incapable qui va revenir chez vous à chaque fois que quelqu'un ne voudra plus d'elle, pour se faire ramasser par son père qui, lui, la comprend et qui est si fin.

— Je ne savais pas que tu lui en voulais autant.

— Moi non plus. Mais je suis allergique à ta façon de tout lui passer, même ses mauvais coups, comme si c'était des exploits.

— Est-ce qu'il y a quelque chose que je fais bien ?

— Avec elle, non. Et c'est impardonnable parce que pour ne pas passer pour un mauvais père, tu vas pénaliser tout le monde qui va vivre avec elle ensuite. Elle va emmerder tout le monde comme elle t'emmerde en trouvant toujours que c'est de leur faute, que personne ne pense à elle, que personne ne l'aime assez. Je commence à en avoir plein le casse moi, de ceux qui ne sont jamais assez aimés, qui n'en ont jamais assez et qui se sacrent du tort qu'ils peuvent faire.

Élisabeth est intarissable. Pendant une heure, elle attaque, discute, vilipende. Jérôme n'a plus besoin d'argumenter ou de défendre sa fille, Élisabeth fait tout le travail, elle apporte toutes les raisons qu'il pourrait évoquer et les massacre.

Inutilement d'ailleurs, car Jérôme n'a aucune envie de répliquer. Ce qu'il entend, c'est qu'Élisabeth déteste sa fille et le déteste de l'élever comme il le fait, de la gâter, voire même de l'aimer alors qu'elle est si haïssable. Le pire, c'est que, même empli de mauvaise foi, le discours d'Élisabeth n'est pas faux sur toute la ligne. Jérôme sait bien qu'il a effectivement des faiblesses majeures quand il s'agit de Lucie et une culpabilité énorme que la petite, comme il dit, exploite à l'occasion. Il sait que, sur bien des points, il faudrait qu'il reconsidère ses relations et il sait aussi qu'il recule parce qu'il croit que Lucie va le répudier. Ce qui prouve bien qu'il est loin d'être persuadé de l'amour désintéressé de sa fille. Mais une indulgence sans borne l'habite quand il s'agit de Lucie et il pourrait bien, à la limite, comprendre qu'un enfant ne puisse pas éprouver un amour désintéressé.

Élisabeth continue longtemps son argumentation et la discussion les laisse muets, glacés. Ils repartent pour Québec sans revenir sur ce qui a été dit et Jérôme, défait, malheureux, incapable de pardonner son intransigeance à Élisabeth lui dit au revoir sans y croire. Élisabeth, toujours excédée, ne se sent même pas malheureuse du tour que prend leur relation. En fermant la porte, elle se dit qu'elle ne supportera certainement pas dans sa vie un homme qui cède sans discuter à une enfant de dix-huit ans. Elle ne se liera certainement pas à un homme qui va lui faire un cancer dans dix ans pour une insignifiante mal élevée qui n'aime personne.

Puis, pleine d'énergie vengeresse, elle jette au feu les travaux d'Anne et, du même élan, certains Salinger qu'elle a découvert lui appartenir.

Cette semaine-là, elle reçoit un mot de Jacynthe — qui, elle, ne semble pas avoir de difficulté à trouver son adresse —, gentille, qui la remercie de sa compréhension en lui expliquant qu'elle en sait le prix. Jacynthe lui demande également si elle n'a pas en sa possession une alliance d'enfant qui aurait appartenu à Anne et qui, selon Jacynthe, serait très précieuse pour elle.

Sans même relire la lettre, Élisabeth la jette au feu, comme elle jette au feu toute forme de compréhension. Elle en a plus qu'assez de comprendre. Elle va dans le bureau, prend l'alliance, descend à la cave, et se met à la frapper à coups de marteau jusqu'à ce qu'elle devienne une bouillie aplatie. Anne s'était-elle souciée de ce qui avait été précieux pour elle ? Anne avait-elle eu des égards pour les pauvres idiotes compréhensives comme elle ? À chaque coup de marteau la rage d'Élisabeth enfle, grandit comme si chaque geste encourageait son ressentiment, le gonflait au lieu de le soulager. En prenant le petit morceau de métal tout chaud dans sa main, Élisabeth sait qu'elle n'a pas encore réussi à se débarrasser de la haine féroce qu'elle voue à Anne Morissette. Elle remonte, jette l'ancienne alliance et se met à écrire une lettre vitriolique à Anne.

Elle la termine, rouge de rage, quand Mireille sonne.

— Je te dérange ?

La lettre s'est volatilisée. Élisabeth, l'air faussement détendue, assure que non. Mireille soucieuse, l'examine.

— Je voulais te demander si t'avais envie d'inviter Jérôme pour Noël. Pour le souper chez nous ?

— Non.

Bref, sec, cassant, tout à fait à l'image de la scène qui les a séparés. Mireille n'en croit pas ses oreilles et essaie d'en savoir un peu plus. Rien à faire, Élisabeth couve tous ses secrets, y compris sa rupture. Déroutée, Mireille fait une petite incursion du côté Anne Morissette. À part un éclair de vivacité dans les yeux d'Élisabeth, rien. Tout semble terminé, fini, enterré. Pourtant, Mireille sent bien que quelque chose se trame, qu'Élisabeth n'est pas dans son état normal, qu'elle a l'air d'un volcan prêt à se réveiller. Elle tâte le terrain, sonde, essaie tous les sujets fragiles. Rien. Élisabeth est un volcan discret. Finalement, à court d'idées, Mireille se lève et propose à Élisabeth de l'accompagner pour faire des courses de Noël. Sur un nouveau refus, Mireille s'en va, bredouille.

Élisabeth sort pelleter vigoureusement son entrée. Mais cela ne suffit pas à épuiser l'énergie dévastatrice qui l'anime. Elle se sent électrisée par le désir de vengeance, une envie de tuer lui serre les dents et elle jongle sourdement au concept du meurtre passionnel. Elle a beau être à retardement, elle se dit que retrouver Anne Morissette aujourd'hui, elle serait capable de l'étrangler de ses blanches mains.

En attendant cette heure, elle s'occupe à laver son plancher de cuisine, incapable de se tenir tranquille ou d'avoir une activité autre que physique. Elle astique, frotte, se démène devant une Solo indifférente qui trouve tout ce branle-bas inutile.

Dans son bureau, elle contemple une photo de François prise aux Éboulements. Bronzé, souriant, les cheveux un peu longs : qu'il est beau, le traître ! Elle se souvient subitement de ces après-midi où il l'entraînait dans le bois, près de la rivière, et où il la déshabillait sur une vieille couverture, toujours la même et où, inquiète, elle guettait cinq minutes pour oublier allègrement ensuite que quelqu'un pourrait les surprendre. Pour la première fois depuis longtemps, elle peut aller au bout de son souvenir sans qu'Anne Morissette n'intervienne, ne vienne le gâcher, le saccager avec sa jeunesse et sa beauté. Sans faiblir, la colère qui habite Élisabeth vient exalter la ferveur sensuelle de cette époque, la lui rend presque intacte, la restitue avec une acuité dangereuse. Et elle comprend soudain avec certitude que cela, ce souvenir-là est à elle, bien à elle, uniquement à elle, et que ce François-là, la petite garce ne lui a pas ravi, n'a pas réussi à y toucher. Et c'est comme si, enfin, elle arrivait à tuer un peu Anne Morissette.

* * *

— J'ai couché avec un gars de vingt ans, hier.
Mireille s'étrangle avec son gin-tonic.
— Là, je ne te trouve pas drôle.
— C'est pas des farces.
— Ben je te trouve encore moins drôle.
Un temps où Mireille attend une suite qui ne vient pas.
— Franchement, Élisabeth ! C'est plus jeune que mes fils, y as-tu pensé ?
— Tant que c'est pas un des tiens, qu'est-ce que ça peut faire ?
— Tu raisonnes comme eux, en tout cas.
— Mon dieu, ne sois pas si conventionnelle !
— Je regrette, c'est toi qui es conventionnelle. C'est vieux comme le monde le coup de la femme de quarante ans avec un petit jeune. C'est pour François, ça ? Tu te donnes bien du mal pour un mort.
— C'est pas pour lui, je suis encore capable de baiser sans essayer de me venger. C'était juste pour moi.
— Alors ?
— Alors quoi ?
— Juste pour toi, ça a été agréable au moins ?
— Très plate.
— T'es peut-être mal tombée.

— Ouais. Bien du muscle, pas de sentiment.

— C'est pas à la mode, Élisabeth.

— T'es choquée ?

— Tu parles ! Si c'est tout ce que tu as trouvé pour rendre la monnaie de sa pièce à François, c'est idiot, infantile, ridicule et même pas agréable.

— Je voulais savoir ce que ça faisait.

— Maintenant que tu le sais, en as-tu appris sur François et Anne ?

— Non.

— La prochaine fois, parle-moi-z'en, j'aurais pu t'éviter toute ta peine.

— Ça a pas été compliqué, c'est un ami de ton fils.

— Franchement ! Je t'inviterai plus chez nous.

— Mireille ! Je l'ai pas violé. À vingt-deux ans, un gars sait ce qu'il fait.

— Mais à quarante-trois, une fille le sait pas. Je pensais que c'était fini ta petite guerre, qu'on avait fermé le dossier Anne Morissette, que t'en étais revenue.

— Le 31, c'est demain.

— Bon ! C'est quoi le programme ? On retourne à Montréal ? Pourquoi ?

« Pour la tuer, qu'on en finisse », pense Élisabeth. Mais Mireille a raison, elle le sait bien. Sa tentative de la veille est plus que puérile, elle est pitoyable. Un gars de vingt ans à lui tout seul ne peut pas lui donner ce que Anne a pu avoir pour troubler François. Tout ce qu'il a pu faire, c'est l'épuiser, ce qui n'est déjà pas si mal. Un peu froid, mais pas mal. Élisabeth soupire, bien découragée d'elle-même, bien prête à se renier. Au petit déjeuner, elle avait effectivement trouvé son entreprise bien banale et sa personne pas très estimable. Le pauvre gars n'avait rien à voir avec elle, ni avec sa recherche idiote d'un temps non seulement perdu, mais jamais possédé.

— T'as raison, je suis une vieille idiote. Complètement gaga, lessivée, bonne à jeter, à piétiner.

— Mets-en pas, je te crois.

— Je suppose qu'il fallait que je le fasse, que je descende jusque-là.

— Bon. Peux-tu remonter, là ? Pourquoi t'appelles pas Jérôme si tu as envie de faire l'amour ?

— Tu sais très bien que ce n'était pas ça. J'avais envie de savoir de quoi ça a l'air.

— Ça a l'air de rien, tu vois bien.

— Pas pour François.

— J'ai cru remarquer, dans ma longue carrière de femme trompée, que, pour les hommes, la chanson n'était pas la même.

— Ça t'a avancée ?

— Pas du tout. La seule solution à ce problème-là, c'est l'oubli ma chère. L'oubli pur et simple.

Élisabeth lève son verre : « À l'oubli, d'abord ! » Et elles se paient une cuite monumentale à la mémoire de l'oubli.

Le lendemain, gommée, brouillée avec son estomac, avec la terre entière, Élisabeth décide d'en finir avec la colère, la rage, la haine, l'amour et tout ce bataclan d'émotions trop lourdes qui lui lèvent le cœur comme un parfum musqué. Une fois Mireille, encore chancelante, partie, elle ferme la maison, prend Solo et part pour Montréal.

Pour faire changement, il neige sans arrêt. La route est impossible et Solo s'agite continuellement.

L'autoroute exige toute l'énergie et la concentration d'Élisabeth. En passant le pont Jacques-Cartier, elle se demande ce qu'elle est venue faire dans cette ville.

Elle ne le sait pas lorsqu'elle stationne sa voiture rue Laurier, à quelques pas du 1080 et que, patiente, elle regarde le soir tomber en écoutant une musique de Noël qui alterne avec la rétrospective des événements majeurs de 1983, Solo endormie sur ses genoux.

Chapitre six

LA FIN

La vérité vaut tous les tourments.

CAMUS

Élisabeth ne veut pas savoir pourquoi elle est là. Elle préfère la chaleur moite, paisible de la voiture à n'importe quelle pensée introspective. Elle préfère baigner dans l'inconscience bienheureuse plutôt que de se mettre en paix avec elle-même, envers la rébellion qui l'habite. Elle caresse Solo et chante une chanson de Noël, tranquillement. Elle est certaine, assurée que ce qu'elle attend va survenir, même si elle en ignore la teneur. Aucune impatience, sauf celle de Solo qui, de temps en temps, oreilles dressées, œil inquiet, queue frétillante, interroge. « Chut, Solo, dors. » Et Solo se résigne, baisse la tête et fait semblant de dormir.

À toutes les cinq ou dix minutes, Élisabeth actionne les essuie-glace pour nettoyer la neige qui se ramasse, épaisse, sur le pare-brise. Elle ignore combien de temps a pu passer quand, dans les demi-cercles fraîchement nettoyés, elle voit la porte de chez Jacynthe s'ouvrir.

Une personne sort, seule. Menue, son gros ventre émergeant d'un manteau rouge, ouvert pour les circonstances, la femme descend lentement les escaliers, s'agrippant solidement à la rampe. Elle vient dans la direction de la voiture. Élisabeth allume les phares et aperçoit enfin Anne Morissette qui marche précautionneusement en essayant de serrer son manteau qui refuse de faire le tour complet de son ventre.

Elle est minuscule, pitoyable avec cette démarche ralentie, les yeux cernés, des cheveux brun pâle qui bouclent, un visage...

Non, ce n'est plus une enfant de vingt ans, ce n'est plus une jeune fille habitée par la jeunesse, éclairée par le feu intérieur de la jeunesse. Une femme lasse, une femme usée, fatiguée, sans aucune grâce. Une femme enceinte, épuisée par sa grossesse, revenue de tout, une femme qu'elle n'aurait jamais remarquée nulle part.

Dès que Anne a dépassé la voiture, Élisabeth éteint les phares, coupe le moteur et, Solo sur les talons, se met à suivre Anne Morissette. Elle ne veut pas lui parler, l'arrêter, être remarquée par elle. Elle veut seulement la suivre, ne pas la perdre. Anne continue vaillamment, les pieds tordus dans des petits bottillons à la mode qui s'arrêtent aux chevilles. Ses jambes sont petites, trop maigres, on dirait qu'elles vont casser. Mais tout chez Anne Morissette est trop maigre, en dehors de son ventre, omniprésent, presque grotesque sur une si petite personne.

Elle entre dans une épicerie. Élisabeth la voit fouiller dans ses poches pour tirer assez de monnaie pour payer sa pinte de lait. Mais qu'est-ce qui est si misérable dans tous ces gestes, qu'a-t-elle donc encore à faire pitié ? Élisabeth ne retrouve rien de ce qu'elle attendait. Si cette femme n'était pas sortie de chez Jacynthe, jamais elle n'aurait cru être en présence d'Anne Morissette.

Puis elle sort. Toujours le même scénario dans les marches. Elle reprend sa route en repoussant une mèche de cheveux mouillés qui est tombée dans ses yeux quand elle surveillait les marches. Un geste lent, sans ampleur, sans aucune énergie. D'ailleurs, elle ralentit, tourne un coin de rue. Rivard. Elle s'arrête au pied d'un escalier interminable, prend son courage en même temps qu'une longue inspiration. Puis, lentement, péniblement, elle monte l'escalier jusqu'à l'étage d'en haut, au troisième, avec quelques arrêts en cours de route. Elle rentre enfin. Élisabeth hésite : y aller maintenant ? Pour quoi faire ? La surprendre, lui parler, l'injurier ? Lui dire quoi ? Lui faire quoi ? La menacer ?

Impossible. Élisabeth n'aura jamais aucun pouvoir sur quelqu'un d'aussi démuni. Anne Morissette est au-delà de toute menace, de toute injure. Il est évident que cette femme fatiguée qu'elle a vue monter péniblement a au moins cent ans et s'est déjà servi toutes les injures qu'Élisabeth pourrait lui dire. Et ce n'est pas la grossesse qui a terni Anne, c'est la vie. Élisabeth est sûre que, même redevenue mince, elle doit avoir cet air égaré, douloureux de quelqu'un qui porte sa vie comme on porte un enfant le dernier mois : lourdement, avec une certaine hâte d'en être délivrée.

Élisabeth est là, debout dans la neige, les pieds glacés, sa haine tombée faute d'adversaire. Elle pourrait tout aussi bien être dans un cimetière, devant la tombe d'Anne ou celle de François. Ces gens-là sont morts depuis des années, ils ne vivaient que par elle, que grâce à sa vie à elle. Anne Morissette ne pense plus à François comme elle peut le faire. Anne Morissette a tué François parce que, sans cela, elle en serait morte. Et elle en est quand même morte. L'oiseau blessé ne volera plus. Fini le ciel, finie la brise, finies les hauteurs bleutées. François vivant pourrait toujours la rêver encore, mais François est mort et il ne restait qu'Élisabeth pour rêver Anne Morissette. Inutile d'aller plus loin, inutile d'haïr, de massacrer, de tordre, inutile de se venger. Anne Morissette est morte.

Solo s'excite, danse autour d'Élisabeth qui ne fait pas un geste pour elle. Elle se sent tout à coup chaude, pleine de vie, capable de tout. Elle n'envie pas sa triste grossesse à Anne. Elle n'envie plus cet enfant qu'elle croyait avoir si fortement désiré. C'est celui de François qu'elle voulait, celui qui est mort, celui qui ne reviendra plus. Comme François. Plus jamais. Et c'est inéluctable. Et c'est bien comme ça. La vie ne lui a pas servi de demi-mesure, la vie lui a servi sa pleine mesure et Élisabeth n'a qu'à en verser un peu dans la neige si elle veut diminuer ce qui lui est accordé. Mais Élisabeth ne versera rien, elle gardera précieusement tout ce que la vie lui donne, comme cette eau de mer qu'elle avait mise dans une chaudière quand elle était enfant : elle l'avait laissée s'évaporer d'elle-même au soleil, sans y toucher, tout au long des vacances pour voir le sel après, le sel qui se cristallisait sur le plastique jaune. Elle avait furieusement refusé qu'on change de contenant pour qu'elle puisse apporter sa chaudière à la plage, ou qu'on en diminue le contenu, pour accélérer le processus. Elle n'était pas si pressée de voir le sel. Elle aimait le temps que l'évaporation prend. Chaque jour, elle prenait plaisir à venir constater les progrès du soleil sur l'eau. Elle avait une impatience patiente.

Maintenant encore, avec ses quarante-trois ans grelottants dans Montréal, elle n'est pas pressée de voir le sel de la vie se cristalliser au creux de sa main. Cela peut attendre. Elle n'aura pas cent ans à quarante. Même si François est mort, même si Anne Morissette a existé, même si tout. Elle est Élisabeth et elle est vivante. Elle a survécu à son mari, au cancer et à Anne Morissette. Peu lui importe maintenant cette triste jeune vieille femme qui trimbale désespérément un enfant qui n'arrive pas encore à la faire sourire. Peu lui importe. Elle ne veut pas lui parler. Elle ne la connaît pas.

La neige tombe toujours, Solo furète le long d'une odeur offensante en bordure du trottoir et Élisabeth se meurt de faim.

— Solo ! Viens !

Elles repartent toutes les deux, légères, presque dansantes dans la fin de l'année.

Réchauffée, réconfortée par son souper, prenant tranquillement son deuxième café, Élisabeth se demande si, finalement, elle va coucher à Montréal. Elle n'en a pas envie. Elle ne connaît personne ici.

Tassée dans son coin, à l'abri, elle s'aperçoit dans le miroir en oblique : une belle femme, cheveux bruns, yeux si bleus, avec des rides bien sûr, mais des rides joyeuses aussi. Des rides de bon temps saupoudrées de malheur. Si Jérôme était là, il lui expliquerait pourquoi ses yeux sont si beaux.

Jérôme... Une bouffée de honte la traverse. Elle ne se souvient pas exactement de ce qu'elle lui a dit, il lui semble que cela fait vingt ans, mais elle sait qu'il doit être très fâché et même blessé. Jérôme, qui n'a rien su de ce qu'elle a traversé, sauf par bribes et encore. Jérôme qui l'a soutenue, aidée du mieux qu'il pouvait avec constance et discrétion. Jérôme qu'elle a maltraité au lieu de se battre avec Anne. Seigneur... qu'il doit être déçu ! Elle s'en veut horriblement. Pas tant d'avoir parlé avec aigreur de Lucie, la fille adorée et mal élevée, mais d'avoir laissé Jérôme croire qu'elle le détestait, le refusait, le trouvait imbécile.

Dans le fond, elle lui en veut d'être aliéné à sa fille, à sa culpabilité, mais lui ne lui en a pas voulu d'être pendant trois mois obnubilée par François et Anne. Aurait-il plus de patience qu'elle ? Elle sourit en se rappelant qu'il peut, lui, entreprendre la confection d'un plat qui dure trois heures sans s'énerver.

Et cette façon tout aussi flâneuse qu'il a de faire l'amour, comme si le chemin vers le plaisir contenait plus d'agréments que le plaisir en lui-même. Jérôme a un certain talent pour la patience. Talent développé par sa fille et dont jouit maintenant une Élisabeth discutailleuse ?

Elle sourit sans répondre. Elle a envie de parler à Jérôme, de s'excuser, de lui expliquer et de le toucher, de le retrouver.

L'homme assis en diagonale avec elle fait son profit du sourire d'Élisabeth et hoche la tête d'une manière engageante. Non, mon vieux, non, pense Élisabeth, ce n'est pas moi qui vas t'aider à sauter l'année. Elle prend sa facture, fait le tour du restaurant des yeux en attendant sa monnaie. La vie est exactement et entièrement représentée par l'occupation des banquettes : un peu de solitude, un peu d'amour, de la discussion, une certaine tendresse et même de l'animosité.

Élisabeth sort, certaine d'être du bon côté de la vie.

* * *

Elle repasse une dernière fois rue Rivard et murmure un adieu à cette femme qu'elle a tant connue sans jamais la rencontrer. Elle aimerait lui dire bonne chance, mais elle sait son souhait inutile. La chance n'est pas pour Anne, simplement parce qu'elle ne la verrait même pas. Ce n'est pas de la pitié que ressent Élisabeth, mais une immense compassion. Et elle comprend que Jacynthe ait pu bercer Anne pendant cinq mois avec ce fol espoir que l'amour ressusciterait l'enfant meurtrie. Mais la meurtrissure était au fond d'Anne pour y rester.

Élisabeth regagne la voiture où Solo grogne un peu. Elle la console, la cajole, lui promet un arrêt prochain et reprend la route vers les Cantons de l'Est cette fois.

* * *

Il est près de minuit lorsque Élisabeth brandit sa boîte de nourriture pour chien sous le nez d'un Jérôme ahuri.

—Juste le temps de t'emprunter un ouvre-boîte.

Solo fait la fête à Jérôme qui fait la fête à Élisabeth. Très vite, tout est simple. Ils parlent durant des heures, à s'expliquer ce qu'ils comprennent déjà, à refaire des discussions inutiles et à rire d'eux-mêmes.

L'année est largement entamée lorsque le sommeil arrive et Élisabeth est au-delà de l'épuisement. Elle se retourne contre Jérôme, sa chaude odeur d'homme.

— Tu sens l'amour...

— J'espère bien !

Ils rient, mous de bonheur, de fatigue amoureuse. Il la ramène près de lui, ses jambes mêlées aux siennes.

— Jérôme...

— Mmm... — Il allait dormir.

— Une femme de mon âge peut encore avoir un enfant ?

— Je suppose, oui. Si elle est en forme, si elle veut prendre le risque.

— Me trouves-tu folle ?

— Bien sûr.

— Ah oui ? — Le ton est déçu.

— Avec tout ce que tu as dit sur mes qualités de père, je ne m'attends pas à ce que tu me demandes de l'être. Je te trouve folle de vouloir me laisser après une nuit pareille.

Elle rit, ravie, et s'endort. Jérôme, lui, pense longtemps.

* * *

— Mais pourquoi ? T'es pas bien de même ?

Mireille est abasourdie, dépassée. Élisabeth a beau lui expliquer son désir si vieux, le renoncement que la mort de François lui a arraché et l'envie toujours aussi violente d'avoir un enfant, elle ne se rend pas.

— À ton âge... un premier.

— Plus maintenant. Il y a des examens qu'on peut faire pour savoir si tout va bien, si tout est normal. Voyons Mireille, je ne serais pas la première.

— Jérôme voudrait, lui ?

— Je sais pas. Il dit pas non.

— Mais il dit pas oui ?

Jérôme pense. Jérôme prend son temps comme toujours. Jérôme discute, sonde, pèse le pour et le contre, parce qu'il a drôlement envie de le faire, parce que, s'il s'écoutait, l'enfant serait déjà en route et lui, follement heureux. Comme si la vie avait des surprises de père Noël. Jérôme est raisonnable parce qu'il se meurt d'envie d'être déraisonnable. Mais Élisabeth croit qu'il hésite parce qu'eux deux, ce n'est pas encore solide. Mais qu'est-ce qui est solide dans la vie ? Qu'est-ce qui est assuré de ne pas mourir ? Rien de vivant. Donc, on peut arrêter de vouloir pétrifier tout ce qui est vivant dans le temps, dans des délais inutiles, puisqu'ils nous rapprochent de la mort inévitable. Élisabeth n'a pas envie de passer ce qui lui reste de vie à évaluer le temps qui la sépare de la mort.

Elle veut un enfant parce que, contrairement à ce qu'elle pensait, François n'est pas le seul père possible et sa mort n'est pas celle des désirs d'Élisabeth. Elle veut un enfant pour elle, égoïstement, parce que c'est un des désirs les plus vrais, les plus profonds de sa vie. Parce qu'elle ne veut pas être en deuil de quelque chose qui n'est pas mort. Parce qu'elle est vivante et encore assez jeune pour l'avoir. Et que Jérôme le veut, et que, dieu merci, il existe.

Elle n'a pas peur de faire un enfant, même à son âge. Elle sait que ce n'est pas une dernière réponse au passé, un geste de jalousie rétrospective, d'envie, de mimétisme devant Anne Morissette enceinte. Non, son bébé sera à elle dans son présent, ne remplacera personne, n'évoquera que lui-même et la vie. Son enfant. Une petite personne entière, faite d'elle-même et de Jérôme, faite par eux et libre d'elle-même.

— Mais tu vas avoir cinquante-trois, non, cinquante-quatre ans quand il va avoir dix ans !

— Et soixante-quatre quand il en aura vingt. Je sais compter, Mireille, si le corps d'une femme peut encore faire un enfant à mon âge, la nature doit bien savoir ce qu'elle fait, non ?

— La nature là... j'aimerais mieux être sûre que *toi* tu sais ce que tu fais.

— Mireille, j'en ai toujours voulu un, j'y ai toujours renoncé à cause de François, puis de la mort de François. Rends-toi compte que je peux encore en avoir un, que c'est encore possible, que c'est fantastique pour moi.

— Moi, je ne ferais jamais ça.

— Toi, tu en as déjà deux. Ton tour est passé.

— Oui, je sais. Mais justement, moi je sais ce que c'est.

— Tu les as peut-être eus un peu de bonne heure, un peu jeune.

— Et toi, tu vas l'avoir un peu tard.

— Bien oui : on sait pas vivre ni une ni l'autre.

— Encore une chance que tu ne le fasses pas avec un petit gars de vingt ans !

— Ça va peut-être m'éloigner des gars de vingt ans.

— J'espère bien !

Elle la regarde : Élisabeth est resplendissante. Depuis son retour de Sherbrooke, on la dirait lavée, débarrassée d'une angoisse, légère, et de fait, assez rajeunie. Anne Morissette disparue, le passé d'Élisabeth a réintégré le passé. C'est une femme dangereusement vivante qui défend son point de vue devant Mireille.

— Même si tu avais des jumeaux avec un gars de dix-huit ans, je t'aimerais quand même.

* * *

C'est au plus fort de l'hiver, au plus creux du froid que l'enfant fut conçu. Jérôme et Élisabeth s'en moquaient bien d'ailleurs, coulés au fond du lit, pendant la semaine de luxure qu'ils s'étaient généreusement offerte en février pour « s'atteler à la tâche », comme disait Jérôme.

La campagne se taisait, de la neige jusqu'aux oreilles, seuls les pins sifflaient sous le vent. Solo partait solitaire pour de longues excursions, puisque les deux autres semblaient soudés ensemble dans le lit craquant.

Soudés, ils l'étaient avec cet espace qu'ils découvraient en chacun d'eux pour l'autre, cet espace donné, accordé du fond de l'âme, du fond du corps.

Et il y eut bien plus qu'un enfant à se concevoir dans ce lit.

F I N

TABLE DES MATIÈRES

PREMIÈRE PARTIE
1972

DEUXIÈME PARTIE
1983

Typographie et mise en pages :
Les Éditions du Boréal

Ce neuvième tirage a été achevé d'imprimer en juillet 1995
sur les presses de l'Imprimerie Gagné
à Louiseville, Québec